许时说停下笔，
想起了之前那个下雨天。
他揽着她肩膀的轻触感，
她因为紧张而加快的心跳。
还有他被雨打湿的肩膀。
她都记得一清二楚。
每到下雨天，这些画面便历历在目。
明明下午才见过，她却已经
开始期待下一次的偶遇了。

魅丽文化 花火工作室

想听你讲宇宙

柔野 | 著

江苏凤凰文艺出版社
JIANGSU PHOENIX LITERATURE AND ART PUBLISHING

图书在版编目（CIP）数据

想听你讲宇宙 / 柔野著 . — 南京：江苏凤凰文艺出版社，2023.9
ISBN 978-7-5594-7275-5

Ⅰ . ①想… Ⅱ . ①柔… Ⅲ . ①长篇小说 - 中国 - 当代
Ⅳ . ① I247.5

中国版本图书馆 CIP 数据核字 (2022) 第 209354 号

想听你讲宇宙

柔野 著

出版统筹 曾英姿
责任编辑 张 倩
特约编辑 丐小亥 八 柚
装帧设计 苏 荼
封面绘制 東夏卿卿
出版发行 江苏凤凰文艺出版社
南京市中央路 165 号，邮编：210009
网 址 http://www.jswenyi.com
印 刷 湖南天闻新华印务有限公司
开 本 880mm × 1230mm 1/32
印 张 10.5
字 数 355 千字
版 次 2023 年 9 月第 1 版
印 次 2023 年 9 月第 1 次印刷
书 号 ISBN 978-7-5594-7275-5
定 价 46.80 元

目录 Contents

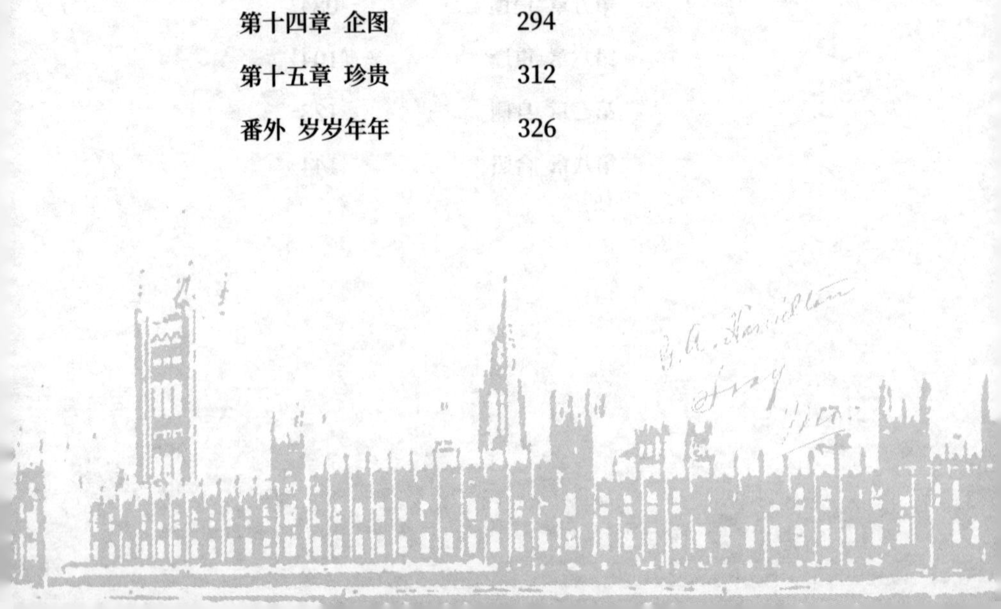

第一章
暗号

二〇一二年，西城。

今年夏天和往年夏天没两样，天空湛蓝，阳光毒辣，人们大多撑着伞，或是拿着一根冒着白气的冰棍。

此时此刻，许时沅刚刚中考完，她躺在沙发上，姿态闲散，盯着电视的同时，还不忘挖着手中的半个西瓜。

她出生后，父母想给她取一个独一无二的名字。许母盼着她自立自强，考上重点大学，成为新时代靓丽女性，所以提议取名许新丽。

一向听老婆话的许父这回不乐意了，觉得这个名字听起来过于刻板。他不求女儿大富大贵，只希望她平安喜乐就行，便提议取名“许喜乐”。

夫妻俩谁都没能说服谁，最后干脆取了各自名字的单字“时”和“源”，再加工一下，便合为“许时沅”。

一周前，许家从西城的小镇搬到了西城市区，家里的房子也从独栋小楼房换成了小区套房。小区附近的娱乐场所比小镇上密集，按理来说，一般人都会借此机会好好玩一番，但许时沅没有。

比起被太阳晒成黑炭，悠闲地躺在家里才是许时沅的风格——她这个人很宅，基本不出门，喜欢待在家里，自在轻松。

电视里正在播放一部仙侠剧，她看得津津有味。

睡觉，看小说，看剧，吃饭，这就是她的长假生活，有点儿堕落，不过胜在舒适。

然而，这种好日子没能持续太久。

这天晚饭后，许时沅吃饱喝足靠着沙发，两条腿放在茶几上。风扇贴着她的脸颊吹，却依然吹不散热意。

“许时沅，把你的脚放下来。”许母沈时走过来敲了敲她的大腿，“没点儿女孩子的样子。”

“在自己家，怕什么？”话虽如此，但许时沅还是乖乖地放下了腿。

沈时无奈地说道：“在自己家都不注意形象，去到别人家还了得？”

许时沅义正词严地说道：“放心好了，你女儿我自有分寸。”

“得了吧。我跟你说件正事，你最近在家里是不是特别无聊？想不想找点儿事情做做？”

许时沅顿时有种不好的预料，立即摇了摇头：“可能不太想。”

沈时啧了一声，道：“我让你爸爸联系了西城中学的一位数学名师，你过去补补数学。”

此话如同晴天霹雳，许时沅仿佛已经看到一脸严肃的数学老师拿着一沓数学卷子站在她身侧的场景，她顿时觉得头皮发麻。

“妈，你确定吗？”她赶紧道，“现在还没开学呢，你就让我学高中数学，是不是有点儿太早了？”

“西城中学是重点中学，竞争非常激烈，我们只能自己提前做准备。此外，高中数学的难度和初中数学不是一个级别的。”

许时沅承认她的数学成绩非常差，其实她的数理化成绩都差。中考时，她命硬，凭着语文和英语等科目拉了分，硬是踩着录取分数线进了市重点西城中学。

这事足够她骄傲一阵子了。

她是个及时行乐主义者，压根没想那么长远，只想着走一步算一步。

许时沅抱着沈时的胳膊，道：“别啊，没有假期的生活该是多么枯燥无味啊。爸不是也经常跟我说要劳逸结合吗？是不是啊，爸？”

刚洗完碗从厨房出来的许源没听清她前面的话，但这不妨碍他飞快地应声：“说得没错，劳逸结合很重要。”

沈时看了他这根墙头草一眼。

“她的懒就是遗传了你，胖也是。”说着，沈时捏了捏许时沅的脸颊，“你啊，我身上的好怎么一点儿都没学到？”

许源无辜地说道："我们这不叫胖，叫幸福肥。不过，老婆，我刚洗完碗，拖完地，还算懒吗？"

"得，那我的懒和胖都自成一体，是后天形成的，和我爸无关。"为了让两人放心，许时沅信誓旦旦地说道，"不过，我保证，去了西城中学，我肯定改掉以前那种散漫的作风。"

沈时瞥了她一眼，不是很相信，道："你说说，哪次开学前你没有这么保证过？"

好像每次都保证过，可都架不住她只有三分钟热情。

"这次我是认真的，你们相信我。"

空气中只剩下一阵沉默。

许时沅便当他们默认了。

许源说："过几天我和你妈妈要出一趟远门，估计得半个月左右才能回来，你自己一个人在家搞得定吗？"

"行，你们去吧，我可以的。"

许时沅早就想尝试独居生活了，没人叫她起床，没人催她早睡，想做什么就做什么，惬意无比。

以前，父母出远门前都会送她到爷爷家借住。现在，他们搬到了西城市区，离爷爷家很远，自然也不用过去了。

然而，沈时还是不放心。

"说不定我们回来时，你饿得连魂都没了。"沈时思考了一下，提议道，"让你爸送你去聂爷爷那儿，聂河川也在，两个人做个伴，我也放心。"

"不，我不想去聂河川那儿，除了他，他家的人我都不认识。"

"怕什么，住上两天就认识了。"

许时沅躺在沙发上，绝望地呼出一口气。独居的念想胎死腹中。

许家和聂家关系很好，许爷爷和聂爷爷是发小，他们原本打算让各自的孩子结娃娃亲，给这关系升个级。

只是很无奈，两人的孩子都是男孩。

于是，娃娃亲的任务便落到了许时沅这辈人的头上。

据说她刚出生连眼睛都还没睁开时，她爷爷便把她"卖"了，许配给了比她大一个月的聂河川。

大人们都以为她和聂河川关系好，其实不然，他俩谁也瞧不上谁，顶多算是兄弟情。

第二天，公交车上闷热不已，犹如蒸笼一般。

许时沅满脸写着不情愿，呆呆地听着许源叮嘱“一定要跟长辈打招呼，不能没礼貌，不能给你爷爷丢脸”之类的。

等他说完，许时沅问了一句：“意思是说，我不能再躺在沙发上看电视了？”

她有个坏习惯，一沾上沙发，她就会东倒西歪，坐没坐相。

“按道理来说是这样的，毕竟不是在自己家。”许源道，“不过，你和聂河川是一起长大的，也那么熟了，况且聂伯伯他们一家人都很和善，你到时候随机应变吧。”

“聂河川家都有谁啊？”

“他的爷爷奶奶，还有他叔叔，也就这么几个人。”

“不对啊，他之前不是和他爸妈住在一起吗？”

“西中离聂爷爷家近，所以从这个暑假开始，聂河川就住在他爷爷家了，这样一来，他上高中后回家也方便。”

“那他叔叔应该也结婚了吧。”许时沅叹了一口气，“那么多人住在一起，岂不是很挤？我怎么好意思过去给人家添麻烦？”

许源正想回答，公交车已经停下了，他道：“待会儿再说，先下车。”

下了车，两人走着走着，许时沅突然定在原地，道：“糟了，我的行李落在公交车上了。”说完，她拔腿便往回跑。公交车本来还在原地，恰好在她赶过去的前一秒合上了门。

眼看着行李即将从眼皮子底下溜走，车门突然开了。

车门口站着一个人，那人手里拎着她的行李包，问：“这是不是你的？”

“对，谢……”

抬起头的瞬间，许时沅顿住了，那人有一张看一眼就让人惊艳的脸庞。没说完的话一下子卡在嘴边，她没来由地局促起来，接着道：“……谢你。”

对方的眼中带着笑，他点了点头，道：“不客气。”他的声音柔和又疏离。

紧接着，啪的一声，公交车车门严严实实地合上了，无情地阻断了她想进一步探究的视线。

“找到就好，我帮你提。”许源气喘吁吁地跑过来，接过她手里的行李，道，“怎么还愣着？走吧，只有两三百米了。”

这一片是西城的别墅小区，每家每户都自带小院子。阳光下，繁茂的枝叶摇晃着，花香浓郁，满满都是夏天的气息。

一路上，许时沅像中毒了一样回味着刚刚的惊鸿一瞥。

进了聂河川家的院子，看到聂河川，她才忍不住笑了。

聂河川的模样倒是周正，就是造型有些难看——他穿着白色背心，戴着年代感十足的大草帽，底下是一条工装裤，手里拿着一把大剪刀，正在修剪院子里的草木。

许时沅拍了拍他的肩膀，他被吓得差点儿把剪刀扔了，道："许时沅？你怎么在这儿？"

"你不欢迎啊？"她摸了摸他的草帽，上下打量着他，"我来看看你啊，难得见你这么朴实无华，不枉我来这一趟。"

"别，你先看看你满头大汗的样子。"聂河川拍开她的手，在看到她身后的许源后顿时恭敬地喊道，"许叔叔好！"

"河川，今天很勤快啊。"许源热络地打招呼，"你爷爷奶奶在家吗？"

"不太巧，我爷爷出门找朋友下棋了，我奶奶学跳舞去了。你们先进去吧。"聂河川领着两人进了门，"我叔叔刚出门了，不知道你们刚刚有没有碰上他。"

聂河川将手肘搭在许时沅的肩膀上，小声问："对了，你爸提着什么大礼？"

"那是我的行李，我要来你家住。"见他面露惊讶，她特意补充了一句，"说是过来和你培养一下感情。"

霎时间，聂河川的表情从惊讶转变为惊愕，他呆呆地说道："别了吧，我俩这情况……"

"行了行了，我也看不上你。"许时沅推开他的手。

一旁的许源看着打闹的两人，慈爱地笑着，道："河川，小沅在你家借住几天，你可别欺负她啊。"

"不会的，许叔，你还信不过我吗？"聂河川咧着嘴，搂着许时沅的肩膀，一副大哥哥的模样。

许源忽然想起什么，热切地问："对了，河川，上回听你爸说，你叔叔打算在这个暑假给你补课？"

"也不算补课，就是提前学点儿高中的知识。"

"要不，也算上小沅一个？我怕她上了高中后跟不上进度，到时候就辛苦了。"许源摸了摸许时沅的脑袋，一脸慈爱。

聂河川道："好，等我叔叔回来，我问一下他。"

许时沅有点儿无奈，决定采用迂回拒绝法，于是道：“爸，还是不要麻烦聂叔叔了。你想想，他一个中年人，不但要工作，还要给人补课，哪来那么多精力啊？我们体谅体谅他，减少他掉头发的风险吧。”

她刚说完，聂河川的视线便落在她身后，道：“叔叔，你怎么这么快？许叔叔过来了。”

回头前，许时沅准备好了见长辈必备的乖巧笑容，一回头，她却怀疑自己的眼睛出了问题。

身后的男人压根不是她想象中的中年大叔，相反，他的头发乌黑浓密，五官精致，眼神温和，还穿着西中的……校服长裤？

关键是，他是半个小时前在公交车上把包还给她的男人。

许时沅一时无法将眼前的青年和“叔叔”二字画上等号，脱口问道：“聂河川，你说这位是你的叔叔？不是你同学？”

“对，我是他叔叔。”聂洲泽笑了一下，看向许源，打招呼道，“不好意思，我出去买了点儿东西。”

“没事。”许源摆摆手，拉了拉许时沅的胳膊，像过年走亲戚时那样提醒她，“小沅，还不快叫人？”

许时沅看了一眼聂洲泽的校服长裤，收回视线，窘迫地说道：“聂叔叔……您好。”

后来，每次回想起与他的初见，许时沅都恨不得扇自己一巴掌。

第一印象全被她毁了。

聂洲泽自动过滤掉她那番不得体的话，应了一声，搬了张椅子道：“别站着了，坐下喝茶。”

“谢谢……”许时沅有点儿不习惯，她一改往日东倒西歪的坐姿，化身三好学生。

许源开口道：“不好意思啊，洲泽，我家小沅一时没认出你来。”

“之前没见过，不认识也正常。”聂洲泽往白瓷茶杯里斟上茶，递给许源后，又端了一杯茶递给许时沅。

许时沅赶紧用双手接过，为了挽救一下形象，她又道：“叔叔，你真的太年轻了，看起来比聂河川大不了多少，所以我当时真的不太确定……而且，叔叔辈的长辈一般不都是……”

秃头的中年大叔吗？

“那也不一定。”聂洲泽不甚在意地笑笑，坦荡地说道，“你体谅我的这份心意，我收到了，我暂时还不会秃头，别担心。”

许时沅的目光上移，落在他浓密的短发上，她道：“看样子肯定不会。”

聂河川忍不住道：“许时沅，你认不出那条校服长裤？那是西城中学的，我叔现在是准高三生！”

“我怎么认得出来？我还没去西中呢。”惊讶之余，许时沅雀跃不已。

聂洲泽道：“问题不大，再过一个月，我们就是校友了。”

说起来，聂洲泽和聂河川只差三岁。

以前，聂河川和爸妈住在一起，许时沅经常光顾他们家，虽然知道他有个叔叔，但从来没见过这位叔叔的庐山真面目。当然，她对他叔叔也没有太大兴趣。

趁许源滔滔不绝地说着，许时沅偷偷地打量起聂洲泽。

她越看越不相信自己的眼睛。

她家没有叔叔，倒是有两个舅舅，一个和她爸一样，中年发福，另一个有一对大眼袋。

而眼前的人鼻梁侧边有一颗浅色的痣，眼睛狭长，面无表情时显得有些冷漠，同人说话时眼角眉梢含着温和的笑意。

许时沅的脑海中冒出一个词语：绅士。

她觉得他是她长这么大以来见过的最贴合“绅士”二字的人。

他很绅士，和她爸爸说话时态度谦和，和聂河川完全不是一个类型的人。

许源说：“小沅要在你们这儿住几天，我和我老婆半个月后会过来接她。这段时间得麻烦你们了。”

聂洲泽点头道：“没问题，房间已经安排好了，等我爸回来后，我会再和他说一声。”

许时沅看着聂洲泽送走许源，心里有些遗憾。

本来她不希望许源提补课的事，此刻她反倒希望许源能够提一提。

看着两人走出去，她扯了扯聂河川的袖子，压低声音问他：“喂，聂河川，你确定他是你的亲叔叔吗？”

聂河川用“你是傻子吗”的眼神看了她一眼，随即对回到客厅的聂洲泽嚷嚷道：“叔叔，你知道她刚刚问我什么吗？”

许时沅顿时有种抄起拖鞋塞进他嘴里的冲动，但碍于有人在场，她不能这么粗暴。

"问你什么？"聂洲泽弯着腰，收拾着桌上的白瓷茶杯。

"我没问什么。"许时沅抢先开口，她拎起行李包，挡住聂河川，"聂叔叔，能带我去我的房间吗？"

"可以，跟我去二楼。"聂洲泽接过她手里的行李包，道，"河川，你收拾一下桌子，我带时沅去房间。"

"许时沅问我，你是不是我的亲叔叔！"聂河川还在喋喋不休，"这不是摆明了在说废话嘛。"

然而，没人搭理他。许时沅十分欣慰。

她默默地跟在聂洲泽身后，用眼神丈量着他的腿的长度。她没留意脚下，一不小心，绊了一下便往前扑去。

出于遇到危机时的本能，她一把抓住了聂洲泽的脚踝。最后，她没有摔倒，只是左膝盖在台阶上磕了一下。

流年不利。

空气静默了半秒，许时沅松开他的脚踝，尴尬得整张脸通红。

头顶传来一道清朗的声音，她听见他问："膝盖没事吧？"

楼下的聂河川笑出了声，道："许时沅，你怎么回事啊，一来就行跪拜大礼？"

"我没事，没事。"她看了一眼身侧的手臂，聂洲泽很快便松开了手。

许时沅没空搭理聂河川，她拍了拍自己的裤子，一副"我很好，我很坚强"的样子，从容地绕行到聂洲泽前边，还刻意跨了两大步。

"上楼梯要当心点儿。"聂洲泽有些无奈。

他带她去看了两个客卧，随后她选择了自己想要的房间。

其中一个房间有飘窗，还有开阔的阳台，另一个房间相对比较狭窄，就在聂洲泽房间的隔壁。不知出于什么心理，许时沅选择了后者。

到了晚上，聂爷爷和聂奶奶先后回了家。

聂爷爷聂清海是西城大学的医科教授，他精神矍铄，戴着金丝框眼镜，穿黑色皮鞋，像个老派绅士。

许时沅想，难怪聂洲泽如此绅士，原来是受了聂爷爷的影响。

与聂洲泽不同的是，聂爷爷的身上多了一分严肃，在他面前，别说躺在沙发上，就连坐着，许时沅都不自觉地挺直了腰板。

"河川，你多带小沅出去逛逛，市中心的博物馆和动物园，还有西城城南路口的游乐园，这些好玩的地方都可以去。"

许时沅默默地想：作为“宅女”，我更想待在房间里，哪儿都不想去。

聂河川有苦难言：“爷爷，天气这么热，还是待在家里比较舒服吧？再说，那些地方我已经去过很多次了，没意思。”

此时，聂洲泽正好从二楼下来。他洗了澡，头发还湿着，在与她隔着一人距离的沙发上坐下。她一下子就嗅到了沐浴露的香气。

似乎是注意到了她的视线，聂洲泽朝她看了一眼。她没来得及收回视线，下一秒，他对她笑了笑，她的紧张感顿时烟消云散。

“聂爷爷，其实我不怎么喜欢出门，还是在家里待着凉快。”许时沅顿了一下，补充道，“在家里学习。”

聂河川道：“爷爷，我也是。”

“放假就放假，好好放松放松。”说着，聂清海看向旁边的聂洲泽，“洲泽，你带小沅去超市一趟，把要买的东西都买回来。”

“好。”聂洲泽应了一声，眼眸一转，征询起许时沅的意见，“你想什么时候去？”

“现在就可以，先等一下，我上去拿个东西。”说完，许时沅飞快地上了楼，将自己的小钱包装进口袋。

聂洲泽在门口等待，月光洒在他的脸颊上，他的眼底没什么波澜，看起来清冷而疏离，有些不近人情。在看到她的那一刻，他的眼底漾出笑意，像拂面而来的晚风。

她晃了一下神，问：“聂叔叔，我们是不是得坐车去啊？”

“不用坐公交车，你往前面看，看到乐万家的标志没有，就在那边，离得挺近的。”聂洲泽指了指正前方，“不过，如果不想步行，打车也可以。”

“那还是步行吧。俗话说，饭后百步走，活到九十九。”许时沅偷偷瞄了他一眼，“聂洲泽叔叔，你这么年轻，别人喊你叔叔，你不会觉得别扭吗？”

其实是她觉得别扭。每回这么喊，她都觉得是对他的颜值和气质的严重亵渎。

他笑着说：“听了十几年，我已经习惯了。你要是喊不惯，喊我的名字也行，反正我也大不了你几岁。”

她想，但她不敢。

“快开学了，既然我们都是西中的学生，我就叫你师兄吧。”

“你觉得舒服就好。”

以前每次去超市，她都会直奔零食区，买上几包她最喜欢的奥利奥饼干和不同口味的薯片，再来点儿水果。

今天，出于形象考虑，她克制了自己的冲动。

聂洲泽推着购物车走在她身侧，她不好直接暴露自己的吃货属性。

许时沅买了些生活必需品，堪堪占了购物车的十分之一，她道："应该差不多了吧。"

"我看看。"聂洲泽扫了一眼购物车，又挑选了水杯、拖鞋、镜子和木梳，考虑得十分周到。

"还需不需要买点儿别的？"聂洲泽问她，"吃的？"

既然他都这么问了，许时沅自然没再克制，眼底闪烁着期待的光芒，道："师兄，零食区在哪里啊？"

很快，原本只有生活用品的购物车里多了五包奥利奥饼干和两盒薯片，聂洲泽还放进去两排养乐多。

随后，他推着购物车带她去了水果区，让她挑点儿水果。

许时沅在几个西瓜上敲了敲，像模像样地听音辨瓜，随后抱了一个西瓜放进购物车，道："这个瓜肯定是全场最甜的。"

"你是怎么判断的？"聂洲泽似乎对此很感兴趣。

"我爸教我的，用手弹一弹，嘭嘭响的是熟瓜，当当响的是还没熟的瓜，噗噗响的是过熟的瓜。"难得说到她擅长的事情，许时沅眉飞色舞，"你可以试一试。"

她刚说完，身侧就出现了一只骨节分明的手。许时沅笑着侧身想去看他，一转身，她的视线就不偏不倚地落在了他的锁骨上。

聂洲泽就站在她身后，两人之间不过半臂的距离。

许时沅若无其事地移开视线，看向身前的西瓜。与此同时，聂洲泽屈起手指在西瓜上敲了两下，西瓜发出"嘭嘭"的声响。

——与她此刻的心跳声完全重合。

"师兄，这个西瓜应该也还可以。"她镇定自若地说道。

话音刚落，聂洲泽就抱起那个西瓜放进了购物车，道："那这个也买了。"

收银区，看着屏幕上的数字随着嘀嘀声不断变大，许时沅十分心疼。

没爸的孩子像根草，小小的钱包瘪得早。

那时候，微信支付尚未普及，许时沅还没来得及掏出她的小钱包，手里便被塞了个购物袋。

聂洲泽对她道："你先把这些东西装起来。"

等到她把东西全部装进去时，聂洲泽已经付完款了。他顺手接过购物袋，用另一只手将空了的购物车推回原位，整套动作行云流水。

末了，他还不忘停下脚步，叫她："时沅，走了。"

"好。"许时沅一边应声，一边默默地将钱包塞回口袋。

超市的出口处，墙壁边有一面巨大的全身镜。

女孩子也许天生就对反光的物体很敏感，许时沅也不例外，她下意识地看向镜子。

聂洲泽身材修长，是那种令人过目难忘的类型，虽然提着个购物袋，却看起来依旧温文尔雅。

相比之下，她便显得平平无奇。

因为天气热，她将短发别在耳后，她的脸有些婴儿肥，身材微胖，牛仔裤紧绷着。除了皮肤白，她找不到自己的任何亮点。

她别开视线，看向商城门口如织的车流，惆怅地叹了口气。

聂洲泽侧头看她，问："你怎么了？"

"没什么。"被自己丑到了而已，她顿了一下，道，"就是突然想到还有作业没做完，心里有点儿慌。"

平日里，聂爷爷和聂奶奶都有活动，大部分时间聂洲泽都在做自己的事。

许时沅路过他的房间时都会习惯性地瞥两眼。

然而，无论何时，聂洲泽的房门都是关上的，许时沅什么也看不见。有时候，她会在心里猜想，像他这样的人，房间里会是怎样的摆设？

某天，她忍不住问："聂河川，你叔叔在房间里干什么呀？我好像很少见他下来看电视，总不可能是在学习吧？"

聂河川道："怎么不可能啊，我叔快上高三了，不是在学习，还能在干吗？"

"比如说……"许时沅试探性地说，"和女朋友聊天？"

聂河川想都没想便道："这更离谱，他才高三，没有女朋友。"

她莫名松了一口气，又问："那他为什么总关着门？"

"我不知道，他不让人随便进他的房间。"聂河川想了想，又道，"我长这么大，好像从来没进过他的房间。"

许时沅对高三的恐怖程度略有耳闻，但她还没上高中，没法感同身受。

她从小就不太勤奋，大部分时候得过且过，偶尔跟打了鸡血似的努力几天，临时抱抱佛脚。她觉得自己能考上西城中学完全是老天爷的恩赐。

可能是因为下定决心在开学后“洗心革面，重新做人”，她现在毫无精神负担。所以，平日里就数她和聂河川最闲。聂河川在房间里玩电脑游戏，她就霸占了客厅里的电视，决心要将之前没看完的仙侠剧看完。

无奈的是，她不会调电视的数字机顶盒，电视一直显示着“无信号”，她怕把盒子弄坏，也不敢轻举妄动。

聂河川弄了很久也没弄好，最后，他只得向聂洲泽求助：“叔叔，电视好像坏了，要不叫人来修一修吧？许时沅非要看偶像剧。”

“那不是偶像剧，是仙侠剧，仙侠剧！”她义正词严地纠正聂河川的说法。

聂洲泽探身看了一眼电视机后方，道：“不用叫人。”

下一秒，电视机神奇地有了画面。

许时沅惊讶不已，道：“聂师兄，你是怎么修好的？”

“机顶盒的线没插到电视机上。”聂洲泽拍了拍手上的灰尘，扭头对她道，“现在可以了。”

原来只是没插上线……

聂河川突然不满地说道：“许时沅，你为什么叫我叔叔师兄？你礼貌吗？”

许时沅微微一笑：“秘密，你别管。”

聂洲泽去洗手的间隙，忽然听到客厅里传来一声尖叫，是聂河川发出的。

“那里有只虫子，和我的拳头一样大。”聂河川躲在许时沅的身后，一脸惊恐地指着墙角某处，“许时沅，你别靠它那么近！要不，拿张纸把它包起来，扔出去？”

“你一个大男人怎么这么胆小？”许时沅纳闷道。

她眯着眼睛，缓慢地靠近那个黑色的不明物体，直接伸手抓住了它，将其扔到了窗外，道：“行了，它飞走了。”

聂洲泽已经洗完手出来了，他的神色里有几分意外，蹙眉问：“你用手抓的？”

许时沅在心里暗道不妙，听他的语气，似乎是不太欣赏她这种不讲卫生的粗鲁行为。她有些慌，道：“是用手捉的，那个是知了……”

“你的胆子倒是大。”聂洲泽的眉头舒展开来，他似乎是松了一口气，说道，

“下次别用手，有些虫子可能会咬人。上个星期，河川修剪树木时就被虫子咬伤了。”

“你看我的手背，这个疤看见没有？”聂河川将手伸到许时沅的眼前，“上星期被咬的，现在还没消……”

他发现许时沅竟然在笑，怒道：“我被虫子咬了，这很好笑吗？！”

“不好笑。”许时沅抿着唇摇了摇头，脸上的笑意却没收敛。

知了不知疲倦地奏着曲子，此刻听来，节奏竟有几分欢快。

许时沅总算弄清楚了，聂洲泽皱眉并非嫌她粗鲁。想到这儿，她心底涌起一阵欢喜，怎么压都压不住。

聂河川纳闷地说道：“那你在笑什么？”

许时沅看着他手上的疤，道：“你被虫子咬了却还活着，这不是一件很值得开心的事吗？”

聂河川无法反驳。

由于要上高中了，聂河川的爸爸给他买了一部智能手机。那时候，大部分人还在用按键手机，拥有智能手机是一件很有脸面的事。

聂河川这人爱炫耀。拿到手机的那天，他刻意在客厅的沙发上坐着，戴着耳机玩手机游戏。

许时沅拿着一包奥利奥饼干，倚在沙发靠背上，姿态慵懒。她的注意力都放在电视剧上，压根没管在一旁不时大喊大叫的聂河川。

广告时间有点儿长，她凑到聂河川身边，道：“聂河川，你的手机能不能登录 QQ？借我玩玩呗。”

“等会儿，等我玩完这个游戏就给你。”聂河川连头都没抬，说道，“很快，等我一个小时。”

许时沅不怎么玩社交软件，经常记不住密码，最后便干脆设置成了最简单的 12345678。

她登上许久未用的 QQ 号，QQ 上立刻弹出了前些天的消息——

“阿胖，你家在哪里啊？放假了一起玩呗……”

“胖妹，听说你考上西城中学了，可以啊，不请我们大家吃饭吗？”

这些人怎么这么烦人，张口闭口胖胖胖的。许时沅最讨厌别人叫她的外号，她便把这几个人的聊天框删除了。

她问初三时的班长陈傅怡，这次的暑假作业需不需要上交给老师，如果需要的话，她将在开学前两天恶补。

过了一会儿，她收到了否定的回答："都中考完了，班主任不会管你做不做的。"

得知许时沅也考上了西城中学，陈傅怡很意外，原来，他们班只有她俩考上了西城中学。

这也挺好的。

除了部分朋友，许时沅不想再见到初中时的同学。她想进入一个全新的环境，有一个全新的开始。这样不会再有人用那些讨人厌的外号称呼她，这是考上西城中学最大的好处。

许时沅拉开茶几的抽屉，里面有两本不算厚的小说，一本是《嫌疑人X的献身》，另一本是《无人生还》，这是两本很经典的悬疑小说。她很少看悬疑小说，正想将书放回去，便听到聂河川在旁边喊道："那两本书是我叔叔的，你小心点儿翻，他可爱惜他的书了！"

许时沅沉思了几秒，鬼使神差地拿起《无人生还》，跑到二楼聂洲泽的房间门口，抬手敲了敲门。

很快，门开了。

许时沅飞快地瞥了一眼他房间里的布局，第一眼看到的便是一面巨大的木柜书架，安装的是玻璃门，书架上整整齐齐地摆满了书。书架顶端放了一个地球仪，墙上还贴了几张有些旧的动漫海报，好像是《名侦探柯南》。

聂洲泽手里拿着一支笔，笑容清朗，问道："有什么事吗？"

她晃了晃手里的书，道："师兄，这本悬疑小说可以借给我看看吗？"

聂洲泽有些意外，问："你喜欢看悬疑小说？"

许时沅犹疑了片刻，最后还是如实地摇了摇头，道："我……其实很少看这种类型的书，但我觉得这本书的名字听起来很特别，应该会很好看。"

其实许时沅也不清楚自己为什么会这么做，似乎是想借着一两本书和他产生更多的交集。

"你拿去看吧。"聂洲泽提醒她，"不过，我建议你白天看。"

她耸耸肩，道："我不怕，我以前还找别人借过恐怖小说来看。"

当天晚上，许时沅便开始看那本书，书不厚，谜团一个接一个。她越看越精神，越看越觉得诡异，最后她整个人缩在薄薄的被子里，热出了一身汗。

看完书已经午夜十二点半了，她合上书，久久缓不过神来。她第一次发现悬疑小说还不错，她打算找聂洲泽再多借几本。

此时，她觉得口干舌燥，于是起身蹑手蹑脚地出了房间。出了门，她才想起这儿不是她家，即使住了几天，这屋子的构造对她而言依旧有些陌生。

看着一扇扇紧闭的房门，她想起了《无人生还》中的人奇奇怪怪的死法，仿佛也有个鬼鬼祟祟的人暗中观察着她，随时准备趁她不注意给她致命一击。

她绷紧脚尖下了楼，摸来摸去都没摸到灯的开关，只好借着月光找到冷水壶，倒了杯水喝了，而后小跑着上了楼。

走廊上一片昏暗，只有幽暗的月光从尽头的窗户倾泻进来。

眼看就要到房间门口了，咔嚓一声，不远处传来门锁扭动的声音，她脑子里紧绷的线断了。

那一刻，她的脑子里一片空白。

她只隐约看见身前有个高大的人影，想都没想就一把搂住了“救命稻草”，身子瞬间失去平衡，而后感觉到有只手适时地扶住了她的腰。

缓了几秒，许时沅才感觉到这根“稻草”是温热的，散发着柠檬的清香，似乎还有清晰的心跳声，她抬头一看，发现是聂洲泽。

聂洲泽正垂眸看着她，问道：“怎么了，许时沅？”

聂洲泽出了声，走廊里的恐怖氛围顿时烟消云散。许时沅在心里暗道一声不妙，意识到自己的行为有多么不妥，她赶紧放开他，道：“聂师兄，我……”

聂洲泽有些哭笑不得，他似乎吓到了她，只好道：“抱歉，吓到你了。”

许时沅的脸有些发烫，她赶紧道：“没有没有，我刚看完你借给我的书，有点儿口渴，所以出来找水喝，但我总感觉这屋子里有点儿可怕，没想到你会突然走出来，我就……”

他明明提醒过她在白天看那本书，她信誓旦旦地说自己不怕，结果当晚就……

她悄悄看了一眼聂洲泽，他的嘴角扬着，她说话的声音便越来越小。

“原来是我吓到你了，抱歉。”聂洲泽搞清楚了事情的始末，敛起了唇边的笑意。

他微微弯下腰问她：“你还睡不睡得着？”

许时沅舒了口气，道：“数数羊应该可以睡着。”

“那行。”他的眉目有些温柔，“你可以开灯睡，要喝水也可以开客厅和走廊的灯。”

“好，我知道了，师兄，你也早点儿睡吧。”许时沅乖巧地点头，从容地回到自己的房间。

关上门后，她才听到聂洲泽关门的声响。

奇迹般地，她不再疑神疑鬼，取而代之的是久久未平息的快速的心跳，不知是被吓的还是另有原因。

第二天早上，聂河川下楼吃早餐，他打了个哈欠，问：“许时沅，你昨天晚上有没有听到什么声音啊？”

“啊？声音？”许时沅拿勺子搅粥的动作顿了一下，想起昨天丢脸的画面，她支支吾吾地说，“好像……没有吧？”

“就是昨天半夜，当时我被热醒了，听到走廊上传来奇奇怪怪的声音，又懒得去看。”聂河川抓了抓头发，转头看向对面的聂洲泽，“叔叔，你没听到吗？”

许时沅低头盯着手里的白色瓷勺，紧张得抿唇不语，却听到聂洲泽云淡风轻地说道：“我也没听到。”

聂河川自言自语道：“那估计是我听错了，不过，昨晚还真是热啊，不知道怎么搞的，我把风扇调成定时了……”

许时沅松了一口气，她喝了口粥，悄悄瞥向聂洲泽，恰巧对上他的视线。

他的眼神坦坦荡荡，笑意淡淡的，却令人安心。

许时沅神色一顿，也弯了弯嘴角。

不知怎么回事，她有种在和他对暗号的感觉。

那是只有他们两个人才知道的暗号。

闲了十几天后，聂河川找聂洲泽借来了高中课本，准备预习一下高中知识。许时沅终于有了一丝危机感，觉得自己也得找点儿事情做才行。

看着库存充足的奥利奥饼干，她决定自制一些与众不同的美食。她打开冰箱门，看到两排养乐多摆放在架子上。她留意到，从她第一天来到这里，冰箱里就总是放着两排养乐多。

她问：“聂河川，冰箱里的养乐多能不能赞助我一些？我想做好吃的。”

“可以是可以，但这些养乐多不是我的，是我叔叔的。”聂河川说，“你去问他呗。”

“聂师兄他……喜欢喝养乐多？”许时沅很难想象聂洲泽拿着小巧的养乐多，小口地啜饮着的画面。

“挺喜欢的。”聂洲泽不知何时过来了，他从冰箱里拿了瓶养乐多，撕开那层锡纸包装，喝了一口，随后看向她，“你要吗？”

“我想用养乐多和奥利奥做冰激凌雪糕，你可以借我三瓶吗？”许时沅比了个“三”的手势。

她话音刚落，聂洲泽就将没拆封的那排养乐多递给她，道：“这排给你。”

“好！”许时沅赶紧道，“下次我去超市买新的还给你。”

“不用还了。”聂洲泽把空瓶扔进垃圾桶，笑了笑。

许时沅先把没开封的小包装奥利奥饼干敲碎，又撕开封口，加入养乐多和水，而后放了根筷子勉强充当冰激凌雪糕的木棍，最后扎上封口，将自制的冰激凌雪糕塞进冰箱的冷藏柜。

两位老人家不吃冰冻的东西，所以她只做了三个，其中一个冰激凌雪糕没加水，而是直接用了两瓶养乐多。

晚饭后，许时沅取出冻了半天的三个圆筒型奥利奥酸奶冰激凌雪糕，上面还冒着丝丝白气。

聂河川在旁边洗碗，她碰了碰他的肩膀，诱惑他道：“聂河川，我的冰激凌雪糕做好了。”

聂河川抬眼看了看，眉头一皱，道：“怎么这么黑？卖相不太行啊。”

“废话，这是用奥利奥做的，还能是白的？”许时沅不乐意了，“卖相不太行，那你不要吃，我一个人吃两个……本来还想给你一个的。”

说完，她转身走出了厨房。聂河川在她身后喊道：“哎，我没说不要啊，给我留一个啊！”

聂洲泽在客厅沙发上坐着，电视里正在播放晚间新闻，他看得很认真，旁边还放了个笔记本，不时地写些什么。

“师兄，你在写什么啊？”许时沅走到他身侧，好奇地扫了眼他摆在桌子上的笔记本，本子很厚，字迹工整漂亮。

“摘抄一些新闻。”聂洲泽道。

“那你要不要休息一下？我的冰激凌雪糕做好了。”许时沅挑出用两瓶养乐多做的那支冰激凌雪糕递给他，迟疑着道，“就是卖相可能有点儿……”

聂洲泽接过她递来的冰激凌雪糕，道：“卖相挺可爱的。”

“来，我也尝尝！”刚洗完碗的聂河川冲了出来，咬了几口后，他眉头一皱，“这也太酸了吧，用可乐做的肯定更好吃。”

许时沅瞥了他一眼，道：“那下次你来做？”

另一边，聂洲泽咬了一口冰激凌雪糕。许时沅悄悄地观察着他的神色，问：“怎么样？”

“比超市卖的好吃。”聂洲泽说。

“真的啊？”许时沅顿时大喜，松了一口气，“不会是客气话吧？”

“真的。”聂洲泽笑着望向她，又咬了一口冰激凌雪糕。

他说话时总是直视对方的眼睛，不躲不闪，让人觉得他的赞美是发自内心的，很真诚，丝毫不敷衍。

傍晚时分，天空中铺了一层粉紫色晚霞，街道上弥漫着烟火气息。

在聂家，许时沅接到了许源的电话，说再过三四天就会来接她，让她在聂家多待几天。

其实，许时沅有些乐不思蜀，住着住着就不太想回家了，于是道：“爸，你和妈再多玩几天，没关系，不着急。”

许源有些纳闷。上个星期，许时沅还死活不肯去聂家，现在听她的语气，怎么反倒有些不舍了？

“那行，那我和你妈再多待两天，你赶紧做作业，你妈回去还要检查。”

“呲——我不会做，可以不做吗？”许时沅都快忘记自己把作业本扔到哪儿了。

“不会做你可以问别人啊，洲泽也在家，他的成绩还可以，你不会做就去问问他，知道吗？”

“行吧……”许时沅打算先答应下来，但并不准备付诸行动。可她万万没想到，许源转头就打了个电话给聂洲泽，让他多多督促她。

吃饭时，聂洲泽便提起了这事：“有不会的题尽管来问我。”

于是，她不得不找了一道题，虚心地去向聂洲泽求教。她敲了敲他的房门，没想到门是虚掩着的，一敲就开了，随后，一支悠扬的钢琴曲缓缓地从屋里流淌而出。

“师兄，你有时间吗？”许时沅站在门口，重新拉上他的房门后问道，“我有道数学题不会，想请教你一下。”

“你进来吧，不用关门。”聂洲泽示意她进屋，随后调低了钢琴曲的音量，问道，“哪道题？”

他应该是刚洗完澡，发尾还是湿的。她站在他身侧，视线恰好落在他鼻梁侧面的那颗痣上。

“就是这道题，要怎么证明这两条线平行？”许时沅把那道题拿给他看。

这是她第一次进他的房间，米色的窗帘在阳光的照耀下白得发光，空气中有淡淡的沐浴露香气。

木质的书桌很有年代感，课本和练习册整齐地摆在书架中间，墙上贴着英文单词便利贴，最右侧的相框里是一张全家福。

聂洲泽一边看题目，一边拉开书桌前的椅子，对她道：“坐。”

许时沅二话不说便坐下了，见他一直站着，她这才发现房间里只有一张椅子，也就是她现在坐着的这张。

这不太好吧……许时沅赶紧起身道：“师兄，要不还是你坐吧？”

她抬起头，入目便是他完美的下颌线。

“客气什么，坐着吧。”聂洲泽站在她身侧，将书放到她身前的位置，左手顺势撑着桌子，问道，“题目看懂了吗？”

他身上的气息随着他的动作将她包裹，许时沅的背部不自觉地绷紧了。她抿了抿唇，道：“题目看懂了，但是这个 t 值，我不会求，没有一点儿思路。”

他心无旁骛地讲题，并没有留意到她片刻的分神。他握着笔在题目上圈圈画画，道：“我刚刚讲的这个步骤，你理解了吗？”

晚风吹开窗帘，月光趁人不注意溜了进来，落在聂洲泽修长的手指上。忽然间，聂洲泽的指尖动了动，她猛然回神。

“对。”为了隐藏自己走神的事实，她佯装恍然大悟地点点头，“我理解了，师兄，你继续。”

“那好，你先重复一下我刚才讲的步骤。”

她蒙了，随即道：“我现在又忘了。”

虽说是为了应付她爸，但聂洲泽讲得很详细，许时沅自然也不好意思再开小差了。

况且，聂洲泽比她初三时脾气暴躁的数学老师有耐心多了。

如果可以的话，许时沅真希望他能把她不会的题都讲一遍。然而，他毕竟是准高三学生，学习很忙，她不好意思这么麻烦他。

当天晚上，许时沅撕下了暑假作业后面的参考答案，花了两天时间把答案抄了上去，结果体重都轻了两斤。

这天晚饭后，聂爷爷夫妇俩出门散步去了，剩下三个小辈在家。聂洲泽在二楼洗澡，等他下来后，许时沅把冰箱里的半个西瓜拿了出来。

许时沅将最大的那块西瓜递给聂洲泽，又递了一块西瓜给聂河川。

聂河川嫌她给他的西瓜太小，直接抱走了剩下的西瓜，道：“这一半是我的，没你的份儿了。”

有聂洲泽在，许时沅不想表现得太小气，便懒得和他争。她潇洒地摆手道：“你吃呗，我可以再去买，反正也不远。”

聂洲泽却道：“分给我一半。”

叔叔发了话，聂河川不敢违逆，把西瓜切了大半递给聂洲泽。下一刻，聂洲泽就把那块西瓜递给了许时沅，道：“给你。”

讶异片刻后，许时沅赶紧接住了这突如其来的幸福，道：“谢谢师兄。”

“叔叔，你欺骗了我。”聂河川是独生子，从小被父母捧在手心里，好东西要分享的意识不强，他控诉道，“她昨天把另一个西瓜吃了。”

“哦。”聂洲泽笑了一声，按住愤愤不已的聂河川，“别这么计较，尤其是对女孩子。”

聂河川像被命运扼住了咽喉，却还是忍不住讲起了他的歪理：“可许时沅已经这么胖了，我也是为她好，她再吃下去都快胖成猪了。”

许时沅瞬间就笑不出来了。

她默默地把西瓜放在了一边，没再说话。

她最讨厌父母以外的人拿她的外貌和体重开玩笑。

她最胖的时候是在初二，那时候，她的体重达到了一百三十多斤，在班里一众女生中显得有些突兀，后排的男生们便给她取了“肥妞”“胖妹”“猪婆”等外号。

一开始，她会追着那些男生打，后来她觉得这样特别幼稚，干脆假装没听到。即使初三时她瘦了不少，这些外号也已经被所有人默认了。

尤其是某个男生，她一进教室就能听到他的大嗓门：“哟，胖妹回来了。”其他人都事不关己地笑着看向她，觉得这是一件很好笑的事，她却感到难堪。

也是在那时候，她隐隐意识到，人天生对和大多数不一样的人怀有恶意，默认被排斥的人需要有开得起玩笑的宽广胸襟，不然就是“玩不起”。

无论是青春期的发胖、不爱说话的个性，还是在课堂上积极举手发言，都免不了被人在背地里议论。

虽说青春期的小孩心性不成熟，口不择言，情有可原，可青春期的小孩也是最敏感、最在乎他人的眼光、最易受伤的。

许时沅盯着电视，屏幕上，一帧一帧的画面闪过去，电视上的人在斗嘴，她却觉得没意思。

“河川，跟我过来一下。”聂洲泽提着聂河川的衣领去了另外一个房间。

聂河川不知所措地站着，一脸茫然地问：“叔叔，你干什么啊？”

聂洲泽关上门，转身看着他道：“我想问你几个问题。”

“什么？”虽然聂洲泽的嘴角噙着笑，可聂河川总觉得他的目光有几分凛然。

“如果是你，你会喜欢别人用你的外貌或者不完美的地方攻击你吗？”聂洲泽不急不缓地问，看起来特别有耐心。

“我肯定不喜欢啊……”聂河川突然顿住，似乎想起了什么，说道，“但我这也不算攻击吧，我只是和许时沅开个玩笑。”

“那照你这么说，”聂洲泽似笑非笑地说道，“我说你矮，跟冬瓜似的，你觉得这个玩笑好不好笑？”

初三那年，身高仅有一米六几的聂河川因为在篮球场上被对手说是“矮冬瓜”，差点儿和对方打起来。

此刻，看着比自己高许多的聂洲泽，他受到了一万点暴击。

“不好笑，可我说都说了，能怎么办……”

过了许久，聂河川磨磨蹭蹭地从房间里出来，他满面羞愧，慢吞吞地挪到许时沅身边，道：“那个，许时沅……”

许时沅没好气地说道：“干吗？”

“我刚刚不是故意说你的……你别放在心上。”聂河川确实是无心的，要不是聂洲泽提醒他某些玩笑会伤人，他根本不会有这种意识，“对不起。”

许时沅狐疑地瞥了他一眼，不敢相信能从一个神经大条的人口中听到这种话。

“哦，我知道了。”许时沅看了他一眼，“我才没那么小气。”

聂河川想起之前在学校听到其他人调侃许时沅胖，他以为她习惯了，从来没帮她出过头，现在想想更过意不去了，只好把手上的那块西瓜当作赔罪礼物。

“下次我不会再开这种低级玩笑了，这块西瓜给你吧，当作赔礼。”

许时沅拿着那块西瓜，望着聂洲泽上楼的背影，直到他的背影消失，她才收回视线。

“谢谢。”她轻声道。

很多人都说她性格好，不与人计较。只有她自己清楚，她比谁都介意听到那些字眼。有时候，开朗和大方都是装出来的，不开心也得藏着，只是为了合群，为了成为他人口中的“大方”的人。这是第一次有人注意到她小心翼翼隐藏起来的自卑与敏感、难堪与窘迫。

她大口地咬下一口西瓜，觉得这块西瓜似乎比刚才吃的那块要甜很多。

聂河川在旁边小声嚷嚷着：“许时沅，你能不能原谅我啊？”

许时沅的嘴角都快咧到耳根了，她道：“原谅你了，原谅你了，如果还有下次，我一定饶不了你。”

窗外下着太阳雨，午后的天空碧蓝如洗。

幼小的嫩芽破土而出，在不为人知的角落里悄然生长着。

第二章 日记

两个星期过去，许源和沈时从A市回来了。当天晚上，两人便来聂家接许时沅，这次，聂爷爷聂清海和聂奶奶柳如月都在家。

聂洲泽不时起身给长辈添茶。

两家人都在场时，大人们便喜欢将她和聂河川的童年旧事重提：为了抢蛋糕打架打到睡着，晚上睡觉非得挤在一张床上……

每当这时，许时沅便怀疑他们是不是找不到其他话题了。

许源眉飞色舞地说道："对，有一回，你不听话，被你妈骂了，还撺掇河川和你一起离家出走，没想到河川刚答应，你转身就跟我们打小报告。你们还记得吗？"

许时沅下意识地瞥了一眼聂洲泽的方向，他饶有兴致地听着，甚至笑了……

这一刻，她希望有人能封住她爸的那张嘴。

"爸。"她戳了戳许源的胳膊，"我想，你一定听过那句话。"

"什么话啊？"

"好汉不提当年勇。咱说说别的吧？"

主位上，聂爷爷笑道："一回来就来接女儿，是不是怕她在我们这儿吃得不好？"

"哪里的话。"许源看了一眼自家女儿，她看上去似乎比他离开时圆润了几分，他道，"我不是怕她吃得不好，是怕她吃得太好了。上回我打电话回来，她还说不想回去，让我和她妈在A市多待几天。"

“是吗？”柳如月笑眯眯地看向许时沅，“要不就别回去了，收拾东西来和我们一起住好了，和聂河川一起上下学，好不好？”

许时沅连连点头，道：“要是我爸妈都同意，也不是不可以。”

她的话把大家都逗笑了。

许时沅悄悄侧过头，又看了一眼聂洲泽的方向，他的一双眼明朗有神，也在笑。

许源更讶异了，才两个星期没见，自家女儿像换了个人一样。

“是不是在聂爷爷家没人管着你，乐不思蜀了啊？”

柳如月拍了拍聂洲泽的背，道：“怎么没人管？洲泽替我们管着呢，你还不放心？”

虽然聂洲泽只比他们大三岁，但他是聂清海最小的孩子，聂清海非但没有溺爱他，反而对他最严格。

很小的时候，他便单独住在一个房间，每个星期都会挤出时间锻炼，并且从初中起就开始住校。

聂洲泽比同龄人要明事理许多。

——这些都是许时沅听柳如月说的。难怪聂洲泽虽然只是准高三生，却比聂河川成熟很多。

许时沅想，这个夏天是她人生中过得最有意义的一个夏天。

她不仅考上了市重点西城中学，还遇见了一个人。

虽然柳如月让许时沅住下，但大家都心知肚明，那只是长辈的调侃。

晚饭后，许时沅回房间收拾了自己的行李，准备走人。

临走前，她把聂洲泽借给她的悬疑小说还给他。

聂洲泽问：“都看完了？”

许时沅道：“有两本看完了，《爱伦·坡短篇小说集》和《东方快车谋杀案》还没看完，但是我想……”她斟酌着措辞，想问问他可不可以让她带回去看，这样一来，她和他的联系就不会因为她回家而断开。

然而，聂河川告诉过她，聂洲泽特别爱惜书，她提这个要求会不会有些过分？

聂洲泽见她半晌没说话，对她道：“可以。”

“我还没说呢……”许时沅有些惊讶，随即反应过来，郑重其事地接过那两本书，“聂师兄，你放心，我会好好保管，尽快看完还给你。”

有人和自己的兴趣爱好相似，在聂洲泽看来是一件值得开心的事。他舒展眉眼，道：“课外时间再看，不着急。”

“好，那聂师兄，我先走了。”许时沅像寻到宝一样，喜滋滋地抱着两本书。

“对了，时沅。”

她心中一喜，仿佛期待着什么，眼睛亮晶晶的，道：“啊？”

聂洲泽说：“下公交车的时候，别忘了提行李。”

——啊，黑历史。

美好的日子总是过得很快，暑假已经余额不足。

许源给了许时沅一部新手机，是可以上网的智能手机，她没听过的品牌。

开心之余，许时沅又想到另一件事。

他们家的生活条件之前还算可以，但自从她爸妈在西城市区买了房子，付完首付，每个月得还几千元的房贷，因此，她早就做好了用老爸那部旧诺基亚手机的准备。

“爸，这部手机是不是很贵啊？”

“这你就不知道了。”许源神秘一笑，“我和你妈去A市的时候，你妈公司组织了抽奖活动，她幸运地抽到了这部手机，没花钱。”

许时沅佩服道：“哇，我妈的手气也太好了，手机都能被她抽到！”

“那是。”许源笑嘻嘻地坐到许时沅身边，“看看有什么要下载的软件，现在抓紧下载下来。”

“我看看。”许时沅迫不及待地打开软件商店，问道，“下载东西要钱吗？”

“不用钱，要用流量。你这张手机卡每个月有600MB的流量，够你用了吧？”

她下载了QQ，还有QQ音乐，其他的她暂时没有想到。软件下载量排行榜第一的是微博，虽然不清楚它是做什么用的，但冲着这排行第一的名头，她也下载了一个。

她好奇地打开微博，按照指引注册了一个微博账号，密码依旧是12345678，昵称准备用“奥利奥小饼干”。

谁知，屏幕上弹出“昵称已被占用”的字样。于是，她又在后面加了“聂zz”。她转念又觉得这样太容易被辨认出来，最终她将昵称改成了“奥利奥小饼干nzz”。

“nzz”，这三个字母里藏着她的心事，这下谁也不会发现了。

"在干什么啊？"沈时拖完地，走了过来。

许时沅下意识地按下返回主页的按键，又随意地翻了两下，道："没什么，随便看看有什么好玩的。"

沈时没发现什么异样，道："我跟你说啊，买了新手机就得爱护，不要乱放，别弄丢了。"

"买了？"许时沅抬起头，有点儿纳闷，"爸爸刚才不是说这是你抽奖抽到的吗？"

"哦，我说错了。"沈时反应过来，若无其事地点点头，"抽奖抽到的也得好好保管，要是你沉迷于手机，不好好将它当作学习工具，我随时会把手机收回来，知道吗？"

"知道知道。"她满心欢喜地点头。

据天气预报，过几天台风就要登陆了。趁现在天气晴朗，许时沅和陈傅怡约好一起去新华书店买教材和文具。

许时沅家离新华书店不远，步行只需要十五分钟。陈傅怡是坐公交车来的，见了面，两人有些生疏地扬了扬手，道："嗨。"

陈傅怡对待学习的态度和许时沅完全相反，她是班里最勤奋的学生，话不多，笔记上的字迹工工整整，但她的成绩并不是最拔尖的。中考时，她是擦线进的西城中学，这一点让许时沅觉得十分不可思议。

初三一整年，两人的关系说不上多好。许时沅找陈傅怡借过几次笔记，但两人没说过几次话。然而，作为班里仅有的考上西城中学的两个人，这像是一个契机，在无形中拉近了两人的关系。

见了面，许时沅发现陈傅怡比在教室里时话多了不少，没那么拘谨，不再板着一张脸了。提起她的变化，陈傅怡有些无奈："我不喜欢在人多的时候说话，人少的时候，我的话比较多。我这样是不是很奇怪？"

"不会啊。"许时沅耸耸肩，想了想，又道，"一个人的性格有很多面是很正常的，你应该是那种外冷内热的性格，对吧？"

"是吧。"一直被人说"内向"的陈傅怡难得听到这样的评价，有些欣喜，过了一会儿，她问，"对了，你有没有想过要选文科还是理科啊？"

"我……随缘吧。"许时沅没想那么长远，被这么一问，她顿时反思起来自己在暑假里是不是过于松懈了，"大概率选文科吧，听说文科的数学比较简单。"

陈傅怡皱了皱眉，道："可我大伯跟我说，学理科比较好找工作，文科就是死记硬背，学不到什么有用的东西。"

"你想得这么长远啊？我再看看吧，如果死记硬背能得高分，那我就选文科好了，工作以后再说。"她美滋滋地想。

根据陈傅怡的推荐，许时沅买了《薛金星教材全解》的数学科和化学科，外加一本《高考作文素材大全》。

"我们要不要再买几本《5 年高考，3 年模拟》啊？"许时沅问。

陈傅怡疑惑地说道："不用那么着急吧？我们现在应该先学基础知识，《5 年高考，3 年模拟》等到了高三再买也行。"

"好，那就先不买。"许时沅想起了聂洲泽的书桌，说道，"我就是看到我朋友的叔叔的书桌上有好多本紫色的《5 年高考，3 年模拟》，他说挺有用的。"

"你朋友的叔叔？都是叔叔了，怎么还要用《5 年高考，3 年模拟》啊，是参加成人高考吗？"

"不是。"谈起聂洲泽，许时沅的嘴角像有了自己的意识一样自动上扬，"他只比我们大三岁，也在西城中学，快上高三了。"

陈傅怡没有多问，只是哦了一声。买完新书和文具，陈傅怡便和许时沅告别："许时沅，我还要回家做饭，先回去了。"

"好，拜拜。"许时沅并不着急，继续挑挑拣拣。

她看中了一个带密码锁的笔记本，就是价格不太友好，竟然要十五元，都够买几包小包的奥利奥了。

算了，为了这密码锁，奢侈一次。

结账后，许时沅进了书店二楼的阅读区，拿了一本日本小说家写的悬疑小说，找了个座位坐下看起来。

明明出门时天空还是晴朗的，现在，书店上空凝聚了大团的乌云。转瞬之间，倾盆大雨说下就下，许时沅站在书店里看着大雨清洗着玻璃。

在南方小城，这场雨是在为台风蓄势，可她没带伞。

出门前，沈时叮嘱她带把伞，许时沅觉得又拿书又拿伞太麻烦，所以就没带。

果然，不听老人言，吃亏在眼前。

"爸。"许时沅很快接到了许源的电话，在书店门口张望，"你要来这边啊？不用了吧，等雨停了，我自己回去……知道了，等会儿雨要是不停，我再给你打电话。"

“时沅？”

许时沅刚挂了电话就听见有人叫自己，她循声转头，便看见来人峻挺的鼻梁边淡棕色的痣和舒展的眉眼。

她难掩眼底的喜色，道：“聂……师兄，好巧。”

好些天没见，她对这个称呼有些生疏了，问道：“你也来这儿买书吗？”

她抬头看看天，雨比之前小了一些。

整个上午，聂洲泽都在新华书店看书，本想趁着雨势变小离开书店，没想到在门口看见一道分外熟悉的身影，他便站在不远处等她打完电话。

“本来是想买的，下雨了就不准备买了，书要是淋了雨，可能会发皱。”聂洲泽说着，看了看她的身侧，“你带伞了没有？”

“忘记了，我以为不会下雨。”许时沅不好意思地笑了笑，“我爸刚刚还催我赶紧回家吃午饭，不过得等雨停了才行。”

聂洲泽看了一眼乌云密布的天空，又看着她道：“这雨一时半会儿恐怕停不了，你家就在附近对吗？我送你回去。”

“就在附近，”许时沅心里狂喜，然而，面对他时，她总是有几分矜持，“但是怎么好意思麻烦你……”

“怎么这么客气？”聂洲泽笑得有些无奈，撑开伞对她道，“走吧，趁现在雨小。”

许时沅抿了抿唇，低着头掩着嘴角偷笑，轻咳了一声后飞快地钻入他的伞下，道：“好，谢谢师兄。”

伞不大不小，正适合两个人打。许时沅知道自己有点儿胖，所以刻意缩了缩肩膀。下一秒，她便发现伞往她的方向倾斜过来。

没过多久，许源又打来了电话，对她道：“小沅啊，你现在是不是还在新华书店？”

“爸，我在路上了……”

她还没说完，许源就打断了她的话：“你淋着雨啊？这可不行，爸爸现在就出门去接你，你回新华书店里好好待着。”

她看了身侧的人一眼，道：“不用了，我在书店碰上聂师兄了，他送我回去。”

“人家是聂河川的叔叔。”许源在那头皱了皱眉，“没大没小的。”

“是师兄让我改的称呼！”许时沅连忙解释，“再说了，哪个十几岁的学生会希望被人叫叔叔？”

许源只好随她去。

聂洲泽左手撑着伞，握着伞柄的手指骨节分明。由于离得近，她的肩膀和他的肩膀高度差有点儿大，走路时会时不时碰到他的衣袖，每碰一下，她的心就收紧一下。

如果她再高一点儿、再瘦一点儿就好了，和他站在一起就不会有这么明显的身高差。

雨扑簌簌地落在伞面上，像极了她此刻扑通乱跳的心。

“我不认识去你家的路，你指一下。”聂洲泽说。

她一抬头便对上了他的视线，随即收起唇边的笑意，认真道：“在对面那个十字路口左转，然后一直走。”

聂洲泽点点头，随后问她：“你买了什么书？”

“两本教材全解，还有一本《高考作文素材大全》，就这些。”许时沅说着，想起了另一件事，问道，“对了，师兄，你是理科生还是文科生啊？”

聂洲泽看着她紧紧皱起的眉头，莫名觉得可爱。他笑着问：“你觉得我像理科生还是文科生？”

“应该是理科生吧？”许时沅有些不确定。

她有个堂哥是理科生，长得五大三粗的，性格也比较直爽，这让她对理科男生有一种刻板印象。她改口道：“不对，是文科生吧？”

聂洲泽问：“为什么这么说？”

因为你长得好看，温柔又绅士。许时沅想这么说，但她说不出口。

许时沅道：“因为你房间里的书架上有很多书，文科生好像都比较喜欢看书，所以我猜对了吗？”

“你这个猜测挺有趣的。”聂洲泽说，“其实，理科生也喜欢阅读。我是理科生。”

许时沅顿时懊恼不已，道：“那我第一次就猜对了，早知道就不改了。你是理科生啊。”

上午，陈傅怡问她选理科还是选文科，她随口说想选文科。

可现在，她觉得选理科应该也不错。

步行大约十分钟后，许时沅忽然听到聂洲泽说：“时沅，你先撑着伞。”

“哦，好。”许时沅有些不明所以，抬眼一看，原来前方有个排水井，雨水疯狂地涌进去，井盖则孤零零地躺在边上，她诧异地说道，“井盖怎么没盖上？”

她正想问怎么办，这时，聂洲泽弯下腰使了些劲，井盖慢慢回归了它的位置。

力气好大，许时沅默默感叹了一句。

聂洲泽起身接了点儿雨水洗干净手上的污渍，随后对她道：“把伞给我吧。”

也是在此时，伞面上的滴答声忽然变成了啪嗒声，这雨变大了，倾盆而下，空气中弥漫着泥土混合着青草的气味。

“我们离近一点儿。”

“我们”，许时沅默默地咀嚼着这个词。下一秒，她心头一颤——他的手轻轻覆上她另一侧的肩头，两人之间的距离一下子拉近了。

许时沅不喜欢下雨天。

初中的时候，她步行上学，碰上下雨天就是一场灾难。尽管她小心翼翼地避开水坑，但还是有水进了鞋子。到学校后，她的鞋袜全湿了，又不能脱，那种感觉太折磨人了。

现在，她竟然不那么反感下雨天了，甚至希望这雨能下得久一些，从书店到她家的路再长一些，鞋子进水了也没关系。

到了她家，这雨却越下越大，不见有停歇的迹象。许时沅尽量让自己的语气听起来自然一些，道：“师兄，你到我家休息一下吧，这雨太大了。”

“好，先等会儿。”他自然地应下。

聂洲泽抖下雨伞上大片的水珠，才同她一起上了楼。

跟许源打过招呼后，他将雨伞晾在了阳台上。

沈时不在家，晚上才会回来。许源刚做好午饭，他热情地笑道：“洲泽啊，来都来了，留下来吃了午饭再走吧。小沅，快去再拿一副碗筷。”

没等聂洲泽应声，许时沅就飞快地跑进厨房拿了碗筷，道：“师兄，这雨一时半会儿不会停，你就在这儿吃饭吧。”

聂洲泽没有拒绝，应了声“好”。

许时沅这才注意到，聂洲泽一侧的肩膀湿了一大片，而她的上半身滴雨未沾，只有小腿处的裤脚和鞋子湿了。她悄悄把许源拽到一边，道：“爸，聂师兄的衣服湿了。”

许源赶紧道：“洲泽，你去换件衣服吧，穿湿衣服不好，小沅……”

他转头一看，许时沅已经跑进了他的房间。

许时沅打开许源的衣柜翻找了许久才找到一件称心意的短袖，短袖是黑色的，是她之前帮许源选的。

她拿上衣服出了房门，见聂洲泽正在和许源说话，她走过去，道："聂师兄，你先换上这件衣服吧。"

许时沅脱了鞋子，想换上她平时在家穿的居家短裤。她想了想，还是把短裤扔到一边，重新找了一条宽松的长裤换上。

虽然是掩耳盗铃，但她不希望他看见自己粗壮的大腿。

她在房间里磨蹭半天，聂洲泽已经换好了衣服。短袖的款式很简单，他的骨架优越，穿着很好看。他没换牛仔裤，湿了的裤脚被卷起，露出了脚踝。

他穿的是她挑的衣服，想到这一点，许时沅觉得面前的饭菜都变香了。

"怎么磨蹭了这么久？快过来吃饭。"许源留意到向来怕热的女儿竟然穿着长裤，问道，"怎么大热天还穿长裤？"

许时沅在心里翻了个白眼，心想，别把他的目光吸引到我的腿上来！

她迅速在饭桌前坐下，把双腿藏到桌子底下，道："我刚才淋雨了，怕得风湿病，所以穿了长裤。"

许源无话可说了。

聂洲泽笑了下，打趣道："年纪轻轻的，不至于得风湿病。"

"以防万一嘛。"

"也有道理。"

许源觉得这场面莫名和谐，至少自家女儿和聂河川在一起时，说话的声音都比现在高一个度。想到这儿，许源给聂洲泽夹了个大鸡腿，道："洲泽，谢谢你这么照顾我们家小沅，以后常来啊。"

"客气了，咱们两家关系好，互相照顾是应该的。"他态度谦恭，挑不出任何毛病。

——两家关系好。

许时沅低下头，心想，如果两家关系不好，他是不是压根不会对她笑？

她不喜欢这个假设，也不敢深想。

窗外，雨已经停了，太阳不再躲在厚厚的云层后，无声无息地探出了头。

聂洲泽没有久留，坐了一会儿便离开了。

许时沅站在阳台上，不远处的盆栽叶片上，露珠折射出璀璨的光芒。不知为什么，到了许时沅眼里，连那个逐渐远去的背影都带着光。

鬼使神差地，许时沅打开手机，对着聂洲泽的背影按下了快门。距离太远，照片拍得有点儿模糊，但不妨碍她将它保存下来。

“小沅，别站在阳台上晒太阳。”许源见她举着手机，便问，“你在拍什么？”

许时沅的手一抖，她迅速将手机转过去，道：“哦，我在自拍。”

许源顿时来劲了，道：“来，咱父女俩拍一张，我看看这新手机的像素够不够高。”

“爸，我有点儿好奇。”许时沅一边拍，一边状似无意地问，“为什么聂师兄和聂河川的性格这么不一样啊？”

许源道：“肯定不一样啊，聂河川以前不和你聂爷爷一起住。聂洲泽是他的儿子，性格随他。要知道，你聂爷爷年轻时是出了名的绅士，对洲泽的要求自然也比较高。”

“难怪。”许时沅恍然大悟，“那我的性格是不是也像你？”

许源很认真地思考片刻，道：“随和、开朗、大大咧咧，这几点像我，其他的，你自成一体，比如懒、宅、三分钟热度……”

“好了，别说了。”许时沅听不下去了。

到了晚上，夜深人静时，许时沅拿出那个带密码锁的笔记本，郑重其事地开了锁，在扉页上写上“许时沅的秘密日记”。

写下“秘密”二字后，她就后悔了。这两个字仿佛此地无银三百两。幸好还有万能的胶带，她将胶带一撕，就把“秘密”二字去掉了。

下一秒，她觉得这个笔记本因为这页纸变得不完美了，于是，她狠心撕掉了扉页。

许时沅其实不喜欢写日记。

上小学三年级时，她和聂河川偷偷花一元“巨款”在校门口的小卖部买了两包辣条。当天晚上，她把这件值得纪念的事写进了日记。

第二天，沈时在吃早饭时问了她一句：“辣条好不好吃？”

许时沅当时就慌了，摇摇头说：“我没有买过辣条。”

沈时说：“可我看到你的日记本上写着还想攒钱再买两包啊。”

许时沅顿时无言以对。

最后，许时沅挨了一顿训斥。

自那以后，她就再也不想写日记了。

能被除自己之外的人随便翻看的不叫日记，而叫“犯罪记录”。这样一来，她宁愿把重要的事情藏在心里，不会遭到任何人的窥视，连最亲的人也不行。

许源说她的性格大大咧咧、开朗，一定程度上她是认可的。不过，她并非完全如此，她的心思也可以很深沉，深沉到只有她和她的枕头知道。

最后，笔尖在纸面上停留了很久，她才写下了三个字母“nzz”，随后又涂掉了。

太不安全了。许时沅拉开底层的抽屉，把密码锁笔记本塞到抽屉里。

窗外，路灯昏黄，小雨淅淅沥沥地落着。

她又想起那时的倾盆大雨，聂洲泽的手虚揽在她的肩膀上。

许时沅睡不着，伸手摸了摸自己的肩膀，咧开了嘴。

她从没有像这个暑假这样期待开学，她想快点儿去西城中学，快点儿和他不期而遇。

2012年8月29日，0点3分。

昵称为“奥利奥小饼干nzz”的微博用户发了第一条微博：今天nzz送我回家了，他穿着我爸的那件T恤，好合适，嘻嘻嘻。

开学前一天，许时沅睡午觉醒来，迷迷糊糊地出去倒水喝。

一看到阳台上晾晒的那件衣服，她立刻清醒了大半。这件黑色T恤不正是她前天从许源的衣柜里翻出来给聂洲泽换上的那件吗？

聂洲泽来了？他在哪儿？

许时沅四下张望，可除了躺在沙发上看报纸的许源，根本没有别的人。

难不成他爸有两件同样款式的T恤？

“爸，你的衣服什么时候飞回来了？”她放下水杯问道。

“那个啊，洲泽刚才来过，他把衣服洗干净还回来了，还没晒干。”许源指了指阳台，“我还想说让他不用还了……”

“那他人呢？”

“刚走。”知女莫若父，许源听她的语气挺着急的，坐起身问道，“怎么了？你找他有事啊？”

许时沅啊了一声，顿时觉得怅然若失，高涨的情绪立即退去，说道：“他待了多久？你怎么不叫我一声？我有道题想问他来着。”

许源觉得自己里外不是人，道：“叫你？我能叫你吗？上次你午睡时我叫你起床，你气得一下午没有理我。”

“算了。”

许时沅突然发现，这么久以来，她竟然都没找聂洲泽要手机号。如果他不和她联系，她便很难找到借口和他见面。

看着那件T恤，她陷入了沉思。

晚上，许源和沈时出去散步后，许时沅偷偷把晒干的T恤收了下来，鬼使神差地拿进了自己的房间。

许时沅闻了闻，闻到残留的淡淡香味，似乎是他身上的气息。

“小沅，爸爸晾晒的黑色T恤去哪儿了？”许源回来后左右张望，只看到一个光秃秃的衣架。

许时沅故意往阳台下方张望了几次，道：“好像被风刮下去了吧？找不着了。”

“找不着了啊？那算了，不要了。”

许时沅从没想过，原来西城中学内部也是分校区的，一个老校区，一个新校区，一东一西。

许时沅更没想到，她和陈傅怡还能“再续前缘”。

今天刚开学，她走进门，班里的基本上是陌生面孔。然而，当她看到坐在第一排中间的陈傅怡时，顿时眼前一亮，像抓住了救命稻草，缓解了在一堆人面前找座位的尴尬。

陈傅怡的笑容有些拘谨，朝她招了招手。

许时沅快步走过去，问：“我可以坐你旁边这个座位吗？”

“可以啊，我等你很久了。”陈傅怡说。

比起重新认识周围的新同学，和曾经认识的同学坐在一起更让她感到放松。

许时沅受宠若惊道：“谢谢你，班长。”

“嘘——”陈傅怡有些紧张，她一点儿也不想引人注意，轻声道，“我已经不是班长了，你直接叫我名字吧，别让人误会了。”

老校区的范围比新校区的要大，因此容纳了两个年级的学生，也就是许时沅他们2012级的高一新生和高三的学生。

西城中学的学生大部分是住宿生，许时沅属于少数的走读生之一。学校给走读生也分配了床位，中午时，她可以去宿舍里睡午觉。

当一些同学抱怨没能分到新校区，老校区的教学楼太破烂时，许时沅却非常开心地接受了这个分配结果。想到聂洲泽也在这个校区，她便觉得教室门口生锈的铁栏杆也是可爱的。

她的前桌赖洪亮忍不住问她："你怎么这么乐观啊？"

"我们换个角度想想，从这里出西门没几步路就可以买东西了，特别方便，从新校区那边过来西门这条街得走好久呢。"

坐在赖洪亮旁边的聂河川回过头，道："她这个人爱吃，对学校环境的要求不高。西门一条街都是吃的，这才是她想要的。"

"啧，聂河川。"许时沅顿了一下，说道，"你能不能不要猜得……这么准？"

"那是，我还不了解你吗？"聂河川得意道。

你能猜对才怪，她想。

前桌赖洪亮的视线在两人身上来回游移，眼神怪异，问道："所以，你们以前是一所初中的啊？"

"是啊。"许时沅看了聂河川一眼，有些嫌弃，"一天不打，上房揭瓦。"

聂河川有些无语，道："你舍得打我再说。"

刚上高中，同学之间问得最多的无非是"你叫什么名字"和"你以前是哪所学校的"，一旦发现对方是同一所初中出来的，便能立刻围绕这个话题打开话匣子。

当然，除了她和聂河川。

初中三年，两人都没同过班，没想到高一，他们竟然被分到了一个班里，聂河川还是她前桌的同桌。

也好，这样她还能偶尔向聂河川打听聂洲泽的事情，掌握他的"最新动态"，顿时心里美滋滋的。

聂河川一回头，便对上身后许时沅奇怪的眼神，他眉头一皱，道："许时沅，你干吗这样看着我，还笑得这么诡异？"

"就是觉得，你今天特别帅气。"

鲜少听到来自她的夸奖，聂河川起了一身鸡皮疙瘩，但感觉还不错。

他丝毫不知道，此刻，他在许时沅眼里俨然是个"工具人"了。

赖洪亮是个直肠子，当即便悄声向聂河川询问："她说你长得帅，是不是暗恋你啊？"

聂河川看着赖洪亮，道："同桌，你帅得惨绝人寰。"

赖洪亮顿时涨红了脸，道："我……其实，其实只能说是一般般吧。"

聂河川面无表情地继续说："所以，你现在觉得我在暗恋你吗？"

“不敢不敢。”

晚上，聂河川收拾了书包准备回家，谁知许时沅说要跟着他一起回去，他疑惑地问道：“我们不是不顺路吗？”

许时沅耸耸肩，不以为意。

“是不顺路，我这不是想和你一起做作业吗？互帮互助才能更快完成啊。”

聂河川瞥了她一眼，道：“可刚开学，什么作业也没布置啊，你凭空捏造？”

“那是我记错了。不过，我上次找聂师兄借了小说，还没还给他，所以，我还是和你一起回去一趟好了。”

“那你直接把书给我不就好了？”聂河川实在佩服她的脑回路，“哪用得着这么麻烦？”

以前她怎么没发现聂河川还有如此善解人意的一面？

许时沅沉思片刻后拒绝道：“不行，我怕这样，聂师兄觉得我没诚意，我还是亲手还给他比较好。”

“我叔叔是住宿生，你怎么亲手交给他？”

“啊？他住校啊……”

“所以，你给不给我书？不给我就走人了。”

许时沅故意翻了翻书包，遗憾道：“我好像落在家里了，算了，改天吧，不麻烦你了哈。”

窗外，夕阳染红了天空。

许时沅从桌子底下拿出那本《爱伦·坡短篇小说集》。她翻到扉页的位置，摸了摸右下角的三个字——聂洲泽。

她拿出草稿纸，对着他的字迹一笔一画地临摹，写了半张纸后，两人的笔迹终于有点儿相似了，她心中顿时生出了几分成就感。

随后，她将写满了他的名字的纸折起，夹在了她最喜欢的英语课本中。

西城中学太大了，现实和小说根本不同，偶遇的概率就像她数学拿满分那样小。她想着，可能只有在食堂相遇的概率比较大。

食堂里拥挤吵闹。

身高一米六出头的许时沅踮起脚，目光从一条条排队打饭的队伍中掠过。可惜的是，她没看见聂洲泽的身影。

吃饭的时候，她不时东张西望，连侦探都没有她这么火眼金睛。

这样一连好几天，陈傅怡终于忍不住问："那个，时沅，你是在找人吗？好像每次吃饭时你都喜欢到处看。"

"没有。"许时沅回过神，说道，"我看看……有没有咱们以前初中的同学，好像挺少的。"

陈傅怡没有怀疑，认真思考后说道："是不多，我们初中的同学好像只有三四十个人在这儿，主要是好多人不敢填报西城中学，怕考不上……"

许时沅收敛了心绪，说："我当时也不敢填报，但是我妈说，如果这次考不上西城中学就要让我复读，我就打算冲一冲试试。"

"还好你冲上了。"陈傅怡暗自替她庆幸。初三时，她就觉得许时沅人不错，特别好相处。只不过，她一直不好意思主动和她搭话，况且，她身边总是围着其他女生。

两人倒完剩饭剩菜，一边说话，一边出了食堂门。太阳有些晃眼，许时沅目光一转，忽然瞥到远处高高的露天楼梯上的人影——正是她刚才一直在搜寻的人。

原来，去高三教学楼得从那道楼梯经过。

聂洲泽的上半身穿着白T恤校服，下半身穿着黑色的校服长裤，裤子中央有一条白线，随着他下楼梯的动作变得曲折。

他不时同身边的两三个男生说些什么，几人的关系看起来不错。

许时沅盯着他看了几秒，却在他抬头看过来时迅速和陈傅怡换了位置，道："傅怡，咱俩换个位置，我们快点儿走。"

明明在食堂时一直在寻找他的身影，可等他真的出现了，她又露怯了。她没做好准备，根本不敢明目张胆地和他打招呼。

她怎么这么没用啊！

"怎么了？"陈傅怡有些不明所以，却也跟着她加快了脚步，问道，"你是在躲什么人吗？"

不得不说，陈傅怡的心思比一般人敏感，但许时沅只是笑着摇摇头，道："我哪有什么人要躲？对了，我想去高三校道那边逛逛，你去过那边吗？"

"没去过，我连我们这边都还不太熟悉。"陈傅怡不解道，"你去那边干什么呀？"

是啊，她去干什么？

她又不是聂洲泽的什么人，连去高三校道光明正大和他见面的理由都没有。

她总不可能在聂洲泽问起“你来干什么”的时候跟他说“过来看看你”吧，就算她有这个胆子过去，也没有这个底气说出来。

陈傅怡只听到一声特别轻的叹息。

她转头看了看许时沅，许时沅的眼里有种难以言说的落寞。她有些惊讶，这才知道，原来就算是平时看起来特别开朗的人，也会藏有心事，也会不开心。

九月快过去了，但南方的温度有增无减。

许时沅慢慢发现，重点中学的同学的素质比她的初中同学要高很多，上课时没有调皮捣乱的学生，大家的话题也基本围绕着学习展开，没有人会给她取讨人厌的外号。

在一个竞争较为激烈的新环境里，许时沅闲不下去。她准备了九个笔记本，想要认真听课记笔记。

可喜可贺的是，上数学课时她竟然能听懂，可当她一打开数学练习题，就又不会做了。

幸好聂河川坐在她前面，他的数学成绩还可以，她一有疑问就去问聂河川。

聂河川的英语成绩不太好，而英语恰恰是许时沅的强项科目，因为她有个做英语老师的父亲，这方面的成绩倒是不差。因此，两人建立了友好的互助关系。

偶尔，许时沅还借着向聂河川请教数学题的由头去聂家，就为了碰碰运气，因为聂河川说过“我叔叔不定时会回来，一星期左右，我也不确定”，可许时沅次次都完美错过。

许时沅经常旁敲侧击，从他的嘴巴里打听关于聂洲泽的消息。

“聂河川，师兄这个周末回家吗？”

“不回来，你找他有什么事？”

“哦，我找他借几本书，悬疑小说真的太好看了，他不回来就算了。”许时沅努力让她的语气显得平淡。

这个问题，她每周五都要重复一遍，当她说出“师兄”这两个字时，聂河川就知道她要问什么了，他索性道：“他这周还是不回来。高三生每个周末基本有模拟考，哪有时间回来？他要是回来了，我就跟你说一声，行吧？”

九月快结束的那个周末，聂河川收拾书包回家，主动和她说：“许时沅，我叔叔这周六晚上回家，要放国庆假了，你可以过来借书了。”

许时沅喜形于色，道：“我终于可以借书了。”

聂河川“啧啧”着摇头道：“沉迷于小说可不是一件好事啊。”

许时沅看了他一眼，说：“沉迷于《穿越火线》也不是一件好事啊，少玩游戏，多看书。”

再说，她迷的是人，不是小说。

周日，许时沅早早地来了聂家，是柳如月给她开的门。

“奶奶早上好。”

柳如月穿着一身旗袍，看到是她，立即笑了，也没问她为什么来，亲切地说道：“时沅，来了啊，吃早饭了吗？”

“吃了才过来的。”许时沅一边说，一边进了门，“奶奶，你呢？”

“我也吃了。”

许时沅一进客厅便自动开启搜寻模式，眼里的期待与雀跃快溢出来了。

柳如月道：“河川还没起床，需不需要我帮你去叫他起床？”

“不用不用，你让聂河川继续睡吧。其实，我不是来找他的，我是来找聂——”她话还没说完，便看见从二楼下来的聂洲泽，“来找聂师兄的。”

“早，时沅。”聂洲泽一看到她，眼底自然而然地漾出笑意。

这让许时沅不由自主地觉得，她的到来对于他来说是一件很值得高兴的事，仿佛她是他的老朋友。

“师兄，早上好。”

柳如月不知和他说了些什么，聂洲泽微微弯着腰听她讲话，不时地点点头。他对自己身边的人永远都是如此尊重又有耐心。

趁着这工夫，许时沅悄悄地扯了扯短袖上的褶皱——这是她出门前特意换上的前些天刚买的蓝色短袖，很显瘦。

很快，柳如月出了门，聂洲泽关上门后走近她身边，问道：“你是来找我的？”

他应该是刚起床，声音比平时要低沉许多，她莫名觉得有些性感。

“对。”许时沅从书包里拿出他的书，两本书没有丝毫破损，她说道，“你暑假时借给我的这两本书，我看完了，想还给你。还有，师兄，你能不能再借给我一本？”

“好，等会儿你自己上去挑你想看的。”聂洲泽答应得爽快，随后似乎想起什么，笑了一下，道，“看这些书，晚上有没有被吓到？”

“吓一吓没什么的，说不定还能提升我的心理承受能力。”

说完，许时沅又想起那天晚上，她疑神疑鬼地抱住了他。一想到当时温热的触感，一股燥热感便爬上了许时沅的脸颊。

聂洲泽脸上的笑意更甚，起身准备进厨房，问她："早餐吃了什么？"

"在路上买了个糯米包。"

"一个糯米包吃得饱？"

"还好啦，差不多了。"其实，她急着赶公交车，匆匆忙忙买了两个包子就上车了，结果下车时，其中一个包子还掉在了地上。

当然，她没好意思说。

许时沅本以为聂洲泽不过是随口一问，可没过多久，他从厨房出来时，手里端了两碗面。他将其中一碗面放在了她身前，道："我煮了两碗面，这碗给你，没拿筷子。"

"啊，谢谢师兄。"

这在许时沅的意料之外，但她迅速起身去厨房拿了两双筷子，再出来时，忍不住上扬的嘴角已经恢复了正常的弧度。

金黄色的荷包蛋盖在面条上，碗里还加了些青菜。

许时沅一下就理解了为什么有些人喜欢在吃饭前拍照，因为有些美好值得被记录，比如此刻。

"师兄，你有给聂河川煮面吗？"

"没，等会儿他醒了自己会煮。"聂洲泽说。

这明明没什么好比较的，然而，听到他的回答，许时沅还是忍不住偷乐起来。毕竟，这是聂洲泽给她煮的面条，没有给其他任何人。

许时沅正想着，又听到聂洲泽问："你在西城中学上学也有一个月了，感觉怎么样？"

"西城中学比我想象中的大好多，到现在我还没认全路。刚开始，我觉得高中的知识没有那么难，可能是因为这边老师教学水平普遍比较高……"她想了想，又道，"一食堂二楼的鲜虾云吞最好吃。"

聂洲泽笑道："一食堂里有卖云吞？我怎么不知道？"

"这么好吃的东西，你竟然不知道？"许时沅十分惊讶，片刻后，她赶紧收敛了表情，"那你得去尝尝，也许是这学期新推出的。"

"行。"聂洲泽点头，"有时间，我会去一食堂二楼尝尝的。"

许时沅成就感十足，又说："还有就是，鲜虾云吞一般是星期三和星期五的下午五点半才有，在一食堂二楼最左边那个窗口，靠近煮面的那里。"

“嗯。”应了一声后，聂洲泽随口问，“我煮的面好吃吗？”

没想到他会这么问，许时沅愣了一下。

她想说山珍海味都比不上他煮的这碗面，他煮的面千金不换，但这听起来未免太夸张，不真诚，因此，她换上平常的语气，道：“挺好吃的啊。”

当然，她这话不只是说说而已——最终，许时沅把碗里的面吃得一干二净，连汤都没剩。

聂河川睡眼惺忪地下了楼，到客厅时看到许时沅正拿着手机在屏幕上点着，脸上还带着奇怪的笑。他叫了她一声：“许时沅！”

许时沅回过神，神色有些慌张，看到面前的人是聂河川后，她松了一口气，道：“我还以为你要睡到下午才会起床。”

“你高估我了。”聂河川在她身侧坐下，问道，“你刚刚在玩什么游戏啊？”

“我没玩游戏啊。”

“我不信，别以为我没看到，你一直看着手机傻笑，除了游戏能让人这样，还有什么别的吗？”

许时沅还真没有玩游戏，她在编辑微博。由于无人可以分享心情，她只能选择在微博里平复心情，而且不会被任何人发现，堪比树洞。

2012年10月2日，7点34分。

奥利奥的小饼干nzz：要是每天都能吃到nzz煮的荷包蛋面就好了！

聂河川打了个哈欠，泪眼婆娑地看着许时沅，道：“你怎么这么早？你以前不是不睡到十二点不会起床的吗？”

许时沅白了他一眼：“我上了高中还不能洗心革面啊？你才是，怎么这么早就起床了？”

“我爷爷给我规定，如果我连续三天在八点钟以后起床，就让我爸给我办住宿。”聂河川十分惆怅，“要不然，我怎么会起这么早。”

“人在江湖飘，哪能不挨刀，太惨了，哈哈。”看他这副头痛的模样，许时沅很不厚道地笑出了声。

“你这个没同情心的人。”聂河川见她肆意嘲笑自己，心里非常不爽。

看到从厨房里出来的聂洲泽，他立刻大声道：“叔叔，你都不知道许时沅在学校里有多烦人。”

聂洲泽抬眼看过来，问：“怎么烦你了？”

许时沅一顿，像川剧变脸似的，脸上的笑意忽然消失，视线如刀剑般射向聂河川，示意他立刻停止他不合时宜的言行。

“她每天都问我‘喂，聂河川，师兄回来了没’‘师兄什么时候才回来啊’‘师兄这周末总该回来了吧’，”聂河川模仿着她的语气，带着夸张的成分道，“我的耳朵都听出茧了。”

哪有每天？！许时沅内心咆哮，真想把他的嘴巴堵上。她不安地瞥了聂洲泽一眼，他的视线也移向了她。

“这么想我？”他用玩笑似的语气道。

许时沅隐秘的心思被戳破，她脸蛋通红，干笑着否认：“哈哈，哪有，我就是惦记着看悬疑小说而已，真的太好看了！”

……

“你看看，想看哪本你就自己拿。”

“好。”许时沅站在高大的书架前，很快锁定了其中的两本书，但她没有迅速把书取下，而是继续认真地寻找着。

她想在这儿多待一会儿，即使他不和她说话也没关系。过了一会儿，她抽出其中一本书走到聂洲泽身边，正想说话，又及时咽回去了。

许时沅看了看他微垂的睫毛，他骨节分明的手正握着笔，在草稿纸上演算着，神情专注。

如果换作是她，谁在这个节骨眼上打扰到她，她会特别暴躁。

所以，还是再等会儿吧，至少等他先解完这道看起来复杂的题，许时沅心里想着。

聂洲泽的眉头微微皱起，似乎有什么更简单的方法，不需要借助辅助线就可以算出 t 值。因此，他丝毫没有留意到身侧的人。

过了一会儿，聂洲泽做完了两道题，这才想起身后找书的人，随即回头看了一眼。许时沅正坐在书架旁的矮凳上，她将小说放在膝头，低着头，一副专心致志的模样。

她用手撑着脸，看书时的微表情很多，跟着书中的剧情不停变幻，看起来还挺有趣，有些可爱。

就在这时，许时沅抬头看了一眼，又垂下眼。

他好像在看我？她的心突然狂跳起来，在他的注视下，她身体里的每一个细胞都紧张起来。

许时沅低着头静默片刻，再抬起头，视线便和他的视线碰撞在一起，那一刹那，仿佛有人轻轻地捏住了她的心脏。

聂洲泽目光坦然，打破沉默道：“选好了吗？”

“我选好了，这两本。”许时沅花了两秒钟的时间组织语言，“我刚才想跟你说的，但是看到你好像在做题，就没敢打扰你。我现在就出去……”

许时沅想站起身来，又听他道：“怎么搞得像是我要赶你出去一样？”见她急着站起来，聂洲泽有些无奈。

她停住动作，犹疑不定道：“那你的意思是……我可以不出去？”

从很小的时候起，聂洲泽便开始独自住一个房间，一般情况下，他不希望有人在他的私人空间里久待。

然而，刚才看见许时沅撑着脸颊沉浸在阅读中，他意外地觉得这画面和谐又令人感觉舒适。

“嗯。”聂洲泽的指节在桌面上轻点着，像是在捕捉夏日的阳光，他缓缓道，“你可以继续在这儿看书，也可以去楼下看，你喜欢就好。”

他说，你喜欢就好。许时沅在心中默念这几个字，随即点头道：“那我在这儿看吧，这儿比较安静。”

聂洲泽应了声“好”，便转身继续学习。

如果他此刻回头，就会看到许时沅的眼神里藏着的小心翼翼的迷恋。

第三章
私心

国庆连着中秋，一共有接近十天的假期。奇怪的是，假期的时间总是像踩了西瓜皮，溜得飞快。

班级内部竞选班干部时，许时沅主动争取了数学课代表的职位。这是个非常小的举动，却是她想要主动与数学和解的一大步。

数学老师是班主任，特别爱叫人上台做题，每当他说出让人闻风丧胆的口头禅“我请几个同学上来做这道题”“我叫一个同学回答一下”“没人举手，那我就随意叫人了”时，许时沅便会条件反射地屏住呼吸，四肢僵硬，想把头埋到桌子底下，在心里默念着“千万不要叫我”。

她太怕丢脸了，每次答不上问题，她都觉得自己经历了一次社会性死亡。

但当了课代表后，她便再也没有这个顾虑了。当然，并非她数学成绩突飞猛进，而是因为她成为数学老师的“宠儿”。

“来，课代表起来回答一下。”

“没人举手是吧？课代表呢？”

“来，课代表做个表率……”

极怕丢脸的她几次从“鬼门关”走过，学数学的积极性很难不高。对此，聂河川评价——这是个狠人。许时沅笑纳了。

“数学课代表，英语笔记借我抄一下。”聂河川转过身来。

“懒人。”许时沅在做数学题，连头都没抬，直接把英语书递给他。

不料，她又听见聂河川说了句：“你这纸上写的是什么玩意儿啊？”

“什么什么玩意儿？”许时沅皱着眉抬起头。下一秒，她的心仿佛跳到了嗓子眼儿。

许时沅伸手夺回那张纸，揉成一团，装作毫不在意地扔到一边，道：“谁把草稿纸夹在我书里啊？无聊！”

“不是我啊，我是冤枉的。”聂河川赶紧自我澄清，“从你书里掉出来的。”

“行行行，我相信你的人品。”见他转过身去，许时沅才松了一口气。

如果聂河川看得仔细一点儿，就会发现这根本不是演算的草稿纸，而是她的隐秘心事的表露，这半页纸上都是她那天模仿的签名——聂洲泽。

“时沅，要吃吗？”陈傅怡打开一小包奥利奥饼干，递到她面前。

“奥利奥，这是我最喜欢的，谢谢！”许时沅紧紧握着纸团，用另一只手拿了一块饼干，不知为何，嚼着却觉得有些苦涩。

难道是因为这是巧克力口味的，而不是原味的？

“傅怡，把包装袋给我吧，我去扔垃圾。”说着，许时沅离开座位，把奥利奥包装袋和那纸团一并抛进了最后一排的垃圾桶。

陈傅怡回头看了看许时沅的身影。

陈傅怡比较敏感，她明显感觉到许时沅和初中时不一样了。初中，每当她不经意地望向许时沅的方向，许时沅总是笑得没心没肺的。

她很羡慕许时沅，羡慕许时沅不为学习烦恼，别人取外号，许时沅也不当一回事，更羡慕许时沅有朋友一起上厕所。

可现在，许时沅似乎有了烦恼，又或者说是一些不为人知的心事。

她曾经看到许时沅写过三个字母“nzz”，但她始终没问出口。

这天是星期五，下午，一食堂窗口会卖鲜虾小云吞。许时沅记得比什么都清楚，一下课便火速赶往二楼窗口。幸好她来得快，人还不多。

“阿姨，我要一碗鲜虾云吞，多加点儿葱花。”许时沅将学生卡放在刷卡处，只听嘀的一声，卡里的余额便少了五元。

身后的人渐渐多了，食堂里也慢慢变得嘈杂起来。

窗口边摆了辣椒和酱油，许时沅将两种调味料都加了点儿，她刚端着碗转过身，便听到队伍里有人叫她的名字：“许时沅。”

她眼里的惊喜不加掩饰，抬头望去，聂洲泽狭长的眼里带着笑，如同雨后的阳光般灿烂。

虽然许时沅心潮澎湃，语气却显得再平常不过，打招呼道：“嗨，聂师兄。”

话音刚落，聂洲泽前边的男生立刻八卦起来，笑嘻嘻地跟许时沅打了个招呼：“小学妹，你好。”随即转过头打趣聂洲泽，“女朋友？”

听到这个词，许时沅吓了一大跳，脱口而出：“我不是叔叔的女朋友！”

“叔叔？”男生瞬间笑开了花，“我说，是不是因为你长得太显老了？都成叔叔了。”

许时沅下意识替他解释：“没有，他长得不显老，只是辈分高。”

“别理他。”聂洲泽笑着看她，随即示意她低头，“看着点儿手里的碗，汤快撒出来了。”

她端着碗往后走时，还能听到聂洲泽同学的声音。

男生的乐趣便是调侃身边的同伴。

“有意思，你的侄子都上高一了，你这个做叔叔的得加把劲了。”

“是是是，你说得对。”

听到聂洲泽这么说，许时沅似乎看到了他好笑又无奈的神情。

陈傅怡买了一份香菇云吞，她坐在许时沅对面，问道：“时沅，你在咱们学校有个叔叔？”

“准确来说，是聂河川的叔叔。我们两家关系比较好，不过因为年纪差不多，我平时都叫他师兄。”许时沅一边眉飞色舞地回答，一边吹着勺子里热气腾腾的云吞。

来之前，她还为一道难以解开的题而懊恼，想用鲜虾云吞抚慰自己受挫的心灵。但他一出现，她便彻底忘记了那些烦恼。

“你尝尝这个口味的。”许时沅给陈傅怡夹了两个云吞，说道，“你还记得我在新华书店时说的朋友的叔叔吗？就是他。”

“是他啊。”陈傅怡若有所思，客观地点评，“长得很好看。”

“是啊，比我好看太多了。”

许时沅一边同她讲话，一边不忘留意聂洲泽，他和他同学坐到了离她很远的地方，身影不时被过往的同学遮挡住。

但他在吃鲜虾云吞。那次国庆假期，她向他力荐鲜虾云吞，他当时说“有时间，我会去一食堂二楼尝尝的”，如今看来并不只是说说而已。

——她的话，聂洲泽是放在心上了的。

陈傅怡是住宿生，打算早点儿洗完澡去教室上晚自习。她争分夺秒地吃完了云吞，同许时沅告别：“我先走了，拜拜。”说完，她匆匆赶往宿舍。

许时沅的动作慢吞吞的，道：“拜拜，傅怡。”

事实上，鲜虾云吞早已被她吃得一个不剩了，此刻，她正在一勺一勺地喝着汤，眼睛不时飘向聂洲泽那边。

她想多待一会儿，毕竟，偶遇很难得。

他起身了。

他过来这边了。

他把盘子放进餐具回收区了。

他和他的朋友一起进了小卖部。

许时沅喝完了最后一口汤，长长地舒了口气，她想，是时候该走了。

她用纸擦了擦脸颊上的汗，背上书包，起身便往餐具回收区走去。她的两颊白里透红，浑身都是热的，但心里特别爽。

她把碗和勺子都放下，而后把纸巾扔进垃圾桶，转身时，余光瞥见身侧有人朝她走来，她便抬眼看了过去。

聂洲泽的手里拿着一瓶养乐多，道：“时沅，你推荐的云吞很好吃。”

他没有问她要不要养乐多，而是直接给了她。

许时沅接过养乐多，紧握住有些凉的瓶身，道：“谢谢聂师兄。”

校园开阔，夕阳西垂，落日熔金，光芒穿透了繁茂的枝叶。

许时沅的手里拿着那瓶养乐多，没舍得立刻喝。她回想着刚才的一幕幕，想起他叫她名字时的语气，嘴角忍不住上扬。

转眼间，到了西城中学举行校运会的时间。

许时沅没想到，高中校运会还有买班服这个环节。大家积极性都很高，有女生提议班服采用令她想逃避的短裙。

她从不穿短裙，除非她也和其他女生一样拥有两条细瘦的腿，除非在自己家里头。

多年以后，许时沅才明白，青春期就是有缺点便会被自己无限放大的年纪。

但至少在这个年纪，她还无法和自己和解。

别人的只言片语甚至一个眼神就能让她想上大半天，忍不住藏拙，却怎么也藏不住，想表现得从容自信，但更多的时候只剩下狼狈和慌张。

“傅怡，我的腿看起来是不是有你的两倍粗？”许时沅压低声音问她。

“没有啊，哪有那么夸张。”陈傅怡摇头道，“其实，过完暑假，我觉得你瘦了挺多的，真的。”

许时沅不得不抓起她的手腕，把她的手放在自己的大腿上，语气不确定地问道：“真的假的，这充满了生命力的肉，你没有感觉到吗？”

况且，暑假时，她的嘴巴就没停过。

“可你整体看起来还好，挺和谐的，顶多算微胖吧。”陈傅怡无奈地笑着，“你只是脸上有点儿婴儿肥，光看脸的话，确实会让人觉得你有点儿胖。”

陈傅怡不善言辞，不怎么会说夸奖人的话，不然，她会告诉许时沅，她的眼睛特别好看，是漂亮的杏眼，眼神清澈。

许时沅两手托腮，沉思片刻后道：“我打算放学后去操场上跑步。”

“你要去跑步？”陈傅怡觉得有些不可思议，她当班长时，许时沅是向她请假最多的人。

许时沅道：“对，每隔一天去操场上跑两三圈，循序渐进吧，要是跑得太多，我估计自己坚持不下去。”

前边的聂河川转过身，目光炯炯地说道：“我支持你的这个决定，这样的话，不如先从报名校运会的一千五米长跑项目开始吧？”

“怎么样？”聂河川问，“我帮你报？”

初中体育考试堪堪及格的许时沅立即道：“为了班里的荣誉着想，我就不添乱了。”

最后，许时沅什么项目都没报，她积极报名加入参赛同学的后援团，成为短跑项目参赛者闻沁同学的“助理”。

接近十一月份的南方小城依然艳阳高照，只不过早晚稍微凉爽了一些。许时沅以前对运动会喜欢不起来，甚至想过这种时候能不能请假在家，不来学校。

但现在，她的想法不一样了。

对她而言，运动会是为数不多可以见到聂洲泽的时刻，光是这一点就让她格外期待。

“老师，我可以举班牌。”到了这一天，她自告奋勇担任举牌手，无惧迎面的太阳光，站在高一（10）班列队的最前面——回应她的是班主任钦佩的眼神。

高一和高二的学生先入场，最后才是高三的学生。

“齐步走，一，一，一二一……”

尽管离得还很远，但许时沅一眼便在人群中认出了她想看到的那个身影，他站在第一排最右边，他的侧脸轮廓分明，目视前方，面无表情，显得有些冷淡。

如果他的目光也能越过重重人群，为她而来，那该有多好？

“你在看什么？跟个呆头鹅一样。”闻沁一把圈住她的脖子，把她的思绪硬生生地扯了回来。

“你才是呆头鹅。”许时沅故作轻松地笑着道，“我是在看有没有帅哥。”

闻沁性格洒脱，是班里最漂亮的姑娘，这次的班服也是由她亲手设计的手绘图案。她顺着许时沅看的方向看去，道：“我看看，没有啊，都是戴着眼镜的学霸们。”

许时沅说：“那就没有吧。”

出于某种莫名其妙的隐秘心思，许时沅不希望闻沁注意到聂洲泽。因为，就在上星期，闻沁曾这样问过她：“咱们班上要数聂河川最帅，如果他长得再高一点儿就好了。你和他比较熟，能不能告诉我，聂河川有哥哥吗？”

她当时的回答是没有。

本来就没有，聂河川是独生子，她是如实回答的。

“哎，我看到了，高三（7）班的第一排，你看看，是不是帅哥？”闻沁说。

他在人群中就是带着光芒的，即使想藏也藏不住，她淡淡道：“还可以吧。”

而且，他为人很好，成绩也好，但是他只能是她一个人的，许时沅有些幼稚地想着。她一点儿也不希望闻沁头脑一热，去关注聂洲泽。

闻沁莫名觉得许时沅语气里有些敌意，一点儿也不像前两天那样可爱了。于是，她想了想，在高三（7）班队伍走到他们班人眼前时，她开始不动声色地观察许时沅的表情。

许时沅望着第一排最右边的那个男生，眼里充满了期盼，明明刚才回答她时只是轻飘飘的一句“还可以吧”。

闻沁凑到她的耳边，轻声道：“许时沅，你该不会是喜欢那个男生吧？”

许时沅心里警铃大作。

手足无措间，她竟忘了反驳，半晌后才道：“没有。”

“可我还没说什么呢，你就紧张得不行了。”闻沁眨了眨眼睛。

许时沅这才反应过来，她好像中了闻沁的圈套，但她仍然不打算承认，道：“我没有喜欢的人，无论是谁问，我都会这么说。”

闻沁大笑起来，抬手捏了捏许时沅的脸颊，道：“和你开个玩笑，你怎么还当真了呢。”

“你这个玩笑也太无聊了。”按理来说，许时沅现在应该是松了一口气，但她觉得不踏实，所以，过了不久，许时沅状似无意地问，“闻沁，你现在有没有特别关注的男生？”

“当然有。”闻沁说，“刚刚才发现的。”

“谁啊？”

闻沁带着许时沅去看高二男子跳高比赛，指着从跳高杆上一跃而过的男生道：“看到没？就是这个，帅吧？”

许时沅看了一眼，答道：“哇，真的超帅的。”

“你还能再假一点儿吗？”闻沁瞥了她一眼，她发现，许时沅没再笑得像是被人拿枪架在脖子上那样。

许时沅现在浑身轻松，笑得灿烂，道：“是真的很帅啊，你的眼光不错。”

“我跟你说啊，许时沅。”闻沁清了清嗓子，严肃地说道，“这个人再帅，你也不能跟我抢，他注定只能是我闻某人一个人的。”

“那是自然。”

许时沅找体育委员要了校运会的参赛名单，翻到高三的部分，她按照顺序仔仔细细地看了看，终于找到了——高三男子一千五百米长跑项目，聂洲泽。

他参加的竟然是让她望而却步的一千五百米长跑项目，许时沅心中的敬佩感顿时油然而生。

下午，趁着聂洲泽的比赛还没开始，许时沅回到班里，拿了瓶矿泉水往楼下跑，恰巧遇上上楼的聂河川。

她片刻都没有停留，像一阵风一样从他的身边呼啸而过。

聂河川疑惑地喊道：“跑这么快干什么？”

奇怪，现在分明是高三的学生在比赛。聂河川也没多想，先去休息了。

许时沅一眼辨认出起跑线处一千五百米长跑项目的参赛选手中，戴着十四号号码牌的那个是聂洲泽。她远远地望着他的背影，没有靠得太近，手里握着瓶矿泉水。

也许，只有在这个时候，她才可以光明正大地注视他。

比赛开始后，许时沅的眼神始终没离开过他，看着聂洲泽由近到远，由远到近。

她想为他加油呐喊，可还没张开嘴，身边就有一些人大声喊道：“聂洲泽，冲啊！加油！”

喊完后，这些人反应迅速，跑到操场内环陪着聂洲泽往前跑。

其中有个身高腿长的女生，手里挥舞着印有“高三（7）班”字样的班旗。

他的同班同学已经在为他摇旗呐喊了。

在聂洲泽又一次经过时，许时沅没有再犹豫，喊道：“聂洲泽，加油！”

她刻意没有加上“师兄”二字，而是直接叫了他的名字。尽管这声音迅速被嘈杂声淹没。

终点处，聂洲泽第一个过了线。他的同学扶着他，围着他。他半弯着腰大口喘气，头发凌乱，却不妨碍他的夺目。

许时沅紧紧地握着矿泉水瓶朝他的方向走去，又在途中顿住了脚步。

那个全程挥舞着班旗的女生已经走到了他的身边，给了他一瓶矿泉水。聂洲泽自然地接过矿泉水，笑着说了声“谢谢”，随后拧开瓶盖仰头喝水。

平时在聂家，她可以借两家的关系靠近他，喊他一声“聂师兄”。但在学校，她似乎没有比别人更优先靠近他的权利。他不但有同学，还有朋友，他们参与着他的人生，和他并肩而行。

而她，只能远远地观望，如同一个局外人。

想上前去的勇气已然消失殆尽，此时，许时沅的嘴里像含了一颗话梅糖，满口酸涩。

在聂洲泽抬眼看过来时，她飞快地转过身，却见聂河川从远处跑过来，一边跑一边伸手嚷嚷着：“快，许时沅，我不行了，把生命之泉给我。”

许时沅把矿泉水给了他，道：“你这个懒人。”

聂河川咕咚咕咚地喝下水，瓶里的水一下子少了三分之二。谁知，聂河川刚拧上瓶盖，便看到了不远处的聂洲泽，立刻抬手道：“叔叔！”

许时沅被他的声音一惊，下一秒，人已经被聂河川拉着去了聂洲泽身边，甚至没来得及反应。

“叔叔，你刚比赛完？”

“嗯，刚刚跑完一千五百米长跑，一身的汗。”说完，聂洲泽注意到聂河川的身后似乎还有个人，他有些不确定地问，“许时沅，是吗？”

“聂师兄好。”许时沅有些腼腆地走出来，看到其他几位师兄师姐目光如炬，便道，“师兄师姐，你们好。”

“学妹好，好乖啊。”

聂河川差点儿惊掉了下巴，许时沅怎么像变了个人一样，连“好乖”这两个字都能胜任了？真叫人百思不得其解。

许时沅朝她笑了笑。这个师姐就是刚才给聂洲泽递水的女同学，也就是手拿高三（7）班班旗陪他长跑的长腿女生。

距离近了，许时沅发现她的脸也很好看，尤其一双眼睛顾盼生辉，很难让人不喜欢。这样看，他们还挺般配的。

许时沅悄悄把视线转向聂洲泽。

他的短发湿透了，鼻梁侧边落下淡淡的阴影，汗水沿着棱角分明的下颌线落下，运动后的眼睛看起来比往日清透了几分。

聂洲泽没察觉到异常，顺着她的视线笑着问："你们参加了什么项目？"

许时沅不好意思说她就是个观众，聂河川随即接了话："我报了四百米的跑步项目，许时沅嘛，她报了个空气，哈哈哈。"

"我有报名。"许时沅对着聂洲泽道，"只不过，我报的是优秀观众候选人，运动员助理。"

"这样也挺不错的。"聂洲泽摇了摇手中空了的矿泉水瓶，笑了一下，"虽然没看到你送的水。"

许时沅突然有点儿后悔，早知道，她就不把那瓶水给聂河川了。

这时，有个戴黑框眼镜的男生打趣道："这个小朋友难不成是咱侄子的女朋友？"

听到这话，许时沅和聂河川的脸上不约而同地挂上了问号。他们还没说话，聂洲泽便已出声："别瞎说，这是我爸朋友家的孩子。"

他这句话瞬间让许时沅此刻的心情变得明媚起来，心里的雀跃压过了酸涩。

这时，不远处跑来一个男生，对拿着班旗的女生道："梁挚星，钟屿喊你过去。"梁挚星应了一声，便过去了。

运动会还在继续，人来人往，许时沅和聂洲泽道了别，随即鬼使神差地追上了梁挚星，叫住她："师姐，等一等。"

梁挚星有些意外，问道："怎么了？"

许时沅的肚子里有一堆问题，她想问梁挚星和聂洲泽是什么关系，想问梁挚星是不是喜欢聂洲泽，可话到嘴边变成了一句："师姐，你长得好好看。"

梁挚星愣了一下，随后捏了捏她的脸，道："你也很好看啊，比我可爱多了。"

"梁挚星。"远处有人喊她的名字。

许时沅识趣地说道："师姐，你快走吧，我没有别的事。"

虽然心中的疑问没能问出口，但被好看的人夸奖，也是一件令人开心的事。

许时沅看着梁挚星走到一个男生身旁，男生高高大大的，皮肤很白，长了一双漂亮的丹凤眼，低着头和梁挚星说着些什么。

随后，男生仰起头，梁挚星用纸巾给他擦了擦汗。

女生的第六感告诉许时沅，他俩之间的关系非同一般。

想到这儿，许时沅心里的郁闷和疑惑刹那间烟消云散了。

校运会后，许时沅和后桌的闻沁成了好友。

闻沁自称感情经历非常丰富，不止一次地让许时沅找她咨询情感问题，许时沅每次都说："我没有情感问题，谢谢闻专家的好意。"

"你确定没有吗？"闻沁笑得十分神秘。

"有问题，有问题，你帮我看看这道物理选择题怎么做？"许时沅把物理练习册放在她面前，问道，"会不会？"

"不会。"闻沁又去问陈傅怡，"傅怡，你呢？"

"我没有，不需要。"陈傅怡和她不熟，甚至可以说有些排斥她的到来。闻沁和许时沅的关系突飞猛进，让陈傅怡生出了一种好朋友被其他人抢走了的危机感。

陈傅怡转身对许时沅道："时沅，刚才的那道题我会做，要不要给你讲讲？"

许时沅欣然应声，道："好，你讲吧。"

陈傅怡接过物理练习册，回头看了一眼身后的闻沁，眼神中有股较劲的意味。闻沁似乎没领会到她的意思，对她笑了笑。

中午吃饭时，许时沅突然想起一件事，她对陈傅怡说："糟糕，我好像忘了带一个重要的东西回宿舍。"

"什么重要的东西？"陈傅怡被她的语气弄得有些紧张。

"小说，我中午要看的小说忘记带了。今天中午我不回宿舍睡午觉了，反正也睡不着。"

于是，许时沅吃完午饭后便回了教室。

在路上走出一身汗，许时沅浑身燥热，进了教室又像进了蒸笼，随后，她把头顶的那台风扇调成了最大风速。

高中的学习节奏比初中快得多，初中时不想听课，还能偷偷地在课本底下藏一本小说，看上一节课。到了这所学校，许时沅便没那么放肆了，只敢在午休前的时间看上几十页小说。

许时沅翻开《白夜行》的扉页，沉默地看着右下角的签名，签名的一笔一画，她都熟记于心。

陈傅怡午休后来教室时一眼便看见闻沁坐在自己的座位上，亲昵地靠在许时沅的肩膀上，陈傅怡的脸色瞬间变了。

她走到那儿，一把将书包放在桌上。

放书包的动静不小，把看书的两个人都吓了一跳。

许时沅有些不明所以。

“时沅，我先回座位了，拜拜。”闻沁起身回到后桌的座位坐下。

陈傅怡沉着脸用脚把自己的凳子一钩，一言不发地坐下，随后抽出练习册开始做题。

她的心情好像很差，许时沅靠近她，轻声问：“傅怡，你怎么了？”

陈傅怡连头也没抬，冷冷地说道：“没什么。”

许时沅感觉自己热脸贴了个冷屁股。她也没再问，把小说小心轻放进课桌里，拿出每天必做的英语完形填空练习册，开始计时做题。

一下午，陈傅怡都沉默地听课和做题。许时沅觉得有些奇怪，却又搞不懂怎么回事。

下午放学时，许时沅拿出包里最后一包奥利奥饼干，悄悄地放在陈傅怡的桌子上，道：“傅怡，给你，我先走了。”

陈傅怡的脸色有所缓和，望着许时沅和闻沁一同离开的背影若有所思。

完了完了。

许时沅的脑子里只有这一个念头。

她翻遍了整个桌子都没看到那本《白夜行》，随后，她又去翻自己的书包和脚下的收纳箱，还是没找到。可她清清楚楚地记得自己昨天把书收进课桌里了，难道是记错了？

她问同桌陈傅怡有没有看到，陈傅怡却干脆地摇了摇头。

中午，许时沅在宿舍里翻找了一通，也没找到。晚上回到家，她又在房间里翻箱倒柜，还是没有。

许时沅可以确定，这本书肯定长脚跑了，一定不是她丢三落四弄丢了。要是这书是她自己的也还好，关键是这本书是聂洲泽借给她的，她曾信誓旦旦会好好保管。

许时沅没纠结太久，第二天就去新华书店买了本一模一样的《白夜行》。问题又来了，要不要在扉页的右下角写上聂洲泽的签名，再装作无事发生，把书还给他？

可这本《白夜行》终究是被“偷梁换柱”了，如果被发现，岂不是丢人丢大了？

想来想去，许时沅决定坦白。

自从在校运会上知道聂洲泽在高三（7）班后，她便不用再向聂河川旁敲侧击地打听了。其实，她也可以选择等聂洲泽放假回家后再向他坦白把书弄丢的事，但是，她现在就想和他见面，并且刚好碰上这个机会。

于是，放学后，她没着急回家，而是提前打电话通知许源：“爸，我今晚在食堂吃饭，晚自习后再回家。”

西城中学是真的大，许时沅来了有一段时间了，也还只认得从校门到高一（10）班再到一食堂和宿舍的这条路。

吃过饭后，她沿着食堂旁边的露天楼梯往上走。这楼梯实在太长，她走得气喘吁吁，终于上去了。

这条校道的两边是宿舍楼，直觉告诉她，往前走肯定是对的——毕竟这里只有这么一条校道。两边宿舍里传来嬉笑打闹的声音，她默默地往前走，却越走越迷茫。

一名高三学姐恰好经过，许时沅赶紧上前问：“学姐好，我想请问一下，高三的教学楼在哪儿啊？”

“你问的是文科楼还是理科楼？”这学姐的语速很快，“如果是理科楼，你跟着我走就好了。”

“谢谢学姐，是理科楼。”

这学姐走路的步子又大又快，真不愧是争分夺秒的高三学生。许时沅保持着和她一样的步调，不由自主地变得紧张起来。又或者，她的紧张是另有缘由。

——理科楼前面的楼梯好长，爬上去恐怕能瘦上几斤。许时沅的手里拿着那本书，爬上楼梯通向理科楼底层。

万幸的是，高三（7）班在二楼。不幸的是，聂洲泽好像还没来。

教室里只有七八个同学，他们都在做题。许时沅快速扫了一眼他们的背影，发现都不是聂洲泽的。

此刻，许时沅左右张望了一下，走廊上只有寥寥几人站在栏杆边读书，应该没有人注意到她。

来教学楼的人陆续变多了，许时沅默默地分辨着人影，腿都累了，内心却始终如同吊桶打水般七上八下的。

终于，在昏暗的转角处，她看到了聂洲泽，他没有和谁同行，独自面无表情地往理科楼走，看上去有些高冷。

许时沅深吸了一口气，一边向他招手，一边小跑到他身边，道：“聂师兄！”

聂洲泽停下脚步，有些意外会在高三教学楼看到许时沅，尤其是在晚自习前的时间点，便问：“时沅，你是来找我的？”

许时沅点点头，欲言又止，她飞快地往别的方向瞥了一眼，有些慌乱。

聂洲泽的声音柔和了一些，问：“遇到什么困难了？”

许时沅摇了摇头，想着不能再这么浪费他的时间了，便咬了咬唇，心一横，道：“聂师兄，不好意思，我不小心把你借给我的那本《白夜行》弄丢了，真的很抱歉。”

“弄丢了？”他示意她继续说。

“对不起，我也不知道它怎么会突然不见了，我找了很久都没找到。”许时沅从背在身前的书包里拿出那本她新买的书，递给他道，“所以，我买了一本新的还给你。我真的不是故意的。”

一鼓作气地说完，许时沅有些不敢看他，生怕他会觉得她是个丢三落四、不负责任的人，因此把她列入“黑名单”。

“事情没那么严重。”聂洲泽难得见她的表情如此小心翼翼，仿佛这是一件多么不可原谅的事情，他笑了下，接过她手里的新书，“谢谢你的道歉，这本书我收下了。我还以为什么大事呢。”

许时沅抬眸，见他的眼里含着笑意，丝毫没有怪罪她的意思，这才松了一口气，露出笑脸，道：“下次肯定不会了。”

“嗯，没事。”聂洲泽点点头，“你在这儿站了很久？”

“也没有很久吧，二十分钟吧。”

闻言，聂洲泽的眉心微蹙了一下，道：“带手机了没有？你记一下我的手机号，下次有事，提前给我发个短信，打电话也行。”

“好。”

见她将号码保存好，聂洲泽抬手看了一眼表，道：“不早了，你先回去吧。”

“等等。”许时沅在书包里摸索了一下，将两瓶东西递到聂洲泽的怀里，说道，“这个也是赔给你的。”

聂洲泽低头一看，发现怀里是两瓶养乐多。他还没来得及说话，就听眼前的人着急地说道：“师兄，我先走了，拜拜。”

“嗯。”聂洲泽望着许时沅离去的背影，摇着头轻轻笑了一下。

走出几十米后，许时沅忽然放缓了步子，回头望了一眼。此刻聂洲泽已经离开了，他正沿着理科楼前的超长楼梯往上走，背影时隐时现。

回去时，许时沅留意到路边公告板上的光荣榜。

她饶有兴味地上前去看，一眼便注意到了那个名字。

他排年级第五，是她暂时无法企及的高度。

不看不知道，一看，她便看清了她与他之间的巨大差距。莫名地，她原本期待的心情变得低落起来。

翌日，许时沅万万没想到，她重新见到了她之前怎么也找不到的《白夜行》。

陈傅怡从包里拿出这本书，问许时沅：“时沅，这是你要找的那本书吗？”

许时沅翻开扉页，扉页的右下角有聂洲泽的签名，她激动地把书抱进怀里，道：“你在哪里找到的啊？”

陈傅怡不好意思地摇头道：“没事没事，我是今天早上在我的抽屉里发现这本书的，可能是你不小心放错了吧。”

许时沅没有多想，道：“难怪怎么也找不到，太谢谢你了，傅怡。”

不过，昨晚她已经向聂洲泽道过歉了，他也收下了她新买的那本书，这样的话，是不是意味着她可以把这本旧书留下来？

就当是她的小小私心吧。

中午，闻沁发现许时沅的书被找回来了，听说是陈傅怡在抽屉里找到的之后，闻沁的神情看起来很意外，道：“其实，我……”

“什么？”许时沅见她欲言又止，问道。

闻沁昨天从陈傅怡身边经过，无意中在她的书包里看见过那本《白夜行》。当时，闻沁便觉得奇怪，却又觉得可能只是巧合，也没有多想。

直到今天，许时沅说陈傅怡在抽屉里找到了这本书，并且还给了许时沅。

陈傅怡想看书的话，说一声不就行了？弯弯绕绕的做什么？

“没什么，就是恭喜你找到了这本书。”闻沁没有把心里的疑问问出口。

两个星期后的高一年级女子篮球赛，闻沁和陈傅怡都报名了。

许时沅倒是开心，道：“这样，我到时候就可以同时给你们两个加油打气了，一箭双雕。”

本来，闻沁想说服许时沅也去报名的，美其名曰“为10班争光”，但许时沅义正词严地拒绝了：“我去了就没人给你们做后援了，不去不去。”与其让她打篮球，还不如让她做两张数学卷子。

闻沁直接揭穿她：“你就是胆怯。”

这话，许时沅倒是无可辩驳。她是个篮球白痴，本来人就有些笨重，光是运球就能把球运飞，更别说为班级争光了。

“我承认我胆怯，放我一马吧。”

闻沁本来就是女子篮球社的，而陈傅怡的水平一般，没什么基础，于是，闻沁便主动教起其他几位女生。

每天放学后，许时沅便一并跟着她们去篮球场，闻沁调侃她是不是吃饱了没事干。其实，没人知道她的心里打了别的算盘——

篮球场离高三校区特别近，被两条校道夹在中央，没准儿可以在那里看到聂洲泽的身影。

球场两侧有阶梯，许时沅随便找了个地方坐下。随后，她便自动启动了搜寻模式，不放过任何一个角落，心中期盼着能在这些朝气蓬勃的人当中看见他。

一连去了三天，许时沅都没看见她想见的人，希望落空的感觉不太好受。但她想，可能是聂洲泽最近有新一轮的模拟考，因此没时间过来打篮球，也挺正常的。

她一次都没见到人，自我安慰的水平倒是见长。

第四天，她还是去了，她不想连“万一”的机会都错过。

陈傅怡见她老是坐在那儿，怕她无聊，便和闻沁商量了一下，把许时沅拖了下来，道：“你和我们一起吧，这么好的运动机会都不懂得珍惜。”

后半句话成功说服了许时沅。

可当拿到篮球后，也不知道怎么搞的，她像只呆头鹅一样机械地拍着球，还自我感觉良好地笑道：“我的水平是不是提高了？”

闻沁看不下去了，开始教她三步上篮。

许时沅看着她放慢动作，觉得还挺简单的，她露出一副“看我的”的表情试了一次，结果没跑出两步，篮球便像有了自我意识一样脱离了她的手……

啪、啪、啪……

见篮球离她而去，许时沅想着去追它，不料，不远处有个人帮她拦住了球。

聂洲泽把球抛给她，声音低沉清朗，道："许时沅，接着。"

许时沅愣了一下，第一反应是惊喜，当然，如果她伸出的手没有完美地错过飞奔而来的篮球，她会更开心。

许时沅不好意思地笑了笑，道："聂师兄，你也来打篮球啊？"

你可算是来了。

"对，今天的模拟考刚结束，来打打篮球。"聂洲泽和她简单地打了个招呼，便与同学去了旁边的球篮下。

许时沅回到她刚刚坐的地方，又嫌这儿看得不清楚，另外找了个更优越的位置，不动声色地看向聂洲泽的方向。

她想拍照，又不敢明目张胆，只好假装玩手机，而后神不知鬼不觉地拍了几张照片。

她没来由地想起某些小说情节，高大帅气的男主角进球后总会第一时间望向女主角，两人深情地对视几秒钟。

可惜她就是个普通的高中生，并不是什么女主角。

就在这时，她看见聂洲泽投中了一个三分球。

然后，他好像看了她一眼。两道目光在空中短暂地交会了半秒，那一刻，许时沅的心脏像是被人不轻不重地捏了一下，停了片刻才再次恢复跳动。

应该……只是不小心的吧？这又不是在拍电影。

许时沅一边在心底否认，一边期待着他再次看过来，让她多做几个美梦。

许久后，聂洲泽也坐到阶梯上休息起来，他身上湿了大半，两人之间隔着不远不近的距离。

这让许时沅十分着急，她想移动到他的身边，又怕显得过于刻意。于是，她只能时不时地偷瞄他的侧脸，却又猝不及防地和他对上视线……

见他走近自己，两人之间的距离缩短为一米，许时沅的脚尖都绷紧了，她听见他问："你好像一直坐在这儿，怎么不打球了？"

许时沅没好意思说自己的水平太差，而是说道："比起自己打篮球，我还是比较喜欢看别人打篮球。"

许时沅看到他流了不少汗，却连一口水都没有喝，犹豫了很久，她想从书包里拿出准备好的矿泉水给他，可手刚伸进书包里，聂洲泽便站起身，扭头对她说了一句："我回去了。"

说完，他便如风一般回到了篮球场上。她默默地抽出了手，目光追随着他高大的身影。

这时候，来练习的女同学们陆陆续续回了宿舍，只剩下闻沁和陈傅怡，还有阶梯上“望穿秋水”的许时沅。

闻沁叫了两声她的名字，想喊她走，谁知许时沅全神贯注地看着某个方向，压根没听到。于是，闻沁悄悄地凑到许时沅的耳畔，低声问：“他帅不帅？想不想和他……”

许时沅被她吓得一激灵，脸颊以肉眼可见的速度变得通红。她的第一反应是瞥了一眼正在打球的聂洲泽，生怕他听见什么，随后才转身控诉：“闻沁，你在说什么啊？！”

闻沁笑了笑，道：“我叫了你好几次，你不应，非得逼我出绝招。赶紧收拾东西走人！”

晚上，许时沅在看物理课后习题，她惊恐地发现，她竟然连一点儿头绪都没有。书里前几章的内容还算容易，到后面却越来越折磨人了。

她还怎么选理科啊？！

窗外忽然传来沙沙的声响，雨下得令人猝不及防。

许时沅停下笔，想起了之前那个下雨天。

他揽着她肩膀的轻触感，她因为紧张而加快的心跳，还有他被雨打湿的肩膀，她都记得一清二楚。每到下雨天，这些画面便历历在目。

许时沅拿过书包，小心翼翼地把《白夜行》拿出来，她决定把它留下，留个念想。

她撕下笔记本里的纸，对照着扉页下方的签名认真练习起来，直到和扉页上他的名字一模一样。他会不会也会在无聊的时候想起她，然后在纸上写下她的名字呢？

她点开微博，认认真真地打着字：“第四天，终于在篮球场上看到你了，我将矿泉水装在书包里三天了，最后还是没有勇气给你，我怎么这么没用……”

编辑发送之后，她放下手机，把那张纸夹进小说书页中，又把书放进抽屉里，就像她对他的心思一样，不可告人。

明明下午才见过，她却已经开始期待下一次的偶遇了。

高一篮球赛结束后，许时沅发现闻沁和陈傅怡的关系比以前亲密了许多。

此前，她们之间的关系一般时，许时沅便觉得有点儿奇怪。

那时候，她和她们中的一个人在一起时都可以畅快地聊天，可一旦三个人撞到一起，气氛就会变得有些尴尬，她夹在中间，两边都难做人。

多亏了这场篮球赛，陈傅怡和闻沁意外地发现彼此听歌的喜好相似，再加上篮球赛前后的合作，无形之中便架起了友谊的桥梁。

然而，陈傅怡的心里一直有个结，纠结了许久，她还是决定说出来。

“时沅，有件事，我必须跟你坦白，而且，我得跟你说一声对不起。”

许时沅蒙了，战战兢兢地问她：“怎么了？”

陈傅怡低垂着眼，道：“你上次找不到的那本《白夜行》，其实是我把它藏起来了，你问了我，我却跟你说我没看到过。”

陈傅怡没什么要好的朋友，直到她和许时沅都考上西城中学，由于许时沅的主动靠近，两人的关系突飞猛进，于是，她把许时沅看作是自己的第一个好朋友。

可是闻沁出现后，她产生了强烈的危机感，对闻沁自然没有好感。

看着许时沅和闻沁相谈甚欢，陈傅怡有一种自己的朋友被抢走的感觉，她害怕许时沅和闻沁的关系会变得更好。可能是过去的人生中，她的朋友太少了，才会如此害怕失去唯一的好友。

所以，她脑子一热，拿走了许时沅的书。

许时沅似乎特别重视这本书，如果她能假装帮许时沅找到书，那两人的关系是不是就可以一直好下去了？

“我知道我的想法很幼稚，但是，那时候，我真的很害怕你会被闻沁抢走，真的十分抱歉。”陈傅怡不擅长用语言表达自己的情绪，说出这番话，她已经鼓起很大勇气，此刻有些忐忑不安地等着许时沅的回答。

许时沅从来不知道，原来陈傅怡这么患得患失，她的心里有些内疚，内疚自己没有早点儿发现朋友的异样。

“没事啦。”她握住陈傅怡的手，有些难为情道，“你不说，我都不知道我在你心中的地位这么高。”

之前，许时沅一直觉得，陈傅怡对自己有点儿冷漠。现在想想，陈傅怡只是习惯把情绪藏在心里，不擅长表达。

“我们会一直是好朋友。”许时沅有些哽咽，又有点儿想笑，觉得这句话很矫情，但又确实是她想说的，“哎呀，不要搞得那么伤感啦。反正，每天中午，我肯定会和你一起去食堂吃饭的，你上厕所的时候也叫上我，有好吃的，我都会第一个分给你和闻沁，就这么简单。”

年少的她还并不知道未来如何，但两颗心在最诚挚时碰撞过，便弥足珍贵。

闻沁在走廊上打完水，看到两人煽情地抱在一起，也凑了过去，两只手各攀住两人的一边肩膀，问：“你们瞒着我在进行什么秘密交易啊？”

陈傅怡便同闻沁说了一遍，闻沁恍然大悟，开玩笑似的道：“行啊，下次你们要是冷落我，我也用这一招。”

许时沅赶紧举手道：“那我也用。”

闻沁从后面抱住陈傅怡，笑眼弯弯道：“你现在就可以用了，我们不和你一起玩了，谁让你不会打篮球？”

陈傅怡也笑了，道：“我是被威胁的。”

“好啊，上次为了给你们加油，我的嗓子都快喊哑了。”说完，许时沅使出了绝招，她从课桌里拿出一包奥利奥饼干，“这个没你们的份儿了。”

果不其然，两人赶紧向许时沅求和。

第四章
写信

一眨眼，高一上学期就要结束了。随之而来的是从西伯利亚南下的寒风，还有期末考试。

许时沅开启复习模式，但在学期结束前，轮到高一（10）班打扫校园的公共区域。卫生委员把全班同学分成了五个大组，分配到不同的区域打扫。

许时沅一看，她那组在食堂附近，而聂河川那组分在高三校道。于是，她问聂河川："聂河川，我和你换一下区域，怎么样？"

"不怎么样。"聂河川觉得不对劲，狐疑道，"除非你可以说出一个让我心服口服的理由。"

许时沅认认真真地思考了几秒钟后说道："聂河川不仅人长得特别帅，人品也好得没话说，堪称'人间极品'。"

"行，这个理由够充分。"聂河川想为她的言论鼓掌，"你去高三校道那边，我去食堂那边。"

每次轮到哪个班级打扫校园卫生时，这个班级的人就会被赋予不用做早操的"特权"。早上六点二十五分，早操准时结束，大批学生如洪水一般从操场涌向教学楼。

此时是人最多的时候，许时沅站在校道侧边，时不时拿扫把象征性地扫两下，目光却在寻找。

随后，她捕捉到了聂洲泽的身影，他和另一个男生一起走着，在一堆穿着同款校服的学生中显得异常扎眼。

在他快走过来时，许时沅正对着他，微微弯着腰，似乎在全神贯注地扫着地上的落叶，实际上是在暗暗分辨他的脚步声。

“许时沅。”她听见他叫了她的名字，声音清朗。

许时沅仰起头，神情有些意外，随即笑得明媚，打招呼道：“师兄，早啊。”

晨间的光线穿过繁茂的枝叶，在聂洲泽的眼底晕染出一片金色。

“早上好。”

一瞬间，许时沅紧张地握紧了扫把，心脏狂跳。直到他从她的身边经过，她还保持着扫地的姿势，目光却依然追逐着他的背影，直到他消失于转角处。

这一周，高一（10）班打扫了四次校园卫生，她遇到了聂洲泽四次。他每一次都会叫她，和她打个招呼，而她会露出恰到好处的表情，掩盖住即将溢出的欢喜。

“好像每次都能在这里看到小学妹啊，怎么这么巧？”她听到聂洲泽身边的男生说。

聂洲泽淡淡地笑了，道：“可能是缘分吧。”

才不是缘分呢，她想。

她不求他突然的驻足，能从他口中听到他叫她的名字就是最大的慰藉。没人知道，这看起来寻常的偶遇，其实是她蓄谋已久的“巧合”。

寒假到了，许时沅要回老家和爷爷奶奶还有两个伯伯团聚。老家在西城的城镇区，不在西城市区，于是，一家三口人收拾行李回了老家。

在大巴车上，许时沅无精打采的，一直望着窗外飞快后退着的风景。

许源问她：“是不是晕车了啊？”

许时沅摇摇头，道：“没有晕车，就是有点儿困。”

以前没搬来市区时，她都是在老家过年，那时候，她觉得还不错，能见到大半年没见过的堂哥堂姐。

但今年，她没那么想回去。不回去的话，她偶尔还能以借书的借口找聂洲泽，再不济也可以说去找聂河川玩。现在……

除夕那晚，全家人一起吃团圆饭。饭桌上，一听爷爷提到聂家，许时沅就立刻竖起了耳朵，但是并没有听到什么有效信息，害她空欢喜一场。没想到，她爸却主动夸赞起聂洲泽，说他懂礼节，谦逊，成绩也不错。

听到这些，许时沅在心里表示十分认同。

这时候，智能手机还未普及，年味很重，尤其是在乡间，空气中弥漫着浓浓的礼花和鞭炮的气息。许时沅打开手机通讯录，点开“聂洲泽”那一栏，将指尖放在那一串电话号码上，却始终没有拨出去。

说些什么呢？新年快乐，万事如意？恭喜发财，红包拿来？又或者是过年穿上新衣服了吗？

算了，她还是发条祝福短信吧。

“聂洲泽师兄，除夕快乐！新的一年，祝你身体健康，顺利考上理想的大学！”她编辑好，却迟迟没有发送，这短信的内容好像很客套。

在她犹疑不定时，手机忽然振动了起来，许时沅有些烦躁地看了一眼，却发现屏幕上显示来电人是聂洲泽！

许时沅一激动，将手机甩到了被子里，她趴在床上，两条腿兴奋地晃来晃去。她怀着激动的心情，正准备按下接听键，堂姐却突然开门进了她的房间，对她道：“许时沅，快点儿出来啊，我哥要放烟花啦！”

“好，我等一下就去看。”许时沅迅速回答。堂姐很快便走了，她低头一看——糟了，她竟然把聂洲泽打来的电话给挂了！

这次，许时沅没有再犹豫，立刻回拨给他。随后，铃声只响了一声，电话就被人接起了，那头传来一道声音：“时沅，是我。”

听到他的声音的那一刻，许时沅有点儿想在原地打滚。

如果他能看到她的表情，就会看到她快咧到耳根的嘴角，和此时听起来平静的声音截然相反。

“不好意思啊，聂师兄，我知道是你。”

“所以，你是故意挂我电话的？”聂洲泽开玩笑似的问她。

许时沅心里咯噔一声，她急急地解释道：“我刚才不小心按到了，绝对不是故意的。”

手机那头传来一声低笑，许时沅想象不出他现在是什么样的神情，只听他道：“没事。你现在是不是在你爷爷那边？”

“对，我回来过年。”许时沅猜到他肯定不是因为无聊才给她打电话，便主动问道，“师兄，你有什么事吗？”

聂洲泽清清嗓子，道：“你爷爷给我打了好几个电话，每一次我都接了，却都没听到声音。”他有些担忧，“没出什么事吧？”

许时沅赶紧出去查看了一下情况，五岁的堂妹正拿着爷爷的手机按来按去。

“没有没有，不好意思啊聂师兄，我爷爷的手机被我小堂妹拿去玩了。”许时沅解释道，“待会儿我就把手机抢过来，不，是拿过来，让她别乱打电话。”

“原来是这样。”聂洲泽说，“新年快乐！”

“新年快乐呀。”她高兴地说，想借着玩笑和他拉近距离，“我还等着叔叔发红包呢。”为了讨红包，她刻意换回了“叔叔”这个称呼。

说完，她听到了他爽朗的笑声。

就在这时，邻居家突然放起了鞭炮，噼里啪啦的，仿佛要将人的耳朵震聋。

怎么偏偏在这个时候放鞭炮？！而且，这鞭炮的燃放时间好长啊！

所以，她是不是该挂电话了……

终于，鞭炮声结束了，许时沅怀着绝望的心情想问问聂洲泽还在不在，却听到那头先传来了他的声音，问：“还在吗？”

许时沅赶紧应声：“在在在。”

“红包自然会有的，给你留着。”

挂掉电话后，许时沅将手机抱在怀中，从床头滚到了床尾，又从床尾滚到了床头。她摸了摸脸颊，好烫。

如果以后每年过年他都可以和她说“新年快乐”，她就心满意足了。

又或者，她想再贪婪一些，许下今年的新年愿望——或许有一天，聂洲泽可以站在她面前，对她说一句“新年快乐”。

新年之后，春风唤醒了树梢的枝芽。

许时沅特别怕冷，她穿着厚厚的棉服，像新鲜出炉的夹心面包，尽管如此，寒风依然没有对她手下留情。

二月中旬，一家人终于动身回了西城市区。

许时沅躺在沙发上不停地抽纸巾，无精打采地擤着鼻涕。

许源拍了拍她的背，温声道：“小沅，我和你妈妈明天去拜访你聂爷爷，你去不去啊？”

许时沅垂死病中惊坐起，一双眼睛顿时变得炯炯有神：“我肯定得去啊！”

许源有些惊讶，之前他带许时沅去走亲戚，她都是不情不愿地被他拖着去的，而且她现在还感冒了，所以他才询问她的意见。没想到，她竟然一反常态。

许时沅注意到她爸爸讶异的眼神，忙道：“我就是想看看，过了个年，聂河川是不是胖了很多，哈哈哈。”

“河川那孩子是吃不胖的体质。”许源笑着说，“不像我们。”

闻言，许时沅深深地瞥了许源一眼，道：“爸，你能把‘们’字去掉吗？我们不一样，我只是衣服穿得太厚了，显胖。”

许时沅没说错，以前过年时，她总会胖上几斤，今年过年，她却瘦了两斤。

出发去聂家的那天，许时沅把她穿了一星期的棉服扔在一旁，换了一件加绒的印着字母的黑色卫衣，下半身依旧穿着宽松的牛仔裤，大腿那儿也没有那么紧绷了。

“哎呀，大冷天的，你怎么穿这么薄的衣服啊？”沈时看得直摇头，“快去把你那件棉服穿上。”

许时沅哪里肯穿？

“那件棉服是粉色的，好幼稚啊。再说，我现在很暖和，一点儿都不冷。”

“你本来就是这个年纪，什么幼稚不幼稚的。”沈时哭笑不得，“都感冒了。”

最后，经过一番激烈的“沟通”，许时沅在卫衣里面又加了一件羊毛衫，才逃脱了穿那件粉色棉服的命运。

一路上，许时沅满怀期待，一改前几天的颓态，甚至在想等会儿要和聂洲泽说的话题，他给她的红包是什么样子……

然而，到了聂家，她才发现她白想那么多，聂洲泽压根就不在家。过完年，他便要进入高三下学期，此时已经返回了学校。

“去学校了啊。”她的心里空落落的，像划了个口子，名为失落的冷风嗖嗖地往里灌，让她猛地打了个喷嚏。

“让你不穿棉服，冻到了吧。”沈时数落起她，同时给她倒了一杯热水。

聂河川见她一晚上都不怎么说话，难得关切道：“你的脸色怎么这么差？”

“感冒了呗。”许时沅吸了吸鼻子。

聂河川从桌子上拿了两包凤梨酥递给她，道：“吃点儿好吃的，你好像变瘦了。”

“我一直这么瘦，别妨碍我减肥。”许时沅把凤梨酥放回果盘里，沉默了一会儿，又忍不住打探起聂洲泽的消息，“师兄什么时候走的？”

“昨天上午走的啊。”

听他这么说，许时沅内心更失落了，她叹了一口气，道：“我也好想开学啊，好想在知识的海洋中畅游啊。”

“你没搞错吧？我还想多玩几天呢。数学课代表就是与众不同。”聂河川懒懒地陷入沙发里。

然而，下一秒，他又像弹簧一样弹了起来，把旁边擤鼻子的许时沅吓了一跳，她说道：“你这是做什么？一惊一乍的，吓死人了。”

“差点儿忘了个东西。”他迅速上了楼，又很快回到她身边坐下，“喏，给你。”

“什么啊？”许时沅看过去，便看到了一个红包，封面上印着“学业进步”四个字。她愣了片刻，才迟疑地接过来。

聂河川在一旁纳闷道：“这是我叔叔去学校前让我帮忙转交给你的红包。奇怪了，我都没有收到他的红包，你怎么会有？”

虽然是小事，但他没有说过就忘了。许时沅心头的失落被欢喜一点点地挤了出去。她低下头，藏起唇边的笑意，娴熟地把红包揣进口袋里，宽慰似的拍了拍聂河川的肩膀，道：“因为你不够勤奋，寒假试卷都做没完，所以没有。”

新学期又来临了。许时沅回到学校，按部就班地上学放学。

中午吃饭，她还是会在食堂找他。运气不好时，她接连好几天都见不到他的身影，运气好时，她下午便能在鲜虾云吞的窗口排队处见到他。

离得近时，他总会和她打一声招呼，给她留一瓶养乐多。离得远时，许时沅就远远地留意着他的身影，从他吃完饭到离开食堂，他的身影都在她的视线范围内。

只不过，有一天，许时沅留意到，聂洲泽的对面多了个长发的女生，是女生主动走到他对面坐下的，不知道笑着和他说了些什么。

许时沅的眉头紧皱起来。看得出来，那个女生很喜欢聂洲泽。

那个女生长得比她好看，有长长的头发，身材也比她好很多，看起来也比她勇敢。许时沅内心酸涩地低下头，心想，她从来都没有这种勇气，更没有支撑这种勇气的底气。

长发女生说完话后，聂洲泽脸上的笑意淡淡的，不知说了什么。他没有接受女生递过去的东西，起身去了另外的座位，似乎明确地拒绝了对方。

许时沅的耳朵竖了起来，她没听到他说的话，但注意到他的口型应该是“抱歉”。她不敢确定，心头悬起的那块石头久久不曾落地。

聂洲泽吃完饭，起身准备去餐具回收区。许时沅也赶紧起身，比他先一步到了餐具回收区，放碗的速度却仿佛被放慢了一倍。

她可真像个间谍。

她在原地磨蹭了很久也没见他来，转身才发现聂洲泽去了另外一个方向的餐具回收区，此刻已经向食堂外走去了。

失算。

许时沅快步跟了上去，到外面看到细细密密的雨，才发现她把伞给落在座位上了。

算了，不管了，一把伞而已，她对本校同学的素质很有信心。

“聂师兄。”许时沅追上聂洲泽，拍了拍他的肩膀，“嗨。”

聂洲泽回过头，眉眼变得柔和，停住开伞的动作，道：“嗨，时沅。”

于是，许时沅顺理成章地钻进了他的伞下。

她惊讶地发现，这伞还是上次下大雨时他撑的那把伞。

历史竟然惊人的相似，又是下雨天，又是打着他的伞。

她快要喜欢上下雨天了。

许时沅沉默了片刻，突然想起什么，鼓起勇气问：“对了，师兄，你有早恋的打算吗？”

聂洲泽敛眸看了她一眼，道：“早恋？”

他的眼神似乎意味深长，许时沅没来由地一慌，心里像打鼓一样咚咚作响。她低下头看着自己的脚尖，解释道：“我刚刚看到你对面坐了个女生，她……”

聂洲泽面无波澜道：“不是，我没有这个打算。”

看来她刚刚没猜错，许时沅长长地舒了一口气，哦了一声。

见她神色间带着遗憾，聂洲泽扬起嘴唇一笑，反问道：“怎么，你有这个打算？”

许时沅万万没想到聂洲泽会这么问，一口气立刻又提起来了。

她旁敲侧击的打探难不成给他营造出了“我想早恋”的印象？

“没有。”她故作轻松地耸了耸肩，“我和你一样，也没有这个打算，毕竟，现在还不是时候，对吧？”

“嗯，现在确实不是想这些的时候，等你有能力对自己负责，对方也有能力对你负责时再考虑也不迟。”他不急不缓的语气显得十分耐心。

许时沅乖巧地应声：“谢谢师兄。这几年，我是不是只要认真学习就可以？”

“差不多是这个意思。”聂洲泽笑了一下，看着她认真地说道，“也不能说纯粹学习，学习的同时，你得有清晰的目标，才不容易因别的事情而分心。”

聂洲泽做任何事都有规划，而谈恋爱目前不在他的规划之内。

许时沅不免想到，她平时好像就是盲目地学习，没有想过要达到什么样的高度。最近，虽然她的学习成绩有所提高，但她对未来依旧迷茫。

雨水淅淅沥沥地落着，天幕被乌云所笼罩。

她偷偷瞄了一眼聂洲泽的侧脸，她很想问他，如果早就清楚自己的目标实现不了，是不是应该尽早选择放弃。

似乎是感知到了她的视线，聂洲泽看向她，回以一抹简单而粲然的微笑。

尽管清楚他的笑可能只是出于礼貌，许时沅的心里还是燃起了一簇小火苗，丧气和颓然瞬间成了飘浮的灰烬。

两人很快便走到了聂洲泽的宿舍楼下。

许时沅心中一惊，她也是送聂洲泽回过宿舍的人了？

但是，他回了宿舍，她岂不是得淋雨去公交车站了？她刚才光顾着想些乱七八糟的，没有留意他走的是回宿舍的路线。

聂洲泽见她的眉头皱成一团，不知道在想些什么，便叫道："许时沅？"

他弯腰打了个响指，道："我到了。"

许时沅瞬间回过神，抿了抿唇道："那谢谢师兄送我这一段路，我先走了。"

她将手放在头顶，准备一路冲出西门，直达公交车站。

反正这雨不大，而且从他的宿舍到公交车站只有两三百米的距离，不算远。

她蓄势待发，转身刚想跑，却如同一匹被缰绳勒住的马，被人拦住了。聂洲泽有些无奈地提醒道："等等，这把伞你拿去。"

"啊？"许时沅有点儿不确定，迟迟没接，说道，"我要是拿走了，等会儿你去教室怎么办啊？"

"我宿舍里还有一把伞。"

于是，许时沅收获了一把伞，并在第二天早上上学时撑着这把伞去了教室，小心翼翼地挂在教室外面的窗框上。

聂河川在她之后到教室，他刚把书包放在桌上，便回头对她道："我在外面看到一把格子伞，和我叔叔常用的那把伞一模一样，你看见没有？"

"看见了，那就是他的，是我放的。"

聂河川顿时有些茫然，诧异地问："我叔叔的伞怎么在你这儿？"

"昨天我们在食堂遇到了，我刚好没带伞，所以聂师兄回宿舍后就把他的伞给我了。"许时沅语气平静，眼神却早已将她出卖。

闻沁用肩膀撞了她一下，道："看你这得意的表情。"

许时沅赶紧用眼神示意她，闻沁总算适时闭上了嘴。

聂河川再次投来疑惑的眼神，道：“你们怎么回事？”

两人笑道：“女生的事，你一个男生不要问那么多。”

“这是性别歧视。”

许时沅平时的表现，闻沁和陈傅怡都看在眼里。

事实上，上学期在篮球场上练球时，两人就猜出了许时沅的心思。只是没想到，直到这学期，许时沅才主动和她们说起这件事。

许时沅实在是憋不住了，她恨不得把这些心思烂在心底，可又想和人倾诉暗恋的苦涩和偶尔的甜蜜。

“所以，现在，你又可以通过还雨伞和他见上一面了。”闻沁在她耳边道。

闻沁不太懂许时沅现在的举动，鼓励许时沅大胆一点儿。

但许时沅做不到，她怕那样只会把他推得远远的。

“等等吧，等我变得优秀些。”面对聂洲泽，有时候，她连眼神都在躲闪，她变得根本不像她，更别说大胆一点儿。

她觉得那无异于飞蛾扑火。

所以，再等等吧。

因为十五岁的许时沅，还是一个胆小鬼。

晚上，窗帘半拉着，有夜风涌入房间。

许时沅在做作业前拿出手机，认认真真地编辑起短信：“聂师兄，你明天下午六点方便吗？我想去高三教学楼把伞还给你。”她深吸一口气，飞快地按下发送键，而后把手机放到手边，摊开作业开始做题。

手机嗡嗡振动了一下，她的心也跟着振动了一下，打开一看，是中国移动发来的扣费短信，害得她白激动一场。

七点半了，聂洲泽应该在上晚自习。她干脆把手机放到看不到的地方，免得自己老是分心。

晚上十点左右，许时沅打了个哈欠，拿出枕头底下的手机，看到屏幕上显示着“接收到一条新短信”的字样，立刻精神百倍。

她没有立刻点开，而是深吸了一口气，做好了心理准备才开始看。

聂洲泽：“不用刻意过来，明天下午五点半，在云吞窗口一起吃个饭吧，顺便把伞给我就行。”

许时沅差点儿从床上蹦起来，他这是在邀请她共进晚餐吗？

然而，第二天下午放学，政治老师竟然拖堂整整十分钟。一下课，许时沅半秒都没逗留便赶到了一食堂二楼，很快看到了聂洲泽的身影。

她抬手看表，才五点二十分，他应该是提早到了。此时，他正好抬起头，看到她后，他朝她招了招手。

许时沅买了一份云吞坐在他对面，把雨伞还给他道："这个，谢谢师兄。"

"不客气。"他伸手接过，似乎想起什么，抬眸笑着问，"你好像特别容易忘带伞，是不是？"

"不是啦。"许时沅绝不承认，低着头说道，"就是不知道为什么，两次没带伞，都……碰巧遇见了你。"

"这样啊。我建议你随身携带雨伞，毕竟不是每次都能碰巧遇到我。"聂洲泽说。

说起来，这是她第一次在学校和他面对面吃饭，得益于下雨天。

食堂的桌子并不宽，两人都低下头吃东西时，一瞬间，两颗头靠得有些近。

许时沅的心像打鼓一样咚咚跳，吃东西的速度都不自觉放缓了，尽量让自己的言谈举止看起来更优雅得体。

之后几个星期轮到高一（10）班的体育课时，天就开始下起雨来了，体育课都变成了自习课，许时沅喜闻乐见。

今天是星期五，天气终于放晴了，下午有两节体育课，男同学们欢呼雀跃，迫不及待地想去球场上大显身手，许时沅却在教室里磨蹭到快上课时才和闻沁一起下了楼。

她万万没想到，这节课要做体测。

体育老师说："大家这么久没运动了，让老师看看你们的水平如何。下星期恐怕还会下雨，所以将体测提前到这周。"

于是，高一（10）班的同学被老师赶往了体育场。

还没开始跑步，许时沅就先蔫了，她拉着闻沁的胳膊道："等会儿跑步的时候，你们谁可以跑慢点儿等等我吗？我可能会是倒数第一。"

聂河川看着她道："不是吧，上学期你不是说每星期都去操场上跑步吗？怎么还这么弱？"

"放寒假我回老家了，就没坚持跑步，变弱不是很正常吗？"

闻沁："你放心，我不会放慢速度的，我要跑在最前面，才能带动你快点儿跑，对吧？”

操场上的人特别多，应该有好几个班在上课。

体育老师都很有默契，选择了这个难得放晴的日子折磨自己的学生。

放眼望去，许时沅看到了几张眼熟的面孔——聂洲泽的同班同学？该不会是和他们班的体育课撞到一起了吧？

还没等她弄明白，她就被体育老师叫到了操场上。这下子，她看清了，聂洲泽和他们班的同学聚集在一千米体测的起跑线处。

好混乱，她好想请假。

等会儿刘海飞起来，露出脑门，加上她气喘吁吁的脸，岂不是……很丑？

体测开始了，许时沅一边跑，一边胡思乱想，很快便被大部分人甩到了后边。她赶紧加速，几秒钟后却又慢下来了。

身后有密集的脚步声传来，她赶紧低下头，拨了拨刘海，同时闭上了嘴巴，尽力不发出太大的喘气声，妄想着给人造成她的气息特别稳的假象。随后，仿佛一阵龙卷风刮过，一群人从她身边跑了过去，聂洲泽只给她留下一个步履稳健的身影。

他应该没看到她，万幸。

许时沅憋不住了，大口喘着气，不再管飘起来的刘海。只是，她没想到聂洲泽会在此时此刻回头看她，眼神明显是在辨认她的脸，片刻后，他什么话都没说，回头继续跑步。

聂河川不知何时也从她身后超了过去，道：“许时沅，你跑步的样子太美好，我叔叔竟然没有认出你来。”

可能是之前的心理起伏太大了，跑到后面，许时沅完全没劲儿了，她干脆破罐子破摔，开始走路。

这是她的常规操作——对别人来说轻轻松松的八百米体测，对她来说却是“生命不能承受之重”。再这么跑下去，她可能就要死了。

远处，体育老师注意到她的消极应对，在旁边喊着：“那个同学，跑起来啊，快跑起来啊。”

许时沅不想理他，反正这体测无足轻重，所以，她悠然自得地走着。此时，她只觉得自己的脸上、脖子上、喉咙里都有几团火，急需一大杯冰水降温。

“许时沅。”

这是她熟悉无比的声音，仿若春日的甘露。她回头张望，聂洲泽如风般掠过，速度并不快，道：“往前跑。”

许时沅愣了片刻，神奇的是，望着他近在眼前的背影，她的力气竟慢慢地恢复了。她目不转睛地盯着他跑动的脚步，突然什么都不想思考了。

往前跑，不能停，这是她现在唯一的念头。

一直到终点时，他的背影始终未曾离开她的视线，似乎是他有意无意地放慢了速度，又或者是她的速度真的提高了。

许时沅弯着腰，两只手撑在膝盖处。

“这不是可以吗？”许时沅隐约听到他这么说。

她抬眸望向前方，聂洲泽的步伐开始迈得大起来，背影也渐渐远去。

闻沁小跑着过来，拍了拍她的后背，道：“可怜的孩子，同样是跑八百米，你怎么像是从鬼门关走了一遭？”

“我现在活过来了。”许时沅扶着腰，慢悠悠地往旁边的高台上走去。

陈傅怡买了三根雪糕，三人一人拿了一根，坐在高台上，双腿一晃一晃的。许时沅的目光落在某个奔跑着的身影上，看着他的校服在阳光下猎猎飞扬，灌满了春天的风。

“时沅，你刚才怎么突然跑得那么快？好像打了鸡血一样。”陈傅怡问。

闻沁道：“肯定是体育老师的功劳，他为了催促你，嗓子都快喊破音了。”

“因为我想追上一个人。”

在其他方面，她可能在很长时间内都只能对他望尘莫及。但是至少在体育场上，她只要再拼命一些，就可能追上他的步伐。

很快到了清明节假期。下午放学后，教室里洋溢着喜庆的气氛。西城中学每个星期六都要考试，三天假期对同学们而言，是相当长的一个假期了。

当然，如果各科老师不发那么多卷子，许时沅可能会更开心。

她把三天的作业塞进书包里，书包顿时变得沉甸甸的。

聂河川的爸爸来接他，让他顺便叫上许时沅一起回去。许时沅当然开心，有顺风车坐，何乐而不为？

她抱着书包钻进车里，和驾驶座上的男人打了声招呼，道：“聂叔叔。”

“小沅来了，好久不见啊。”

这个聂叔叔倒是货真价实的“叔叔”，他梳着背头，从头到脚散发着都市精英的味道，身形挺拔硬朗。

许时沅却突然想起了另一个人，那个浑身散发着少年意气的聂洲泽。

聂叔叔迟迟没有发动车子，许时沅便闭目养神，默默地在脑海中勾勒着聂洲泽的样貌。

没想到，当她睁开眼睛时，脑海中的那个人近在眼前。

聂洲泽的手里拿着黑色书包，弯腰坐上了车后座。一瞬间，车里的空气似乎变得稀薄了。许时沅不动声色地坐直了身子，喊了声："师兄。"

聂洲泽淡然地看了她一眼，应了一声，然后对前边的人道："可以走了。"

聂洲泽穿着浅白色的长袖衫，黑色运动裤，腿很长，倚在车后座上，不时和前边的聂叔叔讲两句话，多数时候他都在回答，没有多聊。许时沅莫名觉察到他比以前疲倦，情绪不是很好，和人说话时也显得兴致寥寥的。

聂洲泽转过头，正巧迎上许时沅的视线，她眼睛清亮有神，似乎有话想说。

他用询问的眼神示意了一下，许时沅朝他靠近了一点儿，试探性地问："师兄，你看起来好像心情不太好，是……怎么了？"

聂洲泽有些意外，笑了一下，问："这么明显？"他以为他表现得够正常了，毕竟没有把负面情绪流露出来，没想到会被她察觉。

"你的眼睛告诉我的。"她说，"不会是……模拟考试没考好吧？"

作为高三学生，最能牵动情绪的恐怕只有成绩了吧？总不可能是为情所困。

"你还真猜对了，这次考试退步了二十几名，可能是最近状态不好。"聂洲泽有些意外地挑了下眉。虽说成绩起伏很正常，但现在离高考仅剩两个月了，这多少会影响心情。

"我给你讲个故事吧，很短的。"

"嗯，你讲吧。"他捏了捏眉心道。

许时沅清了清嗓子，一本正经地说道："我拿走了乞丐面前的那碗钱，竟治好了他多年的腿疾。"

前边的聂河川突然听到后座传来聂洲泽的笑声，好奇地回头张望了几眼。

聂洲泽以为她要说"心灵鸡汤"，没想到只是讲了一个笑话。很巧，笑话戳中了他的笑点。

许时沅没怎么安慰过人，此时，她只能献上她最近在《青年文摘》杂志上看过的小段子。许时沅又讲了几个她珍藏的笑话，聂洲泽放松了不少，看着她的脸颊微微鼓起，一本正经得有些可爱。

以前，他怎么没发现自己的笑点这么低？聂洲泽看了看前方，道路宽敞开阔。他含笑看着她，道：“谢谢你，这些故事真的挺有趣。”

见他的眼睛终于恢复了往日的神采，许时沅跟着开心起来。

随即，她又把许源经常对她说的那句话搬了出来：“师兄，你别想太多啦，高考前，成绩起起落落很正常的，你要相信自己的实力，你肯定没问题的。”

“好。”聂洲泽抬手在她毛茸茸的短发上揉了一把，笑道，“借你吉言。”

许时沅愣了一下。

一直以来，虽然聂洲泽对她温和又有礼貌，但他很少和人有身体接触，两人之间始终存在着距离感。上一次肢体接触还是去年暑假下大雨时，他虚揽着她的肩膀，这次……

许时沅深呼吸两次，抿了抿唇，藏住嘴角的笑意，平复着汹涌澎湃的心情。

她不想洗头了。

许时沅满脑子只有这个想法。

自从进入五月份，西城中学高三学生的体育课便被取消了。尽管许时沅和聂洲泽的体育课在同一个时间段，但也看不见聂洲泽了。

而许时沅也面临她人生中的一个抉择——选文科还是理科。

许时沅一直以来打算选理科，沈时也希望她可以选理科，未来的选择机会会比较多。至于许源，他觉得选什么都行，只要许时沅自己喜欢就好。

但问题是，许时沅的文科成绩比理科好一点儿，她对文科也比较感兴趣。

聂河川已经打定主意选理科了，陈傅怡也选理科，他们从一开始就是坚定的理科拥护者。而闻沁选了文科，她正在苦口婆心地劝说许时沅和她一起当个文科生。

尚且年少的她暂且不明白，人生的轨迹并不会因小小的分科就彻底改变。

如果明白，她当时就不会抱着这样的想法——选了理科，未来就可以和聂洲泽有更多的交集，就可以暂时不为即将到来的分别而感伤。

对于许时沅的犹豫不定，沈时不太满意，她对许时沅说：“如果你觉得妈妈跟你说的话不正确，你可以去咨询一下洲泽的意见，看看他是不是也这么说。”

“他现在都高三了，等他高考完之后，我再去咨询他。”许时沅回答。她不希望在现在这样紧张的时间段打扰他复习。

书桌上，台历被翻到二〇一三年六月，许时沅用红笔在六月七日和六月八日上面画圈做了标记。

这是她在高一下学期刚开学时做的标记，那时，她还觉得这两个日子特别遥远，可转眼间，距离高考仅剩下一个多月了。

她嗅到了离别的气息，还有一丝紧迫感。

高一的教学楼全被安排成了高考考场，每个班都在门口贴上了考生的名字，许时沅混在一群看考场的高三学生中，认真研究着上面的名字。她没看到聂洲泽，倒是看到了一个熟悉的名字——梁挚星。

“嘿，小师妹。”

身后传来好听的女声，许时沅回头道：“师姐，好巧，你在我们班考试。”

“咱们有缘分。”梁挚星笑着说。

许时沅往后一看，又看到了那天操场上的那个高大男生。他闲散地双臂撑在栏杆上，应该是在等梁挚星，问道：“梁挚星，你看完了没有？”

梁挚星跟许时沅道了别，走到钟屿身边，道：“我看完了，现在去你的教室看看。”

“这有什么好看的？我不想去。”男生狭长的丹凤眼一扬，显得有些倨傲。

许时沅莫名地觉得他脾气不好。下一秒，梁挚星直接扯住了他的衣服下摆，动作不容置疑，拖着他往前走，道：“不行，我说去看就得去看。”

许时沅望着他们的背影，有些失落地低下头。如果她不是比聂洲泽低两届，而是与他同一届，或许，她也能像他们一样，在高考前结伴来看考场，讨论着想要去的大学和充满各种可能性的未来。

那该多好。

高考这段时间，除了高三的学生，其他同学都有幸放了几天假。

六月七日，许时沅醒得很早，她定的闹钟压根没有发挥作用。

手机收到了一条新短信。她的眼睛瞬间变得清明——昨晚的短信回复来了。

聂洲泽：“没问题。”

对她而言，那两天和其他假期没什么两样，很快就过去了。

许时沅回到学校继续上课，课间，她和闻沁站在走廊上。

教学楼前面的校道上，不时有高三学生拖着大包小包的行李朝学校大门走去，有的谈笑甚欢，有的一脸凝重和茫然。他们如同一只只扑棱着翅膀的鸟儿，从名为西城中学的笼子里飞了出去。

“我们还有两年啊。”闻沁撑着下巴说道，“这两年会很快过去吧？就像我们高一的这一整年，我还没学到什么就飞速过去了。我的青春小鸟一去不回来。”

许时沅望着远处的校门，垂下眼，道：“我希望能快点儿过完这两年，快点儿考大学。”

“也是，快点儿考大学，快点儿有机会和你那个师兄……”闻沁凑到她耳边小声道，“发生点儿什么故事。”

“两年后，我能不能和他考上同一所大学都还不一定呢。”许时沅沮丧地叹了一口气。

“但我不得不提醒你一个事实啊。”闻沁换了副情感专家的样子，说道，“像他这种类型的优质男生，到了大学，肯定有很多女生追求他，到时候，他可不一定会保持单身。就算你跟他考上同一所大学，那也没有用。”

许时沅含含糊糊道：“他的事业心比较重，应该不会这么快谈恋爱吧？”

闻沁拍了拍她的肩膀，道：“姐姐，你这个想法真天真，不一定的。人都是会改变的，更别说在大学那个环境里，你觉得他有多大的概率守身如玉？”

许时沅不懂这些，但她一直抱着逃避和侥幸的心理，不愿往坏的方向想。

“那……我应该怎么做啊？”

“不管三七二十一，赌一把呗，给他写封信！”

许时沅还是拿不定主意，道：“嗯，我回去想想吧。”

七月中旬，今年的高考成绩出来了。

以前，许时沅基本不关注这些，连她的中考分数都是许源告诉她的。现在，她不仅关注这些信息，还记得出分时间是今天晚上七点。

吃饭前，许时沅给聂洲泽发了条短信询问他的高考成绩。

短信刚发没多久，许源接到了电话，道：“哎，聂叔，洲泽的成绩出来啦？”

许时沅夹菜的动作一顿，耳朵立刻机警地竖起来。

没几秒钟，她捕捉到两个重要信息。

——发挥稳定，Z大！

Z大是他们本省排名第一的好学校。许时沅重重地松了一口气，Z大好歹是本省的大学。她去过Z市，从西城客车站坐车到那儿大概四个小时，不算远。

手机振动了两下，许时沅在桌子底下打开手机短信，偷偷瞄了一眼。

聂洲泽：“正常发挥，675分，可能也多亏了你那天讲的小故事。”

虽然知道他是在开玩笑，许时沅还是不由自主地扬起嘴角，替他感到开心，仿佛那个考上Z大的人是她自己。

这时，还在饭桌上的沈时打断了她的思绪，道："对了，小沅，上次我让你向洲泽请教分科的事情，你问了吗？"

"没有。"许时沅如实道，"我都选了理科了，还要问什么啊？"

许时沅最后还是选了理科，一方面是因为，除了许源，家里所有的亲戚都劝她学理科，据说"更有前途和钱途"，另一方面是出于她的私心，她想和聂洲泽一样，当个理科生。

沈时又一次拉回了她的思绪，道："我就是怕你不确定选理科到底是不是正确的决定，洲泽是理科生，又考得这么好，你和他聊聊就知道了。"

"好吧，有机会的话，我问一下吧。"

"小沅，你也得加把劲儿了。妈妈知道，凭你的水平应该考不上Z大，妈妈对你最低的要求就是考上本科了，知道吗？"

许时沅沉默了片刻，道："妈，我也想考Z大那样的学校。"

沈时看着她，母女俩对视了两秒钟，突然一同爆发出一阵笑声，正讲电话的许源忍不住望过来。

许时沅率先憋住笑意，清了清嗓子，郑重地问："沈时同志，请问，您这是在嘲笑我吗？"

"不是妈妈笑你，你以前确实没有展现过像今天这样的……"沈时顿了一下，接着道，"鸿鹄大志啊。"

许时沅得承认，她以前那副模样，任谁看了都说胸无大志。虽然这一年，她的成绩有所提升，但十几年来形成的懒散形象不是说改就能改的。

"能考上更好的大学当然好了，就是实力也得跟上去，不然，说出来大家都不相信。"沈时如实道。

"那你就当我刚才在吹牛皮。"许时沅笑了笑，低下头吃了一口饭。

沈时顿时露出"我就清楚你是这种人"的表情，无奈道："你看看。"

许源打完电话后，开心地回到饭桌上，道："我们一家人明天中午去聂老家吃饭，祝贺洲泽考得这么好。"

"怎么不去酒店办升学宴？考得这么好，不得摆上十几桌庆贺一下？"

"聂老原本有这个打算，但洲泽说不用搞这么大阵仗，简单点儿就行，所以就按照他的意思来，亲戚朋友们一起吃个饭就行了。"

第二天，聂家很是热闹，来了很多亲戚朋友。

许时沅坐在客厅角落里，并没有插嘴大人聊天的兴趣，只默默地听着。

聂洲泽在沙发边和长辈们谈着话，远远看去，从容得不像是刚参加完高考的中学生。

她来了这么久，还没和他好好说上一句话，只是刚进门的时候打了声招呼。正走着神，沈时忽然朝许时沅招手，让许时沅到她身边坐。许时沅迎着众人的视线，在沈时边上坐下了。

许时沅不知道她要干吗，只听她说："你不是有问题要问洲泽吗？"

"好像没有吧。"

沈时转向聂洲泽的方向，道："洲泽，我们家小沅上高二就要分科了，她现在有点儿摇摆不定，你跟她说说，学理科是不是比学文科好就业？"

聂洲泽了然地点头。

"其实不一定，"他笑意轻浅，望着许时沅道，"其实我个人觉得，文科和理科各有其优势，没有高下之分，说到底，选什么主要还是看自己的兴趣。"

"嗯，我知道了。"许时沅朝他笑了笑，他礼貌地朝她点了点头。

她的兴趣应该在文科呀。许时沅又开始犹豫了，她是不是应该改选文科？

这么一来，许时沅还真的有问题想问他了。然而，客厅里这么多人，大家的视线都集中在他俩的身上，她还是决定先不问了。

吃完饭，许时沅随手拿起手边桌上的四阶魔方认真地摆弄着，然而，她怎么都玩不好。

真是复杂。

身旁的沙发忽然陷了下去，许时沅偏过头，一眼便看到坐在她身边的是聂洲泽，心跳瞬间加速。

聂洲泽喝了一口杯里的茶水，闲着没事，饶有兴致地看着她摆弄四阶魔方。

他不看她还好，一看她，她就觉得手指更加不听自己使唤了。她赶紧故作镇定地摆弄了两下，随即求救道："聂师兄，你这个魔方要怎么恢复原样啊？"

许时沅将魔方递给他。他伸手接魔方时，无意中触碰到她的指尖，刹那间，许时沅的手指如同过电一般，勾起心底难以名状的波澜。

聂洲泽没发现她的异样，端详片刻后，他开始转动魔方，道："先调整六面的中心块……"

"嗯。"许时沅应声，不动声色地倾身靠近他，连呼吸也不自觉放轻了。

表面上，她是想看得更清楚些，实际上，这是她的小小私心，她想靠近他。

只可惜，很快聂洲泽手里的魔方便复原了，他将魔方递给她，道："大概是这样。"

"好复杂啊。"

"你在干什么？"聂河川吃完饭，见两人不知道在沙发上捣鼓什么，凑过去一看，讶异道，"这个，我前几天怎么努力都没把它复原，许时沅，你成功了？"

"不是我，是我旁边这位把它复原的。"许时沅看了聂洲泽一眼，说道。

"不愧是我叔叔。"聂河川的敬佩之心油然而生，"叔叔，你A大的录取通知书什么时候才能到啊？"

"哪有那么快，才刚填志愿，估计要八月中旬左右。到时候，你记得帮我留意一下。"聂洲泽说罢，便看到许时沅惊愕不已的神情，问道，"怎么了？"

"A大？"许时沅松了松眉头，问道，"你不是报了……Z大吗？"

没等聂洲泽回答，聂河川先开了口："Z大在省内虽然是最好的，可是以叔叔的分数，如果能去国内排名前三的大学当然更好，不然不是浪费分数嘛。"

"嗯，主要是，我挺喜欢A市的，A大也是我一直以来的目标。"聂洲泽说。

"嗯，那也挺好的。"许时沅低下头喝了一口茶，掩藏心底的失落，说道，"可以去自己喜欢的城市读自己喜欢的大学。"

许时沅希望他更好，却又不免想到A大——真是她可望而不可即的大学。

聂河川道："叔叔，我也想考A大，你有什么秘籍吗？"

"没秘籍，脚踏实地努力学习。"聂洲泽淡淡道，他又看向身侧的人，"时沅呢，想考哪所大学？"

"我的话……"许时沅耸耸肩，故作轻松地一笑，"以我现在的成绩，到时候连一本线都不一定能够着，所以，我暂时没有想过目标大学。"

"那可以趁放假好好思考一下。"聂洲泽说，"早点儿定下目标，才不至于盲目努力。"

许时沅看了聂洲泽一眼，他的眼神诚挚又坦荡，以至于她一时没忍住，吐露了内心的真实想法，道："但是，如果我明知道目标不能实现，设什么目标还有用吗？"

"努力也没有用吧。"她补充了一句，仿佛在自嘲。

也许，她还能幻想一下考Z大，可A大是她连想都不敢想的。

就像她再努力，也永远追不上他的脚步——无论是现在的他，还是以后会变得更好、走得更远的他。

“那我问个问题，你努力过了吗？对于你想要追逐的目标。”

许时沅一怔，道：“我……没有，我就是有自知之明，根本不可能。”

“嗯，所以，你没有真正努力过，怎么看出自己不可能的，又是怎么断定自己肯定不行的？这不叫自知之明，这是自我设限。”聂洲泽不急不缓地说道。

他瞥见身侧的人垂眸不语，心想，他的语气是不是太重了？

聂洲泽缓和了一下语气，道：“总之，先全力以赴地去做，再说行不行的问题，而不是在没做之前就自我设限，先败给自己。”

许时沅很少把消极的情绪暴露出来，她抬起头，望向他如春日般温柔和煦的眼底，感到苦涩的同时，却也莫名地腾起了信心。

她点点头，认真地说道：“好。”

晚上，躺在床上，许时沅抱着枕头，愣怔地望着天花板，毫无睡意。她打开手机看自己发的一条最新微博：“nzz 考上了 Z 大，我的目标也是 Z 大。”

她点击删除了这条微博。

随后，她编辑了一条新微博：“nzz 要去 A 大，可是，A 大真的太难考了……”

“这不是自知之明，是自我设限。”

许时沅又想起了他说过的话，将刚才的话删掉，重新发了一条微博：“两年后，我要考上 A 大！我肯定可以的！”

于她而言，微博就像个树洞，让她可以无所顾忌地发泄情绪。

她翻开才买不久的地理图册，一眼就看到了 A 市的位置。地理图册上，西城和 A 市的距离不过几厘米，可在现实中横跨了大半个中国。

A 市，真的好远。两年，也真的很漫长。

以后，他们应该很难再有见面的机会了吧？除非，她真的能去 A 大。

他去 A 大的这两年，她无法预料会有什么变数。她的确不愿多年以后再回想起他，回想这一出独角戏时，心中只剩下遗憾。

她想到一个自认为完美又能打动人的方法——写信，把自己一直以来藏在心里的话，以文字的形式传达给他。

删删改改许久，信终于写完了。许时沅拉开抽屉，翻翻找找，找到了她以前买的信封，把信纸对折起来后塞了进去。

两天后，当她来到聂家时，偌大的房子里只有瘫在沙发上看电影的聂河川，他对她说：“你要吃西瓜就自己去冰箱里拿啊。”

“知道了。”许时沅坐下后四处张望着，寻找聂洲泽的身影，她疑惑地问，

“怎么只有你一个人，你爷爷和你叔叔去哪儿了？”

聂河川不假思索道：“我爷爷去参加讲座了，叔叔今天早上就走了。”

“走……走了？”许时沅有种不祥的预感，蹙起眉头，“他去哪儿了？”

“和他几个好朋友一起去毕业旅行了啊，好像是去……云南那边了，昨天下午就坐火车走了。”聂河川的眼神往下一移，看到她怀里抱着的两本书，问道，“还书？”

“对。”许时沅无力地坐下，整个人陷入沙发里，一股强烈的失落感在心底疯狂地蔓延，她低声问，“他什么时候回来？”

“这我就不清楚了，他们不是只去一座城市，应该要挺久的。”

他昨天就离开了，而她还没来得及把信给他。

许时沅默默地把那封信从书页里拿出来，快速塞进书包里。随后，她把两本书递给聂河川，道：“要不给你吧，到时候他回来了，你帮我还给他。”

聂河川：“好，你放着吧。”

“那我先走了。”

聂河川抬起头，看着她匆忙跑向玄关的背影，他有点儿纳闷，却又说不出许时沅今天怎么这么不对劲。

黄昏时分的天空很温柔，铺了一层淡粉色的霞光，晕染着水墨色的天际。

来聂家找聂洲泽之前，许时沅内心欣喜、激动，充满期待，一遍遍地在脑海中想象和他见面的画面。现实是，她终于决心跨出自己的舒适区，给自己做了许久的心理建设，从蜗牛壳里钻出来，却发现她要找的人早已离开，她好不容易鼓起勇气结果却扑了个空。

与此同时，她也松了一口气。她现在的确没有完全做好准备，不能这么鲁莽行事。她打开和聂洲泽的聊天框，最近的一条短信还停留在他告诉她分数时。

许时沅：“师兄，你借给我的最后两本书，我还回去了，到时候，聂河川会转交给你，顺便祝你毕业快乐呀！”

她低头看着手机，短信发送成功。

夕阳西下，天空慢慢变为宝蓝色。

没关系的，她对自己说。

第五章
追逐

许时沅决定改选文科。

她原本以为这事可能会很复杂，也做好了据理力争的准备，但出乎意料的是，沈时同意了，许源则是随她自己，不干涉她的决定。

八月，聂洲泽收到了A大的录取通知书，许时沅有幸从报纸上登载的图片看到了A大的录取通知书真容。

九月，聂洲泽去A大报到了。

那天，许时沅已经开学了，她没有机会和他当面说声“再见”。

只是，在这个寻常的清晨，她给聂洲泽发了条短信，只有短短几个字：“聂师兄，一路顺风。”

西城中学又恢复了往日的热闹。

浅色的教学楼，绿树荫蔽的校道，篮球场上挥洒汗水的男生，第一食堂二楼的鲜虾云吞，还和以前一样。除了高三学生换了一批，都和印象中没有任何差别。

只是，她再也不能在这些地方和某个人不期而遇。

偶尔路过高三教学楼旁的校道时，她会习惯性地望向他曾经所在的理科楼，望向某个他曾倚靠在旁边早读的栏杆，感觉心里空空的。

他在千里之外的世界，而她还困在原地。

难过的情绪没有持续很久，许时沅默默地把无处发泄的情绪用在了学习上。

高二，她进了文科班，巧的是，闻沁就在她的隔壁班，不巧的是，陈傅怡和聂河川在对面的那栋教学楼。

班主任也换了。

这个班主任是数学老师，一见面就用草书在黑板下留下了他的大名——钟爱国，并充满激情地朗诵了一首李白的《行路难》。

可能是他的作风过于像语文老师，当他询问有没有人想当他的数学课代表的时候，台下连一个举手的人都没有。

许时沅在犹豫，一只手抬起了一半，又担心这个老师会很难相处。

这时，钟爱国老师的眼里露出了“你们肯定没有领略到我的人格魅力”的轻蔑微笑，对着台下的众人道：“有谁愿意当数学课代表，我就把这个精美的笔记本奖励给谁。”

说着，他拿起了桌上的笔记本，只见封面上印着北京天安门广场的照片。

台下一时鸦雀无声。

然而，在这之中，有一只手举得高高的。

钟爱国顿时露出欣慰的微笑，他昂首挺胸地拿着笔记本，走到举手的人身边，郑重道：“好，笔记本归你了，你叫什么名字？”

“老师，我叫许时沅。”许时沅接过笔记本，摸着笔记本的封皮。同样封面的笔记本，她在另外一个人的书桌上也见过。

钟爱国回到讲台上，自豪地说道：“说起来啊，上一个得到这个笔记本的人，在这届高考中考了全年级的理科第一名，你们知道是谁吗？”

“是聂洲泽。”许时沅听到有好几个人说出了他的名字。这种感觉很奇妙，当周围的人提到他的名字，她表面上风平浪静，心却不自觉地抽动了一下，紧接着，蔓延开的是失落和苦涩。

高考的喜报就在学校大门口贴着，凡是留意过的人基本认得他。

“没错，就是你们的聂洲泽师兄。他做了两年我的数学课代表，我当时也是那个毕业班的班主任，所以，大家对我的教学水平完全可以放心……”

大家有些意外，没想到一个普通文科班的数学老师，竟然是上一届理科提高班的班主任。

许时沅有些庆幸，还好她刚才是第一个举手的。

果不其然，钟爱国没让她失望，他的讲课风格风趣幽默，她很容易就听懂了他讲的数学题。而且，上课的间隙，钟爱国经常会讲一些小故事，很多都是围绕着他曾经教过的得意门生，在这之中，聂洲泽出现的次数不少。

仿佛在无形之中，她与聂洲泽又产生了另外的联系。

许时沅听得津津有味。她可以从钟爱国口中感受到她不曾有机会参与的他的学习生活，以及他的青春、鲜活、生动。

比如说此刻，钟爱国讲完数学卷子，便又开始讲小故事了——

“那个时候啊，我和一个老师去广州开教学会议，我让我的数学课代表，也就是你们的聂洲泽师兄帮我上数学课。他给我们班同学上了一个星期课后，我回来了。你们猜怎么着？”

“怎么着？”许时沅杏眼圆睁。

“学生们都问我怎么不在广州多待几个星期，这么快就回来了，还说我钟爱国的讲课水平比不上我的课代表，哈哈哈。”

有人喊道：“可能是老师没师兄帅。”

许时沅在心里对这句话表示赞同。

钟爱国：“胡说！”

十二月的西伯利亚寒流南下，尽管大家把窗户和门都紧紧关上了，冷意还是会钻进来。

窗外，雨水如线条般落下。

许时沅停下笔尖，看向窗外被雨水拍打着的树叶。

同样的下雨天，她曾在聂洲泽的伞下躲雨，空气中都是青草和泥土的气息，他的手轻轻地揽着她，在雨幕下前行。

A 市现在下雨了吗？他现在在做些什么？

他会不会偶尔记起还有她这么个人？

窗外传来雷声，许时沅摇了摇头，把思绪从脑海中清空，继续看笔下的题目。胡思乱想没有任何用，赶紧把成绩多提高几分才是正事。

许时沅的目标是 A 大，但已经高二下学期了，她还没有进过文科年级前五十名，A 大距离她还很遥远。

以前她太堕落，还曾有过这种心理——随便抱抱佛脚都能上西城中学，那我努力起来岂不是很快就能考到年级前十？

事实证明，这想法有点儿可笑。

高二一整年，许时沅开始发奋努力。文科是她喜欢的，但她越来越觉得，文科并不是像以前听说的“只要背一背就行了”，这都是骗人的鬼话。不背肯定不行，但背了也并不一定会做，特别是选择题，经常让她感觉云里雾里的。

然而，除了背书和做题，她找不到其他更好的学习方法，因为她并不是什么天赋型选手。

英语是最让她省心的科目，她的英语成绩基本在一百四十五分以上，丝毫不用担心。钟爱国常常恨铁不成钢道："要是我的数学课代表学数学能有英语一半用功就好了。"

这真的冤枉她了。她花在数学上的时间比花在英语上的要多两倍，用了无数个草稿本，可数学成绩总是在一百一十分左右徘徊。

她像是站在一扇铁门前，无论如何用尽全力，都推不开名为数学的那道铁门。难道上天给她开了一扇门，就注定要把其他窗户都牢牢钉死？

中午，她趴在桌上睡了十五分钟。随后，她开始做一道数学题，明明是很简单的题，可她怎么都想不到思路，加上夏天热气袭来，她突然变得特别烦躁。

她弯腰从脚边的收纳箱里拿出那本《白夜行》。她将这本书看了两遍了，却还是会在烦躁的时候再翻开看上几页。

下午去食堂吃饭时，她买了瓶养乐多，养乐多冰冰凉凉地贴着手心，和聂洲泽以前给她时的触感一模一样。

还有一个月，高二生活就结束了。

又是一年高考季，去年这个时候，许时沅还在为即将到来的分离而伤感，没有一丝紧迫感。

但今年的高考让她有些恐慌，她还没做好准备，就被迫成为准高三学生，努力了一年，她的成绩提升并不明显。

最后一个月的月考成绩出来了，毫无预兆地，她竟然从年级第五十九名退步到了年级第一百零四名，数学只考了九十二分，明明上一次月考时，她的数学成绩已经达到一百二十分了。

她好像在做无用功，甚至她在想，干脆放弃算了。

"数学课代表，看完没有？把成绩表传给我们看看呀。"

听到身后有人说话，许时沅直接把那张成绩表递给了身后的人，连头都没回，生怕她泛红的眼睛被人看见。

下午，许时沅和陈傅怡一起吃饭。

许时沅很少会把自己的负面情绪传递给朋友，所以，她和陈傅怡谈着班里的一些趣事。但陈傅怡只是沉默地点着头，笑得很勉强。

走出食堂时，许时沅问她：“傅怡，你……怎么了？”

她刚问完，突然间，陈傅怡的眼眶红了，眼泪无声地滑落。许时沅手忙脚乱，将纸巾递给她，问道：“给，怎么了？”

陈傅怡低下头，道：“上高中以来，我很少把时间花在学习以外的事情上，但为什么我的成绩总是一塌糊涂？我不知道是不是我天生就比较蠢笨，真的，我好羡慕那些既会玩成绩又好的人，我比他们努力一百倍，却一直只能排在年级第三百多名……初中时也是，我这么努力，最后还是考砸了，没达到西中的分数线，只能被补录……”

许时沅沉默了片刻，她又何尝不是？

她平复了一下心情，拍了拍陈傅怡的背，努力扬起嘴角，对身边的人说：“没事的，傅怡。我们不要和别人比，就当现在是……在地下扎根，我们比别人扎得更深、更牢固，还有一年时间呢，肯定会有厚积薄发的那一天的。”

许时沅看了很多本《哲思》杂志，那些励志的句子或故事，她总能信手拈来。

她不停地开导着陈傅怡，都快把自己也说服了。陈傅怡总算是恢复了一些元气，回宿舍洗澡去了。

许时沅却没回家，也没去上晚自习。

她踩着稀薄的月光，一个人去了体育场。操场上一片黑暗，放眼望去，有两三个同样漫无目的的人，可能和她一样茫然无措。

此刻的她无暇关注别人，她随便找了块草坪，盘腿坐下发了会儿呆。她想喘口气，暂时从每日机械的生活和做不完的题、背不完的书中抽离出来。

头顶的天空中有一颗孤零零的小星星，或许它也和她一样，正在浩瀚无边的宇宙中迷茫着。

忽然间，许时沅的余光中出现了一个人影，他身材高大，逆着光朝她而来，精致立体的五官渐渐清晰——是聂洲泽。

他喊着她的名字：“许时沅。”

“师兄，你……你怎么回来了？”许时沅仰着头，难掩内心的惊喜。

他眼中顿时泛起温柔的笑意，望着她道：“我来看你啊。”

聂洲泽朝她伸手，把她从地上拉了起来。许时沅站在他的面前，不可置信地看着他，道：“不可能，你不是在……”

下一秒，聂洲泽叹了一口气，轻声道：“这段时间，你一定很辛苦吧。”

许时沅鼻子一酸，压抑了许久的泪水不受控制地往下掉，道："好累啊，为什么我总是这么差劲啊？"

无论怎么努力，她的成绩都一塌糊涂，好像无论怎样踮脚，都够不着他一丝一毫，永远在做无用功。

然而，眼前的人忽然消失了。

许时沅睁开眼睛，她躺在床上，搂着的是她的枕头，上面已经湿了大半，全是她的泪水。

她摸了摸眼角，也是润润的。

"原来都是假的。"她再一次抱紧了枕头，闭上眼睛，不愿从梦中醒来，眼泪无声地继续流着。

如果这一切是真的，那该有多好？

她推开被风吹得合上的窗户，看了一眼夜空。那颗星依然在天空中，孤零零的，光芒微弱，却依然在发亮。

大课间，许时沅出去打水，顺便找隔壁班的闻沁一同去了趟厕所。

两人站在栏杆处往下看，楼下有一群人正往她们这栋楼走来，闻沁问："那些人是什么人啊？看起来不像是高中生。"

许时沅定睛一看，愣了片刻，她隐约看到其中有个她熟悉的身影。但下一秒，她的视线受阻，那几个人在浓密的香樟树树荫下时隐时现。

许时沅皱着眉，什么都没看清。

不可能是他吧？他应该在A市上大学。

许时沅记起了前天晚上做的梦，无声地叹了一口气，说："可能是某些不爱学习的小混混？不穿校服的那种。"

闻沁不认同："你觉得这类人可能会出现在我们学校吗？"

"嗯，没准儿是某些漏网之鱼。"

两人又聊了几分钟，许时沅抬手看了看表，道："好了阿沁，我得赶紧回去看数学卷子后面的那几道大题，等会儿要上数学课呢。"

闻沁佩服不已，刚认识许时沅那会儿，许时沅还和她差不多，常常在课堂上睡着。现在，许时沅脸上仿佛写着"学习是我生命中最美好的两个字"，实在令人忍不住……也想回去发奋学习。

"去吧去吧，加油，数学课代表。"

许时沅一边往回走，一边回头对着身后的闻沁眨了眨眼睛。

她自认为这个动作很帅气——如果她没有因此撞到转角处的同学的话，而且，她扭着头，脑袋直接撞到了对方的胸膛上。

她第一反应是道歉："啊，不好意思……"

对方同时道："抱歉。"

这声音……许时沅抬起头，一瞬间，双方都愣住了。

日有所思，夜有所梦。许时沅怎么也没想到，她白天思念的人，晚上梦到的人，竟然活生生地出现在了她眼前。

她撞到的人……就是聂洲泽。

要不是撞人的感觉是实实在在的，她依然会觉得自己身在梦中。

聂洲泽没料到是许时沅，很快反应过来，他笑了一下，道："时沅，抱歉，刚刚没注意到你。"

"没事没事。"许时沅摇头道，脸上有些发烫，觉得实在不可思议，"聂洲泽师兄，你怎么又来这儿了？"

"又？"聂洲泽重复了一遍，笑中带着诧异，"你什么时候见过我？"

糟糕，说漏嘴了，她上次见他是在梦里。许时沅补救道："没有没有，应该是我记错了。"

很快，上课铃声便响了。

从走廊到座位的这段路，许时沅像脚踩棉花一样，走得很不真实，她甚至掐了掐大腿，证明这次真的不是梦。

同桌戳了戳她的胳膊，道："你快看，我们教室后面来了好多学长啊。"

她回过头，果然，后面进来了几个男生。聂洲泽站在最靠后的位置，他穿着白色短袖和浅蓝色牛仔裤，眼底笑意淡然却耀目。

"有几个挺眼熟的。"同桌小声在她耳旁感叹，"门口的那个不会就是光荣榜上的那个男生吧？真人比照片上帅好多啊。"

"那肯定啊。"许时沅小声道，还莫名有点儿得意。

好像他是她的一样。

与此同时，钟爱国满面春风地进了教室，目光炯然地注视着后边站着的人，道："同学们，相信你们也看到了，我教过的上一届毕业生，也就是你们的师兄回来看你们了，顺便给你们分享一点儿学习经验。"

说完，教室里爆发出一阵热烈的掌声。

大学生放暑假的时间比高中生早。

前天，聂洲泽从A市回了西城。由于刚好有时间，几个回了家的同学便约着去看以前的老师。

他们先去了理科楼，然后来看已经被调到文科班的班主任。

许时沅无比庆幸钟爱国是他们班的班主任，不然，她不可能在这样的机缘巧合下见到聂洲泽。

前四个师兄轮流上台分享他们的学习经验，随后，终于轮到聂洲泽了，他上台的时候，许时沅的手掌心都拍红了，一脸期待地望着他。

他用手势示意大家停下动作，并简单地做了个自我介绍，没有提他的具体成绩。随后，他毫无保留地讲了他当时的学习经验。

数学是文科班学生的命脉，所以，他讲得尤为详细，重点强调了错题本的重要性。

许时沅不停地在印着天安门图片的笔记本上记着笔记，不时仰头看他，入目便是他好看的下颌线。

许时沅的座位在第一排，聂洲泽稍一垂眸，就能看到她低着头做笔记的模样，她的手指用力抵着笔尖，字体漂亮，一页纸被写得满满当当。

许时沅一边记，一边抬头看讲台上的人。

不经意间，两道视线猝不及防地相撞。聂洲泽若无其事地移开目光，许时沅的心跳陡然间漏了一拍。

随后，她低下头，悄无声息地平复着心情。

“谢谢大家。”说完，聂洲泽走下了讲台，目光从她桌面的笔记本上掠过。

下课后，许时沅进办公室时，脚步在门口顿了片刻。钟爱国被刚才那几个男生围绕着，而聂洲泽就坐在办公桌旁。

许时沅慢悠悠地走过去，正想让前面的师兄让一下，就听到聂洲泽出声提醒道：“刘起，后面来人了。”

“好。”男生侧身让开一条道。

“钟老师，我来拿数学练习卷。”

“好，这一沓。”钟爱国把一沓试卷递给她，笑眯眯地对她道，“辛苦时沅了，洲泽，认识一下，这就是你的接班人，我的现任课代表。”

“看到了，时沅桌上的不就是您的天安门牌笔记本？”他眉眼微挑，神色里没有丝毫的意外，“您挺会选人的。”

“我选的人能不好？”钟爱国忽然想起什么，看向许时沅道，“听你这语气，你们认识？”

聂洲泽道：“嗯，认识挺久了。”

许时沅装作若无其事，说道：“对啊，师兄的照片就贴在校门口，能有几个人不认识？”

刚说完，她发现聂洲泽随手拿起了桌上的月考成绩表。

糟糕！

一想到他会看到她那丢人的分数和排名，许时沅便想当场挖个地洞钻进去。

她抱着试卷逃出办公室，脚步慌乱。

她这种不安的状态持续到下午。许时沅无精打采地去了二楼的云吞窗口，然而，由于来得太迟，鲜虾云吞已经卖光了。

她只好去隔壁点了一份饭菜，挑了个有风扇的空位，拿出随身携带的单词本。一年前，她不屑于这种争分夺秒的做法，可如今的她不得不向现实低下头颅。

看了几秒后，她烦躁地放下单词本，却不小心将它弄掉在了地上。她正想弯腰去捡，一只骨节分明的手先她一步，拾起单词本递给她，来人道：“给你。”

“师兄，你还没走啊？”许时沅有点儿惊讶，忽地又意识到这句话像在催他走一样，于是改口道，“不，我的意思是，你在这儿待了这么久？”

聂洲泽哦了一声，接着道：“来都来了，以后来的机会也不多。刚才和他们打了会儿篮球，等下再走。”

教学楼到食堂的必经之路旁有个篮球场，聂洲泽打球时留意着来往的人。

终于，黄昏时分，他看到了许时沅路过。

他想起钟爱国在办公室里说的话：“课代表的努力，我看在眼里，上次大考，她差点儿就考进年级前五十名了，这次不知道是不是心态问题，成绩一直稳定不下来，唉！”

许时沅和他印象中确实不一样了。记忆中，她是个乐天派的小朋友，脸上总是挂着让人心情愉悦的笑容，人也有趣。但刚才走在校道上的她头顶仿佛笼罩着黑压压的乌云，神色凝重，一脸愁容。

“心情不好？”聂洲泽在她旁边的位置上坐下，问道。

“有一点儿吧。”许时沅愣了片刻，低下头，难以向他袒露自己的心事，于是故作轻松地笑笑，“唉，来晚了，鲜虾云吞都卖光了，只能吃这个。”

“我给你讲个故事，听不听？”

“啊？好啊，你讲吧。”尽管不明所以，但她还是非常乐意听他讲故事。

他轻轻敲了一下桌子，随后道：“我拿走了乞丐面前的那碗钱，竟治好了他多年的腿疾。”

扑哧一声，许时沅捂住嘴巴笑起来。

“这个故事好像很耳熟。”

“对，我快高考时听你讲的。那时候，我也和你一样，因为成绩的事情而心烦。”聂洲泽看着她的眼睛说道。

许时沅的眼里燃起光亮，他竟然……注意到了——在她没有直接说出口的情况下。

“说到底，高考除了考知识，也考你的心态，成绩的起起落落不是因为你不够努力，而是在提前筛掉大部分心态不好的人。

跟她说这些的人是他，这本身就是一种动力，也是她意料之外的惊喜。

那些她觉得丢脸的分数和排名，似乎并不是需要刻意遮掩的难堪，而是很多人都需要经历的再正常不过的事情。

许时沅眉目间的阴霾淡去，她看着聂洲泽的眼睛说：“我可不能被筛掉，还有一年。”

她要把过去已经经历的，以及这一年时间即将经历的，都当成一场漫长的考验。这场考验的终点，是他。

聂洲泽忽然想起什么，自然而然道：“而且，英语是你的强项吧，你每次的考试成绩都在一百四十五分左右，记得把这个优势保持下去。”

“好。”许时沅忍住笑意，谦虚道，“马马虎虎啦，英语本身比较简单嘛。”

聂洲泽笑了一下，眼前的人恢复了往日的元气，眼底的笑意明媚。

可能是因为他的高中生活才结束一年，他对她现在的心情能感同身受。因此，望着许时沅神采奕奕的模样，他莫名松了一口气，道：“有这个自信很好。”

感谢钟爱国！

百分之九十的可能是他让聂洲泽来指导她的，她不能错失这个宝贵机会。

许时沅大着胆子问了他更多关于数学题和错题集等具体的问题。

聂洲泽讲得很仔细，思考时偶尔会蹙眉。

同时，借着这个机会，许时沅近距离地看着他，明目张胆，反正她认为这是“对知识的强烈渴求”。

不知过了多久，她抬眼看向窗外。夜幕早已降临，蓝色铺满了天空，那颗孤单的小星星旁边不知何时又多了一颗星星，交相辉映。

她好像也没有自己想象的那么差劲。

满血复活——这四个字最适合形容许时沅这阵子的状态。

高二下学期的期末考，也许是心态好了，她第一次突破了年级前五十名的瓶颈，成绩排名到了年级第四十三名。

高三，许时沅向许源提出要住宿。每天坐公交车往返，她觉得浪费了很多时间，而且，在学校上晚自习，还能随时去办公室向老师请教，或者和其他同学讨论难题。

高二一年下来，许时沅瘦了一圈。许源一直觉得学校食堂的饭菜营养不均衡，现在许时沅提出要住宿，许源不同意。

他小心翼翼地问："小沅，是不是你妈妈给你的压力太大了？其实呢，你也不用把自己逼得这么紧。"

许时沅哭笑不得，拍拍他的肩，道："没有啦，是我自己想在最后一年拼一把，是我自愿的。"

"我怕你的营养跟不上啊。"

"我现在已经营养过剩了……"

"胡说，你看看这胳膊细的，还没我的一半粗。"

她无情地嘲笑道："爸，你老实说，你不让我住宿是不是怕我瘦了，家里只剩下你一个人是胖子了？"

"你爸我是这种人吗？"

最后，许时沅还是办了住宿手续，主动将手机换成了许源之前用的旧诺基亚，暂时告别了网络世界。为了省时间，她把齐肩的长发剪了，换成了好打理的碎短发。

每过一天，许时沅就用红笔在台历上画一个圆圈。

不知不觉，台历上已经红了一大片，那都是迅速流逝掉的时光。

她既想快些结束高考见到聂洲泽，又想要更多的时间复习。

许时沅的成绩稳定在了文科年级前二十名，但她不敢放松，模拟考试考得好不代表高考就一定能考得好。

有时候，她还是会觉得烦躁，会觉得焦虑，会觉得这样的日子枯燥无味，会突然想逃离这牢笼。

和之前最大的区别是，她学会了控制情绪和心态。

有时候，她翻开聂洲泽借给她的几本笔记，看着工工整整的笔迹，慢慢地读上两三句，心便静了不少。

这段时间，每隔一个星期，她都会收到聂洲泽的短信。

这是他之前答应过她的。

短信基本都是很简单的内容，“纵有疾风起，人生不言弃”之类的，有时候也可能只是“加油”二字。

然而，这已经足以让许时沅感到振奋，她会多做两道数学题。

这是她人生中第一次体验一心一意朝着一个目标前进的感觉。尽管翻越这座高山后再回望，可能会发现高考微不足道，但这时的快乐和动力是最纯粹的。

数学是许时沅要击败的最大魔王。经过她顽强的战斗，每做出一道难题，大魔王的战斗力就变弱了几分。

慢慢地，她似乎和“大魔王”达成了和解，分数稳定在了一百三十分以上，也终于能对得起“数学课代表”这个称号，钟爱国高兴地又给了她一个天安门封面的笔记本。

闻沁在隔壁班，两个班的英语老师和地理老师是同一个人，许时沅变成了这两位老师经常挂在嘴边的“得意门生”。

她和闻沁一起吃饭时，闻沁经常用夸张的语气模仿英语老师和地理老师讲到许时沅时说的话：“隔壁班的许时沅啊……”

许时沅笑出了声，道：“你别这么夸张，她们比你温柔多了。”

后来，许时沅的成绩排在了年级前十名，但始终和前几名有一定距离。

她对自己说，坚持下去就对了。

高考那两天，龙王爷跑来凑热闹，雨细细密密地下着，温度也有所降低。

许时沅喜欢下雨天。

下雨天是她为数不多能光明正大靠近聂洲泽的时候，因此，这两天她的状态特别好，整个人都处于一种极度镇静的状态。

考场上，淅淅沥沥的雨声都被自动隔绝在耳后。

走出教室时，许时沅以为她会狂喜，会像新闻报道的那样冲到教学楼撕书，但其实，在教室里收拾东西时，更多的情绪是尘埃落定后的平静。

收纳箱用了三年，已经有破损的痕迹。在乱哄哄的教室里，许时沅从收纳箱里拿出《白夜行》，慢慢地翻看着。

高考后，许时沅成了很多老师口中津津乐道的“黑马”，她这一战绩给了很多像她一样刚上高中时排名倒数的同学极大鼓舞。

当然，这都是后话了，是很多年后，她回母校时，钟爱国老师对她说的。

她在被更多人看见，但她一直以来的初衷，只是让某一个人看见她身上的光。在靠近他的同时，不经意间，她获得了许多意料之外的馈赠。

高考成绩是中午十二点公布的。

十二点半左右，聂洲泽打电话问许时沅的高考成绩，许时沅忍住激动，道：“总分六百三十分，省内排名第三十几名，比我平时分数多了十几分。”

“恭喜。”聂洲泽的声音里带着笑意，“我记得你很久以前跟我说过‘努力了也没用’，现在呢？”

许时沅嘴角上扬，思考片刻后说道：“现在，我觉得说努力没用的，都是没有努力过的人，哈哈。”

事实上，这个分数填报 Z 大绰绰有余，但填报 A 大还是有些危险。许时沅决定把 A 大填在第一志愿，剩下的志愿栏里，她一律填上了 A 市的其他大学。

总之，即使她不能去A大，也要去A市，A市的所有大学都集中在一片区域里。

沈时以前特别担心许时沅，怕她窝在西城这个小地方，平庸地过完一生。

然而，许时沅这一年来的变化，她都看在眼里。

虽然她并不知道许时沅努力背后的深层原因，但她非常赞同许时沅去更远的地方，见识更广阔的天地。

反而是许源，平时他什么事都依着许时沅，这次却不太同意，委婉地说道：“A 市的气候可比不了南方，十月份时，那边的气温就只有几度了。特别是冬天，你一出门，整个人就冻成雪人了，怕不怕？”

许源非常清楚，冬天连袜子都要穿两双的许时沅很怕冷。

许时沅却不以为意，道：“可是北方的室内有暖气啊，聂洲泽师兄还说，他冬天还在宿舍里吃冰棍呢。”

“室外很冷，特别冷。”

“可以多穿点儿衣服嘛，而且，我不喜欢出门。”

“此外，那里的气候也非常干燥。”

“干燥好啊，夏天不用出太多汗。”

“啧，干燥的气候对皮肤很不好。”

“那我就多买几盒面膜带过去。”许时沅搂住他的胳膊，靠在他肩膀上，说道，“爸，你舍不得我离你太远就直说，干吗老拿A市的气候说事？”

“谁说我舍不得了，我就是怕你不习惯，到时候后悔。我和你妈离得这么远，也救不了你。”许源喝了一口茶，接着道，“要不，再想一想？南方哪里没有好大学？”

许时沅松开他的胳膊，眼神认真，道：“爸，我就是想去A市。”

“行吧。”

深夜，许时沅拉开抽屉，拿出两年前给聂洲泽写的信，信纸边缘已经有些泛黄了，但那些字句还是清晰的。

她将自己的心意藏了两年，也是时候向他表明了。

现在的她，已经和两年前的她不一样了。

也许是借着高考成绩带来的喜悦，此刻，她有些过分乐观。

她想了一晚上到时候要说的话，想到那个画面和各种可能性，许时沅就忍不住紧张得发抖，她躺在床上深呼吸了好几次，还是没能平复心情。

听听音乐好了，保持充足的睡眠。她播放了一首歌，是王菲的《矜持》。

“我曾经想过在寂寞的夜里，你终于在意在我的房间里，你闭上眼睛亲吻了我……”不听还好，一听便发现歌词完美说中了她的心事，这下，许时沅更加睡不着了。

她又坐起身看了看微博，刚好看到一位恋爱博主发布的微博：追到男神后最想做的十件事——1. 躺在男朋友的怀里和他一起看电影；2. 抱着……

许时沅聚精会神地看着，并转发到了自己的微博。她莫名地相信，这些事情，她很快就可以和聂洲泽一起做了。

这些天，许时沅对着镜子，如同要参加演讲比赛般，模拟演练了无数遍见到聂洲泽的场景，揣摩着自己的表情和语气，直到自己觉得满意。

过了一段时间，聂洲泽终于从A市回了西城。许时沅带着他以前借给她的笔记本去了聂家。

她本以为这次自己能镇定点儿，没想到一进门便开始紧张，和聂河川说话时也心不在焉的。

许时沅上了楼，远远注意到他的房间门竟然不是关上的。

在离他房门还有两米的地方，她徘徊了片刻，在心中默演一遍流程，最后深吸了两口气，露出开朗自信的笑容，正准备抬手敲门，却听到浴室的开门声。

聂洲泽好像在和人说话？

脑子还没做出反应，她便先听到里边传来陌生的声音：“啧啧，聂洲泽，你都不知道，你走的这两天，你女朋友不开心了。”

女……女朋友？！

霎时间，许时沅的心中腾起不好的预感。她本想先回避别人讲电话的，此刻，她的脚却如同牢牢地粘在地板上，完全走不动，她屏住呼吸，期待他的否认。

然而，聂洲泽说的是：“它在不在旁边？”

“在啊，怎么办？”那道陌生的声音里带着笑意，“你哄啊？”

聂洲泽道：“嗯，你把手机拿给它听。”

听他嗓音如此温柔宠溺，许时沅脸上的笑容渐渐消失不见，心脏仿佛被人紧紧捏住了。

她再也听不下去，转身快步往楼梯口处走，一直走到楼下客厅的沙发旁，她才猛地坐下。

柳如月正在看电视，看到急匆匆从楼上跑下来的许时沅，她诧异地问：“小沅，这是怎么了？”

许时沅抹了抹眼角，转头看向柳如月，却不知道现在的她笑得比哭还难看，她说道：“奶奶，没什么，我突然想起我有急事，我先回去了。”说着，她把聂洲泽借给她的那几个笔记本放在桌上，道，“麻烦您帮我还给聂师兄，他刚刚好像在和……在讲电话。”

没等柳如月回答，她就自顾自地离开了聂家，几乎和两年前如出一辙。

不同的是，两年前，她从这扇门出来时，内心更多的是失落与茫然。

而此时此刻，她前脚刚踏出聂家家门，下一秒，眼泪已夺眶而出。

许时沅一直往前走，路人不停地朝她张望着。她干脆撑开雨伞，遮住不受控制往下掉的眼泪，泪水落在地上，很快蒸发掉，了无痕迹。

再回过神来，她的身体拖着她疲倦的灵魂来到了植物园，还是两年前坐过的那个位置。

周围的草叶因为许久没人打理，缠绕着黑漆斑驳的椅脚。炙热的阳光下，她缩在椅子上，身上遮着一把伞，泪水不停地往外涌。

为什么？为什么他不能再等等？为什么他喜欢的人不能是她？

为什么她这么努力，最后依然是竹篮打水一场空？

许时沅的脑海中冒出无数质问，但她没办法这样问他，泪水抑制不住地从她眼里流出来，内心充满不甘和难过。

回想起这些天，许时沅觉得自己就是个笑话。

不知过了多久，她才稍微冷静下来，认真想了想，其实他们没有任何关系，一直以来都是她太傻，想法太天真。

她一直在追逐他，却忘了他也不是静止的，不会站在原地等着她跑过来。

那束被她当成希望，当成灯塔的光，并不是专属于她的。他只是在发亮的时候恰好也照亮了她，仅此而已。

从中午到下午，她始终保持同一个姿势缩在椅子上，直到眼泪都快流干了，眼睛变得干涩不已。

这次，她清楚地认识到，她与聂洲泽真的再也不会有任何可能性了。

不知道过了多久，她接到了许源的电话，他问她在哪儿，并让她赶紧回家吃饭。

她清了清嗓子，尽量让声音听起来正常："爸，我在植物园……散步，很快就回去，你们不用等我，先吃吧。"

"好，那你赶紧回来啊，我今天做了香喷喷的清蒸鱼，凉了就不好吃了。"

"好，我马上就回。"许时沅挂了电话，动了动腿。

保持同一个姿势太久，她的脚都麻了，动起来像有无数小虫子在上面爬来爬去。

她真的不想动了，便就这么呆呆地坐着，直到有人在她的伞面上敲了敲。

许时沅迟缓地缓过神来，移开伞，往外一看，路灯的光亮一下子洒了过来，她有点儿看不清眼前的人是谁。

许源叹了一口气，果然是许时沅。只是，看到她一双浮肿的眼睛，许源脸上的笑容顿时消失得无影无踪，问道："小沅，怎么了？"

许源收起她的伞，坐在她身侧。

一听是爸爸的声音，她本来已经止住泪水的眼眶又有了湿润的迹象，许时沅用尽力气才把这股冲动压了下去。

"好好的，怎么坐在这个地方？"许源凑近低声询问，"是不是身体不舒服，还是哪个臭小子欺负你了？"

可能是保持同一个姿势太久，脖子像是生了锈，许时沅缓缓地将脸转向他，扯了扯嘴角，道："爸。"

许源的眉头紧皱成个"川"字，道："哎，爸爸在这儿，你跟我说。"

她说不出口。

许时沅努力扬起嘴角，却做不到像往常那样笑得没心没肺，只好说：“没什么，我就是觉得家里太热了，很闷，来这里凉快凉快，你不要想太多了。”

她拉了拉许源的胳膊，声音有气无力的：“走吧，回家吃晚饭。”

然而，许源坐在原地一动不动，空气中是长久的沉默。

许源直视着她的眼睛，缓缓道：“小沅，你骗不过爸爸的。”

刹那间，许时沅再也装不下去了，她的眼泪如泉水般在眼眶里蓄积，下一秒便夺眶而出。

许源没再追问，而是用力地将她揽进怀里。

“别怕啊。”许源温柔道，“要永远记得，爸爸是无条件站在女儿这边的，不管发生了什么。”

许源说过，她的性格像他一样开朗阳光，但他没告诉过她，阳光与阴影是并存的，看起来开朗的人可能只是刻意隐藏了情绪化的一面，独自消化悲伤与失落，把阳光的那一面示人。

但许源不希望她是这样的人，他说：“爸爸希望，你开心就开心，难过就难过，没必要永远跟太阳似的。”

许时沅再也没有任何顾忌，也不想再伪装得多么坚强乐观，她抖着肩膀，情绪如同开了闸的洪水。

“爸，我……”许时沅连话都说不顺畅，“为什么我总是这么差劲啊？”

许源顿时义愤填膺，道：“谁说你差劲？哪个浑蛋敢说我宝贝女儿差劲！”

不知过了多久，许时沅哭累了，她的语气慢慢恢复了平静，道：“爸，我想听你的话，我不去A市了。”

也是从这天开始，十七岁的许时沅才懵懵懂懂地明白，并不是所有东西都能通过努力如愿以偿的，年少的她宁愿把所有一切都归咎于自己还不够好。

好不容易在绝境中学会坚持，又要被迫学会放手。

幸好还没过志愿填报的时间。

许时沅修改了一开始的志愿，把填报的所有A市的大学都取消了，她割舍了曾经无比向往的地方，把第一志愿改成了沁州市的F大。

和聂洲泽的最后一次见面是在她的升学宴上，人太多，许时沅没有刻意凑到他那儿，甚至有意避开了他。

于是，到最后，他们连一句话也没说上。

暑假期间，她也没有再去过聂家，反倒是聂河川偶尔会来她家里蹭吃蹭喝。

许时沅没有刻意打探，却也从聂河川口中得知，聂洲泽没有在家里久待，已经回A大了。

八月，许时沅、陈傅怡和闻沁一起去了海边旅行，她们光着脚在沙滩上奔跑，爬上海边的大块礁石。

海浪冲撞着礁石，许时沅看海水不动声色地漫上沙堤，听着海水拍打礁石的声音，感受着凉爽的海风，什么都不再想了。

许时沅从未如此放松过，大部分时候，她觉得自己很开心，也很洒脱，她的未来拥有无限可能性，但偶尔，她的情绪也会在一秒钟跌至冰点。

突如其来的下雨天，看到海边商店里的养乐多和书店悬疑区熟悉的书名，甚至输入“n”这个字母时，自动联想出来的那个名字，能让她瞬间有流泪的冲动。

闻沁是这样说的：“没事的，上了大学之后，你就会发现天地广阔，优质的帅哥有千千万万，心动都心动不过来。而且，你会觉得以前的自己目光怎么那么短浅，竟然会吊死在一棵树上，哈哈哈。”

陈傅怡不像闻沁那样，她不会讲那么多“情感理论”，她很实在地说：“时沅，我有个表哥长得很好看，他就在F大读大学，我有他的照片，你看看。”

许时沅凑过去看，确确实实被那张脸惊艳到了，道：“真的挺帅的。”

陈傅怡道：“你需要的话，我可以把他的电话号码给你。”

许时沅没忍住，笑道：“暂时不需要，我现在想当一个单身贵族。”

单身贵族，轻松自在。

反正，时光会消磨掉一个人的心动。

回西城后，许时沅收到了位于沁州市的F大的录取通知书，正式成为F大外国语大学英语专业的学生。

陈傅怡在本省的一所师范大学就读，闻沁也去了沁州市，并和同一所高中的林超琦在一起，与林超琦去了同一座城市，她所在的大学和F大只隔着几个地铁站的距离。至于聂河川，他没能考上A大，但也去了A市。他还纳闷了许久，追问许时沅为什么临时换了目标。

许时沅说：“因为沁州好吃的多，你不是知道我这个人比较喜欢吃嘛。”

聂河川道：“肉食者鄙，未能远谋。”

“民以食为天。”

F大位于沁州市中部，和A大隔着几千公里，没有A大那样顶尖的实力，但也是国内排名前列的综合大学。

这样也挺好的。

她与聂洲泽如同两条相交线，在短暂的相交之后，永远走向了不会再重合的道路。

许时沅坐了两天火车，拖着行李箱去了沁州。对她而言，这是一座全新的城市，也意味着一切重新开始。

当打开行李箱时，她发现自己的牛津高阶词典下面躺着一本《白夜行》。

这本书好像是她在无意识状态下装进去的，她随手翻了翻，里面竟然还夹着那封信，她飞快夹了回去，把书放进了抽屉深处。

大一是最忙的时候，参加军训、学生组织活动、社团活动、排得满满的课，这些都让她像陀螺一样四处转着，她过得忙碌又充实，很少再想他，下雨天、养乐多、悬疑小说给她带来的情绪波动都在慢慢变小。

与此同时，微信在这几年开始普及。

许时沅刚下载微信时还有些不习惯，“新朋友”那儿立刻给她推荐了某个人，却被她刻意忽略了。她不想知道任何和他有关的消息，像是在逃避，仿佛这样就永远看不见他施与另一人的温柔。

高中时，老师曾用这样的话激励过他们：“现在苦一点儿，累一点儿，上了大学就轻松了，想做什么就做什么。”

其实，刚上大学那会儿，因为没有目标，她茫然了一段时间。

这不是以前的她梦寐以求的生活吗？

但她现在懒惰不起来。努力是有惯性的，这种惯性会让她在放纵与懒惰时感到不适应，并及时自我反思。

考上F大后，她也曾小小得意过一段时间。来到这儿之后她才发现，分数并不能说明什么，优秀又努力的人不在少数，有些人不仅读书厉害，还有各种特长。

从南方小城市来的她太懒，从前没上过任何特长班，现在除了学习好一点儿，她身无长技，显得普通又平凡。

但现在的许时沅不甘平凡，她想成为更优秀的人，站到更高处。至少，这些东西是能被她所掌控的，是通过努力也可以得到的。

这一次，她不为任何人，也没有追逐任何人的脚步，她只为她自己——为了有一天能从人群中脱颖而出，做任何事都有底气和自信。

“闻道有先后，术业有专攻。”

她选择英语专业是因为她本身的英语基础好，再加上自己也喜欢语言类。

进入大学后她才发现，这个专业被称为“万金油专业”，从前学了十几年，每个人都会说上那么几句，但真正达到顶尖水平的人不多。

许源希望她能当个大学英语老师，继承他的“衣钵”。许时沅不想走这条路，她有自己的规划，准备在大三申请英国交换项目。

除此之外，她坚持得最久的是健身。

F大的操场上夜跑的人很多，其中就有一个是她，慢慢地，曾经跑八百米都像从鬼门关走过的人，如今可以连跑几公里后还是生龙活虎的。

她的四肢越来越匀称，肩颈线条也越发清晰，脸颊的婴儿肥都慢慢褪去了。

上次和闻沁去逛街，闻沁说她抱起来没有以前那种“软绵绵”的感觉了。

但她才不要那种感觉。

有一次，她跑完步回宿舍的路上，有个陌生男生跑过来找她要手机号码，把她吓了一跳，她以没有带手机为由拒绝了。也是从那时候开始，她才意识到自己的桃花运似乎要来了。

然而，也许是以前微胖时见识过不少对她爱搭不理甚至怀有恶意的男生，现在，她对这些烂桃花没有任何感觉，甚至有时候会很反感。

也因此，她才慢慢理解了为什么唯独感情这件事没办法靠努力得到。不喜欢就是不喜欢，无论对方做什么事，无法心动就是无法心动，谁也强求不了。

慢慢来吧，许时沅这么想着。在尚未遇见下一个人之前，她只需要默默往顶峰爬就好了。

以免再像年少时那样，遇到喜欢的人，却发现自己没有可与对方匹敌的实力，自卑又敏感。她不想重蹈覆辙。

第六章
重逢

“好的，我还有十分钟就能到。”许时沅从咖啡店里出来，戴着一副手套，感觉手心里暖乎乎的。

冬季的冷风往脸上呼呼地吹，人吐出的热气在空中形成白雾，两旁的树枝上浮着一层冰霜。

许时沅天生没有方向感，只能对照着地图在众多眼花缭乱的建筑物中找到科技大厦的入口。

科技大厦的玻璃墙上映照出女人修长飒爽的身姿，长发在阳光下显露光泽。

会场在十三层，门口放着牌子：二〇二一年沁州国际科技创业商谈会会场入口。这次会谈的主讲人是一位来自加拿大的知名投资人麦迪逊，许时沅此行便是过来为他做交替传译。

一年多前，她从 F 大毕业，又考了沁州外国语大学高翻院两年学制的口译专业，在成为口译员的路上一路狂奔，业余时间，她经常参与类似今天这样的翻译实践活动。

会场内部格外温暖，人来人往，商务精英无一不是西装革履。

许时沅与工作人员打过招呼，去了准备室。

等待一会儿后，她终于见到了麦迪逊演讲使用的 PPT。

距会议正式开始没多少时间了，她没有时间细细研究，只能飞快地看了一遍 PPT。

这时，麦迪逊来了。许时沅起身迎接，与对方沟通片刻后，她站在主讲台的侧边，拿着纸和笔紧张地等待着开始。

她身前是一排排整齐划一的座位，一眼看过去，全是一身黑西装和白衬衫的商务精英，不乏国内外的投资人和知名科创人士。

她以前挺怕这种场合的，还暗示自己台下的全都是木头人。后来实践得多了，她才慢慢适应了被各种业内精英当成焦点的感觉。

许时沅抬眸，望了一眼门口的位置，本是不经意的一瞥，她的目光却定住了，心脏也一瞬间收紧。

同样穿着黑西装和白衬衫，他却从人群中脱颖而出，唇边漾着淡淡的笑意，和人打过招呼后，他便径直入内。

几乎是条件反射般，许时沅的记忆仿佛被激活了，脑海里冒出了那个沉睡已久的名字——聂洲泽。

聂洲泽在往前排走，与她之间的距离也正在缩短。

许时沅沉住气，不动声色地低下头，余光瞥见他正走过来，而后在第二排中间靠左的位置坐下了。

她一抬眸，视线便能触及他。

肯定是今天的会议过于高端，才会让她的心跳不自觉地加速。

与此同时，主持人在她耳边宣布会议开始，并邀请麦迪逊上台。

职业素养让许时沅屏气凝神，把注意力都转移到麦迪逊的话语上来，尽量不去想坐在她斜前方的聂洲泽。

时隔五年多，他不一定能认出她。

口译是一项需要保持高度紧张的工作。许时沅和麦迪逊一样站在舞台上，只不过，她站在侧边，麦克风在她的正前方，她拿着纸和笔飞快地记着笔记。

她必须没有杂念，全神贯注。

此刻，当口译员的声音通过麦克风被放大时，聂洲泽略微诧异地抬眸，他的第一反应是：声音有些耳熟。

他的视线从正前方的麦迪逊身上转移到旁边正在进行翻译的女士身上。

她低着头，海藻般的长发如同波浪般披散在肩膀一侧，她穿着长款外套，双腿匀称，脚下是一双黑色马丁靴。

他微微蹙眉，想再看清一些，下一秒，口译员的大半身影被刚上台的发言人遮住了。

聂洲泽也没想那么多。他能听懂英语，便继续将注意力放在麦迪逊身上，没再刻意去关注口译员。

只是，随着会议的进行，交替传译的声音反复传入他耳中，他的记忆逐渐被唤醒，脑海里冒出的却是有些久远的身影——许时沅。

但他不确定，因为舞台侧边的人和他印象中的人截然不同，气质和声音也大相径庭。

这时，口译员抬起了头。

聂洲泽望向她，那双眼让他瞬间肯定了心中的猜想，眼里蕴藏的灵动从未变过，只是多了几分沉静，翻译时，她的声音如同潺潺流水。

她似乎看到了他，又内心平静地看向了别处。

也是，过去这么多年了，小姑娘恐怕也不记得曾经认识他这么一个人了。

商谈会正在进行，中途，主持人会邀请台下的一些科技公司创业者上台，向台下众多投资人介绍展示本公司的项目。

许时沅针对各大科技领域都做了许多准备工作，以免在遇到一些专业名词时产生磕绊。

只是，许时沅没想到，其中一位上台的人是聂洲泽。他起身朝舞台上走来，一瞬间，她竟觉得他是直直地朝着她而来的。

他朝她轻轻颔首，她也礼貌性地回以点头，仿佛和对其他人礼貌性的示意没有任何区别。

别慌张，好好翻译他说的话，许时沅在心中自言自语。

他在她前方一米处站定，两人身高的差距因为距离的拉近而变得异常明显。

以前他就很高，是清瘦挺拔的少年，如今，站在她身前的是身姿挺拔的男人。

站定后，他面向众人开始介绍。

凌泽信息科技公司的创始人，公司组建了 VR 团队，目前的项目主要围绕医疗领域的 VR 应用设备展开……许时沅在脑海中飞快地处理着这些信息，说出口的已经是流利的英文。

幸好，有些偏门的专业名词，聂洲泽说完中文，还顺口说出了其对应的英文名称，这让许时沅不用绞尽脑汁去思考。

他的语速不疾不徐，是翻译人士最欣赏的，翻译起来比较轻松。

和他久别重逢，一上来便是这样的“合作模式”，这是许时沅从未想过的。

其实在此之前，她都以为聂洲泽依然在 A 市，没想到，不知何时，他已经在沁州市创办了科技公司，在她未知的这段时间里。

她不知道也正常，毕竟，他们的交集止步于五年多前，现在仿佛陌生人。

带着这个认知，许时沅打算在商谈会结束后便离开。但她没想到，商谈会结束后，麦迪逊表示对聂洲泽的项目很感兴趣，让她随同去和聂洲泽进行更深入详细的交流。

这下，两人正面相遇了。

因为做口译时，她模仿着麦迪逊的口吻，如同是她本人在和聂洲泽“高谈阔论”：“聂总，我对您刚刚提到的VR现代医疗眼科培训项目很感兴趣，可以请您谈一谈这个项目的商业模式是如何具体运作的吗？”

“聂总，我很欣赏你的这个想法……”

“好的，聂总……”

许时沅面不改色，这么多年来，她脸皮已经不薄了。没过多久，她有些口干舌燥，瞥了一眼手边的矿泉水，想喝点儿水缓一缓。

一瞬间的分神导致她没听到麦迪逊上一句说了什么。

她正想恳请麦迪逊重复一遍，便听到聂洲泽开始说英语，随后，他们顺利地跳过她这个翻译，无障碍地交流起来。

这……正合她意。许时沅默默地退后两步，拧开矿泉水瓶喝了几口水，解渴的同时，也缓和了紧绷一下午的神经。

很快，麦迪逊又去见了其他人，聂洲泽也去和其他人交流了。

许时沅愈加坚信，他应该是认不出她了。

虽说这正合她心意，但她心中隐隐有些失落。

——不公平。不过，谁让她是个口译工作者，记忆力这么好。不该想到的，她都条件反射地想起来了。

等到许时沅正式结束工作，已经接近傍晚了。她从会场出来后，先去了洗手间。许时沅在镜子前补涂口红，她抿了抿唇，理了理披肩长发，对着镜中的自己笑了一下。

这个状态，她还算满意。

可能是赶上了大厦内的下班高峰期，两部电梯里已经挤了不少人。她一边打开微信里的未读消息，一边排着队走进去，却嗅到了冷杉清冽的香味，她眼眸一抬，发现身前的背影正是……聂洲泽。

冷静。

在他还未转身面向电梯门时，许时沅已经先转过身，背对着聂洲泽。

电梯内沉默的气氛有几分诡异。

这电梯的空间着实不大，行至中途，门开了，本来前面还有一些空间，也被刚进来的人强势地填上了。

身前的人往后退了退，许时沅只得顺势也往后边退了退。

没想到，她的脚后跟踩到身后人的脚，有些站不稳，往后晃了一下。身后，一双手适时地扶了她一下，她侧了侧头，说了声“谢谢”。

“不用。”

低沉的嗓音近在咫尺，许时沅的心跳毫无预兆地加速。随后，她若无其事地站稳了身子，抬手将脸颊上的几缕长发别在耳后，并未回头。

等电梯门一打开，她便大步流星地往外走，步伐生风，看起来干练又帅气。但实际上，她连大厦的出口在哪儿都忘了。

绕了两三圈，她才从其中一个出口出去。

她松了一口气，用打车软件叫了车，正想看看车到哪儿了，刚一低头，一辆黑色轿车在她的身侧停下了。

同时，打车软件上的司机发来消息：“看到你了，我就在你前面，快上车吧。”

许时沅想都没想，便拉开副驾驶座的车门上了车，她一边系安全带，一边说道：“你好，麻烦去沁州外国语大学……”

然而，转头的瞬间，许时沅愣住了，对方高挺的鼻骨侧边有一颗小痣，双目清冷，此刻嘴角扬起饶有兴致的笑，道：“不认得我了？”

聂洲泽将工作事宜和私人生活分得很开，所以，即便在商务场合认出了许时沅，他也没有在那时主动打扰她。

沁州这么大，两人偶遇也很难得。

从大厦出来后，他在大厦门口等了片刻，打算和她简单地打个招呼，然而，五分钟后，他依旧不见她的人影。

他猜想她可能有其他工作，便没有再久等，径直往地下车库走去。出来时，他遥遥望见许时沅站在公交站旁四五米的位置。

随后，他驱车驶近她身侧。

路灯的暖光洒在许时沅身上，她褪去了婴儿肥的脸颊似乎只有巴掌大，一半的脸藏进米色围巾里，只露出白皙的鼻尖，垂着眼在看手机。

车窗还未降下，他没料到许时沅已经拉开车门坐了进来。车门砰的一声关上，她道："你好，麻烦去沁州外国语大学……"

然后，她收起手机，两人四目相对。

从上车到系好安全带，许时沅的动作干净利落，此刻，她的眼里充满了不可置信的意味。聂洲泽不明所以地笑了一下："不认得我了？"

空气里安静了几秒。

许时沅脑子卡壳了两秒，看着他笑了一下，道："聂总啊，怎么会不认得，刚才，我还替您和麦迪逊先生做了翻译。"

"是啊。"聂洲泽打着方向盘，将视线转向她，顿了一下道，"许时沅，我的变化有那么大？"

聂洲泽认出她来了？

意识到这一点，许时沅瞬间装不下去了，一时间，她的脑子有点儿混乱，补救道："聂洲泽师兄，好久不见，你现在……还兼职做网约车司机啊？"

"这个——我倒没有，你叫了网约车？"

车窗外的风景已经开始后退。

她刚才熟稔地坐进来，在他眼里岂不是很奇怪？

想到这里，一股热意在许时沅的脸颊上腾起，她道："那个，我好像上错车了，能停一下车吗？"

与此同时，许时沅的手机显示有电话打进来。她猜测应该是那个网约车司机，她按了接听键，对方的嗓门很大，几乎穿透了手机，道："不好意思啊，我走错地方了，你还在原来的位置吗？我现在正在掉头往回走。"

身侧的人淡淡地出声，道："取消订单吧，我送你回去。"

车内没放音乐，许时沅对手机那头的司机道："师傅，我已经坐上了别的车，不麻烦您了，我一会儿取消订单吧。"

"好好好。"司机大哥爽快地答应了，不料，大哥挂电话前问了一句，"不过，你确定你刚才上的车有安全保障吗？"

难得今天的司机如此热心，嗓门大到如同自带扩音器。

许时沅瞄了一眼聂洲泽的侧脸，他的神色没有任何异常，应该没听到，她说道："应该有保障，放心。"

许时沅挂了电话，只听身边的人说道："你还怕没安全保障？"

"没，我长得挺安全的。"

她的话音刚落下，聂洲泽淡淡地瞥了她一眼，没说话。

“刚刚，你说要去哪儿？”

“哦。”许时沅抿了抿唇，道，“我回我学校，沁州外国语大学正门，聂师兄，你认得路吗？”

“认得，我去公司时经常经过沁外大门，只是没想到你在那儿读书。研二了？”冷沉的声音刚落下，车内便缓缓流淌出了钢琴曲，安静悠扬。

“对，我现在在沁外口译专业读研二。”许时沅有些不自然地抬手理了一下头发，补充道，“不过，我今年就毕业了。”

说完她就后悔了，人家问了吗？

“原来如此，沁外的翻译硕士是两年学制。”聂洲泽点点头，似乎想起了什么，他看了她一眼，说道，“刚才的会议现场，你翻译得挺好的。”

那当然，她是很专业的。

许时沅在心里想着，表面上却谦虚地笑了笑。

外边霓虹灯闪烁，车内一时有些安静。

既然聂洲泽这么坦然，许时沅觉得自己也应该表现得坦荡些，反正都放下了，她现在对他没有半点儿“图谋不轨”的心思。

“对了，聂……师兄，你什么时候过来沁州这边的呀？我记得你以前在A市读书来着。”

“我来这边差不多一年了，原来你还记得我在A市读书啊，我以为你完全不记得有我这号人了。”

这似乎本该是她的台词。她想。

“其实，我的记忆力还可以，我一直记得的。”许时沅无奈地耸肩，大有反客为主的气势，“反倒是，我以为师兄你不记得我了。”

聂洲泽眉头微挑，道：“所以就连招呼都不和我打一声，直接离开了？”

“工作场合不太方便呀，再说……你不也是吗？”

“行，我也是。”聂洲泽无奈地笑了笑，并未多加解释，问道，“对了，方不方便留个联系方式？”

“联系方式”四个字让许时沅瞬间产生了一种错觉，直到听到他的下一句话：“我们公司有时也会外聘优秀的翻译人才，到时候，希望可以联系你。”

“好。”她在期待什么？只是外聘翻译。

“我现在打个电话给你吧。”许时沅打开手机拨号界面，她的手指如同有记忆般按下那串135开头的号码，却又立刻停下了。然后，她清空了所有数字，问，“聂师兄，你的手机号码是多少来着？”

他报了一串数字，和她第一次输入的一模一样，紧接着，他口袋里的手机开始振动，他看了一眼后问：“换手机号了？”

“对，刚上大学时就换了。”

这个时间，食堂有些拥挤。许时沅在食堂打包了饭菜回研究生公寓。她是第一个回来的，宽敞明亮的宿舍显得有些空旷，许时沅摘下围巾，关上了门。

她所在的宿舍是三人间，其中一个室友搬出去住了，目前只有两个床位还有人住。

这几年来，她很少去打听聂洲泽的消息，寒暑假回家，她在家的时间也不长，偶尔还会去聂家拜访，却从未遇到他，只是被动地从长辈的只言片语中得知他很忙碌，很少有空闲的时间，在家的时间也不长。

她甚至在想，再和他相遇时没准儿会是在他的婚礼上，之后，两人再次恢复毫无交集的状态，这才是他们之间最正常的发展轨迹。

因此，回想起今天重逢的情形，许时沅仍然觉得有些不真实，她一直以为在A市的他竟然已经来沁州快一年了，和她在同一片天空下，上班的时候，他甚至会经过她学校的大门。

暂且抛开这些东西不谈，聂洲泽是她在现实生活中见到过的穿西装最挺拔的男人，没有之一。

许时沅卸了妆，镜中的人皮肤白皙红润，唇色有点儿淡。

她应该还不算差吧？他那个眼神是什么意思，也觉得她长得很安全？

说实话，她现在回西城时，偶尔遇到初高中的同学，大部分时候他们都认不出她来。

最好笑的是，以前爱喊她外号的某个不学无术的男同学竟然对着她吹口哨，只是她懒得搭理他。

那他是怎么认出她的？这不科学。

她想起来了，商谈会中途休息时，有个工作人员叫了她“许时沅小姐”，而聂洲泽就坐在第二排的位置，他应该是听到了。

她自认为已经完全放下了他，偶尔的心跳加速不过是因为惊讶和条件反射，与喜欢无关。

微信里一连弹出好几条消息，许时沅打开消息，心中莫名有些失落。

宋竹：“会议结束没有？刚好路过你宿舍，一起去对面吃个饭？”

宋竹是她读本科时的同学，两人同是实践部部长，又恰好都从F大考研到沁州外国语大学，关系自然挺好的。

许时沅：“你怎么不早点儿路过，我已经吃完了，你一个人好好享受吧。”

宋竹：“再吃一顿不就好了？”

许时沅：“请你独自肥胖。”

晚上十点多，许时沅刚做完几组练马甲线的运动，随后收起垫子，打开微信看看有什么重要消息。

看到微信通讯录那一栏多了个“新的朋友”的提醒，她点开一看，昵称为“z泽”的人发来验证消息：“我是聂洲泽。”

许时沅差点儿把手机丢掉。很快，聊天框里多出了一个新窗口，写着“你已添加了z泽，现在可以开始聊天了”。

可以开始聊天了，聊什么呢？

等他先发第一句吧。这样想着，许时沅顺手打开了他的朋友圈。他的头像是一只猫的背影，朋友圈的背景是一片一望无际的海洋。她突然想起了什么，没再看就又退出了。

聂洲泽刚开完会，进了办公室，他喝了一口咖啡。

过段时间，公司会参加沁州国际科技展览会，到时候需要外聘展会口译员，他想起了许时沅，他似乎还没有添加她的微信。

查找通讯录好友后，她的微信号弹了出来，正准备添加时，他的手顿住了，他把工作号切换成了私人微信号，随后添加了她，她很快通过了好友验证。

许家和聂家关系好，近些年来，他忙着学习和工作，回家的时间不算多，加上后来搬了家，他基本上没再见过许时沅。

他对她的印象仍然停留在许久之前——齐耳短发，娃娃脸，挺乐观上进的一个小朋友。他按惯例打招呼：“你好，时沅。”

很快，手机振动了两下，他收到了回复：“聂洲泽师兄，晚上好呀！”

伴随着的还有一只挥着手说“嗨”的小猫表情图，和她今天的形象完全不搭，他笑了笑。

聂洲泽看了一下国际展览会相关的资料，随即在聊天框里输入：“晚上好，最近我们公司正在筹备沁州国际……”

还没打完字，他便看到她发来一个表情图，他的指尖顿了一下，看着这个奇怪的表情图，把刚才输入的字删掉了。

这边，许时沅刚放下手机，宿舍外有人敲门，玻璃窗前出现了一张模糊的脸。

“时沅啊，我忘带钥匙了，救救我。”

这是她的室友兼同班同学李安安，经常因为忘带宿舍钥匙把自己关在宿舍外，让偶尔忘带伞的她自愧不如。

许时沅起身开了门，道：“你又忘带钥匙了？”

“下次一定记得带。”李安安搂了她一下，说道，“累死我了，你说，一个欧洲人的英语为什么会有印度口音？为了分辨他奇怪的口音，你看看我的头发，是不是又少了？”

“看不出来，还是一大把。”许时沅笑着拍了拍她的后背，“难为你了，可能他曾经在印度工作过，被同化了。”

“你怎么样？那个科技商谈会，没有出什么问题吧？”

“还好吧，主讲人是个加拿大人，说标准的美式英语，态度挺好的，就是语速有点儿快。”

要说有什么问题的话……与他重逢，不知道算不算。

但她对自己的表现是满意的，至少没让私人情绪影响自己当时的状态。

“成功人士都这样，说话和走路都特别快，好像稍微慢一点儿钱就少赚几百万一样。”

许时沅回到椅子上，打开聊天框后，她几乎原地石化。

她现在才发现，她似乎不小心发送了一个表情图——一个熊猫头泪流满面，嘴边放着一个绿色啤酒瓶，配着文字“靓仔今晚能不能陪我去买醉”。

她想撤回消息，却发现发送时间已经超过两分钟。

聂洲泽的回复是：“你要去买醉？”

许时沅从未像今天这样对微信的撤回功能有如此大的怨言。

好不容易维持的形象，在这个表情图发出去的那一刻，便轰然倒塌了。

许时沅看了一眼站在镜子前敷面膜的室友李安安，心生一计。

许时沅：“没有没有，这不是我发的，是我室友不小心按到的，我现在才看到，不好意思啊。”

这样，形象应该保住了吧？

聂洲泽：“没事就行，还是少喝酒，遇到事也别用买醉解决问题。”

许时沅：“好的。”

她又发了个“乖巧”的表情。

许时沅：“我的酒量不太好，平时基本不喝酒，不可能买醉的。”

聂洲泽：“好，下周日你有空吗？”

许时沅：“我那天没课，应该是有空的，怎么了？”

聂洲泽：“是这样的，我们公司下周日会参加沁州国际科技展览会，如果你有空，我想请你担任公司展位的口译员，你觉得怎么样？”

许时沅答应得爽快：“可以呀，没问题！”

这么好的实践机会，她肯定得抓住。随后，她对室友道：“安安，你前天跟我说想要去参加的展会，是不是沁州国际科技展览会啊？”

李安安回头道：“对啊，你也和我一起去看吗？不过得先去官网预约，不知道有没有过预约时间。”

“我不是去看，我去那儿做展会口译，刚刚有公司负责人找我来着。”

“什么公司啊？”

“凌泽信息科技，你听过吗？”

李安安思考了片刻，道：“有点儿印象，那个去年新开的线下 VR 体验馆，好像就是这家公司的，还挺热门的。”

“是吗？”

许时沅知道这家体验馆。去年，闻沁还邀请她去那儿体验，但那时她忙着写几篇期末论文，便没去成。

“不过，有些公司的资料少得可怜，却要你将他们的产品讲出花来，你可得好好做准备了。”李安安长叹了一口气。

聂洲泽：“好，我会让公司市场部负责人秦烨和你对接，后续的资料，他会发给你。”

随后，聂洲泽给她推荐了一个微信好友，许时沅很快就添加上了对方。

另一边，秦烨刚添加了许时沅的微信，他有些好奇，聂总什么时候连找口译员这种小事都亲力亲为了？

走之前，聂洲泽叮嘱他：“到时候记得把详细资料发给她，辛苦了。”

秦烨点头道：“明白。”

口译是个保密性很强的工作，很多时候都靠翻译人员自行寻找相关领域的资料，做好准备，主办方提供的资料并不多。

但这次，许时沅竟然提前这么久拿到了凌泽信息科技两个项目产品的中英双语资料，这下子省了不少事。

周日上午天空万里无云，暖阳驱散了不少寒意，许时沅很早便去了展位，见到了凌泽信息科技的负责人，包括秦烨在内，但她并没有看到聂洲泽的身影。

这里是沁州市区最大的展览会馆，来来往往的人中有不少外国人，许时沅的目光有意无意地搜寻着。

片刻后，她问身旁的人："请问聂总今天会来吗？"

秦烨的脸上挂着标准化的笑容，他露出一口大白牙，两只手交叠在身前，回答只有两个字："不会。"

"行吧。"许时沅点了点头，她打开手机看了看，聂洲泽发了消息过来。

聂洲泽："我现在正要经过沁外大门，需不需要顺便载你到会馆中心？"

许时沅："不用了，我已经到达会馆中心做准备了。你今天也过来吗？"

聂洲泽："嗯，我忙完了会过去。"

一旁的秦烨无意间瞥见许时沅手机屏幕上的聊天框，发现竟然是聂总私人微信号的头像，而并非工作号头像。

许时沅有些疑惑，问秦烨："你确定聂总不会来？"

秦烨点了点头，道："聂总主要负责公司 VR 技术开发部，不负责展会的事，除非有特殊情况，否则他不会过来的。"

"那看来，今天好像有特殊情况。"

秦烨有些不明所以，问道："许小姐，你干翻译这行几年了？"

"没几年，我还是在校学生。"

秦烨略有些惊讶，他以为聂总亲力亲为，是找了什么资深人士，没想到对方还是在校学生。

会馆中心人来人往，许时沅脖子上挂着工作牌，站在凌泽信息科技的展位中。她的身侧站着公司的市场部经理董怡节。

董怡节是一名留着干练短发的女士，她正在用中文向人介绍公司的 VR 医疗技术和产品，而许时沅用流利的英文翻译了出来。

展会并非简单地宣传介绍，更重要的是为参展商争取更多的客户资源。也就是说，许时沅不只是简单地翻译，也需要尽可能地帮助凌泽信息科技接触有意向购买产品的客户。

幸好她提前做了准备，对公司 VR 医疗教育培训的产品有详尽的了解，才能和现在围着她的外国人对答如流。

这种时候，她觉得特别有成就感。

秦烨在不远处站着，他原本担心许时沅没有足够扎实的 VR 医疗领域的相关知识，可能会掉链子，没想到她的表现出乎意料地好。

秦烨正想着，耳边便传来熟悉的声音："秦烨。"

一转身，秦烨发现聂洲泽不知何时站在了他的身侧，他感觉有些意外，道："聂总，你怎么过来了？"

"我过来看看有没有需要协助的。"他的视线在场上环绕一圈，最后落在了不远处的高挑人影上。

许时沅穿了一件蓝色毛呢外套，含笑的眼眸明亮灵动，待人接物十分真诚，和以前的她一模一样。

聂洲泽问："外国客户的对接情况怎么样？"

秦烨顺着他的视线看过去，片刻后说道："我能感觉出，许小姐准备得很充分，经过她的讲解，不少外国客户对我们的产品有购买计划，比部门预估的情况好很多。"

聂洲泽点头道："好，你继续忙吧。"

过了许久，许时沅并未看到聂洲泽的身影，心想，他可能是临时有事，不过来了。

不来也好，免得她看到他，就条件反射地紧张起来。

这是她一直以来的小毛病，她还得再磨炼磨炼，才能在面对他时镇定自若。

穿了大半天的高跟鞋，许时沅的脚后跟磨得有点儿痛。

她平时习惯穿运动鞋和平底单鞋，偶尔有需要才会穿高跟鞋。此刻，她有股想脱鞋的冲动，但也只能是想想，她还是要面子的。

"许小姐，过来吃点儿东西，补充一下能量吧。"秦烨走过来，不再带着之前那种官方化的笑容。

许时沅走过去，看到桌上放着一个大袋子，里面有面包、糕点、热饮之类的。然而，许时沅一眼便注意到了混在其中的蓝色包装。

奥利奥？

其他人都拿了面包，唯独奥利奥无人问津。许时沅特立独行，打开了一包奥利奥，对一旁的秦烨道："谢谢秦总。"

"不用，这不是我买的，是聂总买来犒劳大家的。"秦烨摆摆手，从袋子里拿出一包奥利奥，说道，"奇怪，这不是小孩才吃的饼干吗？"说完，他便看到刚吃了一口奥利奥的许时沅。

许时沅笑道：“我爱吃，谢谢您夸我年轻。”

秦烨反应快，笑着道：“对，我就是这个意思，这都被你猜出来了。”

不远处有人叫她：“时沅，光吃饼干能吃饱吗？要不要过来尝尝面包呀？大家一起吃嘛。”

许时沅笑道：“好啊，谢谢你。”她走过去，发现几个人在交谈着。其间，许时沅听到了“聂洲泽”三个字，不由得将耳朵竖起来。

“你们有没有觉得聂总很高冷啊？我都没和他说过几句话。”

市场部经理董怡节笑道：“其实还好，你们觉得聂总很帅，很高冷，但如果你们在凌泽再待得久点儿，就会觉得他特别绅士特别温和。”

“对啊。”许时沅立刻表示认同，“聂总的长相和他的性格不太一样。”

许时沅话音刚落，所有人都用“你又不是公司员工，你是怎么知道的”的眼神齐刷刷地看向她。许时沅吃饼干的动作一顿，道：“我的意思是，这只是他给人的第一印象。”

“你和聂总见过面？”

许时沅没说太多，她觉得和他私下的那层薄弱关系，没有必要牵扯到工作场合中。所以，她只简单地描述：“对，上周的科技商谈会，我当时在会议上做交传翻译，那时候见过。”

众人恍然大悟，没再追问。

许时沅一直忙到下午五点半，展会终于结束。

她帮着一起收拾了一下，随后同凌泽信息科技的工作人员道别，朝着会馆中心大门走去，却听到身后传来急促的脚步声，道：“许小姐，许小姐。”

许时沅循声回头，发现来人是一个中年美国男人，身材高大，留着胡子，看起来有些沧桑。

她记起来了，这个人今天来询问过产品信息，许时沅以为他对凌泽的 VR 技术有兴趣，所以花了很多时间向他介绍，结果这人接了个电话就走了。

许时沅有些诧异，但还是用英语问他：“请问，您有什么事吗？”

男人笑得有些抱歉，没再说蹩脚的中文，用英语问：“不好意思，刚才我有事情离开了，但是我对凌泽公司的 VR 医疗培训技术还有些想了解的问题，能不能浪费你一点儿时间？”

许时沅站在大门侧边，秉承着多争取潜在客户的原则，她只好说：“您请问吧。”

男人提了几个问题，许时沅认真地一一回答了。然后，男人便邀请她去吃晚饭，说是为了进一步了解凌泽的产品适不适合他的公司。

这人有点儿怪，有些问题，他已经反复问了两遍，许时沅觉得他的真实意图并非凌泽的 VR 产品和服务，而是另有所图。

于是她道：“先生，不好意思，我还有其他事情需要忙，凌泽公司的负责人应该还在展位，你可以去向他们了解，再见。”

许时沅说完，便准备快步离开。没想到那人竟然绕到她身前，挡住了她的去路，用蹩脚的中文道：“等等，你先别走……”

许时沅没遇到过这种情况，她倒是不怕这人，光天化日的，在法治社会里，难不成他还能硬生生地拖走她不成？

她只是有些不耐烦，用字正腔圆的中文道：“能不能请你让开？”

“许小姐，我真的没有任何恶意，只是为了了解贵公司的产品……”这人说着，忽然伸手按住她的肩膀。

许时沅刚想躲，下一秒便有人把男人的手狠狠地拍开，道：“没有恶意就请不要挡着别人的路。”

这声音……

许时沅嗅到了极淡的冷杉味，一扭头，便发现聂洲泽挡在她身前，肩线优美。霎时间，她如同暴风雨中的船安全靠了岸，心安了不少。

眼前的中国男人目光冷厉，身高也比对方高出半个头，看着不像是善茬。外国男人终于不笑了，语速飞快地说道：“这事和你没关系，我只是有些关于 VR 医疗产品的问题想问她。”外国人补充道，“并且，我听不懂中文。”

听他说完，聂洲泽淡漠地抬起眼皮，仿佛听到了什么好笑的事，用标准的英语道：“她现在没有义务回答你的任何问题，并且，本公司的产品并不欢迎你购买。”侧头看向许时沅，他的眼神顿时温和了许多，“走吧。”

那个外国人似乎不肯善罢甘休，喊道：“你怎么能用这种态度对待我？”

聂洲泽瞥向那人，还没开口，许时沅抢先对那人说：“你如何对待我们，我们便如何对待你。”

从咖啡厅推门出去，聂洲泽递给许时沅一杯圣代拿铁咖啡。

“谢谢师兄。”许时沅接过，感觉手心暖乎乎的。

很快，她便远远望见那个外国人被保安架着离开了。

经过一根柱子时，她留意到上边贴了“警示”，“警示”上的照片就是刚才的男人，只是照片中的人没有胡子，需要仔细分辨才能看出他们是同一个人。

原来，这个外国男人经常混进各种展会，打着咨询产品的幌子专门骚扰参展的女性翻译员，已经被列入了黑名单，今天留长了胡子的他又跑来了。

许时沅皱了皱眉。

聂洲泽有点儿不放心，要送她回学校。

许时沅很自觉地跟着他去了停车场，他拉开副驾驶座的车门，看向她说道：“时沅，上车。”

“好，谢谢。”她弯下身。

车上的气息很清新，许时沅深深地吸了一口气，平复了一下心情。

彼时，聂洲泽绕到另一边上了车。

许时沅突然想起什么，问：“聂师兄，你今天会过来展馆这边，是……因为看到柱子上的那张‘警示’了吗？”

“本来没看到，但下午听人说了。”聂洲泽看了她一眼，想起那人时，他眉心一蹙，“抱歉，让你遇到了这种人。”

他向来都是礼貌又温和的，许时沅很少见到他露出这种神情。

刚才，他挡在她身前的保护姿态，她也是第一次见。

许时沅嘴角上扬，喝了一口热腾腾的咖啡，道：“没事，我就当提前积累社会经验好了，反正世界上的奇葩太多，不遇上几个，人生也不完整，对吧？”

“不对。”聂洲泽的眉眼间有一丝无奈的笑意，“还是少遇见点儿好，最好遇不到。”

许时沅正想点头，余光却瞥到身侧的人忽然倾身靠近，许时沅握着咖啡的手不由得一紧。

聂洲泽抬手绕到她肩膀的另一侧，顿时，她整个人如同被他半圈在怀中，他鼻骨侧边那颗淡色的痣近在咫尺，许时沅不由得屏息凝神。

聂洲泽拉下她肩侧的安全带，利索地系上，抬眼说道：“别忘了安全带要系好。”

许时沅的世界仿佛被按下了暂停键，跟呆头鹅似的等着他给自己系好安全带，唯有胸腔中鼓点似的心跳声十分清晰。

半晌，她才道：“哦……我拿着东西，忘记了。”

许时沅瞥了一眼聂洲泽的侧脸，他的神色并无异常，目光望向正前方，刚刚的举动应该只是顺手之举，她提醒自己不要过度联想。

“对了，时沅。”他沉沉的嗓音在她耳边响起，她嗯了一声，看向他。

“如果下次再遇到这种人，不需要搭理，如果他跟着你不放，你立刻去人多的地方，找人求助。”聂洲泽顿了一下，坦然地望向她，“真有什么事，找我也行。”

尽管知道他会这么说是因为许聂两家的关系，许时沅仍然安心了不少，道：“我知道了。”

“刚才，我本来是想帮凌泽多争取一个客户，平时，我基本不会搭理这样的人。”许时沅认真说道，最后总结，“我这个人很警惕的。”

谁知，她话音刚落，就听到身侧的人笑了一声，道：“是挺警惕的，警惕到那天上错车都没发现。”

“那……是个意外。”

车在开阔的路上缓缓行驶着，这个时间段，路段并不怎么拥挤，很快就到了沁州外国语大学正门。

“谢谢聂师兄，我先走了，拜拜。”许时沅朝他挥了挥手，见他一边接起电话，一边笑着回应。

“喂，老聂啊。”

“嗯，什么事？”

“秦烨他们都辛苦一天了，我带他们去吃顿好的，现在在绿洲火锅店，你也过来呗，顺便叫上……女朋友？”

聂洲泽捏了捏眉心，道：“我什么时候有了女朋友？”

路凌是聂洲泽本科时的校友兼好友，也和他一样，是凌泽信息科技的创始人，虽然路凌是医学生，但他随和又爱玩。

“啧，刚刚，我还听到她和你说‘拜拜’呢。”路凌吊儿郎当道，“声音听起来还挺甜的，带过来让哥儿几个也见见？”

聂洲泽抬起眼皮，望向那个正在远去的背影。

他觉得荒唐，却没有直接反驳，道：“别乱猜。”

“行吧，就知道你这棵铁树还没开花。所以，你什么时候过来？”

远处的背影拐个弯便消失不见了，聂洲泽收回视线，道：“行，我先回公司一趟，等会儿过去。”

晚饭后，路凌喝了酒，不能开车，他将车子借给员工开回公司，自己搭上了聂洲泽的顺风车。

“这车里好像有女人的味道。”路凌懒懒地坐进车里，说道，“我刚刚听秦烨说，你今晚送了咱们的展会口译员回家？”

“回学校。”聂洲泽看着他道，“有什么问题？”

“不对啊，我以前从没见过你送哪个女人回家，今天破例了？”

“嗯。”他打着方向盘，眼睛看着前方说道，“破例了。”

路凌知道聂洲泽向来绅士又体贴，但他也很清楚，聂洲泽的私生活十分干净。聂洲泽是那种可能会帮人拦车，但绝不会亲自送人回家的男人。

路凌特别佩服的是，聂洲泽能把事业和情感分得非常清，他曾因失恋而丧失斗志，但聂洲泽不同，为了这份事业，这些年他干脆连恋爱都不谈。

所以，听到他的回答，路凌的眼里闪烁着好奇的光，问：“你和今天那个口译员是什么情况，说说？”

“没情况，我们两家的关系比较好，就这样。”聂洲泽深色的眼眸里映出路边的霓虹，他说道，“不过，我很欣赏她，她很优秀，也很有趣。”

“欣赏？那不就是喜欢？”

聂洲泽的动作一顿，脑海中许时沅的笑容一晃而过，他扯了扯唇，继续道：“这两者应该不一样。”

路凌叹了一口气，说：“其实吧，公司现在也发展到一定规模了，你也可以放松放松了。你家的猫也该有个女主人了。”

“再说吧。”

许时沅拿出手机，发现闻沁给她发了许多消息，她打开一看，看到两张图片，是那天科技商谈会的现场照——聂洲泽上台介绍公司项目，她站在他身后，替麦迪逊做交替传译。

闻沁：“这是怎么回事啊？刚才林超琦在看新闻，我凑过去看了一下，竟然看到这新闻的配图是你和那个师兄？这也太神奇了！”

许时沅：“是他，工作场合碰巧遇到，那时候，我们连话都没讲两句。他这两年好像都在沁州，但我也是那天才知道的。”

闻沁：“这么大的事，你也不跟我说！”

许时沅：“这又不是什么大事，以后肯定遇不到几次了，就懒得说了。”

她也不知道怎么回事，打出这行字时，突然有点儿心酸。

闻沁："那我有点儿好奇啊，他女朋友到底长什么样，有你这么好看吗？"

许时沅："我又没见过。不过，他长得这么好看，女朋友应该也不会太差吧……不知道，别问我这个。对了，你是不是又请假去林超琦那儿了？前天你不是才说不想搭理他了吗？"

这边，闻沁放下了心，对身侧的林超琦说："如果我们分手了，你知道我做什么就代表我放下你了吗？"

林超琦眉头紧皱，道："做什么？"

"当我能够用聊八卦的语气聊你的现女友，内心却毫无波澜……"闻沁刚说完，脸颊就被男人的大掌掐住了。

他不让她继续说，道："别说这些不可能的。"

"谁说不可能了？你总是对我这么粗暴，这么冷漠，说不定哪天我受够了——"闻沁偏要继续说，伸手往他身上打，"就不想继续跟你好了……"

随后，她的两只手都被按住了，林超琦吻上她的唇，道："我怎么粗暴了？"

"现在就是啊。"

"好，那如你所愿。"

这边，许时沅许久没收到闻沁的消息，脑海中不禁冒出了一个问题：聂洲泽的女朋友长什么样？又或者，他现在还有没有……女朋友？

许时沅摇了摇头，把这些胡思乱想的东西甩出去。

第七章
身侧

到了草长莺飞的季节，冬天的寒风拖着尾巴离开了，春天的雨丝姗姗来迟。

三月底，许时沅参加了一个特别的比赛——人工智能翻译PK人工翻译大赛。通俗点儿说，这不是人类之间的比赛，是真人与智能翻译机器的比赛，看谁的翻译水平高。

比赛在沁州科技中心大礼堂举行，参赛者从资深口译老师到学生都有。

之后，许时沅通过了层层筛选。

主办方通过公众号发了一篇宣传比赛的推文，许时沅顺手转发了比赛海报。

晚上再看时，她看到众多的点赞头像中，有一个头像是猫的背影，她一眼便认出是聂洲泽的头像，他还在底下评论了一句“加油”。

她没忍住，点了聂洲泽的头像，翻看起他的朋友圈。

他朋友圈里唯一张合照是和聂奶奶的合照，他揽着聂奶奶的肩膀，笑容一如少年时干净，配文“祝柳女士十八岁生日快乐”。

不知为何，这张照片里的人明明非常幸福，许时沅却突然有些鼻酸。

这是他爱一个人时的模样吧，没有带着疏离的礼貌，她却未曾有机会见识。

再往前翻，她便看到一张大合照，应该是他和他的公司团队的合照，配文“大家辛苦了”。

除此之外还有几张风景照，灯火通明的城市夜晚，下着雨的江南古城……应该是去旅行时拍的。

许时沅看了许久，看她不曾参与过的他的人生。她有些摸不透自己现在的心思，但她反复告诉自己，她已经放下了，只是意难平。就像闻沁曾告诉她的那样：“千万不要把对得不到的人的执念和不甘误当作喜欢。”

翻看朋友圈这么久，她都没有看到他和任何女生的单独合影，像劫后重生一样，她松了一口气。

她不愿再去深想，不管怎么样，就把他当成普通长辈，这才是她现在最应该有的想法，而不应过分去探究人家的私生活。

另一边，路凌推开办公室的门，问：“老聂，你有没有收到盛天科技的观赛邀请函？”

“收到了。”

“我那天要去签个合同，如果你有空，帮我走一趟？”

聂洲泽应了声“好”，道：“我那天会过去，你尽管去做你的事。”

“行，那我让秦烨把这件事排进行程里。”路凌说，“我还以为你会安排别人去。”

聂洲泽说：“人工智能翻译 PK 人工翻译大赛，我想顺便借这个机会推广新研发的 AI 智能翻译机，去现场观摩一下也不错。”

比赛现场有很多人，几十家媒体长枪短炮对准比赛的舞台。

许时沅看见了比赛对手，一个体型不过巴掌大小的“翻译神器”。

近些年来，因为人工智能迅速发展，人工智能的翻译水平也在不断提高，因此，经常有媒体唱衰人工翻译行业，“同声传译即将消亡”的论调不绝于耳。

所以，今天这场比赛主要是为了探讨“AI 翻译如何与传统翻译共存共赢”，并不是要争个你死我活。

台下坐的都是科技行业的资深专家，还有新闻媒体界的人。

许时沅穿着职业装，踩着黑色高跟鞋，按顺序坐在人类翻译员选手区域，旁边是她的研究生导师陆琪雅。陆琪雅语气温和地说道：“时沅，等会儿比赛结束，我上去发言时，你帮我录下来。”

“好，陆老师。”许时沅笑道，“到时候我帮你录好，用微信发给你。”

聂洲泽找了个座位坐下，目光平静地在台上掠过。

从右往左数，第三位是许时沅。

她正笑着同身侧的人说话，清透的眼睛神采飞扬，看不出丝毫紧张。

见她看过来，聂洲泽朝她扬了一下手，算是打招呼。

许时沅先是愣了片刻，随后朝他展露笑颜，垂着的手轻轻地摆了摆。

她真没想到聂洲泽也来了，他应该是受到了主办方的邀请。

外边下起了小雨，隐约能听到淅淅沥沥的雨声。

许时沅的第一反应是，她今天没有忘记带伞，不需要蹭谁的伞。

主持人宣布开始，比赛分为口译和笔译两个环节。

不得不说，人工智能的翻译速度很快。对同一段中文语音进行翻译，机器几乎是同步翻译出来的，而许时沅还得一边想，一边用嘴巴说。

笔译环节更是如此。一段很长的文学文本，人工智能只花了几秒钟便把文本全部翻出来了，然而，人类翻译员包括许时沅在内，至少花了二十分钟才完成。

人工智能在翻译速度上无疑是比人类要快一大截的，但最后，每个翻译员的综合分数都比人工智能高出一截。

在外行人看来，人工智能的翻译速度确实很快，精确度却不如人类，尤其是文学中情绪的表达，人工智能还不能贴切地传达出来。

在口译方面，人工智能确实能对标准口音的发音进行翻译，但是如果翻译的内容里带了口音，便容易出现翻译差错。

发言环节，主办方邀请的是业界资深翻译员陆琪雅，主持人大声喊道："下面，有请我们的人类翻译员代表陆琪雅老师上台发表感想，掌声有请！"

许时沅将手机打开，开启视频拍摄模式，准备帮她录下来。然而，掌声响过之后，舞台上依然空无一人。

许时沅环视一圈，也没找到陆老师的身影，她自言自语道："人呢？"

"陆老师身体不舒服，在后台晕倒了。"工作人员突然快步走过来，说道，"你们谁还做了准备，或者觉得自己有能力上去发言的？"

这就麻烦了。

发言是事先做好准备的，陆老师也和主办方盛天科技对接过，提前准备好了发言稿。现在临时出了问题，一时间，剩下的几个人面面相觑。

有人道："既然陆老师不舒服，不然，让主办方取消这个环节吧？大家都没有做准备。"

"我去吧。"

许时沅握着话筒，一步步迈向舞台中央，站定后，她道："女士们，先生们，大家好，我是来自沁州外国语大学高翻院的学生，许时沅。"

许时沅是临时上去救场的，握着话筒的手有些发紧，但在台下的人看来，她很从容。

聂洲泽饶有兴味地扬起唇，听到她继续道："由于陆老师临时有些事，今天就由我分享一下我的一些感想。"

台下的人都是科技界的资深人士，许时沉觉得自己是只小白鼠，被人用目光解剖着。于是，她自动搜寻着台下最友善的目光，不偏不倚地便对上了聂洲泽的眼睛。她定定地望着他说道："关于今天这个议题，我个人认为，未来有一天，人工智能完全有可能代替人类进行翻译，当然，到时候被取代的可能也不只是翻译行业。"

"但是，就目前而言，我们人类翻译员还具有不可替代性，就如同比赛结果所显示的……所以，在当下，翻译员只能不断提高自己的水平，这样就算将来可能被取代，最先被淘汰的也一定是水平不高的翻译员。"

参加比赛前，许时沉在网上看过一些争论，也思考过这个议题。

"所以，有人问，既然以后翻译员会被替代，还有必要学语言吗？"许时沉笑了一下，接着道，"我们学习一门语言仅仅是为了工作需求吗？其实不然，学习语言本身就是一种享受，从不同的角度认识这个世界，更直观地感受不同国家的文化，体会另外一种语言环境下的生活。语言本身的魅力是无穷的。"

当然，按照工作人员的要求，她还推荐了盛天科技的翻译机——虽然专业领域的提高空间还很大，但它可以满足大部分人的日常多国语言交流需求。

讲了六七分钟后，许时沉在掌声中下了台，她深深地吐出一口气，忍不住回头看了看聂洲泽的方向。

他也在看她，目光追随着她，无比坦然，眼里含笑，朝她轻轻点了点头。

最后，这场特殊的比赛没有胜利者，人工智能和人类各有千秋，相辅相成。

结束后，会场的人纷纷走出去，许时沉也往外走着，此时，口袋里的手机振动了几下。许时沉打开微信，看到聂洲泽给她发了几张照片，是她刚才在台上发言时的场景。

她发了个"谢谢"的表情图，一抬头，却发现他已在身侧。

聂洲泽道："顺手拍的。"

许时沉笑着仰头，回应道："谢谢师兄。"

许时沉话音刚落，经过他们身旁的两个人朝他们投来了好奇的眼神。

聂洲泽没有留意到这个插曲，他坦然道："你是临时上去救场的吧？"

"嗯，我其实对人工智能方面的知识懂得也不多，只能往我了解的翻译专业上靠拢，也讲不出什么大道理。”

聂洲泽笑了笑，道：“虽然不是什么大道理，但是，我能感觉到你对翻译的热爱。”

许时沅抬眸，点头道：“其实，我爸原来想让我当个英语老师，但我不喜欢那样，太安逸了，所以，我还是选择了考研。”

“你喜欢你现在正在做的事情，并且把它做好了，这就够了。”

“我也这么觉得，毕竟我年纪也大了，时间有限。”

“你的年纪还大？”聂洲泽笑道。

“人一到二十岁，就是奔三的年纪了嘛。”

大楼门口，许多人都在等这场春雨停歇。

“带伞了吗？”聂洲泽问。

“带了。”许时沅从包里取出她的伞，在伞柄上一按，下一秒，雨伞啪的一声便被打开了，她问，“你的伞呢？”

“我没带过来，应该在车上。”

“那……”许时沅看了看雨幕，说道，“我撑伞送你去停车场？”

聂洲泽道：“不用了，我还有点儿事，需要进去处理一下，你先回去吧。”

“那好，拜拜。”

“嗯，再见。”聂洲泽说完便转身往大楼内部走去。

许时沅望着他的背影消失在转角处，便进入雨幕之中，往离这儿最近的地铁站走去。

这雨丝毫没有停歇的迹象，反而越下越大。到了地铁站，许时沅收起伞，抖落了一地的雨珠。

聂洲泽从大楼出来时，已经是晚上六点多了。

一楼大厅空空荡荡，没什么人，门外的雨仍然很大。

停车场离大楼有一段距离，淋淋雨也没什么关系，聂洲泽想，回公司再换身衣服就行。一出大厅门，他却瞥见许时沅站在门口不远处，手里拿着一把伞。

她抱着胳膊，脖颈上的红色围巾不知去哪儿了，寒风中，她的身影显得十分单薄，始终望着茫茫的雨幕。

“时沅。”聂洲泽轻轻地拍了拍她的肩膀，有些诧异。

许时沅听到熟悉的声音，顿时欣喜道：“聂师兄，你忙完啦？”

“忙完了，你怎么还在这儿？”

许时沅一边开伞，一边不甚在意地说道：“哦，我看这雨好像都没有停的意思，你又没带伞，停车场离这儿还挺远的，所以想着回来等你。”

聂洲泽看了一眼腕表，距离他进去已经过去近一个小时，他道：“等了很久了吧。”

许时沅耸耸肩，道：“我刚刚去里面看海报了，也没多久。”

聂洲泽走过去，瞥见她拿伞的手背已经成了青紫色，她的神色却再自然不过，丝毫没有等了一小时的不耐烦。

“给我拿着吧。”聂洲泽接过伞，温热的指腹擦过她的手，她的手指凉冰冰的，他道，“如果这雨一直不停，我又一直没出来，你岂不是要在这大门口等到大半夜？”

“那倒不至于。”许时沅说，“再过五分钟你还不来，我就准备走人了，幸好你来得快。”

说着，两人钻进了雨幕。伞下的空间有点儿小，两人的胳膊挨在一起。

“你的围巾去哪儿了？”聂洲泽问。

“这个，刚刚给一个路过的老奶奶了，她不小心摔倒了，衣服都湿了。”

这场雨下了很久，地上有不少积水。

许时沅穿着尖头高跟鞋，下意识拉住身边人的胳膊，小心翼翼地带着聂洲泽避开这些水坑，道：“聂师兄，走这边。”

远远看去，他们似乎正手挽着手走路，亲密无间。

聂洲泽由着她拉着自己，见她把一条直路走得弯弯绕绕，这皱着眉小心翼翼的模样，还挺可爱。

没多久，总算要到了。谁知，临进停车场入口时，路上出现了一大摊水。许时沅往四周张望着，思考了片刻，心想，除了踩着旁边的花圃走过去，也没别的解决方案了。

“聂师兄，从上面过去吧。”

“别上去，太危险。”聂洲泽蹙眉，看着她细细的鞋跟，又看见小姑娘冻得发红的鼻尖和脸颊，不由得有些心疼，“你先拿着伞。”

许时沅愣愣地接过伞。

“介不介意我抱你过去？”

抱她？许时沅的心仿佛遭受了春雨拍打的树叶，疯狂地跳动着，一时间口不择言道：“不介意，但……你可能抱不动。”

她话音刚落，聂洲泽已经弯身抱起了她，她的两腿顿时悬空，横过他结实的臂弯，一晃一晃的。她一只手拿伞，另一只手下意识地绕住了他修长的脖颈。

此刻的每一秒都让她觉得不真实。

聂洲泽两三步跨过浑浊的积水，轻轻地把人放下，笑道："不重。"

聂洲泽朝停车场内走去，身后是许时沅的高跟鞋踩着地面的声响，他隐约能听见自己的心跳声，很清晰。

上了车，许时沅搓了搓冰凉的手，尽量让自己显得自然。

聂洲泽关上车门，问："今晚想吃什么？"

"我说……"许时沅话没说完，便猝不及防地连打了两个喷嚏。

她接过聂洲泽递来的纸巾，擤了一下鼻涕。

很快，聂洲泽递了一条围巾给她，道："新的，还没用过。"

她吸了吸鼻子，道："我想去吃能让人暖和起来的东西，什么都行。"

"那去吃火锅，天叶商城那边有家还不错的火锅店。"

许时沅的内心欢欣鼓舞，又想起聂洲泽似乎是个大忙人，便道："不过，吃火锅岂不是很浪费你的时间？"

"不会。"聂洲泽笑了一下，"不至于忙到连陪人吃个饭的时间都没有。"

他用的是"陪"这个字，许时沅把围巾围在脖颈上，掩住微弯的嘴角。

口袋里的手机忽然振动起来，许时沅拿出来一看，是室友李安安打来的语音电话。

"时沅，你怎么还没回宿舍？你是先去了吗？"电话一接通，李安安就问道。

"啊？去哪儿？"许时沅一时没反应过来。

"就是今天晚上七点十分，李教授主讲的那个讲座啊，每个人都得过去，还得签到，你忘了？"

"我知道了，你先去吧，顺便帮我占个座位，待会儿我就过去了。"许时沅挂了电话，抱歉道，"不好意思，我得赶紧回学校了，今晚学院有个讲座。"

"几点钟开始？"

"七点十分。"

"行，那改天再吃饭，我先送你回学校。"他看了一眼时间，立即掉转车头，开往沁州外国语大学。

到了后，雨还在下，聂洲泽先下车，为许时沅拉开了车门。

男人骨节分明的手指握着伞柄，随后将伞递给她，笑道："小心点儿。"

许时沅溜进教室，快步往李安安给她占的位置走去，道：“安安，谢谢你帮我占座位啊。”

“没事没事。”李安安压低声音说，“你刚刚跑哪儿去了？那个翻译大赛不是五点就结束了吗？”

“是五点就结束了。”许时沅不以为意地把包塞进桌子底下，说道，“有点儿事情耽搁了一会儿。”

李安安转头一看，看到她脖颈上的黑色围巾，恍然大悟道：“你去逛街了啊，这围巾是新买的吧？风格变了。”

“这不是新买的，是别人给的。”

李安安露出一副“有戏”的神情，问：“黑色的，难不成这人是个男的？”

“对啊。”许时沅说完，忽然听到另一侧发出一道疑惑的男声，“什么男的？”

“宋竹？你不是我们专业的，怎么也来了？”许时沅惊诧道，“这么好学？”

“对啊，反正闲着也是闲着。”叫宋竹的男生戴着半框眼镜，模样斯文俊朗，他疑惑地看向许时沅的围巾，问道，“围巾到底是哪个男的送的？”

“这个不重要。”许时沅拿出笔记本，摊开在桌上，云淡风轻地说道，“朋友的一个亲戚送的。”

“朋友的亲戚啊，我以为是什么追求你的男人呢。”李安安说。毕竟，以前有男生拜托她给许时沅送礼物时，许时沅不是给退还了就是给扔了。

许时沅无奈地笑了一声，道：“想什么呢，再说，谁追人送这个。”

更何况，聂洲泽追她的可能性比宇宙大爆炸还要低。

与此同时，宋竹也暗暗地松了一口气，见许时沅一直在找笔，他把自己的笔递给她，道：“你用我的笔吧。”

“好，谢谢。”

晚上回到宿舍，许时沅摘下围巾，细心地折叠起来，却忽然接到了闻沁的电话：“沅沅啊，爱情太让人心累了，唉！”

“怎么了，是不是又和林超琦吵架了？”许时沅抚着围巾，语气从容，显然已经习以为常了。

“又被你猜对了，我不就是不给他看我的手机吗？他一天都不和我说话了，白白浪费我请的假，你说这人是不是有毛病？”

“你把手机给他看一眼不就行了，干吗非得搞得你死我活？”许时沅说。

“那不行，他一看我的手机就疑神疑鬼的，上次他把我的一个客户都删了，我哪敢给他啊……我从沁州飞到他所在的那座城市又不是专门去找罪受的，我都想分手了。”

“冷静点儿，你长得这么漂亮，他肯定担心啊，肯定没安全感啊，对吧？”许时沅被迫化身情感专家，劝道，“而且，你一吵架就用分手威胁他，他更没安全感了。当然，无论你想怎样，我肯定都是站在你这边的。”

“唉，行吧，果然是当局者迷，旁观者清，不说我了。”闻沁说，“真羡慕你，既没喜欢的人，也不谈恋爱，单身贵族就是轻松自在啊。”

许时沅深深地叹了一口气，把折好的围巾放进了衣柜。

“其实吧，单身贵族也没你想象的那么轻松，也有很多烦恼。”

“什么烦恼，咱们沅沅想谈恋爱了？”闻沁激动地说道，“我有几个优质男生的微信，我推给你？”

“别了，无福消受。”许时沅怕了她，难怪林超琦要查闻沁的手机，“我就是有个问题想问你，我室友曾经喜欢一个男生，后来因为太久没见面，她不喜欢那男生了，但突然有一天，他们又见面了，我室友跟那个男生一接触，还是会心跳加速……”

“所以，你觉得我室友是不是还在暗恋那个男生啊？”许时沅问道。

“等等，你先跟我说说，这个接触是什么样的接触？”

“他……抱了我室友。”

“什么？！你那个师兄竟然抱了你？！”闻沁的声音立马高了两个度。

“我都说是我的室友了。”

“我知道是你，别装了，姐什么不懂？！”

许时沅又解释了一大通，闻沁才勉强相信聂洲泽抱她只是单纯为了帮她跨过积水，没有别的目的。

闻沁道：“行吧，这叫暗恋后遗症。这么久了，你大概率不喜欢他了，只是因为太久没见，突然再见面，很难从当年和他的相处模式中脱离出来。”

“那这该怎么解决？”

“亲密关系脱敏法，听过吧？”

“没听过，什么东西？”

“没听过也正常，我编的名字。你正常和他相处，不用装矜持，用你本来的样子和他接触，不必躲着他。接触多了，慢慢就自然了，也就会对他脱敏了。”

“明白了。”许时沅想说的其实是，这是什么奇怪的理论，听起来不太靠谱。

半夜十二点半，聂洲泽放下笔记本电脑，打了个哈欠，慵懒地倚靠着椅子，疲倦地闭上了眼睛。

猫趴在它的小窝里，缩成毛茸茸的一团，随后跳进聂洲泽的怀里蹭了蹭，如同软绵绵的毛绒玩具，聂洲泽伸手抚了抚它的背。

此时，手机忽然响了，是柳如月打来的视频电话。

聂洲泽蹙了蹙眉，立即按了接听键，道："妈，怎么了？"

柳如月声音有些困倦，道："我没什么事，你怎么这么晚还不休息啊？我不是跟你说十一点半就要睡吗？"

"我刚忙完，一会儿就睡了。"聂洲泽的眉眼间都是无奈的笑意，"您就为了这件事，也熬到了这个时间？"

"我可不像你。"柳如月摇头说，"我八点多就睡下了，睡到现在又醒了，就试着给你打个电话，没想到你还真没睡。你别以为年轻就有熬夜的资本啊，身体可是本钱，不然挣再多钱都没用。"

"知道，您说得对，身体最重要。"

"是啊，你不是搞什么医疗设备的吗？我可不希望你们研发的那医疗设备用到你自己身上。"

"放心，用不上。"猫突然从他身上跑开，跳上他的床趴下了。

"你房间里有别人？"柳如月面露惊喜。难不成自家儿子终于交女朋友了？

"有。"聂洲泽把镜头对准床上的猫，说道，"现在变成猫了，躺在那儿呢。"

柳如月空欢喜一场，数落道："啧啧，你看看你，这么大个人了，连个女朋友都没有，家里都没点儿人味，好歹也像其他年轻人一样谈谈恋爱，是吧。"

聂洲泽一边听一边笑，道："我这也是正常年轻人的生活啊。"

"哪里正常了？你哥在你这个年纪的时候，孩子都两三岁了。"柳如月说完，忽然放缓了语气，"最近，我听说……"

"嗯，你听说什么了？"

"我听说你王叔叔的女儿回杭城当大学老师了，长相和气质都还可以，要不你找个时间和她见一面？"

"不见。"聂洲泽捏了捏眉心，说道，"没什么兴趣。"

"行，那这么说来——"柳如月笑意盈盈，"你是不是有了感兴趣的女孩？跟妈说说，妈帮你参谋参谋？"

说不清为什么，聂洲泽听完这话，脑海中忽然闪现出傍晚时大楼门口拿着伞的单薄身影，以及那双像猫一样灵动的眼睛。

聂洲泽轻轻摇了摇头，道："没有，别参谋了，您继续睡美容觉吧。"

挂了电话，聂洲泽才看到许时沅十一点多发来的微信消息。

许时沅："这是那天展览会后我整理的资料，您看看可不可以？"

他回复："没问题，早点儿睡吧。"

随后，聂洲泽把猫挪到旁边。他特意留意着手机的声响，然而，并没有消息进来，于是，他闭上眼睛开始睡觉。

第二天，聂洲泽关掉闹钟，随后发现手机里有多条消息，他下意识地先打开了许时沅的消息，躺在床上笑了笑。

许时沅："早上好，昨晚我早就睡了，我从不熬夜。"

许时沅："应该早点儿休息的人其实是您！熬夜伤头发啊。"

聂洲泽莫名想到她被围巾遮了大半的脸和笑起来时弯弯的眼睛。

挺可爱的，和以前一样。

下午，结束一场同传翻译模拟试验后，许时沅出了教学楼，她这几天有点儿头晕，可能是感冒了。但她不想请假，便不得不集中精力听课，好不容易熬到周五，她没有什么胃口吃饭，出校门后便买了根糯玉米。

回宿舍的路上，她接到了许源的电话："爸，对啊，刚下课，准备回宿舍。"

"不先吃了晚饭再回宿舍？"

"我买好晚饭了，一根玉米，回宿舍再泡点儿燕麦片。"她的声音透着疲倦。

"玉米怎么吃得饱啊？得吃点儿正餐，最好有肉……知道吧，千万别为了减肥饿着肚子。"许源滔滔不绝地说着，生怕许时沅饿坏了。

许时沅只得应声道："好，我知道啦，等会儿就去。"

事实上，在减肥方面，许时沅主要靠的是运动，偶尔才会控制饮食。但每次放假回家，许源总是数落她不好好吃饭，夸张地说她现在骨瘦如柴，而后不断给她煲汤进行食补。

"对了，小沅，你是不是在沁州遇到洲泽了？"

"对啊，你怎么知道？"

"我怎么不知道，我看到他给你的朋友圈点赞了，哈哈哈。"

"就是偶然碰到了，加了个微信。"

许源了解，自家女儿并不是喜欢主动和亲戚联系的人，也不喜欢麻烦别人，但她离家这么远，在沁州聂洲泽对她也会有个照应，他这个当爸的就比较放心，于是他道："你这孩子，我早就跟你说过，平时没事也可以主动联系人家，问候一下，又不是外人。你聂师兄现在事业小有所成，人也可靠……"

"打住了啊，爸，我快到食堂了，先不跟你讲了。"

"那你晚上再给我打个电话，我还有事情要跟你讲。"

"好，拜拜。"

挂了电话后，许时沅并没有去食堂，而是抓着一根玉米径直来到了宿舍。门口等待她的是没有带钥匙的李安安，她道："时沅，你终于回来了。"

"让你不带钥匙。"

"今天是个意外，下次肯定会带的……"李安安说。

"我真担心你毕业后搬出去住也这样，不是没带钥匙，就是找不到钥匙了，到时候，我可救不了你。"许时沅叹了一口气。

"知道啦。对了，时沅，明后天双休日，我都不在宿舍，我坐车去杭城给一位考察工厂的外国专家当两天陪同口译。"

"好，那你记得把钥匙带好。"

许时沅泡了杯牛奶燕麦，洗完澡后打开电脑，开始做今天的翻译作业。没一会儿，她觉得脑袋越来越沉，干脆在桌上趴了一会儿，之后便睡着了。

"时沅，时沅，你去床上睡吧，在桌子上趴着不舒服。"李安安把她叫醒。

许时沅迷迷糊糊道："安安，你摸摸我的额头，是不是有点儿烫啊？"

李安安用手贴了贴她的额头，道："好像还真是，我这儿有退烧药，要不要吃一片？"

许时沅吃了退烧药，便上床睡觉了。第二天醒来，她从床上爬下来，整个人都昏昏沉沉的。李安安已经离开了，走之前，她在桌子上留下了药片和字条。

早餐后，许时沅又吃了片药，坚持一上午，终于把作业完成了。

退烧药让她感到困倦，她干脆把另一床闲置的棉被也翻了出来，试图通过把自己焐出汗的土方法退烧。然而，醒来时，她的烧不但没退，反而更严重了。

这退烧药也许只能缓解低烧，她想。

许时沅下床简单收拾了一下，披上外套后出了宿舍。

校医院离宿舍很远，于是她去了学校对面的医院。

她本来只想买点儿退烧药，谁知道挂号后，医生便给她安排了打点滴。

冒着被医生翻白眼的风险，许时沅疑惑地问："医生，发个烧而已，不用这么大费周章吧？"

“是啊，一般的发烧吃点儿药就行了，但你的低烧都反复好几天了，必须要打点滴才行。”

低烧？她一直以为只是普通感冒……

看着药水缓缓地从点滴瓶里落下，许时沅顿时觉得时间流逝得好慢。

下星期二有个重要的展会，她连PPT都还没开始做。

她坐在椅子上，孤零零的，也没带消磨时间的电子阅读器。如果李安安没去杭城，她还能拜托李安安拿几本书过来给她看看。如今，她只能坐在这里玩手机了。

然而，手机屏幕上跳出“电量不足百分之五，请及时连接充电器”的字样。

手机振动了起来，来电显示是“爸爸”，许时沅清了清嗓子，接通电话：“爸。”

“沅沅，我不是让你昨晚给我回电话吗？”

许时沅懊恼道：“对，昨天晚上我太困了，把这事给忘记了。”

“没事，你的声音怎么听起来这么虚弱啊？”

“可能是发……感冒的原因，问题不大。”许时沅本来想说发烧，但想了想，许源远在千里之外，还是不要让他担心好了。

许源笑着道：“我昨晚给你寄了一箱水果，今天就到了，你留意一下短信。”

“好，不过水果真的好重啊。”许时沅瞥了一眼自己插了针的手背，说道，“学校周围的水果摊什么水果都有，不用寄的。”

“好。”许源当然知道大城市不缺水果摊，但他就怕许时沅天天忙于学习和工作，连买水果的时间都没有。

“爸爸没买太多，应该不会太重。等等，沅沅，你是不是在医院？”许源问，“我听到有人在喊医生。”

老爸耳朵真灵，许时沅坦然道：“不是什么严重的问题，我今天有点儿发烧，所以来学校对面的医院打针，还有三瓶点滴就打完……”

然而，她还没说完，手机便传来提示音，低头一看，手机快要自动关机了，她忙道：“爸，我的手机快没电了，晚上回宿舍给你打电话……”

她话音刚落，手机便因电量耗尽自动关机了。

刚上大学时，许时沅还是个连鸡毛蒜皮的事都会在电话里和许源说的天真少女，后来她渐渐发现，跟远在千里之外的许源说她哪儿不舒服，因为什么不开心，只会让他在家里干着急和担惊受怕，于是，她慢慢学会了报喜不报忧。

此刻，许时沅在椅子上闭目养神，偶尔睁开眼看一眼点滴的进度。

好困，许时沅眯着眼，脑袋似乎碰到了什么，一股清冷的杉木香涌入鼻息，令她莫名感到安心，她有些不愿睁开眼。

不知过去多久，许时沅醒了过来，她慢悠悠地转头望向身侧，发现身边多出一个肩膀。

她好像靠着个陌生人睡了很久，她顿时清醒了许多，正想道歉，却发现男人的侧脸无比眼熟，她不确定道："聂洲泽？"

她该不会又在做荒唐的梦吧？

眼前的人点了点头，嘴边扬起一抹笑，道："是，聂洲泽。"

"你什么时候来的？"许时沅有点儿迷糊，只能想出一个可能性，"过来看病吗？"

他语气淡淡地说道："不是，我是来看你的。"

"手机没电了？"

许时沅藏住眼里的欢喜，低头看了看关机的手机，道："是啊，刚刚和我爸正打着电话就自动关机了，你怎么知道我在这儿的？"

"你爸给我打了电话。"聂洲泽手里拿着一个充电宝，道，"手机给我。"

原来，许时沅的手机关机后，远在西城的许源立刻给她打了回去，对面却传来"您拨打的用户已关机"的提示音。许源急得如同热锅上的蚂蚁，生怕千里之外的许时沅出了什么意外。

想来想去，许源想起了一个人。于是，他立即给聂洲泽打了一通电话，拜托他去沁外天桥对面的医院看看许时沅。

那会儿正是下午一点多，聂洲泽还在餐厅里和人吃午饭，许源的声音听起来很着急。挂了电话，聂洲泽很快便赶到了医院。

呼吸内科在四楼。电梯口挤了一堆人，聂洲泽改走楼梯。到了四楼科室，他远远便看见坐在长椅上打着点滴的许时沅，她脸色苍白，闭着眼，靠着长椅。

聂洲泽不由得松了一口气，给许源回了个电话，道："小沅没事，她在医院里打点滴，手机应该是没电了。"

"嗯，我现在看着她，你放心。"聂洲泽遥遥地望着许时沅。挂了电话，他走过去看了一眼点滴瓶，悄无声息地在她的身侧坐下了。

过了许久，左肩猝不及防地沉了几分，聂洲泽垂眸看去，许时沅靠在了他的肩膀上，长发散落在他的身前，睫毛浓密如燕翅，脸颊苍白，有种易碎的美感。

片刻后，许时沅清醒了，她的头离开他的肩膀，随后睡眼惺忪却又警惕地打量起他，似乎在辨认他是谁，迟疑地说道：“聂洲泽？”

……

“聂师兄，我的手机要充电五分钟后才能开机，你能不能把你的手机借给我打个电话呀？”

聂洲泽收回思绪，给自己的手机解了锁，递给她道：“嗯。”

“喂，爸爸，是我。对，我的手机没电了，没事没事，就是发烧了。”许时沅说着，看了一眼身侧的男人，“在我旁边呢……”

她打电话的间隙，聂洲泽看了一眼快空了的吊瓶，起身喊护士换下一瓶药。

她说了许久，许源终于放下心，叮嘱她打完点滴后给他回电话。许时沅挂了电话，顺便留意了一眼聂洲泽的手机桌面。桌面上是一片碧蓝色海面和白色天空，中间有一行很小的英文字母：Best Wishes。

许时沅更加肯定了心中的某个猜测，她把手机还给聂洲泽，笑得灿烂，道：“谢谢你的手机。”

“不客气。”聂洲泽笑了一下，顺手将手机收回口袋里，问她，“现在感觉怎么样？”

“还好，就是有点儿困。”许时沅摸了摸自己的额头，说道，“应该不烧了。”

话音刚落，聂洲泽伸手在她的额头上贴了一下，又贴了贴自己的额头。一瞬间，许时沅的心跳都静止了——直到听到聂洲泽说：“嗯，差不多的温度，不烧了。”她的额间还残留着他掌心的温度。

“那就好。”许时沅低头整理了一下衣摆，又听见他说，“我去打个电话，一会儿回来。”

“好。”说罢，许时沅忽然想起一件事，她现在没化妆。

今天中午临出门前，她涂了玫瑰豆沙色的唇釉，简单地用眉笔勾勒了一下眉尾。此刻，她从包包里拿出唇釉，在唇上涂了一点儿，抿了抿唇。

在聂洲泽转身的前一刻，她没对准包包的开口，唇釉掉在地上，往前滚去，最后被一只手拾起。

聂洲泽把东西递给她，瞥见她玫瑰色泽的唇，又移开视线，问道：“饿不饿，想不想吃点儿什么？”

“我不想吃东西，有点儿口渴，想喝水。”许时沅说。

片刻后，聂洲泽倒了一杯热水递给她。许时沅喝了一口，道：“聂师兄，你先去忙吧，打完这两瓶点滴后，我自己回学校。”

“好。”聂洲泽应声。

许时沅以为他要走了，没想到他又在她的身侧坐下，道：“你继续休息吧，我看着吊瓶，把你的包给我，我看着。”

许时沅松了一口气，把手边的包包递给他。

聂洲泽去车里取了笔记本电脑，此刻正放在腿上，手指快速地敲击着键盘。许时沅看了看手机，时不时抬眼看他专注凝神的模样。

不知过了多久，聂洲泽转头看了一眼身侧的人，她似乎睡着了。

许时沅微垂着脑袋，双眼闭着，长发遮住了大半张脸，呼吸平稳，像外出流浪的小猫忽然找到了家，安静地睡着了。

聂洲泽望着她，直到手机的振动声把他的思绪拉回来，他才重新看向笔记本电脑的屏幕。

“我不想打针，不想打针，啊……”

许时沅是被小孩的叫声吵醒的。医院本来就嘈杂，来来往往都是人。她抬起头，外套顿时从身上滑落到腿上。

吊瓶里的药水还是满的，但她身旁的座位是空的。

许时沅坐直上身，茫然地左右张望着，却没有发现聂洲泽的身影，身边都是陌生的面孔。

许时沅按亮手机屏幕，发现现在已经是下午五点半了。

也是，他公司里的事情肯定很多，中途离开也是很正常的事。

许时沅对着手机屏幕撇了撇嘴角，放下手机时，她忍不住叹了一口气。

窗外落日熔金，一片金色的阳光洒在她的脚边。她伸出脚，踩住地上橙色的夕阳，靴子被反射出一抹明亮的光泽。

突然，眼前出现一片阴影，遮住了那片光芒。

许时沅仰起头，聂洲泽站在她身前，手里还拿着她的包，眉眼带笑道：“我没走，出去打了个电话。你在踩什么？”

他没有离开。

许时沅指了指地板，道：“被你挡住了，你让一让，我脚下有阳光。”

聂洲泽饶有兴致地弯了弯唇，让开身，便看到了一片落日的光，但下一秒，那光芒又消失了，夕阳也被云霞遮住了。

阳光从地上消失了，因为它到了她的身侧。

“聂师兄，等会儿我请你吃晚饭，你有时间吗？”

“有。”聂洲泽应允道，“这是最后一瓶点滴了，应该快了。”

“我的手机充满电了，这个充电宝还给你，谢谢。”她刚说完，聂洲泽便帮她拔出了数据线，将手机放到她的手边。

许时沅打开微信一一回复了消息，随后看到聂洲泽的消息：“我在门口打电话，很快回来。”

过了一会儿，许时沅放下手机四处张望了一下。

她一下午没去厕所，现在有点儿想上厕所。

不过，她的一只手上插着针，怎么上？而且，厕所在哪儿？

她悄悄地看了看聂洲泽，他正低头点着手机，侧颜英俊。

这种事情，她如何启齿？许时沅张了张嘴，什么都没说便闭上了嘴。

还是等打完最后一瓶点滴再说吧，应该快了。

然而，随着时间的流逝，许时沅觉得每落下一滴药水都是煎熬。

聂洲泽转过头，见她欲言又止，问道：“怎么了？”

许时沅面无表情道：“我有点儿想去洗手间。”

闻言，聂洲泽的神色也有些不自然，但又很快恢复如常。他起身叫了一个护士，让护士陪同许时沅去上厕所。

从厕所出来后，许时沅看着镜中自己的脸颊，红得仿佛在滴血。

小护士帮她拿着吊瓶，笑着道：“你男朋友不仅长得帅，还贴心又温柔。”

男朋友？

许时沅还没来得及说话，小护士便自顾自地继续说道：“你睡着了，没看到他是怎么小心翼翼地帮你盖外套的。还有，他刚才是不是出去打电话了？他还过来让我帮忙看着你。长得帅还会疼人的人，我可是第一回见……”

“哈哈，这么夸张。”许时沅没澄清。

但她心里想的是——姐姐，你想太多了，这些举动只是出于教养和他们两家的关系。

她回到原位，跟小护士道了谢，小护士却摆了摆手，看向聂洲泽道：“不用不用，要谢就谢你的男朋友吧。”

见聂洲泽的眼神似乎有些诧异，许时沅反应迅速地说道：“他不是我的男朋友。”

聂洲泽扬起唇，没说话。

小护士连忙道：“啊，不好意思，我还以为你们……是情侣。”说完，她便跑开了。

许时沅在原地面红耳赤，她悄悄瞥了他一眼，他的嘴角依然扬着轻浅的笑，似乎丝毫不在意。

打完点滴后，许时沅的精气神终于回来了，她说过要请聂洲泽吃饭，便说到做到。当然，两人去的并不是什么高档餐厅，而是一家小饭馆，装饰简单，有人间烟火气。

店里用的是木质方形桌，两人面对面地坐下了。

“聂师兄，这是菜单，你看看要点什么。”许时沅把菜单递给他。

聂洲泽看了一遍，说道：“这个吧，大份鲜虾小云吞，你呢？”

“我也点了这个。”许时沅走到点菜窗口，叫了声“老板”。

老板的光头如同灯泡般亮，见是许时沅，他立即笑意盈盈道：“我知道，一份中份鲜虾小云吞，对吧？”

“对。”许时沅笑着点头，“但是今天不一样，来一份中份，再来一份大份。”

“好，你们先坐会儿啊，一会儿就好。”

等待小云吞时，许时沅的手机忽然响了，是来自宋竹的视频通话请求。她惊讶地皱了皱眉，将视频通话切换成语音通话后按下了接听键。

“喂，宋竹，怎么啦？”

宋竹站在女生宿舍楼下，对电话那头道：“时沅，你现在在不在宿舍啊？”

“不在宿舍，我现在在外边，怎么了？”

“既然你不在宿舍，那就算了，我本来买了粥想给你。”宋竹看了一眼手上的热粥，说道，“我听李安安说了，你这两天不舒服。你怎么出去了？”

“现在没什么事了，我今晚吃完晚饭才会回宿舍，不用了。”

宋竹听到她那头声音嘈杂，只得道：“好，那等会儿在微信上说。”

许时沅把手机放进包里，猝不及防地听到对面的聂洲泽问：“男朋友？”

“不是，我的一个朋友。”许时沅用手将耳边的长发撩到身后，松了一口气，状似随意地提起，“不过，聂师兄，你的女朋友呢，要不你把她也叫过来，我请你们两个吃……小云吞？”说完，她不自觉地屏住呼吸，有些紧张地等着他的回答。

“女朋友？”

“对啊。”许时沅垂下眼，没看他的眼睛。

“我是单身，你听谁说的我有女朋友？”

许时沅如同沙滩上搁浅了许久的鱼，突然被涨潮重新带回深海，她耸了耸肩，道："没有听谁说，我随便猜的，没想到竟然猜错了。"

事实上，他现在没有女朋友了——这是她意料之中的事情，但她不敢肯定。

直到今天从当事人口中听到如此确切的回答，欢喜才如同浪潮般汹涌而至。

"怎么——"聂洲泽笑得有些漫不经心，"我没有女朋友，你还挺开心？"

许时沅收敛了嘴角的笑意，实诚地点头道："对啊。"

他挑了下眉，等待她的下文。

许时沅把刚端上桌的小云吞移到他眼前，继续道："因为，你没有女朋友就相当于少了一个人吃饭，我能省点儿饭钱，怎么会不开心？"

聂洲泽敛眸笑了，恍然道："还以为你要嘲笑我呢。"

"没什么好嘲笑的呀，大家都是单身……"话说到一半，许时沅迎上他饶有兴致的笑容，硬生生把要说的"狗"字吞回去，"都是单身贵族，自由自在也挺好的。"

"还行，单身贵族。"聂洲泽重复了一遍。

两碗云吞上齐后，聂洲泽从筷筒中拿出两双筷子，递了一双给许时沅。

云吞皮薄馅多，汤里点缀着几点翠绿的葱花，光是看着就令人食欲大增。

许时沅喝了一口汤，灵魂仿佛得到了升华。

聂洲泽吃了一口云吞，说道："嗯，这小云吞的味道有点儿熟悉，有点儿像……"他皱了皱眉，似乎在回忆。

许时沅望向他，眼底隐隐有些期待，道："你觉得像……"

"对，很像咱们西城中学第一食堂二楼的鲜虾小云吞。"聂洲泽眉眼生动，"我记得，那个还是你给我推荐的。"

"是啊，我刚来沁州那年特别想念西城中学的鲜虾小云吞，走遍了我们学校附近的好多餐馆，只有这家的云吞味道最像，我吃了好几年了。"

"老板会不会也是西城人？"

"对啊，这都被你猜中了。"

"口音听着像。"聂洲泽继续道，"说起来，我在A市上学时有点儿不适应北方的饮食习惯，也挺想念西中的鲜虾小云吞的。"

两人都毕业许多年了，但聊起母校，依然感觉格外亲切。

聂洲泽吃得比她快，许时沅一边吃，一边听他讲。

如果此刻的她是一只兔子，那么肯定是将两只耳朵高高竖起的小白兔，津津有味地听着故事。

听他讲了许多以前的趣事，许时沅脸上的笑一直没停过，眉眼弯弯，放下筷子后，她接过了他递来的纸巾。

“谢谢，不过，我还真想回西中逛逛，走一走以前走过的校道。”

聂洲泽微微抬眸，道：“有时间的话，可以回去看看。”

他话音刚落，就起身接了个电话，许时沅从他的神情里推断出应该是在说工作上的事。

果不其然，聂洲泽垂眸道：“时沅，公司里有点儿急事需要处理，你……”

没等他说完，许时沅已经点头道：“好，等会儿我自己回学校，只有两站地铁的距离。你先去忙吧，拜拜。”

“好，那我先走了，你到了宿舍说一声。”他轻轻颔首，转身离开，带起了一阵风。

许时沅坐了片刻，拿出手机准备扫码付款，道：“老板，结账。”

老板却道：“刚刚你男朋友已经付过钱了。”

这次，许时沅没有否认“男朋友”这个称谓，她想，就当是她小小的私心吧。

地铁上的人很多，许时沅站在最里面的某个角落，在微信上找到“z 泽”这个名字，给他改了个备注——“聂洲泽泽泽泽”。

这样就足够显眼了。

随后，她给他发了个微信红包，把“恭喜发财，大吉大利”的红包封面字样改为“今晚的晚饭钱”。

许时沅：“之前咱们说好了我请客的，谢谢聂师兄下午特意过来照顾我。”

而后，她发过去一个“小黄鸭比心”表情图。

她放下手机，地铁的玻璃门上映出她此时的模样，嘴角弯成了一道括弧。

她现在的心情丝毫不亚于在国际会议上自己的翻译水平得到认可。

回到宿舍，聂洲泽还没有回复消息，应该是在忙，许时沅便说了声“我到了”。

今晚，李安安在杭城过夜，不回宿舍，许时沅开了灯，打开饮水机的加热开关，为吃药做准备。

想到药，许时沅忽然想起一件事，她在医院开的药是聂洲泽帮忙拿的，所以，药应该还放在他的车里。

然而，她打开挎包，发现药正安安稳稳地躺在她的包里。

宿舍里挂了一面长方形的镜子，这是三个人刚上研一时共同买的，最顶上贴着三张代表三个室友的卡通贴纸。

回到宿舍得先照镜子，这是许时沅的一大爱好。

不看不知道，一看吓一跳，她的眉毛已经掉色了，唇上的那层玫瑰豆沙色口红也没了，现在是纯素颜状态，皮肤还好，但有点儿苍白，比平时憔悴一些。

也不知道她以这样的状态和他交流了多久。

好好洗了把脸后，她在脸上敷了一层补水面膜，又给许源打了电话报平安。

这时候，水烧开了，她吃了一片药，这才感觉脱轨了一星期的生活似乎又回到了正轨。

她得开始做周二的商业计划书 PPT 了。

吃完药，许时沅打开笔记本电脑，一坐就是一晚上。弄完 PPT，她感觉实在疲乏，连着打了好几个哈欠。

洗完澡已经晚上十一点多了，她戴上耳机听起轻音乐，按照惯例打开了微信看看睡前消息。

那只猫猫背影的头像旁边有了红色的标志。

聂洲泽没领红包，发消息道：“刚才在忙，没看消息，到了就好。上次我也说要请你吃饭，但你有事，没请成，所以今晚这顿算我的。”

许时沅：“不行，说好我请就该我请，不能相互抵消的。师兄，你说要请我吃的那顿饭，我还等着呢。”

和他待了这么久，许时沅才发现自己没之前那么拘束了，有点儿像……她和朋友之间的相处模式，舒服自在了许多。

过了一会儿，微信聊天框里出现了“聂洲泽泽泽泽领取了你的红包”字样，许时沅笑了笑，放下了手机。

聂洲泽：“好，那不抵消，我的那顿饭就先欠着。”

许时沅弯了弯唇，心满意足地闭上眼睛和周公相会去了。

第八章 合照

又是一年毕业季。

这一届的毕业生们忙着写论文，准备答辩，同时也不忘找工作，大家各有安排。

许时沅也不例外，只不过，她还在犹豫。她有一毕业就当Freelancer（自由翻译员）的打算，又怕错失了进入大企业进行系统历练的机会。

她咨询了导师，导师说这要看个人选择，能进入大公司当个翻译员自然不错，但有些人在毕业前就积累了不少实践经验，人脉也比一般的毕业生要丰富很多，懂得时间管理，且自律上进，这一类人去做自由翻译员，基本上是没有问题的。

许时沅认真地想了想，她符合后者情况，所以，她没有急着向大公司投简历。

作为翻译学院的学子，要想毕业，在此之前必须得经历许多场严格的同传模拟试验，同时还得准备毕业论文和答辩。

于是，这段时间，许时沅忙得像被旋风刮过的陀螺，转个不停。

因此，当聂洲泽问她有没有时间让他把上回欠的那顿饭补回来时，她只能说最近太忙，暂时没时间。

毕业论文完成得差不多了，许时沅把论文发给导师看，导师看完后给了她很多修改建议。

这天中午，在宿舍午休后，许时沅来到了图书馆四楼的研究生教室。教室里人很多，找空座位浪费了她一些时间。

坐下后，她拿出笔记本电脑，旁边堆了四五本作为参考资料的书，整个下午，她都在按照老师的建议进行细节完善。

然而，不幸的事情终究是发生了。

她正在打字，还没来得及保存修改后的论文，电脑便突然变成了蓝屏，无论怎么按键盘都没用。那一刻，她的脑子也像被按下了清除键，一片空白。

半个小时后，电脑终于恢复了正常，还好这个软件会自动备份，她很快找回了刚才修改到一半的论文。

到了晚上，论文修改得差不多了，她正准备把修改好的论文发给导师，电脑又出了问题。其他操作都正常，偏偏无法发送文件，又点了几下，她刚刚保存的文件便消失得无影无踪。

“安安，我电脑又出问题了。”

“你是不是没有卸载上次不小心装的那个病毒软件？”李安安走过来捣鼓了一会儿，说道，“太复杂了，要不，你去电脑城问问专业人士吧？”

许时沅仰天长叹了一声，道：“那也得等明天，现在太晚了。”

“你这论文最迟什么时候交？”

“今晚十二点前。”

“那……怎么办？我把我的电脑借给你重新改？”

“先等一等，我想一想。”

许时沅没有坐以待毙，她在思考她认识的同学和朋友中有没有哪位比较精通电脑。

许时沅：“聂洲泽师兄，你现在方便吗？我的电脑出了点儿小问题，你能帮我看看吗？（如果打扰到你，就当我没说过……）”

聂洲泽刚洗完澡出来，听到了桌上手机的振动声，便拿起来看了一下。

他回道：“电脑出什么问题了？”

许时沅打了几个字，又删除了，因为打字描述有点儿复杂，于是她回复：“就……问题挺复杂的，我想打电话跟你说，可以吗？”

聂洲泽：“可以。”

看到他发的这两个字，许时沅忽然有点儿紧张，她打开输入框旁边的加号键，即将点击“语音通话”时，她的指尖顿了片刻。

许时沅转过身，问身后的李安安：“安安，我的声音听起来会不会很奇怪？”

“没有啊，和平时没什么两样。”

然而，下一秒，手机响了，是来自“聂洲泽泽泽泽”的语音通话请求。

许时沅清了清嗓子，按下绿色的接听键，那头，低沉的男声立即响起：“喂，时沅。”

“聂师兄。”许时沅大方地说道，“我现在这个时间问你这些有关电脑的事情，会打扰到你工作吗？”

如果他还在忙，她就长话短说，毕竟对成功人士来说，一秒值千金。

但他说：“不会，已经忙完了，我现在在家里。”

怪不得，他的嗓音听起来比平时更多了几分慵懒的意味。

聂洲泽问：“你的电脑现在是什么情况？”

闻言，许时沅便描述了电脑的具体情况和遇到的问题，聂洲泽不时以“嗯”声回应着，让她知道他在认真听。

末了，许时沅道：“总之，大概就是这样。”

“知道了。”他顿了片刻，看向桌面，说道，“这样吧，你稍等一下，我先打开我的电脑。”

许时沅听到他开电脑的动静，还隐约……听到了一声猫叫。

“好了。”很快，聂洲泽的声音传来，“等会儿我会发起‘远程控制’请求，你接受一下，我看看具体该怎么弄。”

“好。”

五分钟后，许时沅收到了他发起的“远程控制”请求，她立即点击“接受”，她对着手机那头道：“聂师兄，我接受请求了，现在能行吗？”

“可以，连接上了。”他说。

很快，她电脑桌面上的鼠标如同拥有了自我意识，自己动起来了，但实际上是他在帮她远程操控。

另一边，聂洲泽的电脑屏幕上显示的是她的电脑的情况，手机被他放在旁边，开了免提。

许时沅道：“对，刚刚说的就是这个软件，上次登录网站时被强制下载的，从那时候开始，电脑时不时就出点儿小毛病。”她音色清澈，给他整洁却略显冷清的房间增添了一丝温度。

“看见了。”他扬起嘴唇道。

“聂师兄，你先操控着，我室友叫我了，先挂电话吧？”

“可以，微信联系。”

“安安。”许时沅走到浴室门口问，“你刚刚说让我拿什么来着？”

“就是外面挂着的那条绿色的毛巾，你帮我拿进来一下。”

“开门吧。”

“谢谢时沅！”一只手从狭窄的门缝伸出来，飞快地拿走了她手上的毛巾。

许时沅回到椅子旁坐下。

上大学这么久，她第一次让人远程操控自己的电脑，看着鼠标到处晃悠，她觉得挺神奇。

“咦，时沅，你的电脑好了？”李安安擦着头发走出来，弯腰凑近屏幕道，“它怎么自己在动？”

许时沅转头看着她，笑道：“有人在远程操控。”

“太神奇了吧，谁在操控啊？”

“就……”爷爷的发小的儿子？她觉得这样如实回答也太奇怪了。于是，她道，“我一个朋友的叔叔，他对电脑问题挺熟悉的。”

“程序员叔叔啊？”李安安笑了笑，似乎想起什么有趣的事情，兴致勃勃地说道，“你有没有看过那个新闻？一个老大爷接受采访，记者问他做程序员累不累，他说一点儿都不累，非常轻松。”

“看过看过，结果，那个头发花白的老大爷是二十几岁的程序员，哈哈哈。”

“对啊，所以，这位叔叔——”李安安摸了摸头发，“是不是也……”

两人都未留意到，电脑上的鼠标此刻停顿了一下。

闻言，许时沅收起笑意，认真解释道：“没有，他很年轻，是高高帅帅的类型。”

“高高帅帅？很少听你这样形容男生。”李安安眉头一挑，“这条件，不如介绍给我认识认识？”

“不行！”许时沅坚决道，“李安安，你不是有男朋友了吗？我不会让你祸害他的。”

“开个玩笑，哈哈哈，他多大？”

“二十多岁。”

李安安明显有些不信。

过了一会儿，许时沅打开微信，在看到屏幕上那行字的瞬间，她的脑子仿佛爆炸了，手机也掉在了桌上。

“怎么了？”李安安听到动静，回头一看，诧异地问，“你的脸怎么突然这么红……”

“嘘——”许时沅把食指放到唇边，示意李安安不要发出声音。

许时沅看到了聂洲泽发的最新消息：“我听得见你那边的声音，你可以点一下那个小话筒，把麦克风关了。”

她没看消息，也没关麦——也就是说，她刚才和李安安的对话，一字不落都被他听见了。

她在犹豫，过了这么久，她还要不要关麦，会不会显得过于刻意。

她用冰凉的手背贴着脸颊——好烫。

也有可能没听见吧？没准儿电脑出现故障，声音传不过去了。

她在心里默默地自我安慰，心跳的速度总算慢慢平复。

手机提示音响了，许时沅看到了聂洲泽发来的语音消息，电脑屏幕上的鼠标已经不动了，远程操控应该结束了。

怀揣着复杂的心情，许时沅戴上蓝牙耳机，缓缓地点开他发的语音消息：“我彻底清除了之前那个软件，现在电脑应该没问题了，发送论文也不会有问题了。我顺便帮你安装了一个程序，如果平时有给文件命名的习惯，你输入文件名的关键词，它可以很快找到对应的文件。”

“还有，谢谢你的赞美。”

所以，他真的都听到了？而且说最后一句话时，他的声音里带着慵懒的笑意，她甚至能想象那双清冷的眼眸微挑的模样。

这时，许时沅飞快地在输入框里打字：“没事，维护你的形象是我应该做的，辛苦你了。”

末了，她还加上一句：“早点儿休息。”

她看起来若无其事，试图营造出一种“一切尽在我的掌控之中”的错觉，但其实，这语气和她此刻的心态截然相反。

这个晚上，许时沅的人生经验多了——远程操控不关麦，亲人两行泪。

电脑恢复到往日的状态，毕业论文也终于发送成功。

躺在床上的许时沅想，睡一觉就好了，然而事实是，她抱着枕头，辗转反侧，越想越觉得尴尬，根本睡不着。

不知道聂洲泽睡不睡得着……

与此同时，聂洲泽也刚关了灯，他长舒了一口气，闭上眼睛那一刻，又蓦地想起了什么，随后睁开了眼睛。

他想起自己远程操控时许时沅说起自己时的语气，他也不知道有什么好笑的，却不自觉地弯了弯嘴角，看着天花板笑了。

清晨，聂洲泽缓缓睁开了眼，身侧，许时沅倚在书架旁，手撑着脸，认真地阅读着。清晨的阳光从窗台透进来，洒在她细瘦的脚踝上。

他开口打破沉默，道：“选好了吗？”

“选好了，这两本。”她花了几秒钟组织语言，“我刚才想跟你说的，但是看到你好像在做题，就没打扰你，我现在就出去……”

然而，还没等她站起身，他便朝她伸手道：“过来。”

她迟疑地伸手。

“谁说让你出去了？”他握住她的手掌，一下子把她拉到身前。

“我……”

“嘘——”他打断她的话，指尖轻轻在她的唇上按了一下，另一只手拿过她手里的两本书，嫌它们碍事似的将其扔到一旁。她的眸光氤氲着水雾，令他心动不已，他情不自禁地捧起她的脸颊，低下头……

闹钟突然响起，一切烟消云散。

天光已经大亮，他的眼眸半合着。

当人睁开眼睛的那一刻，有关梦的记忆就以飞快的速度消逝着，但此刻，躺在床上面无表情的聂洲泽对后半夜所做的梦历历在目。

女孩在房间里看书，他看着女孩，甚至可以看清她别在耳后的一小撮短发。片刻后，她抬头对上他的眼神，慌乱地抱着那两本书说她现在就出去。

但他牵住了她的手腕，没让她走，甚至把人拉到身前，做了件非常荒唐的事。

窗外的微风拂开窗帘，日光洒落在男人英俊冷淡的眉眼上。

聂洲泽的脑海中不可避免地想起了闹钟响起前一秒的画面，他的手心里似乎还残留着她脸颊上的余温。

五月中旬，毕业答辩如期而至。

可能是这两年实践多了，即使硕士生的答辩难度比本科生要高许多，许时沅也一点儿都不紧张。

如她所料，她很快便顺利通过了研究生毕业答辩。

宿舍里堆积着这几年用过的旧教材，她懒得像其他同学一样转卖，便在专业群里拍了这些书的照片，陆陆续续有同专业的师弟师妹过来拿书。

除此之外，许时沅也在找毕业后落脚的房子。

沁州市作为一线城市，租房价格比较高，许时沅找了许久也没找到合适的房子。闻沁一直鼓动许时沅毕业后住到她那儿，所以许时沅也不着急。

晚上，许时沅躺在床上，脸上盖着一张面膜，正和两个人打着视频通话。

陈傅怡从师范大学毕业后回到西城当了一名初中数学老师，和这两个在沁州的人隔了十万八千里，但平时，她们都会在专属的“三个仙女兼富婆聊天室”微信群里聊天。

放假时，她们偶尔会约着一起去旅行，有时间也会打打视频电话，聊聊最近发生的事情。

陈傅怡问：“沅沅，你的毕业答辩怎么样？通过了没？”

“通过啦，昨天已经圆满结束，现在的我已经算是半个社会人了。你放暑假了吗？什么时候来沁州聚一聚呀？”

“估计得到七月中旬，那时候初二学生才会放暑假。我到时候飞过去找你们，就是不知道你们忙不忙。”

许时沅道：“不忙不忙，我一个自由职业者，工作时间都是自由安排的。至于闻沁嘛，她三天两头请假去找林超琦，跟玩儿似的，对吧，沁沁？”

“那是，面包在爱情面前不值一提，对吧，傅怡？”

陈傅怡的男朋友是相亲认识的，两个人都是淡如水的性格，所以，她道：“爱情可遇而不可求，所以，我还是选择面包。”

许时沅“轻蔑”地一笑，道：“小孩子才做选择，爱情和面包我全都要。”

闻沁眉头一挑，不紧不慢地说道：“但是，目前我们三个人之中，只有你既没有爱情，也没有面包。”

许时沅顿了片刻，继续道：“没听过那句话吗？做人如果没有梦想，和咸鱼有什么区别？”

说到“爱情”，陈傅怡似乎想起了什么，问她：“对了，沅沅，我上回听阿沁说，你和那个师兄重逢了？你们还来了个亲密拥抱，怎么回事？”

闻沁在视频里笑得前仰后合的，道：“对啊，说出你们的故事，给傅怡听听。”

许时沅只得重新解释了一遍前因后果，简而言之，是因为雨天积水，他顺手帮了她一把，仅此而已。

听完这些，陈傅怡得出的结论和闻沁的是截然相反的，她的语气很笃定：“你还喜欢他吧。”

许时沅愣了一下，很快便反应过来，笑道：“没，都这么久了，我现在比较想和他做朋友。”这样心态才不会失衡。

“哟，做朋友，怎么小脸都红了？”闻沁看热闹不嫌事大，有意调侃道。

许时沅愣了一下，立即反应过来，道：“我脸上敷着一层面膜，你怎么看出我脸红了？”

许时沅的宿舍正在被慢慢清空，毕业典礼也即将在六月举行。

这是许时沅人生中最后一个毕业典礼。沈时因为工作太忙走不开，但是许源说他肯定会过去。

夏天在慢慢来临，街道两旁种着法国梧桐树，阳光穿梭其间，明媚灿烂。

这天，她参加了一个国际高峰论坛，在会议上进行同声传译的工作。论坛在中午十二点圆满结束，许时沅也结束了工作。

她和聂洲泽约好了一起吃午餐。

想到这里，方才会议上片刻卡顿的尴尬和此刻电梯的拥挤也变得无足轻重。

当然，这顿饭并不是单独吃的，聂河川也来了。

聂河川本来不在沁州市，他大学时和聂洲泽一样是在A市读的。

毕业后，聂河川选择留在A市，进了一家知名的风投公司。聂河川毕竟是许时沅的青梅竹马，还是名义上定了娃娃亲的人，两人也会在微信上聊聊天。

这些天，因为工作上的事，聂河川来了沁州一趟。聂洲泽就在沁州，聂河川来了，自然不用订酒店，直接拖着行李住进了叔叔家。

得知聂洲泽和许时沅要去吃火锅，聂河川非要跟着一起去。

这时正是下午五六点，许时沅如同一尾游鱼，慢悠悠地从大楼电梯游出，她踩着高跟鞋，准备去附近的地铁站。

原本聂洲泽说要来接她，但考虑到这时正是晚高峰，有可能会堵车，许时沅想着还是不麻烦他了，而且，她坐地铁更快一些。

他们约好了去一家评分不错的火锅店，但作为一个路痴，许时沅担心出了地铁站后找不到那家火锅店的具体位置，于是，发了消息给聂洲泽。

许时沅：“你能不能再跟我说一遍？从地铁站出来后，要怎么走？”

聂洲泽：“等会儿我跟你详细说。你进了地铁站没有？”

许时沅：“我刚到A入口了。”

说着，她登上了地铁入口处的自动扶梯，她漫不经心地向下一看，只看到身前层层叠叠的人。

许时沅打开地图软件，在目的地一栏输入“绿洲地铁站”，搜索着路线，认真地浏览着：三号线转五号线，总共坐五站，在五号线的绿洲站下车，最后从绿洲站的C出口出去。

许时沅看了一会儿，准备拿出包包里的蓝牙耳机，这时，手机顶部弹出了一条微信消息。

聂洲泽：“我刚走到A入口的电梯旁边。”

入口？是她刚刚进来的A入口？许时沅讶异地抬眸，看向扶梯一侧——没有他的身影。

谁知，就在她漫不经心地看向另一侧时，目光正好撞进了一双深邃清冷的眼眸，下一秒，那双眼里漾开了她熟悉的笑意。许时沅也展露了笑颜。

自动扶梯慢慢下到底，路人忍不住回头张望。

男人高大挺拔，手腕处缀着银色袖扣，穿着寻常的白衬衫和黑西裤，却有几分禁欲的意味。

女人披着长发，黑色半身裙勾勒出玲珑的身段，穿着米色西装，浅色高跟鞋后有两根缎带，缠绕着脚踝，弯月似的眼睛里闪烁着明亮的光，正走向身材高大的男人。

见到聂洲泽，许时沅开口打招呼道：“师兄，你没有开车吗？”

聂洲泽笑了笑，道：“有时也得坐坐地铁，低碳出行。”

闻言，许时沅朝他竖了个大拇指，忽又想起什么，问他：“不对，那你怎么这么巧，就在这个地铁站？”

“你的会议结束时，我刚好路过这个地铁站。”他云淡风轻道，“上午的会议进行得顺利吗？”

“挺顺利的，今天上午是同传，坐在我们专用的同传箱里，相当于藏在小黑屋里了，没有几百双眼睛同时望着我，没那么紧张。”

聂洲泽了然地点头，道：“我有些好奇，同传的强度会不会比交传大？”

说起自己的老本行，许时沅顿时显得神采飞扬：“同传的强度是比交传大一点儿，所以，我们同传箱里一般会有两个翻译，就像今天，我和我的搭档每隔二十分钟就轮流翻译。”

两人一边说一边走向了安检处。

许时沅把包包放在安检传送带上，聂洲泽在她身后，她转过身时，他已经从安检传送带上拿起她的包递给她，动作自然得仿佛他们平时亦是如此。

许时沅打开地图软件，问身侧的人：“我们在哪一站下车？”

“绿洲站。”聂洲泽说，“有我在，还需要看地图？”

“不需要。”许时沅果断地把手机放回包里。

这个时间点，地铁内有些拥挤，座无虚席，每个人都低着头，捧着各自的手机。许时沅习惯站在角落里，背靠着地铁常闭的门，觉得这样比较有安全感。

她身侧的位置都有人了，聂洲泽便站在她的身前，面对着她，两人隔着一定距离，但身高差很明显。

许时沅一低头，便看见两人相对着的脚尖，一抬头，他的喉结和薄唇都近在咫尺。只要她抬眸便不免要和他对视，只要朝他走近一步，她就可以触碰到他。

然而，她什么都没做，看起来十分从容，偶尔和他的目光撞到一起，便对他笑笑，随后坦荡地将目光移开。

谁也不知道她的内心有多么慌乱。

她不合时宜地想起了闻沁说过的话——亲密关系脱敏法，越接触就越自然，但她暂时还没感觉到这个法则的作用。

地铁门开开合合，许时沅踮了一下脚，眼睛眯了眯，想看看最顶上的路线图，视线却不时被人阻隔，看不真切。

许时沅只好把视线移向身前的人，问道：“我们还有几站呀？”

“嗯？”聂洲泽没听清，地铁上有些嘈杂。

“我们……”

她正说着，身前的人突然弯下腰，将耳朵凑近她，似乎是想听清楚她说话。然而，从旁人的角度看来，她像是在和他说悄悄话，十分亲昵。

意识到这一点，许时沅的心跳陡然漏了一拍，她却仍然装作若无其事，在他耳边道：“还有几站？”

“下一站下车，转五号线。”他清润的声音从她的耳膜边滑过。

说罢，地铁门缓缓开了，两人身旁的人纷纷往门外涌去。到了下一站，两人便逆着一波上车的人群下了地铁。

聂洲泽回头看许时沅，却不见她的人影，忽觉衣袖被人轻轻地拉了一下。

原来许时沅在另一侧，她的笑容有点儿俏皮，道：“我在这边呢。”

他蓦地松了一口气，道：“走吧，还有最后两站。”

两人上了五号线，在地铁上，许时沅仰头研究起地铁上方的路线图，因而没留意到聂洲泽的视线正落在她的脸上，目光冷冷清清，却又有些他自己未曾察觉的暗流涌动。

一旁，身材干瘪的中年男人四处张望着，瞥见身侧站着一个身姿曼妙的女人，他便不动声色地朝她挪动了几步，试图借地铁的摇晃“不小心”倒向她。

然而，下一秒，还未得逞，一只手臂便横了出来，将中年男人阻挡在外，再也无法靠近女人一分一毫。

聂洲泽没给中年男人一丝好脸色，高大的姿态给人无形的压迫感。中年男人赶紧站直身子，面色如土地掏出手机胡乱按了一通，掩饰着内心的慌张。

许时沅瞥了那人一眼，瞬间了然，心想，还好有聂洲泽帮忙。

过了一分钟，她才发现这样的姿势有种说不出的暧昧感觉，既被他保护着，又像被他禁锢在怀中。周围人不停地变换，她却始终安稳地站在他用身体筑成的城墙之内，任何人都无法入侵。

直到地铁内的广播提示下一站是绿洲站，聂洲泽才放下手臂，许时沅便往前走了一步。

也就在这一刹那，地铁刹了车，许时沅没站稳，摇晃了一下，她下意识地抬手寻求依靠，手便一下子撑在了身前人的胸膛上。

她低下头，这才发现聂洲泽的手抬在半空中，置于她的腰侧上方，却很绅士地没碰到她，而她差一点儿就趴到人家的胸膛上了。

“不好意思。”许时沅立即收回手，笑了笑。

“嗯，小心点儿。”聂洲泽的视线不经意地落在许时沅泛红的耳朵尖上，此刻，他突然很荒唐地回忆起了之前做的那个梦，太阳穴忽地一跳。

周围依然嘈杂，许时沅却只记住了他衬衫纽扣的形状，衣袖上的褶皱纹路和他身上冷淡的气息。

火锅店里非常热闹，店员领着他们去了预订的桌位。

隔着几米远，许时沅便看到一个棕色头发的后脑勺，肩膀宽阔。

“河川。”聂洲泽出声喊道。

那人循声回头，正是许时沅那许久未见的青梅竹马，他面庞清俊，眼尾微扬。

“叔叔，你来了。”随后，他的视线才转向她，“哟，许时沅。”

“哟，聂河川。”许时沅学着他的语气，伸手在他扬起的掌心处拍了一下。

这时，聂洲泽已经拉开了椅子，她坐下后道：“又帅了不少啊，这发色和你本人挺搭。”

聂洲泽随即落座在她身侧的座位。

“哈哈，你不也是吗？”聂河川的眼底流露出几分惊艳的神色。

距离两人上一次见面过去大半年了，那时候的许时沅已经和高中时的模样大有不同，但今天，她看起来又漂亮明艳了许多。

“外边这么热，脸怎么这么红？”聂河川问。

“有吗？”许时沅若无其事道。

她脸上的热度确实还在，这源于在地铁上时，她与聂洲泽略显暧昧的姿势。她看向聂河川，道：“你来得早，肯定不知道外面的太阳有多大。是吧，聂师兄？”

“今天的太阳是挺大的。”聂洲泽应声。

“你们坐在地铁里还能晒到太阳？”

聂洲泽淡淡地出声：“你从地铁站出来，不用步行就能直接抵达店门口？”

聂河川愣了一下才出声道：“说得也是。”

“先点菜吧，边吃边聊。”

聂河川刚想伸手，点菜用的平板电脑便被聂洲泽拿走，递给了许时沅。

“要点什么，自己勾选，河川你等一下。”

聂河川伸出去的手只得灵活地转了个弯，抓了几个妙脆角，道：“叔叔，你偏心，你正牌侄子在这儿呢。”

聂洲泽瞪他一眼，问：“你多大了？”

几人点完菜后便开始聊天。

许时沅以为聂河川是跑来旅游的，事实上，聂河川是过来做项目的。他所在的风投公司规模很大，在全国各地都有分公司，他这次过来，就是为了协助沁州的分公司完成一个投资项目。

汤底翻滚着，热气在空中飘浮，许时沅脱了米色西装外套，将其搭在椅子上。

虽然她不是金融行业的，但偶尔也会对接翻译工作，行业知识和名词都了解不少，听得懂他们聊的投资话题，偶尔还能插上话，这让聂河川讶异不已。

“可以啊，许时沅，我们这个项目结束之后需要和几个外国股东对接，到时候你过来当交传，怎么样？”

“没问题啊。”

“有没有友情价？”

“没有，亲兄弟明算账。”许时沅端起装有虾滑的盘子，准备将虾滑倒进锅里，却发现自己开衩的袖口有点儿长，她缓缓抬起手。

聂洲泽适时道：“我来。”

“好。”闻言，许时沅把盘子递给他。

两人的动作看起来竟异常默契。

聂洲泽望向她，道：“你什么时候拍毕业照？”

“我们学院大概是六月二十三日。”她顿了一下，语气又随意了几分，“如果你们有时间，也可以过来凑凑热闹啊。”

“六月底啊，我就不了，那时候项目估计结束了，我肯定已经回 A 市了。”聂河川说完，视线自然而然地转到了聂洲泽身上。

“我到时候看看。”聂洲泽笑道，“有时间肯定去。”

许时沅垂眸笑了一下，又听到对面聂河川疑惑地问：“叔叔，你和许时沅不是都没联系过吗，怎么就突然碰上面，还约着吃上饭了？”

聂洲泽轻描淡写地说道：“前几个月工作的时候遇到了，咱们两家的关系又这么好，一起吃个饭不是挺正常的？”

“是啊。”许时沅立即接过话头，“谁让你不在沁州，我只能代替你多照顾照顾师兄了。”

她话音刚落，聂洲泽蓦地扬起嘴唇笑了一声，语调略沉，带着饶有兴致的笑意：“怎么个照顾法，说说看？”

聂河川看热闹不嫌事大，道：“是啊，你怎么照顾？”

这个她只是顺嘴一说，她还真没想过。

身侧的人望着他，等着她的下文，她的脸上有丝丝热度往上爬。随后，她若无其事地用勺子捞起几块刚烫好的肥牛卷，放进聂洲泽的碗里，道：“喏，这样照顾。”

见聂洲泽没动，许时沅又好心地帮他蘸酱料，将肥牛卷重新放进他的碗中，眼神中闪烁着期待的光，问：“这样还不够体贴吗？”

“够了够了，谢谢。”聂洲泽敛眸笑了，吃了一口她夹的菜。

聂河川问：“这就算？那我也可以。”他伸出筷子想给聂洲泽夹菜，聂洲泽却抬手说了句“不用了，你自己吃”。

许时沅“得意”了没几秒，便瞥见聂洲泽俊朗的眉头紧紧地蹙起，一点儿没有被照顾后的快乐。许时沅有种不太妙的预感，问道：“怎么了？”

“你的蘸料里放了很多辣椒吧？”聂河川说，“叔叔不吃辣的。”

还真是，她的蘸料里加了不少辣椒。

许时沅赶紧把手边的冰水递给聂洲泽，随后挥手把服务员招了过来，倒了几杯冰镇酸梅汤给他，他很快喝下，喉结上下滚动着。

然而，作为罪魁祸首的许时沅忍不住笑了，还笑出了声。

聂河川说：“刚才还说自己体贴，转眼就嘲笑起叔叔怕辣了，是不是？”

“对不起，不是，我就是从来没见过师兄受不了辣的样子，竟然有点儿……”她坦诚地看向聂洲泽，“可爱。”

“可爱……”聂洲泽重复了一遍，意味深长道，“你确定？”

“嗯。”

一旁的聂河川道：“你就别开他的玩笑了。”

“我没开玩笑，是比你可爱多了。”许时沅也想喝口水，谁知一低头才发现自己手边的杯子不见了，问道，“我的杯子呢？”

一转眼，她瞥见聂洲泽的手边赫然放着两个玻璃杯。

许时沅的笑容渐渐消失。她想起来了，只有她的杯子里才有加了冰块的水，她当时着急，想都没想便把冰水递给他了，所以他刚才喝的是她的水。

他的唇贴过的位置，也有她的印记。

一想到这一点，许时沅整个人都不好了，脸上刚消退的热度又噌噌地涨上来了，她用手扇了扇风，道：“好热。”

聂洲泽似乎并未察觉，还让服务员给她拿了个新杯子。

晚上，陈傅怡看到许时沅朋友圈发的照片，在微信上问她：“沅沅，你什么时候和聂河川一起去吃火锅了？他不是在A市工作吗？”

许时沅：“对呀，聂河川说这边有个项目，公司派他过来的。”

陈傅怡：“我还以为他也跑到沁州去了。看照片，他好像变了很多。”

许时沅：“没有啦，他看起来是成熟了，就是说话语气还是一如既往，哈哈哈。当然，在帅这件事上，师兄比他帅多了。”

陈傅怡：“我就知道你会这么说。不过，估计聂河川都有女朋友了吧？”

许时沅：“不知道，但凭我单身多年的经验，估计他和我一样……你怎么问起他来了？”

陈傅怡：“随便问问，毕竟我和他同班三年，打听打听而已。”

谁也不知道，陈傅怡在看完那几张照片之后，默默地点了保存。

说起来都有点儿可笑，高中三年，她和聂河川说过的话不超过二十句。但即便如此，她惦记他，并且惦记了这么多年。

这件见不得光的心事，她连半个字都没有透露过。如果说出来，她们肯定都觉得是天方夜谭。

陈傅怡并不像许时沅，她越喜欢一个人，就越不敢和对方有任何交集，她从不做任何徒劳无功的努力。

许时沅："你们现在还有联系吗？"

陈傅怡："没有联系。对了，你和你师兄的进度怎么样了？"

许时沅："我也不知道，没想太多。我还是不自作多情了。"

虽然每次和他在一起，她都免不了心跳加速，但她也不是当年那个小女孩了，每每这时候，她都能掩饰过去，从容应对。

许时沅打开照片，认真地端详着，她想起了今天中午和他们拍合照时的情景。

当时，许时沅没想到拍合照，只是在开吃前，对着桌上的食物拍了几张照片。

但吃完饭后，聂河川兴致勃勃地提出："我们三个好不容易聚在一起，拍几张照片留念一下？"

"可以啊。"许时沅欣然答应。聂洲泽也说可以，后来她看见聂河川拿出手机，打开了原相机，并找到了某个离奇的拍摄角度……

许时沅道："你的技术不太行，不要你拍。"

其实她想说用她的手机来拍，但下一秒，聂洲泽已经拿起了手边的手机，打开了原相机。这一次，许时沅默默地把手机放回包里。聂洲泽来拍的话，她的照片能光明正大地在他的相册里占上一席之地，很划算。

聂河川跑到他们这边，聂洲泽坐在中间，许时沅微微倾身凑近了他，三个人都在镜头里时，聂洲泽按下了拍照键。

"许时沅，你靠过来一点儿嘛。"聂河川将手绕到后边，拍了拍许时沅的肩膀，"别跟个外人似的。"

许时沅抿了抿唇，又靠近了些，呼吸间都能闻到他颈间清冷的气息。

其实，后来许时沅才发现，有一张照片里，她的下巴仿佛放在聂洲泽的肩上，还有一张照片里，她的肩膀和他的靠在一起，并且她的脑袋和他的同时朝对方倾斜，默契感十足。

幸好三人长相都不错，经受住了考验，原相机对聂洲泽来说刚刚好，不经任何美化，英俊的五官最大程度地得到了还原。

拍完之后，聂洲泽把所有照片都发给了她。

许时沅挑了最显得中规中矩的那张三人合照，一张和聂河川的双人照，还有一张菜品的照片，发了一个朋友圈，配文：今日份开心。

许源看到自家女儿主动和聂家的人联系，十分开心，因此，他特意点了三个大拇指表情来评论。

另一边，闻沁看到许时沅发的朋友圈，在底下评论了一句：“啧啧啧，一个大帅哥，一个小帅哥，左拥右抱的，羡慕死我了。”

聂河川：“谢谢夸奖，我是前面那个吧？”

闻沁：“你说呢，小帅哥？”

随后，许时沅私聊了闻沁：“我有林超琦的微信哦，你的评论，他也能看见。”

闻沁：“我没啥怕的，我和林超琦隔得可远了，他能怎么样？而且，我和他目前正在冷战中，就得气气他！”

许时沅：“又吵架了？没准儿他第二天就会跑来找你算账。”

闻沁：“这不可能……别提他了。你找好房子没有？到时候可别露宿街头了。”

许时沅：“正在找，再说，找不到不是还有你嘛。”

闻沁：“找不到还有师兄嘛，他不得热情收留你？”

许时沅：“可别开这种玩笑了。”

第二天早上，闻沁正在和许时沅打电话，她一边讲电话，一边打开门：“我跟你说，你要是暂时找不到房子，可以先住我这儿，我一个人真的挺寂寞的，反正现在我和林超琦……”

然而，说着说着，她看到有个人站在家门口。林超琦的眼神冷飕飕的，看起来风尘仆仆，身边放着个行李箱，也不知等了多久。

“你怎么来了？”闻沁皱眉道。

“你说呢？”林超琦二话不说，拖着行李箱进了门，转身把人按在门上。

许时沅听到细细碎碎的不明声响，只得问：“沁沁，你还好吗？”

闻沁的手机落在脚边，无人问津。

今天事多，聂洲泽没去写字楼的餐厅吃晚饭，他吩咐助理给技术部加班的同事每人点了一份外卖。

路凌打开其中一份外卖，随后又把这份外卖放到了聂洲泽的桌上，道：“搞错了，老聂，你那份麻辣味的给我，我把不辣的这份给你。”

“放边上吧。”聂洲泽说。

过了一会儿，聂洲泽嗅到飘过来的辣味，他顿了一下，忽然想起了什么，扯了扯嘴角。

这边，路凌见他突然看着自己笑了一下，诧异地问：“笑什么？”

“没，我随便笑笑。”他只是忽然想起，昨天吃饭时，他被辣椒呛到，反而被许时沅说“可爱”的情形，觉得有点儿好笑。

路凌看着他坐在电脑前嘴角诡异地扬起，有种夺门而逃的冲动。

夜幕降临，聂洲泽倚在床边。

“喵——”睁着圆眼的贝贝轻轻一跃，老大爷似的靠着主人的手臂，漫不经心地看着主人的手指在屏幕上左右滑动着。

片刻后，它好奇地伸出猫爪，在手机屏幕上拍了两下。

聂洲泽伸手揉了把它的脑袋，眼眸低垂，笑望着它的爪子，问：“你也要看？”

它抬头喵了一声。

“那给你看看？”他将手机竖起放在猫咪的眼前。

贝贝茫然地睁大眼睛，看到女人沐浴在阳光下，她的裙子上印着许多向日葵，图片里满满的都是夏日气息，它好奇地拍了拍手机。

这是许时沅之前发过的照片，聂洲泽觉得拍得还不错，风格如她本人一般清新。等他反应过来时，他已经下意识点了保存。

说起来，他本来是打算设明天起床的闹钟，解了锁，手指却不听使唤地打开了相册，翻看起最近的一些照片，有好几张是那天中午的合照。

他看了一眼她的主页，这才发现她那天竟然还发了朋友圈，看到“今日份开心”几个字，他忍不住弯唇笑了笑，给这条朋友圈点了个赞。

紧接着，他又想起了拍照时的情形。

她的肩膀和他的碰在一起，长发在他的手肘前缠缠绕绕，有点儿痒。那时，她还在调整姿势，而他一垂眸，便看见她上扬的嘴角，以至于忽略了其他声响。

贝贝从床上钻进了自己的小窝，这一动静把他的思绪拉了回来。

这时，聂洲泽才想起要设闹钟，设好后便关了手机。

六月中旬，许时沅所在的学院组织拍毕业照。

前一天晚上，许时沅找到聂洲泽的微信对话框，在输入框中打字：“师兄，我明天拍毕业照，你有时间过来吗？”

那天在火锅店时，她醉翁之意不在酒，用随意的语气邀请聂河川和他来逛逛。当时聂洲泽回答：“我到时候看看，有时间肯定去。”

虽然说“肯定”，但也说不准，他可能早就忘了这件事。

她现在突然问起，可能会显得有些突兀。思来想去，许时沅又把这行字删了。

算了算了，没什么大不了的。

许时沅给手机充上电，将其放在一边。

她还有个柜子没有清理，打开时，一股陈旧的气息扑面而来。

她从最底下拿出一本旧版的《白夜行》，书的封面蒙上了一层薄薄的灰尘，霎时间，记忆接踵而来。

女孩在笔记本上一笔一画涂涂改改，不时在手机里搜寻好词好句，最后重新拿了一张好看的信纸，将写过的话誊抄了一遍。

与这些一同涌上心头的还有一些无比久远的回忆，她翻了翻，书里夹的那封情书映入眼帘，里面写的什么，她有些不记得了。

但她并没有打开看，而是很快合上，放进旁边的书堆里。

忙活了一晚上，许时沅抽空去操场上跑了几圈，操场上的人还挺多的，可惜她就快毕业了，不知道以后还有没有机会回来跑几圈。

她回到宿舍，洗完澡，已经十一点多了。李安安正在桌前飞快地敲打着键盘，回头对她道："这么早睡啊？"

许时沅笑着说："明天要拍照，得保持一个好状态，你忙完也早点儿睡。"

"好。"

许时沅并没有着急躺下，她打开手机，再次找到聂洲泽的微信对话框，决定速战速决。许时沅："师兄，明天你忙不忙啊？"

她还在这句话后边加了两个"龇牙笑"的表情。

可还没等她发送过去，聊天框里忽然跳出一条新消息："时沅，睡了没？"

她指尖一顿，把之前打的字删了，短暂放空一分钟后才回复："没有呢，正准备睡，怎么啦？"

聂洲泽："你明天是不是拍毕业照？我没记错吧？"

原来他没忘啊。许时沅心里一喜，回复："对的，我明天拍毕业照，你有时间也可以来沁外凑凑热闹呀。"

发完这条消息，许时沅立即将手机倒扣在床上，直到手机再次振动了两声。她的心中有些忐忑，过了几秒才看消息。

聂洲泽："抱歉，我没法去凑热闹了，明天得去A市出趟差，只能提前跟你说一声毕业快乐。"

许时沅："谢谢！祝你出差顺利呀！你要去A市多久啊？"

聂洲泽："快的话三四天，慢的话七八天，得看具体情况，回来了跟你说。"

许时沅放下手机，长长地舒了一口气。其实，她对这件事没抱太大期待，所以内心也不怎么失落。

相反，她还挺开心的。她没想到他会记得她那天随口一提的话，还特意跟她说他要出差的事，这举动还真有点儿像……报备。

第二天，拍完大合照后，许时沅和同学们开始各自合照。许时沅和朋友们摆出各种各样的姿势，为青春添上最后一笔浓墨重彩。

"外国语大学的漂亮妹子可真多。"闻沁感叹道，"看都看不过来。不过，还是我身边的这位最好看。"闻沁是特意来陪许时沅的，她拿出纸巾，帮许时沅擦了擦额上的薄汗，心疼道，"可怜的孩子，直到大学结束前都没谈一场正经的恋爱。"

许时沅从牙齿缝里蹦出几个字："宁缺毋滥，懂不懂？"

"没事，别人有男人，你有我嘛。"说着，闻沁还在她的肩膀上靠了一下，笑道，"你若不离，我定不弃。"

"咦……肉麻。"许时沅作势要推开她，"敢情你说我没男人，就是为了铺垫这些？"

"哈哈，肉麻点儿怎么了？"闻沁捏了捏她的肩膀，"啧，就是你这肩膀上没肉。高中的时候，这里可是我的精神栖息地。"

"我可不想胖回去了，这是我辛辛苦苦流了不知多少汗水才得来的。"许时沅挽着她，慢悠悠地沿着沁外的校道悠闲地走着，"你可得好好受着。"

这时，宋竹迎面走来，他容貌清俊，笑得阳光，道："时沅，咱俩好像还没拍合照吧，不如……"

"可以啊。"许时沅语气欢快，"沁沁，来，一起。"

三个人合照了两张。

"能单独和你……合照一张吗？"宋竹的语气有几分迟疑，但听到许时沅的一声"好"，他立刻把手机递给闻沁，"麻烦你帮我们拍一张。"

闻沁拍完，宋竹向她道了声谢，转身离开了。

闻沁望着他的背影若有所思，在许时沅耳边小声道："他是不是喜欢你？"

"胡说什么呢？"许时沅扭头看她，"我和他本科时就是同班同学，算是挺熟悉的朋友了。"

"你一个感情小白，当然看不出来，刚刚拍照时他那眼神……"

“好了沁姐，我是小白，但你这个情场老手也别过度解读了，这都毕业了。”许时沅哭笑不得，“说说你吧，和林超琦和好了？”

“和好啦，他千里迢迢跑来跟我道歉，我原谅他了。”闻沁笑着道。

“他道歉？还真不常见，和好了就好好的吧，他应该还是很爱你的。”

“是啊，就是有时候疑神疑鬼的，真让人受不了。”闻沁摇摇头，“所以，你什么时候来我家住？”

“等等，他还在你家吧，我去恐怕不太方便。要是你们干点儿什么被我撞见了，想一想，我的鸡皮疙瘩都起来了。”

“你怕什么？我那房子有两层，房间多得很，他过几天就走了，要是真干点儿什么……”闻沁的笑容里带了几分暧昧，“肯定也是在房间里啊，我们都很文明的。”

“怎么，你不信？”

“嗯，我确实不信。”

毕业典礼在即，许时沅还没找到合适的房子，她把很多行李搬到了闻沁那儿暂时存放，只在宿舍里放了一个很大的行李箱。

再过两天就得离校了，此刻的宿舍显得格外空。

李安安叹了一口气，道：“两年怎么过得这么快啊？我感觉我还像在读研一，结果，我们现在都得各奔东西了。”

“是啊，越长大，时间过得越快。”许时沅看了看空荡荡的宿舍，一时间也万分感慨，“这下子，我们是真的要步入社会了。”

许源是明天下午一点半的飞机，许时沅在沁外附近给他订了家酒店，但许源说不需要她接机，想自己找到沁州外国语大学。

“行，那你可千万别迷路，到酒店的时候跟我说一声，我们去吃晚饭。”

清晨，聂洲泽刚从 A 市飞回沁州，正拉着行李箱往机场外走。

助理过来接机，众多向外走的人中，那张好看的脸庞总是格外引人注目。瞧见聂洲泽后，他赶紧上前道：“聂总，您回来了。”

聂洲泽朝他点了点头：“嗯。”

助理伸手想帮他拿行李，聂洲泽适时地抬手道：“不用，我自己来。”

“聂总，我可不可以请教一下，您这次去 A 市是怎么让君启资本回心转意，给咱们融资的？”

“我们现在做的项目很新，目前还处于后期开发阶段，君启犹豫很正常。

我花了十几分钟时间，用通俗易懂的语言把这个项目全方位地给他讲了一遍。”

“那您这么详细地和他说了，会不会有泄密的风险？”

“这个不至于。”聂洲泽笑了一下，不急不缓道，“君启这次的注资比以往都多，他们没有泄密动机，也不会让自己的钱打水漂。”

话音刚落，他的手机响了。

聂洲泽接起电话，道：“喂，爸，是，我刚从机场出来……好，几点的飞机？知道了，等会儿我去接他。”

聂洲泽把手机放回口袋里，看向身侧的人，道：“先不着急回去，我顺便接个朋友，在机场等一会儿。”

许源拖着行李箱出来，目光在人群中扫了一圈，听到有人叫他，回头便看到了身材挺拔的聂洲泽正笑着望向他。

“洲泽，好久不见。”许源立刻笑容满面，用力地在他的肩膀上拍了两下，“上回小沅生病，当时可把我吓坏了，多亏你帮我去照看她，谢谢啊。”

“没什么，举手之劳。”聂洲泽不甚在意。

其实一开始，许源准备自己搭车去酒店，再去找许时沅，但是聂清海听说他要去参加许时沅的毕业典礼，便给聂洲泽打了电话，让聂洲泽在沁州接应他。

许源道：“沁州可比西城要热多了，真是麻烦你了，还得来接我。”

“我半个小时前刚下飞机。”助理在前面开车，聂洲泽和许源坐在车后座上，说道，“时沅的毕业典礼是后天？”

提起自家女儿，许源眉眼里都是笑，语气里充满自豪：“对，后天是他们学院的毕业典礼，可惜我老婆没办法请假，家里的老人身体又不太好，不适合长途跋涉，就只有我来了。”

“原来如此。”聂洲泽若有所思，片刻后打开手机上的行程表，抬眸道，“我那天应该有时间。”

开车的助理心头一惊，这是什么千年难遇的情况？一向是工作狂的聂总竟然要去参加别人的毕业典礼？要么，他和这位的关系非同一般，要么，这位的女儿对他而言非常重要。

许源面露惊喜，和聂洲泽谈得兴起，忍不住翻开手机相册，兴致勃勃地和聂洲泽分享许时沅发给自己的毕业照：“你看。”

聂洲泽接过他的手机。

助理看了一眼后视镜，发现聂总低着头，平时冷漠的眉眼此刻舒展着柔和的弧度，一时竟有无限温柔。

毕业典礼这天，教学楼前的广场上人山人海。

露天舞台搭建在沁外最宏伟的教学楼门口，上面挂着一条红色横幅——二〇二一年沁州外国语大学毕业典礼暨学位授予仪式，翻译学院分会场。

许时沅上半身穿着纯白衬衫，酒红色的领带是点睛之笔，底下穿着黑色百褶短裙，双腿匀称修长。

“我感觉像是我要毕业一样。”许源紧张地站在她的身侧，理了理领带，说道，“我的心跳好快。”

“爸，上次我本科毕业的时候，你也是这么说的，都两年了，你还没点儿长进。”许时沅笑道，“不过，你这身西装是什么时候买的？”

“上上个月我去服装店定制的，好看吧。”许源站得笔直，“我上高中时，也是数一数二的大帅哥呢。”

“好看啊，年轻，还显瘦。”许时沅很少见许源穿西装。

在她的印象中，许源的衣服就那几套，千篇一律的短袖衬衫和黑色运动裤，从来没变过。但今天在明媚的日光下，她才发现，许源在不知不觉中老了许多，岁月的纹路张牙舞爪地爬上了他的眼角。

其实，许时沅一直有种固有的认知，许源的身高比她高好多，可现在，穿着高跟鞋的她和他竟然差不多高了。一时之间，有几分酸涩感涌上心头。

许时沅道：“爸，你怎么这么快就老了啊。”

“你傻呀，你长大了，爸爸肯定就老了啊，这很正常。”许源瞥见她微微撇着的嘴巴，又笑道，“不过，你别看爸爸的样子变老了，但我的身体好啊，肯定可以再陪你几十年，见证你无数个像今天这样的时刻。”

“好，那爸你可得说话算话。”

周围有些喧闹，背景音乐是她至今还极不喜欢的校歌，但现在听起来还挺好听的。背景板上是一张超大张的车票，但这车票不是寻常车票，它的起点是沁州外国语大学，终点是“前程似锦”，票价是“无价”。

她用手机拍了张照片。

这是许时沅第一次近距离见到校长的真容，慈眉善目，以前似乎还在教学楼偶遇过，只是当时以为他是一位普通老师。

典礼进行的间隙，许时沅向旁边张望了一眼，似乎瞥到了一抹熟悉的背影。

她认真地看着那人，结果那人转过身来，并不是她心里所期盼的那个人。

想什么呢？聂洲泽还在A市出差，怎么可能忽然出现在这里？除非他拥有哆啦A梦的任意门，但很显然，他没有。

这时，李安安手捧花束，和母亲站到许时沅的身侧，道："时沅，等会儿要不要我上去给你送花啊？"

"不用吧，这是你家人送给你的。"许时沅没太关注这个问题，听她提起才发现现场的人基本上捧着花束，而许源和她两手空空。

"哎呀，我给忘了。"许源在旁边笑呵呵道，"不过，别担心，我待会儿给你变出来。"

"算啦，您当自己是魔术师吗？有没有无所谓，不过是形式主义。"

过了一会儿，许时沅从容地上了台，从校长手中接过学位证书，她笑着鞠躬道谢，沿着舞台走向另一侧的楼梯。

就在许时沅低头下楼梯时，台下忽然涨潮般响起了掌声，她有些不明所以，抬眸望去。

这一瞥，她再也移不开目光。

台下，聂洲泽上半身穿着白色衬衫，最上面的那颗扣子没扣，下半身穿着银灰色西裤，平时英俊冷漠的五官带着柔和的笑意，步履稳健地朝她走来。

可能真的存在任意门吧，又恰好被他碰到，然后，他打开了这扇门，并走到了她的面前。

许时沅继续看着聂洲泽。

他手捧花束，笑容晃眼，道："许时沅，毕业快乐！"

柔和的日光下，香槟玫瑰颜色素雅，一圈百合将其圈在最中间，相得益彰。

许时沅将惊喜藏在眼底，大大方方地接过他手中的花束，笑意盈盈道："谢谢聂师兄。"

一抬眼，却见他手臂微张。

一瞬间，许时沅的心跳加快了几秒，随后，两人轻轻相拥，她的肩膀和他的碰了一下，又很快分开。

在台下观众的眼里，两人无疑是十分般配的，许时沅顶着无数视线回到了原来的座位。

李安安一脸惊讶，伸手牵住许时沅，眼睛却瞥向聂洲泽的方向，道："一直藏到毕业啊，可以啊。"

"不是男朋友。"许时沅说，"朋友的叔叔，上次跟你提过的。"

“噢——那个高高帅帅的叔叔是吧？”李安安恍然大悟。

说实话，李安安当时觉得许时沅的形容太夸张，现在看来，可能是因为自己在男人少的外国语大学混了几年，眼界变窄了。

许时沅的形容词一点儿都不夸张，非常贴切。

许时沅说：“对的，是他。”

不光是李安安，周围许多女生都注意到了刚才的男人，忍不住越过重重人海，将目光落在聂洲泽身上。

聂洲泽和一堆家长站在一起，容貌和气质都很出挑，不说话就足以在众人中脱颖而出。

许源在他旁边笑得开心极了，显然很满意。刚刚是他们提前商量好的举动，许源自觉地包揽了全程的摄影记录工作。

“洲泽，这花多少钱，待会儿我用微信转账给你。”许源道。

“不用。”聂洲泽敛眸道，笑意温和，“这也是我的一点儿小心意，庆贺时沅研究生毕业。”

再者，就算许源并未提前和他商量，他也会买一束花送给她，但并不是以长辈的身份。

如此想着，聂洲泽抬眸望向远处的身影，扬起嘴唇笑了一下。

花束很大，她的脸却如巴掌般大小，酒红色的领带闪耀着光泽，衬得她的脖颈修长无比，笑意纯粹。

许时沅隐隐感觉背后有两道视线，她回头望了一眼，隔着无数人与聂洲泽的目光相撞，她坦然一笑，随后又看了看许源，对他笑了笑。

第九章
对门

仪式结束后，许时沅带着他们逛起校园，一边走，一边介绍这个她待了两年的地方。

“聂师兄，我记得你前几天说要去 A 市出差，这么快就回来了吗？”

“对，提早几天回来了。”聂洲泽说。

许源接着道：“是啊，刚好洲泽回来那天，我也刚从西城飞到沁州机场，他就载了我一程。”许源又把那天在车上和聂洲泽商量好的计划讲了一遍，末了，他道，“我原本还担心咱家就我一个人来，不够排面，幸好洲泽有时间。”

许时沅这才知道，原来前天去机场接许源的人就是聂洲泽。

而今天，他到台下送花是他们提前准备好要给她的惊喜。

不得不承认，看到他抱着花束走向她时，许时沅确实被惊喜到了，但她嘴上说的是：“爸，我这都是第二次毕业了，不讲究什么排面。”

“不管这是第几次，都得有排面。”

许时沅笑着点头：“好好好。”

聂洲泽走在她的另一侧，垂眸问她：“准备什么时候离校，房子找到了吗？”

她仰起头，男人的下颌线近在眼前，她说：“我后天离校，房子还没找到，但是已经有住的地方了。”

聂洲泽不太明白，问道：“住在哪儿？”

“我好朋友在沁州有套房子，我打算先去她那儿住着，再慢慢找房子。”

“搬家的时候需不需要我帮你？”他问。

“我宿舍里现在只剩下一个箱子了，不用这么大费周章。”许时沅说。

逛到宿舍楼下，许时沅说：“爸，聂师兄，你们等我一下，我上去放个东西，一会儿就下来。”

许时沅进宿舍后闻了闻香槟玫瑰的香气，随后把这一大束花放到桌上后，又走到镜子前端详了几秒，简单地补了一下妆。

“时沅，你知道吗？”李安安也回了宿舍，说道，“刚才在咱们宿舍楼下，有女生找那个年轻的帅叔叔要微信呢。”

沉默片刻，许时沅淡淡地说道：“这很正常，他给了吗？”

“给没给我就不知道了，我只看到那个女生跑过去，然后就回宿舍了。”李安安耸肩，“不过，我看那个女生挺漂亮的，穿着热裤，腿很长。”

换作是以前，听到这样的话，许时沅可能会很慌，但现在，她自信了很多。

不久前的女生宿舍楼下。

许源叹了一口气：“洲泽，今天辛苦你了，以后方便的话，能不能帮我多照顾一下沅沅？”

“嗯，没问题。”许源不说，他也会这么做。

远处的背影消失在转角处，聂洲泽的视线转向许源，问道：“沅沅打算在朋友那儿住多久？”

他平常不这么称呼许时沅，但此时和许源说着话，便顺口这么叫了。

“我还不清楚具体住几天，应该不会太久，朋友虽然要好，但也不好总赖在别人家。”

闻言，聂洲泽扬起嘴唇笑了一下，道：“既然这样，那我帮沅沅留意一下合适的房子，怎么样？”

许源正愁这事，听他这么一讲，点头道：“好，你能帮我们太好不过了。”

“她喜欢什么样的房子？”聂洲泽问。

“环境好的，交通方便点儿，租金适中，毕竟她刚毕业，做着自由职业，可能不太稳定。”许源想了想，接着道，“当然，最重要的就是得安全！安全比什么都重要，对吧？”

“确实，到时候我……”

他话还没说完，从远处跑来一个穿着牛仔短裤的女生。

聂洲泽下意识地后退了一步，与对方隔开了一定距离，面不改色地对许源说完了剩下的话：“到时候我会留意一下。”

“你好，我刚才关注你挺久了，想和你认识一下。”女生扬了扬手机，上面显示着二维码，她说道，“能不能加一下你的微信呀？”

“谢谢。”聂洲泽眼尾微扬，露出疏离又礼貌的笑容，“但很抱歉。”

女生和同伴在旁边观察了许久，她们不敢断定之前那个长发女生和男人的关系，所以趁着许时沅回了宿舍，才跑过来试探一下。

过了一会儿，女生跑回同伴身边，脸上挂着笑容，道：“我回来了。”

“这么快，他加你了？”同伴笑着问。

女生撇了撇嘴，道：“没有，我被拒绝了，什么都没要到。”

同伴诧异道：“那你怎么还能笑得这么开心？”

“因为，他拒绝人的态度也……还挺好的，感觉值了。”女生感叹道，“果然，这就是成熟男人和那些小屁孩的区别吧，就算是拒绝人，也不会让人觉得心里不舒服。”

这边，许源目睹了女生要微信的全过程，他笑道：“我发现，现在的女孩还挺勇敢的，遇到喜欢的立刻就上前追。”

聂洲泽没说什么，他没兴趣讨论不相干的人，只淡淡地嗯了一声。下一秒，他忽然想起了什么，状似随意地问许源：“沅沅也这样？”

“我很少问她感情上的事，但我相信她在这方面肯定不随便。”许源笃定道，“她跟我强调过四个字，宁缺毋滥。我相信她在感情方面有自己的分寸。”

许时沅刚从宿舍出来，远远便听到了许源的大嗓门，他正对聂洲泽说她宁缺毋滥，她的脸上顿时一热。

虽说小时候，每次许聂两家人凑在一起时总喜欢讨论各自的孩子，她没什么隐私可言，但眼前的人……是聂洲泽呀。

许时沅走过去大声道：“爸，聂师兄，我放好东西了，咱们走吧。”

许源看着她道：“看你的脸，都热得通红。”

中午，三人吃完饭，聂洲泽先送许源回到酒店休息，再送许时沅回学校。

对于聂洲泽的人品，许源是百分百信任的，也很感谢他空出大半天时间陪他们父女俩。在酒店分别时，许源还在许时沅耳边反复叮嘱：“等会儿你嘴巴甜一点儿，好好跟人家洲泽说声谢谢。”

许时沅无奈地应道：“我知道了，这点儿礼数我还是懂的。”

车上开着空调，凉爽的空气中有股淡淡的冷杉气息，悄无声息地蔓延开来。

许时沅想起在宿舍时，李安安跟她说有个女生找聂洲泽要微信号。之前，碍于许源在场，她一直没好意思提起这事，此时便是开口的好时机。

许时沅没直接问，她用一种“随便问问”的八卦语气说道：“对了，聂师兄，今天上午你和我爸在宿舍楼下等我时，是不是有个长得挺好看的女孩子问你要微信号呀？”

这个小插曲，聂洲泽还真没放在心上，他回忆了片刻，才点头应了声“对”。许时沅心里咯噔一下，却听他继续说道：“我不记得她长什么样子了。”他语气清冷，听不出一丝兴奋。

“那你加她是为了找翻译吗？”许时沅想起上次聂洲泽主动要了她的微信号就是因为工作，这次应该……也是情有可原的吧？

然而，他轻轻地笑了一声，道：“我没加她。”

“哦，没加呀。”顿时，许时沅说话的语气都轻松了许多，她望向车窗外，路旁的法国梧桐树飞快地向后倒退着，她说道，“我差点儿以为不久的将来，聂河川就有婶婶了。”

她将视线从车窗外转向身侧的人，却发现他不知何时也望向了她，意味深长道：“叹什么气，不着急。”

她明明是狠狠地松了一口气，在他眼里倒成叹气了。

想到这儿，她笑得明媚，道：“我这不是怕师兄光顾着搞事业，太孤独了嘛，关心一下。”

聂洲泽笑了笑，没有接话。

一上午没什么时间看微信消息，这会儿，许时沅打开微信软件，有好多条消息连着弹出来。其中，宋竹给她发的消息最多，似乎有什么急事，问了她两次“在哪儿”。

她回：“刚刚在忙，怎么了？”

那边立刻回复：“我以为你出什么事了，这么久才回复。吃午饭了没？”

许时沅：“能不能多想点儿我的好？都快一点半了，肯定吃完了呀。”

宋竹：“好，那你是不是快回到学校了？”

许时沅：“对的，再过五六分钟吧，你到底有什么事呀？”

她这次发出信息后，这回收到的却是语音消息。

许时沅瞥了眼身侧的人，只得从包里拿出随身携带的蓝牙耳机戴到耳朵上。

注意到许时沅戴上耳机，聂洲泽伸手调低了音响里的钢琴曲的音量，车内瞬间安静了许多。

这时，许时沅打开了聊天框中的语音消息。

然而，下一秒，宋竹的声音清清楚楚地从手机里传出来：“我现在正在路上，一两句话讲不清楚，我在正门门口等你，到时候跟你说。”

一瞬间，许时沅如同被人施了法，从头到脚迅速石化。

她很快反应过来，赶紧点了暂停，但宋竹的语速很快，他已经说完了。

怎么回事，不是连上蓝牙了吗？

她的蓝牙有自动感应功能，平常一戴上耳机便能自动连接。

她这才想起来，耳机的电量耗尽了，还没顾得上充电，所以……

“耳机没电了？”聂洲泽打破沉默。

“对。”许时沅伸手将颊边的长发别到耳后，说道，“没电了，没连上耳机。”

“你朋友看起来挺急的。”

不知道是不是许时沅的错觉，窗外法国梧桐树的后退速度似乎慢了不少。

与此同时，高大繁盛的梧桐树下，宋竹穿着参加毕业典礼时的那身西装。

他抬手整理了一下领带，把领口的那颗扣子扣上，显得正式一些。

他和许时沅刚上大学时便是同班同学，刚开始，两人没什么交集，他也没刻意去注意过她。直到他们加入了同一个校组织，都担任了部长，因为共同的工作，交集慢慢增多，他对许时沅才有了更深的认识。

他依稀记得，刚上大学那会儿的许时沅脸上有些婴儿肥，五官却很好看。每次上课，她都坐得笔直，他基本没见她开过小差。

偶尔他去F大操场跑步也会遇见她，她有时候能认出他，笑着同他打招呼。

不知道怎么回事，不知不觉中，她慢慢变成了另一番模样。

尤其是大三，在她争取到了去英国的交换名额后，再回来时，她的专业水平也甩了平均水平一大截。

在舞台上翻译时，看着她那种认真又专业的模样，他承认，他很难移开视线。

论实力，许时沅并非最强，但她做事分外认真，和她被分配到一个小组时，任务总是被她分解得明明白白，她也总是尽力做到最好。

她的性格不死板，格外坦率开朗。

大四时，他一个喜欢砸钱追人的富二代室友追求过许时沅一段时间，他当时密切关注着，一开始，他非常担心许时沅会落入室友的圈套，还打算旁敲侧击地告诉许时沅那人不太行。

但还没等他提醒，许时沅已明确拒绝了那位室友。

看得出来，她对待感情并不随便。

所以，即使喜欢她，他也不敢轻举妄动。但眼看就要毕业了，而且，这么久以来，他们之间的关系可以说是很不错。

他要行动了。

终于，几分钟后，他要等的人来了。

许时沅裙摆飞扬，笑着朝他招了招手，他仿佛看见整个盛夏的风拂面而来。

“宋竹，大中午的，你站在这儿不热吗？”

“没感觉。”他笑了笑，目不转睛地凝视着她，“我想，你应该猜到了我今天是来跟你说什么的吧？”

许时沅一时之间有点儿蒙，直到片刻后，她注意到他的眼神似乎比此刻的阳光还要炙热几分，便一下子猜到了什么，道：“宋竹，你……”

“许时沅，我喜欢你。”宋竹像是松了一口气一样，说道，“我想说这句话很久了。”

许时沅和宋竹算是老相识了，宋竹平时莫名有种“妇女之友”的感觉，许时沅一直没往那方面想，她一时有些语塞。

没等她说话，宋竹从脚边的礼盒箱中拿出一束红玫瑰，道：“我本来打算在你拿了学位证时给你送花，对你表白的，没想到你叔叔比我快了一步，所以才等到现在。不过我想，现在应该也还不迟。”

宋竹把手中的玫瑰递给她，期待又忐忑地说道：“可不可以给我个机会，做我的女朋友？”

许时沅接过他手里的玫瑰，宋竹的眼底闪过一丝喜色，但下一秒，她弯下腰，把花束放回他脚边的纸盒里，道：“宋竹，不好意思，我不能收这束花。”

不收花的意思就是拒绝。

“为什么？”他苦笑道，“你现在没有男朋友，我们从读本科时认识到现在，也有几年了，知根知底的。我以为你对我也有那么一点儿……试一试也不行吗？”

“这和认识几年没关系。”许时沅慢慢收起笑意，认真地说道，“而且，这种事情没法试。你会遇到更合适的人，抱歉。”

在其他事情上，许时沅可以去尝试，去摸索，但是感情这件事不行。

她从不破坏她这几年“不喜欢就不开始”的原则。

宋竹垂下脑袋，道：“我知道了。”

“那我先走了。”许时沅说。

宋竹长长地叹了一口气，又道：“等等，过了这几天，恐怕以后连见面的机会也少了，我能不能……抱一抱你？”说完，宋竹张开了双臂。

换作是其他人，许时沅可能已经转身走了，但她和他的关系还可以，而这层关系刚刚才发生了“质变”，这令她十分为难。

“时沅。”

这声音是从远处传来的，许时沅和宋竹循声望去。

男人身高腿长，白衬衫领口处松开了一颗扣子，他敛了笑容，正朝这边走来。

宋竹此前听李安安说，这人是许时沅的叔叔。

但如此正面相对，他才惊觉这人比他想的更年轻和英俊，气场却无比强大。

眼见这人越走越近，宋竹不由得紧张起来，不得不放下了张开的双臂。

许时沅的眼里亮晶晶的，仰头看着他道：“你怎么回来了？”

“伞忘拿了。”他手里拿着的是她给许源的伞，可能是她爸给落在后座上了。

“我也有点儿事想问你。”他语气淡淡地说道。

见聂洲泽的视线转向他，宋竹赶紧自我介绍：“许叔叔好，我是许时沅的朋友，宋竹。”

“你好。”聂洲泽朝他点了点头，看了一眼地上放着红玫瑰花束的礼盒，嘴角的笑意温和而疏离，“不过，我不姓许。”

闻言，许时沅出声提醒道：“我们不是亲戚。”

聂洲泽问：“事情说完了？”

宋竹迟疑了片刻，道：“说完了。”

许时沅顺势说：“好，那我们还有点儿事，先走了，拜拜。”

“拜拜。”宋竹摆摆手，望着他们慢慢走远的背影。

难道之前李安安解释的时候，他听错了？

宋竹原本还打算在拥抱的时候再告白一次，现在想想，机会已经溜走了。

远远看去，许时沅撑开遮阳伞，身边的人异常默契地接过，可能是因为在同一把伞下，两人的背影看上去竟异常和谐，和谐到……宋竹觉得有些不对劲。

这边，许时沅见聂洲泽没问，也没主动说起刚才意料之外的告白插曲，只道：“聂师兄，你刚才说有事要问我，是什么？”

聂洲泽顿了片刻，才道：“你学校附近有没有便利店？我去买瓶水。”

“有，就在你刚刚停车的地方对面，你没看见吗？”

聂洲泽瞥了一眼，见身后的男生抱着鲜花礼盒走开了，才露出恍然大悟的笑意，道：“现在想起在哪儿了。”

许时沅正式毕业了，她拖着行李箱去了闻沁家。闻沁家的客厅有点儿乱，桌上放着各种易拉罐和零食，抱枕掉在地上也没人管。

许时沅啧啧着直摇头，住进去的当天，她就给一楼做了个大扫除，以至于闻沁回到家后，一度怀疑自己进错家门了。

直到看到沙发上盘腿坐着敲键盘的许时沅，闻沁一屁股坐到她的身边，靠在她的肩膀上，道：“许田螺姑娘。”

“哎——”许时沅面无表情地应声，又笑道，“闻邋遢大王。”

闻沁没有反驳，两人异常默契地唱起歌来：“小邋遢，真呀真邋遢……”

许时沅平时在宿舍里有个小小的锅，功率很小，她经常用这个小锅熬粥煮面，做点儿它力所能及的事情。

虽然闻沁不爱收拾房子，但做菜是她的爱好，许时沅作为一个新手，不得不向她请教。两个人经常“强强联手”，做一顿不错的佳肴改善伙食。

晚上，许时沅偶尔不太忙，便会找一部电影或者电视剧，投屏到墙壁上，她和闻沁窝在沙发里看，日子过得十分惬意。

她们给美味菜肴拍了照，上传到了“三个仙女兼富婆聊天室”微信群中，让陈傅怡艳羡不已。

本来，按照计划，陈傅怡会在七月中旬到沁州去找她们。谁知，由于她下学期要当班主任，得去外地开会，便只能对着她们新鲜出炉的美食垂涎欲滴。

当然，有时候，许时沅也想离闻沁远远的。

比如此刻，她在沙发上津津有味地看书，闻沁在沙发另一头和林超琦打视频电话。

有时候，闻沁张嘴就是“宝贝”“爱你”这种肉麻语调，许时沅掉了一地鸡皮疙瘩，有时候，两人堪比川剧变脸地吵起来，她便想找个地儿躲得远远的。

一低头，她才发现自己不知何时打开了和聂洲泽的聊天框。

她想，既然都打开了，干脆看看。她又打开他的朋友圈主页，滑来滑去，却发现主页里还是上次那几条朋友圈，没有任何新内容。

这些天，许时沅意外地发现聂洲泽竟然主动问起了她毕业后的情况。

聂洲泽问她在生活和工作上有没有遇到问题，有什么需要他帮忙的。

可惜，她还真没遇到大问题。

不过，这些话估计也是她爸叮嘱让问的吧。许时沅知道，她在外地上大学这几年，许源致力于让能联络她的亲朋好友都“多多关照”她。

这样也好，避免她要用“吃饭了没”尴尬地开启聊天话题，或者绞尽脑汁想一些问题去“请教”他。因此，他们的聊天记录停留在一天前。

她发现，熟悉之后，她似乎放飞了自我，用“哈哈哈”几个字越来越频繁了。

聂洲泽：“对了，你毕业也有两个星期了，最近有没有感觉不适应？”

许时沅：“不会呀，这些日子我过得挺充实的，暂时还没感受到社会的鞭挞，这是不是不太正常？”

沁州作为国内 GDP 名列前茅的大都市，经常举办大大小小国际性会议和展会，她的日程表安排得挺满的。

聂洲泽：“这不是挺好的。难道你想被社会鞭挞？”

许时沅：“哈哈哈，其实不太想，所以，前辈有什么指教吗？”

聂洲泽：“指教说不上，真遇上解决不了的事情就直说。你一个人，我不是很放心。”

许时沅：“没事，哈哈哈，我们一共两个人，安全得很，下班后还经常做饭呢。你有没有兴趣？”

而后，他便收到她发来的美食照片。照片加了滤镜，菜色比实际上的还要好看。然而，那时已经深夜十一点半了。

聂洲泽：“你做的？”

许时沅：“对啊，不好意思，深夜‘放毒’了。”

聂洲泽：“看起来不错，但比起看图片，我更有兴趣亲自尝一尝。”

许时沅：“没事，有机会我去给您做，替聂河川照顾照顾您。”

许时沅翻看着聊天记录，在心里吐槽自己都在说些什么。

聂洲泽：“那行，到时候你过来。”

其实，虽然当时许时沅那样说，并没想过他会当真，可他似乎当真了，她又何乐而不为呢？于是她回：“好的，但是千万不要对初学者抱太大期望，否则后果自负。”

许时沅也清楚，她在闻沁的房子里借住，尽管闻沁乐意，但终究不是长远之计。放了暑假，闻沁大姨带着一家四口来沁州度假，住进了她的小别墅。过不了多久，林超琦也要过来和她过二人世界了。

说起来，许时沅十几岁时就很宅，虽然上了大学后变了许多，但骨子里她还是想体验独居的乐趣的。

因此，在闻沁家住了一段时间后，许时沅非常识趣地找了一套合适的房子，一室一厅一卫——许源说是聂洲泽帮她找的，已经和房东联系过了。

许时沅迅速去实地考察了一下。

小区的绿化不错，从她那个楼层的窗户望出去是一望无际的江景，还能远远看见沁州市的地标性建筑物。

加上这是聂洲泽帮她找的，无形中，她对这房子也更多了些好感。

虽然房租有些超出预算，但她还是租下了这套房子，并在网上挑选了一些家具和装饰品，打算将房子打扮成一个温暖的小窝。

搬家公司是聂洲泽联系好的，效率很高，没等许时沅和闻沁依依惜别，便将东西全部送到了新住处。

许时沅没让聂洲泽来帮忙。他有自己的正经工作，剩下的事情，她自己就可以搞定，不需要耽误他宝贵的时间。

她忙活了两天，去附近的商场进行采购，又去家具城逛了逛，添了不少东西。

随后，她的独居生活慢慢进入正轨。

这两天一直在忙活，她有些累，于是很早就上床睡了。

清晨，许时沅睡眼惺忪地走出房间，在沙发上放空了几分钟，才想起她已经到了新家。窗帘是她昨天就让人换的新窗帘，颜色是很浅的裸粉色。拉开窗帘，玻璃窗外是一片碧绿平静的江水，还有远处形态各异的高楼大厦。

许时沅的肚子叫了一声，提醒她该吃点儿什么了。

来之前，许时沅考察过附近的店铺，从小区走出去不远，就有一条热闹的商业街，那儿有好几家餐厅。

她洗漱完，简单地收拾了一下，穿上寻常的白色T恤和浅色直筒牛仔裤，将蓬松的长发扎成高马尾。临出门前，她拿起手机，才发现手机上有个未接来电，就在两分钟前，来自聂洲泽。

她立即点了回拨，铃声响了两秒后，慵懒的嗓音便响起：“喂，时沅。”

“聂师兄，刚刚在忙，没听到手机响，怎么了？”

“吃早饭了吗？”他问。

“还没有呢，正准备去外边找一家早餐店来着。”许时沅一边接电话，一边从鞋柜里拿了双鞋穿上，“你吃了吗？”

“我也还没。”他笑着说，“附近有一家早茶馆挺不错的，一起去？”

许时沅顿了一下，说道：“但是我们离得远，好像一起有点儿麻烦。你今天不用上班吗？”

不用上班的话，许时沅倒是觉得没问题。

“要上班，你出门了吗？”

“我刚出门，你……”许时沅打开房门，就发现对面那扇门同时被打开了。

许时沅循声望去。

“早上好。”聂洲泽笑着望向她，眉眼清朗，声音从手机听筒和面前同时传来，“新邻居。”

许时沅先惊后喜，花了几秒钟时间，才在脑海中把“聂洲泽就住在她对面”这个信息安放到“真实”那一栏。

“聂师兄，你住在我对面？”

见她一脸不确定的表情，聂洲泽爽朗地笑了一声，说道：“不然，我去对面入室盗窃？”

许时沅也笑了：“那您可太厉害了。”

“现在去吃早饭还麻烦吗？”说着，聂洲泽带上身后的房门。

如果说独居生活步入正轨对许时沅来说是本月最大的好事，那么，聂洲泽住在对面便是第二大好事。一开门就看见他，就好比她清晨拉开窗帘时看见初升的朝阳，顿时感觉心情愉悦。

“不麻烦了，你带路。”

许时沅和他一同进了电梯。电梯里有两个睡眼惺忪的年轻男孩，一个男孩的刘海已经遮住了眼睛，一个留着极短的寸头。

她以为是路人，但两人看到聂洲泽时纷纷抬手，熟稔地和他打招呼：“泽哥，早。”

聂洲泽应声道：“早。”

话音刚落，年轻男孩的视线落在了许时沅身上，又和身边的人对视了一眼。

长刘海男孩在寸头男孩耳边问：“那是泽哥的女朋友吗？”

寸头男孩小声道：“我怎么知道？有这个可能性，我也不确定。”

许时沅听到身后有嘀嘀咕咕的声音，回头看了两人一眼。两人立刻闭上了嘴，默契地望向电梯轿厢顶。

街道上，许时沅和聂洲泽并肩往前走。

聂洲泽问："熟悉附近的路了吗？"

许时沅有点儿路痴，但这次，她回答得很自信："嗯，前两天我在附近的商场买东西，去过好多次，应该挺熟了。"

聂洲泽缓缓点头道："那你跟我说说，从这个十字路口去商业街得往哪个方向走？"

"我记得，往那家面包店右边走，对不对？"

她的眼中流露出希望得到肯定的神采，旁边的人嗯了一声，道："把'右'改成'左'就对了。"

许时沅收回正要迈开的步伐，从善如流道："我刚说错了，确实是往左。"

这个时间点，早茶馆里的人不多不少。

许时沅点了一份小笼包，两笼虾饺，还有一份紫米粥。她最近忙上忙下，食量增加了。

聂洲泽只要了一碗面。

许时沅看着自己面前的食物，似乎和他那一碗面形成了鲜明对比，于是道："聂师兄，你也吃点儿小笼包和虾饺吧，我吃不了这么多。"

远处，另一桌的年轻男孩不时望向许时沅和聂洲泽，长刘海男孩语气笃定地说道："你看看，这么亲密地分享早餐，能不是男女朋友吗？"

寸头男孩点头道："那应该是了吧。"

远处的许时沅丝毫不知道自己已经被迫有了男朋友。

聂洲泽的吃饭速度很快，但吃相很好看。

得亏刚才他问了她路怎么走，现在来到那家面包店，她才能毫不犹豫地辨认出回去的路。

聂洲泽去上班了，许时沅原路返回，进了小区之后，只觉得万物明朗，视野开阔。

中午，她把翻译好的文稿发给了编辑，伸了个懒腰后起身。

自由翻译者听起来有个"自由"的名头，但如果真的自由自在游手好闲，恐怕早已饿死在家。自由职业者最需要的就是自律与规划，而她已经做好了这一周的计划。

冰箱里有她早上回来时买的菜，她自己动手丰衣足食，做了一顿丰盛的午餐。吃完午饭后，闻沁打来了语音电话。许时沅以为闻沁要来慰问自己，闻沁却说她快被她大姨的孙子折磨疯了。

许时沅没心没肺地笑道：“可以提前想象你有孩子的情形了，珍惜吧。”

闻沁翻了个白眼，道：“生孩子和养孩子太累了，这件事两年内都不会在我的人生安排之内。”

“这样也行。”

“说不定咱们同时生孩子，生下的孩子还可以定个娃娃亲什么的，美滋滋。”

“梦想是美好的，现实是骨感的。”许时沅戳破她心中的美好幻想，“对了，我忘了跟你说，聂洲泽现在住在我的对面。”

“住在你对面挺好……什么？”闻沁突然反应过来，“住在你对面？！不错呀，就算发展不出缠绵悱恻的爱情，平时抵头不见抬头见的，也够养眼。”

“我也是这么想的，总之，我还挺开心的。”

“等等，我发现了一个奇怪的问题，为什么他要租房？他不是总裁吗？”

“可能用来买车了，没钱了。而且，开公司哪有你想的那么容易？肯定要花很多钱。”

“我懂了，不过我猜，还有一个原因。”

“什么原因？”

“就是他现在没有结婚的打算，所以不管住在哪儿都差不多。”

“也是，你这次说的话变好听了。”

“既然你爱听，那我继续说点儿好听的。”闻沁清了清嗓子，说道，“你看啊，他刻意帮你找了他对面的房子，是不是别有用心？说不定……你懂的。”

“哇。”许时沅想为她竖大拇指，“你好会想，不去写小说真是可惜了。”

“谢谢，请你低调点儿。”

但人很奇怪，被闻沁这么一说，许时沅莫名觉得似乎真有这个可能性。

这段时间，她觉得聂洲泽对她与以往有所不同了，具体怎么不同，她也说不上来——可能是变熟了的原因。

高三结束时，她撞了南墙，大哭一场后便给自己建了一道屏障。

因此，现在的她很少把他对她的好往那方面想。就算不小心想到过去，她也会很快把思绪拉回来。

下午，许时沅坐地铁来到宏丽大厦，在最底层的楼层指引牌上，她看到了凌泽信息科技公司的名字。凌泽信息竟然在大厦的第七层，真巧。

许时沅将指引牌拍了张照片，用红色线条笔圈上“凌泽信息科技”，并发给了聂洲泽。

许时沅：“好巧啊，今天我和聂师兄在同一栋楼里工作。”

有个手工艺术家在这里开了一期木制艺术品手工课，艺术家来自爱尔兰，她的作品曾经多次获得国际性奖项。

当然，许时沅并不是来报名木制工艺品课程的，她是来为这名爱尔兰老师当随同口译的。她未来三个星期的工作都会围绕手工课展开。

这爱尔兰老师名叫丽丝，有些胖，但面容和眼神显得很沉静，很有礼貌。

为了后续的配合，丽丝带许时沅去看了工作室里那一整排木制艺术品，城堡、花束、将军、战马等都有，雕刻得异常繁复精致，令人叹为观止。

许时沅只能感叹人类的创造性实在太强。

丽丝自豪地说：“如果你喜欢，可以拍照留念。”

闻言，许时沅将一件雕刻而成的婚纱拍了照，而后收起了手机。

这时，丽丝身后的助理抬了抬鼻梁上的眼镜，严肃地说道：“这些照片绝对不能在任何社交平台传播。”

许时沅当然知道翻译是一项保密性很强的工作，她谦和地笑了笑，道：“好的，没问题。”

这时，有人过来找丽丝，许时沅暂时成了个闲人，她拿出手机，终于看见了聂洲泽的回复：“你在宏丽大厦几层？”

许时沅：“现在在十层，和凌泽就隔着三层。”

很快，工作人员过来叫她，带她进了工作室，道：“许小姐，咱们现在要开会，您先进来吧，这是您的座位。”

“好的，谢谢。”

许时沅又回复聂洲泽：“你先忙，我先去开会了。”

会议上，许时沅了解了更多有关课程的知识，笔记本上的内容满满当当，今晚大概又是一个非常充实的夜晚。

会议持续了很长时间，她现在自我感觉良好，仿佛谁扔给她一块木头，她立刻就能把它雕刻得栩栩如生。

下午六点多，天还是明亮的。

许时沅在附近的餐厅吃了一顿饭，随后找了一家安静的咖啡馆喝咖啡。暖色的灯光从头顶洒下，身侧是玻璃窗，外面的人来来往往，影响不了她一分一毫。

不知过了多久，许时沅拿起手边的杯子，咖啡已经一滴都不剩，资料也整理得差不多了，她该回家了。

屏幕上显示时间已是晚上九点三十分。

玻璃窗外，夜幕早已降临，许时沅看到了聂洲泽发来的消息。

聂洲泽："下班了吗？我这边刚忙完，要不要顺路载你一程？"

有顺风车就不用挤地铁了。

许时沅刚开心没几秒，抬眼一看，收到这条消息已经是半个小时之前了。

许时沅只得回："我还在宏丽大厦对面的咖啡馆，刚看到你的消息。"

后面还附上了一个"泪眼模糊"的表情图。

许时沅："不过，还是要谢谢聂师兄的好意！我准备去地铁站了。"

许时沅坐了一会儿，随后合上电脑，把东西都收拾好了。耳边突然传来清脆的声响，她漫不经心地转头望去，半空中，骨节分明的手指弯曲着，袖扣上闪着银色光泽——聂洲泽站在玻璃窗外，清冷的眉眼带笑。

与此同时，手机振动了一下，收到了新的微信消息——

聂洲泽："走吧。"

许时沅挎上包，推门而出。

黑色宾利停在不远处，许时沅："聂师兄，我以为你半个小时前就走了。"

"是打算走的，但临时开了个小会，又待了一会儿。"说着，聂洲泽拉开副驾驶座的车门。

"难怪。"许时沅一边系上安全带，一边继续道，"我说怎么会这么巧，太幸运了。"

最后，她还是成功搭上了顺风车，但比这更幸运的是遇见了他。

晚风从半开的车窗外涌入，拂过脸颊，几缕长发飘在聂洲泽的耳边，有好闻的发香钻入鼻息。

"冷不冷？"他侧头问。

"不冷，这风很舒服。"但车窗还是被人往上升了一些。

忙活了这么久，看着车窗外闪耀的霓虹和远处波光粼粼的江面，许时沅突然觉得沁州的夜景如此温柔，像极了身侧的人。

以前，她坐地铁时只能听歌发呆，或者是看看手机，也不怎么能集中精神，坐公交车更是什么也做不了，因为太拥挤了，她满脑子都想着快点儿到目的地，从这"沙丁鱼罐头"里解脱出来，根本没有心情去欣赏车窗外美丽的夜景。

中途，聂洲泽在路边停下，道："等我一会儿，我下去买点儿东西。"

"好，要我帮忙吗？"她问。

“不用。”聂洲泽笑了笑，“很快。”

过了许久，许时沅抬起头，看到他提着购物袋从店铺里出来，但……

爱宠联盟宠物食品店？他养宠物了？

隔着透明的购物袋，许时沅看到了猫粮的字样，这让她既好奇又惊喜，她问：“聂师兄，你家里是不是养猫了？”

“对，养了一只美短猫。”聂洲泽目光瞥向她，见她眼底露出明晃晃的欣喜，他的嘴角悄无声息地扬起。

许时沅毫无察觉，她仿佛能想象到她的手放在猫咪身上的触感了，肯定特别舒服。想到这儿，她对身侧的人说道：“等会儿回去，我能去你家……”见他抬眼望过来，她顿了一下，从容地说，“能去你家看看小猫咪吗？”

“可以啊，它叫贝贝。”

“高冷吗？”

聂洲泽道：“对陌生的人来说，它可能比较高冷，你要做好心理准备。”

“没关系，那我就慢慢和它混熟。”反正，再高冷的猫也逃不过她的手掌心，她很有信心。

他特别留意到了两个字——慢慢。

电梯门叮的一声开了。

巧的是，他们又遇到了那天早上出门时碰到的人。长刘海男孩一只手提着外卖，另一只手拨了拨长长的刘海，打招呼道：“嗨，泽哥。”

聂洲泽朝他温和一笑，许时沅也轻轻点了点头。

电梯门合上的那一刻，两人几乎同时伸手去按电梯。

许时沅快了一步，但可能是今天消耗了太多脑细胞，她在“7”和“8”之间犹豫了片刻，手在半空中停住了。她问聂洲泽：“我们去几楼来着？”

话音刚落，一只骨节分明的手捏住她的指尖，将她的手指带到“7”的位置，按了一下。

“七楼，别忘了。”

许时沅点头应了一声“好”。这下，她想忘都难了。

她的手臂垂在身侧，悄悄屈了屈手指，片刻前过电般的指尖此刻终于有了知觉，他指腹的触感后知后觉浮上心头。

长刘海男孩目睹了整个过程，刘海下的眼睛里闪烁着睿智的光。

果然，他的直觉不会有错。

此刻，他看着聂洲泽和他的女朋友一前一后出了电梯……

本来，许时沅是打算现在就去看小猫咪的，但走到房门口时，她口袋里的手机忽然和她此刻的心跳一起飞速振动起来。

聂洲泽看了过来，许时沅说："我妈的电话。"

而且还是视频电话。

许时沅只得先跟聂洲泽道别："聂师兄，我待会儿再去你那儿……看贝贝。"

"妈，我刚进屋，正换鞋子呢。"许时沅开了灯，换了一双舒适的拖鞋。

客厅小而温馨，许时沅将镜头对着四周环绕了一圈，向沈时展示了一番经她装饰后的独居小窝。

"是还不错。"沈时点点头，"但是衣服不要乱放在沙发上，多不好看啊。"

"那是我刚刚收的衣服，等会儿我就叠好，你就别操心了。"

"还有啊，你桌子底下放着几盒泡面，这种不健康的食品赶紧扔掉。"

"我这不是怕哪天有台风，出不了门，提前准备着嘛，我平时都不吃的。"

两人又聊了会儿日常，沈时试探性地问："沅沅，其实有件事，妈妈很早就想说了……你有没有考虑过找一份正常上下班和按时发工资的工作啊。"

许时沅顿了片刻，道："没有考虑过。我现在的工作也是正常上下班，按时发工资啊。"

沈时终于按捺不住："你这种都不能算是正经工作，毕竟没有固定的收入。沁州市的消费水平高，我真怕你哪天生存不下去，卷铺盖走人，你知道吗？"

"虽然我的收入不是固定的，但我去会议上做一天同传翻译，就能挣到正常工作半个月的工资，还不至于卷铺盖走人。"

"这收入是高，但不稳定啊，又没有社保，还不如去找份正经工作。"

许时沅无奈地说道："这也是正经工作呀，我自己也可以交社保，还有，我每天也挺忙的，不是你想象的三天捕鱼，两天晒网。"

挂电话时，沈时还不是特别乐意，但她清楚自己没法左右许时沅的想法。

"哎——别挂啊！"许源急匆匆地跑过来，在沈时即将挂断电话前拿过手机，说道，"沅沅啊，我刚刚在洗澡呢，你洗澡了吗？"

看到许源那张因为角度不对而被拉得很长的脸和快咧到耳根的嘴角，许时沅的心情顿时变好了，她回答："还没有，我刚回来不久。"

"这个时间，地铁会不会很拥挤啊？"

"不会，"许时沅神秘一笑，"因为我蹭了聂师兄的车，他就在我对面住。"

“那敢情好啊，更安全。”

“还省钱。”

两人说了一会儿，许源走到自家阳台上，偷偷看了一眼坐在客厅里的沈时，降下音量道：“沅沅，爸爸支持你做这份工作。你长大了，肯定有你自己的安排，你尽管做，别想太多。”

此时，客厅传来了沈时的声音：“许源，你嘀嘀咕咕说什么呢？”

“还有，别生你妈的气，她是怕你在外面饿着，之前还问我要不要给你打点儿钱呢。”

“哈哈哈，我前天不是刚给你们发了红包吗？”

“你妈说怕你打肿脸充胖子。”

“行，我没生妈妈的气，没什么好生气的，我都这把年纪了，虽然不是完全认同你们老一辈人的想法，但能理解。”

老一辈人总是求稳，觉得铁饭碗最好，女孩就应该当老师……总而言之，一听“自由职业者”，他们的第一反应就是——这不就是游手好闲的人吗？

挂了电话后，许时沅在沙发上躺下。

现在的这份工作，许时沅很喜欢，她能自由安排时间，而且翻译这一行涉及的领域很全面，每一次工作都像是全新的挑战，有各种可能性。

更何况，找到一份自己擅长又刚好热爱的工作，这本身就是一件很难得的事情。她很庆幸自己找到了，她不可能为了“稳定”二字就轻易放弃它。

洗完澡后，许时沅才想起来她要去对面聂洲泽那儿看猫，打了个电话，看猫的事情全被她给抛在脑后了。她看了一眼时间，已经很晚了，她不好意思再去对面打扰他。

这边，聂洲泽陷在客厅沙发里，捧着一本书，关注着门外的动静。

猫爬架最顶端的猫一跃而下，钻进他的臂弯里，毛茸茸的。

聂洲泽看了看墙上的挂钟，时间已经过去了许久。他把书放在茶几上，起身站到落地窗前，河对面是万家灯火，霓虹绚丽，这时手机突然传来一声提示音。

许时沅：“太晚了，我明天有时间再过去。聂师兄，你早点儿休息，晚安。”

聂洲泽回道：“晚安。”

第二天晚上，许时沅准时登门拜访，聂洲泽开了门。

他穿了件白色T恤，一条黑色长裤，发尾湿润，眸里含着温和的笑意。

可能是之前没来过，听到身后的关门声，许时沅心里没来由地紧张，像是羊入虎口……

什么乱七八糟的，她是来看猫的。

但除了猫叫声，许时沅连猫的影子都没看见。

许时沅也不着急，她好好打量了一下身处的环境。同样是这栋楼，聂洲泽这房子的户型和她的并不一样，光看这个大了三倍的客厅，就知道租金大概会是她的几倍多。

黑色流线型的茶几很干净，楼梯结构的蓝色书架中间有一块毛绒地毯。

“聂师兄，你的猫呢？”

“刚进窝里。”聂洲泽说完，扬声道，“贝贝。”

很快，名为“贝贝”的猫便从转角处钻出来，眼珠圆溜溜的，有点儿胖，但它灵活地跳上沙发，又跳到聂洲泽身上，把他的小腹当成睡垫。

许时沅承认，她确实有一点儿羡慕这只猫。

贝贝很高冷，她这么一个大活人在这儿对它扬手，它竟然看都不看她一眼。

聂洲泽抱着猫在沙发上坐下，抬眸道：“怎么不过来？”

“我可以摸一摸它吗？”

“可以啊。”

“但它好像不想搭理我。”

“动作慢一点儿，轻一点儿。”他笑着说。

许时沅眼睛一亮，朝沙发走去。她光顾着靠近聂洲泽怀里的猫，没注意到她的膝盖已经抵在他屈起的腿边，他的视线垂下去，又悄无声息地挪开。

许时沅在聂洲泽身边坐下，缓缓伸出手，叫道：“贝贝……”

“乖”字还没说出口，贝贝便从聂洲泽怀里跳了出来，跑到聂洲泽另一侧的位置，警惕地望着她。

“刚想说它乖，它就跑了。”许时沅摸了个空，说，“不准跑。”

聂洲泽眉梢微扬，道：“你一出声，它就会发现对面的不是我了。”

许时沅迎难而上，将一只手从聂洲泽身上绕过，而后伸向猫。贝贝喵了一声，聂洲泽说：“它在叫你。”

她一喜，伸手的动作却不敢太快，小心翼翼的。可就在她快要碰到它的前一秒，贝贝轻巧地跳下沙发，在客人的注视下毫无压力地钻回了它的小窝，背影非常潇洒。果然高冷。

“唉，不是叫我。”许时沅的头一低，轻轻地在聂洲泽的肩膀上撞了一下。

这一刹那，聂洲泽嘴角的笑意一顿，他侧头看见了她乌黑的发顶。

许时沅立即意识到哪里不对劲，她猛地睁开眼，像弹簧一样弹起，而后坐得端端正正的。

她是不是被猫冲昏了头脑？许时沅转头看向另一侧，懊恼地闭了闭眼，转过头又看到他如旋涡般幽深的眼眸。

聂洲泽笑着问："太累了？"

他明明是在笑，许时沅却感觉这眼神像是在找她要个解释。

于是，许时沅清了清嗓子，若无其事道："有点儿吧，我刚刚一时间以为你是我爸，习惯性地就……靠上去了。"

许时沅不自在地移开眼神，视线恰好落在墙上的挂钟上，干脆道："也不早了，我先走了，还有——"说着，她忽然想起了什么，提高了音量，"贝贝，拜拜。"

许时沅迅速跑回了自己家，到家后还觉得有些尴尬，但她刚刚确实不是故意的。平时在家，她和许源挤在一起看电视是常有的事，偶尔看到令她懊恼的剧情，她就长叹一声，将脑袋往许源肩上一靠，长久以来便形成了习惯性的动作。

她想起聂洲泽当时的表情，似乎相当一言难尽，难道是因为她把他说老了？

这不能怪她，要怪就怪惯性。

另一边，看着消失得飞快的背影，聂洲泽叹了一口气，略显无奈地笑了笑。

第二天下午，许时沅抵达宏丽大厦为教授木制工艺的丽丝做口译。下午和晚上都有课，晚上八点结束。她这个当翻译的也相当于免费听课了，听着听着，她觉得有点儿意思，突然有了一种大胆创造的冲动。

这天，课程结束之后，许时沅没有立刻走，而是坐在木制桌子前，根据丽丝的现场教学雕刻起手里的木头。

她想雕一块奥利奥夹心饼干，虽然丑了点儿，但成品还是像模像样的。

她将饼干拍了几张照片，发在"三个仙女兼富婆聊天室"里。

许时沅："猜猜这是什么？"

陈傅怡："三块面积不同，叠在一起的木板，是吧？"

"面积"二字令许时沅想起了她被数学作业里各种有关面积的难题刁难的"光辉岁月"。当时身处其中，她很想逃出来，现在回想起来，却又有几分怀念。

许时沅："不是啦，这是我刚花了近一个小时雕的木制手工艺品，真没看出这是什么？”

闻沁：“看出来了，肉夹馍，对不对？特别传神，手艺真不错。”

许时沅沉默片刻，敲下几个字：“对！眼力真好，不愧是你……”

今天的工作结束了，许时沅正站在宏丽大厦门口的花圃旁。远处，有个人过了马路，而后直直地往她的方向走来——是宋竹。

“嗨，时沅，你也在这儿啊。”

“嗯，我刚下班，准备回家。”

上次表白后两天，宋竹在微信上和她说，想继续和她做朋友。

但许时沅总觉得他们之间的友谊已经变了味儿，再加上已经毕业了，许时沅不是爱主动维持关系的人，和很多人渐行渐远是意料之内的事情，包括宋竹。

但此刻遇上了，简单地聊上几句也没什么。

“时沅，你住在哪儿啊？顺路的话，一起去坐地铁？”宋竹笑着道。

“应该不顺路。”许时沅说，“我在等人，你先走吧。”

“那我陪你等会儿。”宋竹没走，他站在她的身侧，暗暗地挺直了脊背，理了理领带，又把头发往后拨了拨。

片刻后，一辆黑色宾利驶来，停在许时沅身侧。

许时沅说了一声“我先走了”，便上了车。

宋竹的眼神有些惊讶，他皱了皱眉。

“遇上朋友了？”聂洲泽漫不经心地问她。

“对，他刚好在这附近，聊了两句。”许时沅心想，仅此而已，别误会。

听他淡淡地嗯了一声，她松了一口气，感叹道：“今天又是幸运日。不过，我有点儿好奇，聂师兄，你们公司的下班时间也不固定吗？”

算起来，这一个星期下来，她已经搭了四次他的顺风车。

这两天下班，为了不错过顺风车，她都会在微信上问他：“聂师兄，你下班了吗？”

比如今天，她做完这个奥利奥“工艺品”后刚好晚上八点半。等电梯时，许时沅在微信上问聂洲泽下班了没，在电梯门开启时，她收到了聂洲泽的答复：“刚下班，等我一会儿。”

此刻在车里听到她的疑问，聂洲泽向她解释了一番。

凌泽的下班时间是固定的，但负责项目研发的技术部情况有所不同，偶尔需要加班到很晚，一般视工作具体情况而定。

“你们公司的氛围应该不错吧。”许时沅由衷感叹，“这么多人愿意加班。”

聂洲泽握着方向盘，笑了笑，说道：“凌泽还是创新型公司，需要争分夺秒努力发展，不然很可能被淹没了。”

“懂了，”许时沅点点头，“但是，我有一个疑问。”

“你问。”

“你之前在A市的VR科技公司已经小有所成了，为什么要放弃原有的成就，来沁州重新开始？”许时沅有些想不通，“就像一个文科年级前十的学生突然改选理科。”

“这个比喻有点儿意思，”聂洲泽道，“那你还记得你以前为什么选文科吗？”

“因为喜欢。”

“所以，我也是因为喜欢，喜欢挑战，跳出舒适区。”

安静的车内，他的语气不急不缓，显得温柔又有耐心。

他接着道：“还有，我不是放弃了A市的成就，而是用于积累经验。有了之前VR的技术经验，才能挑战VR医疗这个新领域。”

“虽然目前我们还在探索阶段，”他云淡风轻地侧头看了许时沅一眼，笑了笑，“但无所谓，我们都还年轻，多尝试总归没错。”

许时沅分明看见他眼底有光，有种别样的少年意气。

这样的他令她的心跳不由自主地加快。

晚上回家后，许时沅放下包，给沈时打了个电话。

沈时开口第一句话便是：“沅沅，简历发过去了吗？”

昨晚，沈时给她推了一个人的微信，说是一个在沁州某知名外企负责人事管理的朋友，让许时沅把简历投到对方的邮箱里。

许时沅当时只回了几个句号。她真的用不着，但她也不想搭理沈时，就将沈时晾在那儿了。

“不好意思，没有发，沈女士。”

沈时沉默了片刻，道：“那你打算什么时候发呢，许女士？”

“你别着急啊，我跟你说一件比这更重要的事。”许时沅清了清嗓子道。

“什么事？”

——毕业以来的工作日常，对工作的短期和长期规划，遇到问题时的解决方法。

许时沅花了一整个晚上，将以上这些内容详细地和沈时讲了讲，末了，她道：“就算将来我真要进公司，那也不是因为我做不下去了，而是我想换个环境挑战。现在的我想继续当自由翻译者，虽然挑战挺多的，但我很喜欢。”

电话那头沉默了许久，许时沅纳闷道：“妈，你不会挂了吧？”

“没挂。”沈时终于出声了，“你讲了这么多，我都认真听了。”

“哦？”许时沅发现沈时的语气软化了。

沈时道：“听你讲了这么多，我发现你这份工作和我想象的完全不一样，之前，确实是我的思想过于僵化了。”

“哪有，不僵化，灵活着呢。”

沈时笑了起来，又叹了一口气，道：“就像你高中分科，我一直希望你选理科，后来你坚持选了文科，成绩反而好了许多，最后考上了F大。我那时才后知后觉，我固守的观念也不一定是对的。”

“谢谢妈妈。”

这边，沈时刚挂了电话，便发现许时沅在一家三口的微信群中发了一个新红包。沈时的嘴角扬着弧度，收了这个名为“理解万岁，妈妈专包”的微信红包，嘴上说的却是：“这孩子，发什么红包啊。”

许源闻声往屏幕上一看，羡慕道：“啧啧，我怎么就没有这个待遇呢？”

紧接着，许源的手机也响了，他喜形于色，道：“来了，我的红包！”

盛夏的中午，整个城市都笼罩在炙热的日光下。聂洲泽从车上下来，出了小区的停车场。热风扑面而来，他的额头渗出汗水。

聂洲泽一般不回家吃午餐，但今天特殊，母亲柳如月从杭城来沁州了，他打算带她去餐厅吃午饭。

他将钥匙插进锁孔，刚推开门，饭菜的香气便扑鼻而来。

他疑惑地皱了皱眉，将车钥匙放在玄关处的柜子上往里面走，便看见从厨房里出来个人。许时沅穿着紫白色格子围裙，长发扎成丸子头，笑意灿烂，将手里的菜盘放在桌上。

恍然间，聂洲泽以为自己出现了幻觉，这样简单坦率的笑容使他的心跳陡然间漏了一拍。

久违的悸动在心中蔓延。

除了炎热，盛夏也会给予意料之外的馈赠。

许时沅把杂物移到边上，抬眼望向他，却发现他还站在一旁，她以为他是过于意外，于是眉梢微扬道："这是你家里，你没有走错。"

"好。"聂洲泽回过神，把搭在臂弯里的外套挂在一旁，嘴角上扬，问道，"什么时候过来的？"

事情得从十点多说起。

那时，许时沅在客厅里听到了敲门声，她没点外卖，也没喊朋友来，不知道敲门声从何而来。

她透过猫眼看了一眼，才发现门口站的人是柳如月，聂洲泽的母亲。

许时沅这才赶紧开门，道："聂奶奶，您过来了啊。"

"沅沅，好久不见。"柳如月手里提了两袋水果，笑意温和，神采奕奕，她亲热地和许时沅拥抱了一下，"还认得奶奶呢。"

"当然啦，奶奶长得这么好看。"

她这话不是客套话，"岁月从不败美人"这句话，用来形容柳如月再适合不过了，"奶奶"二字有些违和。

柳如月进来后，认认真真地打量了家里的布局和摆设一番。之后她坐在沙发上，眉眼带笑，嗓音温和道："家里的布置文艺又清新，好看，我很喜欢。"

得到认可的许时沅十分开心，道："奶奶，你也喜欢这种风格啊，就是屋子小了点儿。"

"小点儿挺好，显得温馨。"柳如月又想起了什么，说道，"不像洲泽家里，没什么人味，你刚搬来，应该还没去过吧？"

其实去过的。

柳如月继续道："没事，等会儿奶奶带你过去参观参观。"

"好啊。"许时沅心虚地应下了，"奶奶，您从杭城过来要多久呀？"

"很快，坐高铁四五十分钟就能到，特别方便，你有时间也可以来杭城啊，风景很不错。"

紧接着，柳如月说起了聂洲泽租房的原因。

聂洲泽从大学开始创业，虽然投入了巨大的金钱和精力，但公司步入正轨后，他的资产增长非常可观。他在沁州市中心有一套房，但他的公司不在市中心，为了离公司近一点儿，便在公司附近租了房。

之前，他在杭城也买了一套房，将那套房送给了柳如月和聂清海夫妇，又将许多积蓄投入位于沁州市的新公司。

许时沅心中了然，但她不明白柳如月为何向她提起这些。

柳如月道："走吧，咱们去洲泽那边。"

贝贝在猫爬架上待着，听到开门声，它如同惊弓之鸟般抬起头，看到门口的人后，主动朝两人叫了一声。

许时沅心里一喜，她好几次过来看它，它都十分高冷，对她爱搭不理。

此时，她蹲下身，伸出手，贝贝却依然无情地转过头。随后，它绕着柳如月走动，伸出爪子碰她的鞋尖，又挠了挠她的裤脚，仿佛不是刚才那只猫。

柳如月笑道："贝贝，又圆润了不少。"她向许时沅解释，"这是洲泽从大二时就开始养的猫，一开始对人爱搭不理的，和它混熟了，它就记得人了，也肯让人碰了。"

"您是怎么和它混熟的？"

这些天，许时沅也来了好几回了，还给它买了小玩具，但贝贝依然不怎么理她。她以为它不喜欢这些玩具，没想到聂洲泽一拿过去，它就颠颠儿地玩了起来……

"当时洲泽忙，照顾不了它，它在我那儿住了几个月，我经常把我老伴钓的鱼分给它吃，慢慢地，它就信任我了。"

"原来是被吃的俘获芳心的。"许时沅若有所思道。

差不多到了午饭时间，柳如月买了许多菜放在冰箱里，她准备亲自做饭，并且让许时沅留下一起吃饭。

许时沅没有推辞，但也不好意思坐享其成，便进了厨房，想给奶奶打打下手。

柳如月倒油进锅时，许时沅正在旁边切牛肉，她许久没听到菜进锅里的声音，有些疑惑，转头一看——人呢？

再一看，柳如月正将锅盖竖在身前，如同盾牌一般，一只手里拿着装土豆条的篮子，表情的严肃程度不亚于要上战场。

许时沅心想：这和她想象中在厨房里叱咤风云的奶奶形象大相径庭。

"奶奶，您把土豆给我吧，我来放。"

……

此时，柳如月正在洗锅，她把水倒进洗碗池，转头道："洲泽回来了？菜也刚做好。"

"不是说带您出去吃吗，怎么做上饭了？"

"我好不容易来一趟，过来给你这个工作狂改善改善伙食。"柳如月说。

聂洲泽倚着门框，实在不敢相信。他不清楚别人，但他清楚柳如月十指不沾阳春水。

这时，许时沅从他身边走过，对他道：“聂师兄，别光站着，洗手吃饭啦。”

他应了一声“好”。

柳如月问：“筷子拿了吗，沅沅？”

“拿了。”许时沅抬手把抽油烟机关了，厨房里顿时安静下来，只剩聂洲泽和她。

许时沅站在门边，将手伸到身后解围裙系带，却不小心打了个结。她正着急，忽然听到低沉的嗓音由远及近：“需要我帮忙吗？”

“好像打结了。”她背对着聂洲泽，侧头便能看见他落在自己肩上的阴影。

两人的距离很近，许时沅听见他沉沉的声音传来：“我看看。”

许时沅扎着丸子头，露出修长细白的脖颈，聂洲泽的眼神顿了三秒，视线缓缓地落在她腰后的系带上。不知为何，从胸腔传来的心跳声清晰可闻。

聂洲泽随意扯了两下，这结便开了。如此容易，又如此不容易。

“洲泽，沅沅，你们怎么还在厨房？出来吃饭了。”柳如月在外面喊。

聂洲泽回过神，道：“来了。”

许时沅还在想着不知道自己做的饭菜合不合他的口味，没有留意到他细微的神情变化。

圆形餐桌的玻璃转盘上摆了好几盘菜，土豆烧牛肉、糖醋排骨、丝瓜汤、肉末茄子，还有一道炒小白菜，都是简单的家常菜。

“好吃吗？”柳如月问聂洲泽。

“嗯，除了青菜咸了一点儿，其他都好吃。”聂洲泽认可地点点头，同时有些惊讶，“这真是你做的？”

许时沅默默地吃了口饭。

“当然，除了咸了一点儿的青菜，其他全都是……”柳如月笑了笑，看向旁边的许时沅。

聂洲泽看向她道：“沅沅做的？”

“猜对了。”柳如月和他相视一笑，又给许时沅夹了块排骨，说道，“大厨辛苦了，多吃点儿。”

“谢谢。”两人的视线都集中在她的脸上，正在吃东西的许时沅感觉压力太大，她咽了口菜后道，“你们继续吃。”

不过，他刚刚好像叫她——沅沅？这似乎是她第一次从他口中听到他这么称呼她，那一刻，她的心都颤了一下。

“我只吃过你做的冰激凌雪糕，要说吃你做的菜，这还是第一次，很好吃。”

听到聂洲泽这么说，许时沅不由得弯了弯唇。

“聂师兄，你说的冰激凌雪糕是……”

“你当年去我们家住时，自制的奥利奥冰激凌雪糕。”

已经是好久之前的事情了，久到她都快忘了。记忆慢慢鲜活起来，许时沅恍然道：“好像还是你给我的养乐多。”

这时，柳如月笑意盈盈道：“沅沅，你和河川还在联系吧，平时有没有约着见见面，培养培养感情呀？”

许时沅轻轻摇头道：“太远了，一般见不到，有时候会在微信上聊聊。”

柳如月皱了皱眉，道：“这可不行，我还想让你做我的孙媳妇呢。”

饭桌上忽然响起咳嗽声。

聂洲泽将手掩在唇边咳了两声，笑了笑道：“不好意思。”

“你吃慢点儿，别呛着了。”柳如月说。

许时沅抓住机会，笑着道：“奶奶，虽然我和聂河川关系好，但我们就跟好兄弟——不，好兄妹似的，您不用撮合我们了。”

“是这样啊……”柳如月有些惋惜。

聂洲泽不动声色地看向她，神情淡淡地开口道：“嗯，河川应该也是这样的想法。”

吃完饭，聂洲泽在洗碗池边洗碗，许时沅拿着刚擦完桌子的抹布进来，看着他高大颀长的背影，不由得扬了扬唇。

这种感觉，好像她和他是一家人。

把抹布晾在架子上时，许时沅状似无意地问：“聂师兄，你是怎么知道河川也是那样的想法，是不是他跟你说的？”

如果是就太好了，许时沅喜滋滋地想。

“我猜的。”他说。

许时沅顿时有些怀疑人生。

聂洲泽望着她走出厨房的背影，轻声笑了。

许时沅回到客厅陪柳如月，柳如月拉过她的手，亲切地问：“沅沅，差点儿忘记问你，你有男朋友了吗？”

“没有呀。”许时沅坦然道。

“那你喜欢什么类型的，跟奶奶说说好吗？”

看着柳如月那双和聂洲泽相似的眼睛，许时沅失神了片刻，道：“这个问题……我好像没有认真想过。”

“我也经常上网，常常看到一些当红男明星，就想通过这个来了解你们年轻女孩的想法。”柳如月说。

许时沅很想竖起大拇指，便道：“那您尽管问我。”

紧接着，柳如月说了几个名字，全是娱乐圈的当红明星，而后问许时沅喜不喜欢这些类型。

许时沅不追星，她回答：“长得是挺帅的，但不是我喜欢的类型。”

柳如月若有所思，随后不紧不慢地问她：“那你觉得洲泽怎么样？”

“啊？什么意思……”

“就是说，你找男朋友的话，像洲泽那样的类型，你喜不喜欢？”

坦然说喜欢似乎不太妥当，于是，许时沅耸了耸肩，找了个折中的回答，道：“还好吧，我比较喜欢阳光爽朗，有少年感的男生，聂师兄可能会比较成熟稳重……”

许时沅话音刚落，贝贝突然从猫爬架上跳下来，直奔沙发后边而去。许时沅惊觉了什么，往后一看，聂洲泽正从厨房里出来，他走到冰箱旁边，拿出一个东西递给她：“给。”

许时沅忐忑地接过，道：“谢谢师兄。”

是一瓶养乐多，瓶身冰冰凉凉地贴着她的手心。

聂洲泽坐下后自然而然地和柳如月说起话，没再看她，表情自然得和平常没有什么区别。

他应该没听见她刚刚说的话。

许时沅暗自松了一口气，撕开瓶子上的锡纸喝了一口，又听到柳如月道：“沅沅，以后别叫他师兄了，你们都毕业了。再说，洲泽就比你大了三岁。”

许时沅有点儿疑惑。

聂洲泽坐在一旁，情绪不明。

“那我应该叫什么？叫哥？”说着，许时沅看了他一眼。

他不置可否，眼神微妙。

“可以。”柳如月满意地点头，“以后就这样叫，听着亲近。”

许时沅非常乐意，点头道：“好。”

“哪有那么多讲究。”聂洲泽道。

柳如月白了他一眼，转头问许时沅：“对了，沅沅，你平时常出去玩吗？”

“我有空的时候会出去放松放松，看看电影啊，逛逛街啊，怎么了？”许时沅说。

“你出去玩的时候，能不能偶尔也带上你洲泽哥一起？”

“哥”这个字听起来怪怪的。

柳如月接着道：“他是个工作狂，平时不懂什么叫作劳逸结合，只知道搞什么研发。你和他住得近，所以我想，你可以带他一起去放松放松。

聂洲泽无奈地扶了扶额，柳如月口中的他俨然是毫无生气的无趣上班族。

许时沅转过头，本来想应声“好”，却看到聂洲泽一脸无奈，于是她改口说道：“我是没什么问题，但是聂……洲泽哥这么忙，应该没时间跟我一起出去，是吧？”

两人的视线集中到聂洲泽身上。

聂洲泽扯了扯唇，道：“不，也没那么忙。”

许时沅眉梢一扬。他看着她，接着道：“我周日休息。”

“行。”

两人相视一笑，像达成了什么协议。

第十章
醉酒

明天是周日，许时沅打算去看电影，她有些紧张，当然，并不是因为电影是恐怖片，而是……她准备邀请一个人和她一起去看电影。

自从上次柳如月来叮嘱了她一番，她便义不容辞地扛起了艰巨的任务，决心带领“事业狂”聂洲泽走进当代年轻人的生活。

最简单的方式便是去看一场电影，刚好，最近新上映了一部悬疑大片。这电影的前期宣传不多，但上映后既叫座，口碑也好，她早就想看了，便在微信上跟聂洲泽提起了这部电影。

聂洲泽：“巧了，我也听朋友说了，听说很不错。”

许时沅：“对啊，你周日是不是放假？”

她的手机网络不太稳定，很久才将这条消息发出去。同一时刻，聂洲泽的消息也来了：“周日下午，你有空吗？”

两个人非常默契地问了同一个问题。

许时沅：“有。”

聂洲泽：“是。”

回答也意外地一致。

许时沅想说“那我去买票了，下午四点半的那场”，但网络不畅，等消息发出去时，聂洲泽的消息已经弹出来了，许时沅迅速点了撤回。

聂洲泽：“我刚刚买好票了。”

许时沅：“嗯嗯。”

聂洲泽放下手机，往后一靠，在椅背上闭目养神。

办公室外已经没什么灯光了。

这时，路凌神情疲倦地推门进来，长长地舒了一口气，道："朋友，这个项目结束了，明天周日，刚好休息，不打算出去放松放松？"

聂洲泽慢悠悠地坐起来，道："放松啊。"

路凌笑道："我知道，你的放松方式不就是往家里的沙发上一躺，左手一只猫，右手一本书，看到昏天黑地？"

"您对我的成见挺深。"

"我这不是了解你吗？"路凌笑了一声，"我听说最近有一部电影还不错，是剧情烧脑的悬疑片，怎么样，去看看？"

聂洲泽挑了下眉，道："怎么好好的，想到找我看电影了？少见。"

路凌啧了一声，道："我这不是想着你孤家寡人的，让你自己去也太可怜了。"他想了想，继续道，"而且，上次和你看电影还是团队团建那时候吧？明天去不去？"

黑色的办公桌前，聂洲泽气定神闲地听他讲完，应道："不错的提议。"

"我也觉得我太好了。"路凌谦虚地摆摆手。

"但我明天已经约人去看这部电影了，劳您惦记了。"

"哟，半路杀出个程咬金。"路凌瞬间收起笑容，"谁啊？"

聂洲泽只回答了两个字："朋友。"

"我比较关心这个朋友是男的还是女的，我认不认识？"路凌慢悠悠地问。

他猜是男的，可能是某位客户或者投资人，但看到眼前的人扬起的薄唇，他觉得自己可能猜错了。

"女士。"聂洲泽说，"你不认识。"

路凌觉得聂洲泽有情况，正想追问更多，聂洲泽却在他的问题蹦出来前开口道："我知道你想问什么，别问，憋在心里，我该走了。"

在还不确定的情况下，聂洲泽不喜欢接受太多关于她的"盘问"，这样对她而言不太尊重。

"行吧，是我太着急了，下回有情况我再问你。哎哟，都这么晚了，我也得走了，整个公司就剩你和我了。"

然而，就在他准备出门时，聂洲泽的声音从身后传来："慢着。"

"怎么了？"路凌一回头，只见聂洲泽皱着眉，似乎正为什么事情感到为难。

“我有个问题想问你。”聂洲泽说。

“什么问题？”路凌也严肃起来，但下一秒，他便开始怀疑自己的耳朵出了问题。

“你跟我说说，什么是少年感？”

路凌思考片刻，回答道：“我想想……是不是最近上映的新电视剧？我看我女朋友最近在追问。”

聂洲泽在电脑上搜了一下，面无表情地说：“那是《少年派》。”

“那是我记错了，我再想想。”

“不用想了，我已经查到了。”聂洲泽的视线落在电脑屏幕上，说道，“少年感指的是一些人拥有青春感，看起来阳光、有活力。”

路凌恍然大悟道：“这说的不就是我？”

“用来形容我如何？”聂洲泽语气淡淡地问。

路凌打量了他一眼，道：“还差那么点儿味道。”

“给点儿建议？”

……

许时沅打开衣柜，看着一排排的衣服，在眼花缭乱的同时，她也面临着困难的选择。

平时她没那么多讲究，但是要和他一起去看电影，她需要与往常不同的仪式感。

挑挑拣拣许久，最终在闻沁的帮助下，她克服了这个难题。

闻沁如实说出自己的想法：“不就是和人家一起看个电影嘛，我怎么觉得你像是要去约会，大费周章的。”

“出门见人总得把自己打扮得好看点儿吧？”许时沅拿着衣服往身上比画，悠悠道，“而且，这个人长得也好看，还是个值得我敬重的人，是吧？”

“我懂。”闻沁也不戳破，调侃道，“非常敬重，可远观——”

“而不可亵玩焉。”许时沅立刻接上话。

闻沁善意地提醒道：“对了，看完电影，晚上别睡不着就行。”

“这电影有那么恐怖？”

“这个嘛，你到时候就知道了，我就不剧透了。你好好享受，害怕的时候可以紧紧地握住身边人宽厚的手掌。”

“好。”

用完化妆品的桌面是重灾区，许时沅又花了些时间把化妆品和护肤品放回原位。收拾好后，她对着镜中的自己露出了笑容，挎上包，顺便拿了一顶遮阳用的渔夫帽。

许时沅准备去敲对面的门，然而，一开门，他的身影已等在门口。

见她出来，男人的眼里有了温度，淡淡地说道："好了？"

"好了，我们走吧。"

今天的他看起来与平时也很不同。

许时沅忍不住多打量了他两眼。

平时，他的头发总被打理得干净利落，露出额角，但今天，他细碎的短刘海垂下来，格外好看。他也没有像平日那样穿西装衬衫和长裤，而是穿了浅色牛仔裤和白色T恤，身形修长挺拔，年轻得像个大学生。

"怎么了？"注意到许时沅频频投来的视线，聂洲泽笑了一声，"我脸上有东西？怎么一直看着我？"

许时沅坦然道："因为你好看呀，我想多看两眼，不行吗？

他轻轻笑了一声，此时电梯门也开了，里面没有人。

聂洲泽在她身前抬手按下一楼的按键，然而，下一秒，他转过身，温柔地对着她笑。

许时沅有些不明所以，躲避似的将目光落在他鼻骨侧边的那颗痣上。几秒钟后，丝丝热度从脖颈蔓延到耳后，许时沅有些不自在地问："怎么了？"

他眼眸微垂，道："你不是说要多看两眼？"

……

到了电影院后，聂洲泽便去取电影票了。许时沅站在原地看着他的背影。

"许时沅，好巧啊。"

听到身后有人喊她的名字，许时沅转过头，看到迎面朝她走来的女人。她仔细看了一眼，才发现是她和李安安的另一名基本不露脸的室友杨倾。

杨倾和她们不是一个专业的，而且，她在宿舍住了半年多就搬出去租房住了，再没回来过。

两人交集不多，许时沅依稀记得李安安说，刚上研一时追她的那个男生是杨倾的前男友，但当时她只觉得这事是传言。

有时候在学校碰上了，她会和杨倾打招呼，杨倾却仿佛没看见她，高人一等似的直接忽略她，好几次都是如此。后来再和杨倾偶遇，她便懒得搭理了。

所以，这会儿，许时沅脸上的笑意未及眼底，淡淡地回应道：“嗨，杨倾。”

“在电影院门口，我就看见你和你男朋友的背影了，还是个大学生吧？”杨倾一改以前的冷漠态度。

许时沅没什么搭话的想法，只说：“不是。”

“不是吗？我觉得挺像的。”

说着，杨倾在聂洲泽转身露脸的那一刻愣住了。

那张脸实在惊艳，杨倾立马改口道：“都是朋友，我男朋友等会儿也会过来，要不要互相介绍一下，认识认识？”

一个和你没什么交集的人突然主动找你，要么是突然有事相求，比如借钱，要么是为了炫耀或者对比男人，以突出优越感。

眼前的人眼比天高，应该属于后者。

想到这儿，许时沅露出笑容，杨倾以为许时沅会说“好”，但许时沅说：“不好意思，电影快开场了，我们得先走了。”

说罢，许时沅走近聂洲泽道：“洲泽哥，走吧。”

聂洲泽神情淡淡地点头，没看远处的人，笑道：“走吧，这张票是你的。”

望着远处两人亲密的模样，杨倾的脸色不太好。以前许时沅见她还会主动打招呼，现在这是什么态度？

“倾倾，我回来了。”去上厕所的男朋友回来了，他牵起杨倾的手，问道，“怎么了？”

“没什么。”杨倾轻轻跺了一下脚，抱怨道，“你怎么不早点儿来？人都已经走了。”

“什么人走了？”

“也不是什么重要的人，就是我以前跟你说过的那个从乡下出来的特别假清高的室友。”

“那个乡巴佬室友啊，算了，咱们别跟她一般见识，别坏了心情，先去看电影吧。”

“说得也是，走吧。”

杨倾话音刚落，身旁男人的手机便响了起来，他正想挂掉，一看名字，又赶紧停住手，对杨倾道：“宝贝，我先接个电话。”

“喂，怎么样？”

电话那头道：“郭总，刚才我和凌泽科技联系了，他们说聂总明天晚上没空，需不需要和他们改约后天？”

“那就问问聂总后天晚上能不能腾出时间来。”他说，“争取别再往后推了。”

进场时，电影还没正式开始，有个小孩拿着一大桶爆米花走过，一阵香味飘了过去。

许时沅望着小孩手上的爆米花，轻声叹了一口气，有点儿后悔自己没买一份。

她并不是多喜欢吃爆米花，而是想起了某些电视桥段——男女主角在看电影时总是会同时拿到同一颗爆米花，而后心照不宣地对视一眼。

许时沅一直觉得很神奇，想试验一下发生这种事情的概率到底有多大。

聂洲泽突然道：“我先出去一下。”

许时沅回过神，想着他可能是要去洗手间，便应了声“好”，反正电影还有三分钟左右才开始放映。

过了一会儿，聂洲泽又稳稳地坐回了她旁边的座位，同时靠近的似乎还有……香味。

“给你。”聂洲泽坐下后道。

许时沅一低头，便看到一份爆米花，她接过来，道：“原来你是去买这个。”

“嗯。”聂洲泽笑了一下，“这次，你不用盯着别人手里的了。”

许时沅心里像打翻蜜罐一样甜滋滋的。

这时，电影放映前的广告声突然变大了，她凑近他的耳畔说道：“谢谢聂师兄。”

“别。”聂洲泽坐直身子道，“得改称呼了。”

“对。”许时沅想起柳如月那天的叮嘱，改口道，“谢谢……洲泽大哥。”

他无奈地闭了闭眼，道：“去掉‘大’字。”

“谢谢洲泽哥。”

“不客气。”

这三个字仿佛有种穿透耳膜的魔力，令许时沅的心跳莫名加速，她抓起几颗爆米花塞进嘴里嚼了两下，紧接着，她又想起自己之前这样叫他时，他似乎还说他习惯了来着。

可能是柳如月的话起作用了。

旁边的聂洲泽抬起手，若无其事地摸了一下自己的耳朵。同时，他的视线悄无声息地转向她，专注地看她翘起的嘴角，以及在光影中时隐时现的侧颜。

电影开始了，没有闻沁说的那么恐怖，也没有抓住身边人胳膊的机会，许时沉反而看哭了。

她也不知道自己为什么这么感性，可能是共情能力太强了，尤其是看到电影中为了保护家人而过失杀人的父亲在自首前给女儿留下的最后一封信，她的眼泪便不受控制地掉下来。

许时沉泪眼模糊，她吸了吸鼻子，在包里摸索着纸巾，却有什么东西掉在了地上。

好像就是纸巾。

她弯腰去够……握住的却并非纸巾——她握住的是聂洲泽的手。

许时沉缩回手，靠回了椅背。

聂洲泽捡起纸巾，从中抽了一张递给她，道："纸巾。"

"谢谢。"许时沉接过纸，擦了擦眼睛，继续把注意力放到眼前的大银幕上。

电影散场后，许时沉站在洗手间的镜子前，镜子里的人眼睛有点儿红，她闭上眼，缓了一会儿。

早知道就应该选喜剧，也不至于这样。

聂洲泽在出口等她，见她的眼睛红得跟兔子似的，脸上没了刚来时明媚阳光的笑意，他的心口也跟着抽了一下。

"洲泽哥，咱们走吧。"

"等等。"聂洲泽弯下腰，伸手在她的头顶轻轻地揉了一下，温柔地问道，"还难受？"

许时沉愣了片刻，瞬间觉得自己恢复了元气，她笑着摇头道："现在还好，我朋友之前跟我说这个电影会很恐怖，但我完全没觉得，光顾着感动了。"

"那可能是你没发现电影里的一些细节。"

"细节？"许时沉顿时来了兴致，问道，"可以跟我讲讲吗？"

"行。"

于是，许时沉一边往外走，一边听他讲，越听越觉得他们看的可能不是同一部电影。电影里有那么多细思极恐的细节，而她根本没有注意到，难怪闻沁说电影很恐怖。

等他说完，脑子里突然增加了许多信息的许时沉由衷地感叹道："我现在严重怀疑你偷偷溜去隔壁看了一部和我看的完全不同的电影。"

聂洲泽挑了下眉，道："有这个可能性。"

说完，他默契地与她相视一笑。

这边，杨倾和男朋友刚从影厅出来，看到远处的许时沅，她对身边的男人说：“看到前面那个人没有，那就是我的室友。”

男人定睛一看，清了清嗓子，道：“要不要再过去和她打个招呼？”

“等等。”杨倾说。

她转过身，帮男朋友把名牌手表的表盘调整好，又让他把车钥匙拿在手上，最后给他理了理衣领，才道：“好了，过去吧。”

聂洲泽推开玻璃门，许时沅出来后，他才放开门把手，门轻轻合上了。

两人走出去几米远，许时沅又听到某个声音由远至近：“时沅，怎么这么巧啊？”

有完没完。

许时沅回头一看，觉得有点儿好笑。她说：“是挺巧的。”

这回来的是两个人，杨倾挽着一个梳着背头的中年男人，男人穿着黑色皮鞋，一副商务精英模样，手指上还挂着车钥匙。

聂洲泽神情淡淡的，他点了点头，侧头问许时沅：“朋友？”

聂洲泽五官英俊，气质冷淡，举手投足间却让人觉得风度翩翩。

杨倾道：“对啊。”

“室友。”许时沅面无表情道，“请问你们还有什么事吗？没事的话，我们就先走了。”

杨倾的嘴角僵了僵。

“没什么大事，就是想和你们认识一下。”男人的表现倒是大方得体，他拿出一张名片递给聂洲泽，说道，“这是我的名片，认识一下。”

聂洲泽意味不明地笑了一下，道：“郭嘉豪，鼎力的总经理，挺不错的。”

郭嘉豪脸上的笑容依旧灿烂，心里却在想，年轻人果然就是年轻人，不懂得和成功人士说话的艺术，他道：“马马虎虎吧，等会儿我可以送你们一程，对了，你怎么称呼，在哪里高就？”

“我姓聂，聂洲泽，送倒是不用你送了，谢谢你的好意。”

杨倾扬起嘴角，看着他们的背影，道：“有点儿自知之明。”

“聂……”郭嘉豪瞬间意识到什么，问道，“你是凌泽科技的聂洲泽？”

郭嘉豪顿时想起来了，他见过聂洲泽一次，今天他的发型和上次不同，他一时半会儿竟然没认出来。

最近，他所在的鼎力公司资金出了问题，他想求助投资界的大咖陈业，但陈业不是想见就能见到的。他只知道凌泽科技的聂总和陈业的关系很不错，因此，他一直想方设法拜托聂总为他引见陈老，但聂总也很难约。

既然在这里遇上，郭嘉豪也顾不上其他了，赶紧追过去喊道：“聂总，聂总，请您留步。”

聂洲泽转身问道：“您还有事？”

许时沅也回过了头。

这人刚刚还是一副倚老卖老的姿态，现在就“聂总、聂总”地喊上了，堪比川剧变脸。她不明所以，但她的表情比被晾在原地的杨倾镇定多了。

杨倾在后面喊着“郭嘉豪，你回来”，然而，郭嘉豪恍若未闻，他看着聂洲泽道：“聂总，我能不能耽误您五分钟时间，和您聊一聊工作上的事？”

聂洲泽脸上的笑意不达眼底，道：“不好意思，我今天休息，不谈任何关于工作的事。”

下午，许时沅像往常那样去了宏丽大厦。再过三天，这项工作就算彻底结束了，这几天她格外认真，打算给工作完美收尾。

电梯里有些要去上木雕课的学生，见到她，大家纷纷主动打起招呼。

课后，学生们会有五花八门的问题，但他们的口语不太好，只能通过许时沅向丽丝老师提问，等老师回答完之后，再经由许时沅告诉他们。

所以，这次口译工作中，许时沅既当学生，又当老师，十分新奇。

就在她以为剩下的三天会继续快乐下去时，现实却给她泼了一盆冷水。

她如往常一般走进艺术培训公司，前台的两个工作人员却没有理会她打招呼的话语，眼中似乎还露出了鄙夷的神色。

许时沅不确定这是不是她的过度解读。

然而，当她来到丽丝的办公室后，她感受到了不对劲的氛围。

以往这个时候，丽丝都会热情地和她打招呼，但今天，丽丝只是淡淡地看了她一眼，甚至皱着眉。

随后，丽丝的助理李然推了推鼻梁上的黑框眼镜，将她带到门口的沙发旁边，拿出手机给她看，问道：“这张照片是你之前参观工作室的时候拍的吧？”

许时沅看了一眼，这是一张未完成的古堡木雕图片，她第一次看见这木雕时便觉得细节精巧，经过丽丝的同意后确实拍了几张照片。

“应该是，怎么了？”

“那你为什么不经过我们的同意就把工作室里的工艺品照片发到群里？”

“请问，你在说什么？”

这张古堡木雕照片确实是她拍的，当时她只是觉得特别好看，经过丽丝的同意后便拍了一张，但并没有发到任何平台上。

“我没有发到任何地方，请不要血口喷人，可能是其他人拍过一模一样的照片。”

“但事实是只有你有这个可能性。”

“你有证据吗？”许时沅面无表情地问。

“我们公司在宣传时也会把图片传到各大社交平台上，但我们的图片都打有水印，不会出现这种情况，只有你有可能传出去。而且，你刚才也说了这图片是你拍的。”

做过这么多次翻译，许时沅还真没见过这样强硬地说她泄密的委托方。

许时沅低着头在手机上点了点，没说话。

李然又推了推黑框眼镜，皱着眉问：“你在听吗？”

“你想怎么处理？”许时沅问。

“按照保密协议，你违约了，本来应该让你赔偿，但丽丝老师说，你和我们一起工作也快半个月了，就不用你赔偿了，但我们需要你道歉。同时，你这次的劳动报酬和我们的损失相互抵消，怎么样？”

许时沅抬手道：“等会儿，你先把你们说的我传出去的照片给我看一看。”

很快，李然把图片发给了她。

许时沅从相册里找出自己两个多星期前拍的那张照片，将两张照片对比了一番。

很快，许时沅点了点头，正想去找丽丝，李然却伸手拦住了她，道：“你有什么事就跟我说，丽丝老师现在很不开心。”

许时沅看了她一眼，道：“我怎么感觉你很心虚啊？”

李然放下了手。

许时沅走到丽丝身侧，道：“丽丝老师，打扰一下，请您看看这两张照片。虽然这两张照片看起来很像，但我拍的这张照片里，城堡门口这棵古树的雕刻工作还没有完成，而在你们泄露的照片里，这棵古树已经雕刻完成了。”

丽丝眯着眼睛，仔细看了半晌，才道：“确实不是同一张照片。如果不是你做的，那真是太好了。”

傍晚，聂洲泽和路凌在楼下的餐厅吃晚饭，两人商量完工作上的问题，自然而然地讨论起其他事情。路凌饶有兴致道：“电影也看完了，我现在可以问你问题了？”

“可以，别问得太细。”

“是不是女朋友？”

“不是。”

“不是女朋友还和对方一起看电影，你别跟我说你是为了和人家谈生意。”

聂洲泽挑了挑眉，想到许时沅便下意识弯了弯唇，笑意坦然明朗，道：“这倒不是。”

“那就是喜欢她？”问完，路凌已经猜到了他的答案。按照他对聂洲泽的了解，他这样的铁树怎么可能开花？

然而，这一次，聂洲泽嗯了一声，说道：“是喜欢她。”

“什么时候的事啊？”路凌心中莫名生出了一种老父亲的激动。

他们的创业团队最初只有五个人，聂洲泽是其中一个。一路上艰辛而孤独，他们咬着牙扛了过来，见到了光明，陆陆续续都有了另一半，只有聂洲泽自始至终是一个人，只和他上大学时捡的那只猫生活在一起。大学时期，追他的女生明明那么多，这家伙却通通完美避开了。

“今年。”聂洲泽想起那个有些荒唐的缘故。大约是从那时候开始，他慢慢留意到，她已经不是以前的小女生了。

一直以来，他的思维偏向理性化，更相信可视化的数据，对万事万物都追求所谓的逻辑。

然而，心跳不会骗人。

重逢以来，和她相处的画面历历在目，只要稍微想一想，那些场景便如同电影画面那般，一帧一帧，清晰无比，而这时，他总会不自觉地弯起嘴角。

电影进度条拉到前半段。

女孩弯着腰，在被香樟树遮蔽的校道上扫地，齐耳短发蓬松柔软，光影斑驳地洒落，在人来人往时，她朝他看过来，道：“聂师兄，早啊。”

久远的记忆褪去了陈旧的颜色，在他脑海中鲜活起来。

无论是高中时遇见的她，抑或是现在的她，她的笑容都是很治愈的。和她待在一起，他感觉到前所未有的轻松舒适，如同整个盛夏的凉风拂面而来。

“关键是，对方喜欢你吗？”路凌问。

“在男女关系方面，可能不喜欢。”说完，聂洲泽又想起那天洗完碗时听到她说的话，她说她不喜欢他这种成熟稳重的类型，喜欢有少年感的……

“那是在哪方面喜欢你？”

“对邻居哥哥的喜欢。”聂洲泽抬眸道。

路凌道：“那你努力努力。”

离开公司时，大厦外的夜色幽深。

聂洲泽像往常一样询问许时沅下班了没有，收到的回复却是：“已经到家了。”

如果他没记错，以往这个时候，她一般会在大厦楼下的咖啡厅或书店里。

聂洲泽感到诧异，不由得有些失落惘然。

他进了大厦的电梯，里面还有一个戴着黑框眼镜的女人。聂洲泽之所以注意到这个人，是因为他此前见过她和许时沅讲话。

李然在打电话，看到聂洲泽进来时，她的音量一下子变小了。

电梯门打开了，女人走出去时，对电话那头道：“我会和许小姐进一步沟通的……”

许小姐？望着那人步履匆匆的背影，聂洲泽若有所思。

许时沅盘腿坐在地毯上，把所有资料都整理好，发给了李然。之后几天，她不会再去大厦了。

即使她把自己拍的照片给丽丝看了，他们公司的人看她的眼神依然奇怪，似乎这件事情已经板上钉钉了。

临走前，她对李然说：“麻烦把我之前的工资结了吧，你们重新找人。”

黑框眼镜下的眼睛十分漠然，李然道：“既然不是你，你为什么不能继续配合我们？在这个节骨眼上还要我们重新找人。”

说她年轻气盛也好，说她受不了气也罢，许时沅从未被这样质疑过，也从未被如此不尊重地对待过。

她说：“你毫无证据地怀疑我，诬陷我，我们没有继续合作的必要了。”而后，她便径直离开了宏丽大厦，原路返回家中。

原来这就是单打独斗时会面临的情况，她突然明白了沈时的担忧。

算了，吃一堑长一智。

许时沅收回思绪，起身想去聂洲泽那儿坐坐。

只要看到他，她的心情就能变好。

许时沅整理了一下仪表，按下了他家的门铃，却没人开门。

这个时间点，他好像还在路上。

许时沅等了五分钟见仍没有等到人，便打算出门去附近的公园散步。百无聊赖间，李然给她打了个电话，开门见山道："许小姐，我可不可以拜托你一件事？"

"什么？"

"是这样的，你能不能帮忙把照片泄密的事情担下来？"李然说。

许时沅笑出了声，道："不能。"

"你先别急，事后，我们会给你两倍的报酬，我们只是希望你能够帮我们认下这么一件小事，应该挺划算的吧？"

许时沅明白了，他们现在急需找到一个"泄密者"，给丽丝合作方那边一个交代。

只有她这个临时请来的翻译是外人，与其花费精力抓出公司内部的人，不如暂时拉一个外人来顶替，而她就是最好的选择。

"不好意思，我不认为这是小事，也从不拿这种事情开玩笑。"许时沅一字一顿道，"你们另请高明吧。"

她要是为了钱背了这个黑锅，将来，这会是她在翻译行业的一大污点，谁还会放心地和她合作？况且，这件事本来就不是她所为，她内心坦荡。

"那行，既然你不肯配合，剩下三天也不打算来了，我们就按照合同来，你今天罢工算是违约，我们只需付给你原定酬劳的三分之二。所以，你好好考虑一下，明晚之前……"

"不用明晚，三分之二的酬劳，请尽快打给我。"

很快，许时沅收到了转账，她毫不犹豫地收钱，想发一句"谢谢"，却发现对方已经把她拉黑了。

许时沅拦了辆出租车，道："师傅，去四横街的'绿野仙踪'。"

"绿野仙踪"不是书店，而是酒吧。

许时沅在公园领完大打折扣的工资后，本想向闻沁倾诉，谁知闻沁先给她打了个电话，让许时沅去一趟"绿野仙踪"。

耳边有些嘈杂，音乐声、碰杯声和说话声混杂，光影交错，许时沅十分艰难地辨认出了闻沁的背影。

"沁沁，我来了。"许时沅在她的旁边坐下。

话音刚落，闻沁哭丧着脸转过身来，那张脸看起来比苦瓜还苦。

“哟，怎么了这是？”

“我心里苦。”闻沁说。

“苦什么？”许时沅把她手里的酒瓶拿走，说道，“苦也不能这么喝酒，有什么事情就说出来。”

“不想说。”闻沁又倒了一杯酒。

见她这么颓丧，许时沅把酒杯夺过来，道：“不想说就不给喝，你看着我喝。”

闻沁抱住她，道：“林超琦回去的第二天，想他。”

说完，闻沁装不下去了，她一改刚才的丧气样，笑得很大声。

许时沅把她靠在自己肩膀上的脑袋推开，道：“我还以为你真有事，没想到你耍我。”

“我这还不是为了你？你今天被人诬陷，我让你把她的微信发给我，我帮你骂她，你又不给，我只能叫你出来散散心了。”

“人在江湖飘，哪能不挨刀？”许时沅开玩笑道，“刚刚那人还给我打电话让我背下这黑锅，说会给我两倍工资呢。”

“那你……背锅了？”

“没有，我又没有掉进钱眼里。钱结清了，我和他们就两清了。”

许时沅和闻沁碰了碰杯，喝了一口酒，满嘴都是涩涩的苦味，道：“这回长教训了。”

闻沁一喝就是半杯，她说：“所以，我跟你说，不要对谁都好，你得高冷起来，不苟言笑，这样人家才不会觉得你好欺负，知道吗？”

另一边，聂洲泽洗完澡陪猫玩，看见猫窝里躺着一条扁扁的木雕鱼——这是许时沅昨天晚上给贝贝的，说是她自己雕的。

他伸手捡起木雕鱼看了看，乍一看，还真像那么一回事。

很快，木雕鱼又被贝贝拿走了，它锲而不舍地啃着，却没啃动。

聂洲泽点了点它的脑袋，道：“好好珍惜，我都没这待遇。”

他看了一眼墙上的挂钟。

以往这时候，许时沅都会过来看看猫，但今天她还没来。他放心不下，按下了对门的门铃，但许久都不见有人开门。

许时沅的手肘撑在桌上，有些烦躁，她拿出手机看了一眼微信，便看见聂洲泽的头像旁边的小红点，随后她打起精神打开了聊天框。

聂洲泽："这么晚了，你不在家？"

"谁啊？聂洲泽泽泽泽？这么多泽，够重点强调的。"

许时沅回复他："在外面和朋友闲聊，晚点儿就回去。"

闻沁说："叫他一起来喝酒啊，他一个人在家多无聊。"

"我不要形象了？"许时沅瞥了她一眼。

"……"

许时沅的两颊慢慢泛红，提到聂洲泽，她不由得多说了几句："你知道吗？他家里养了一只猫，长得特别好看。"

"我知道，你之前说过这猫对你爱搭不理嘛。"

"对，但我晚上只要有时间就会去看它。虽然它老是对我爱搭不理，但能用这个借口去他家里坐坐，我也挺高兴的。"

"你又喜欢上他了？"闻沁淡淡地问。

"我没有又喜欢上他。"许时沅十分坦诚，"其实，我慢慢才发现，我好像从来没停止过喜欢他。"

"小傻子，终于肯承认了？你骗得了我们，也骗不了你自己。"

许时沅原本以为，时间可以磨灭她对一个人的心动。只要时间够久，只要她经历的事情够多，她就一定能在与他再次相逢时保持心态的平和，就像其他无数的人和事。

但事实上，曾经深深喜欢过的人，怎么可能说放下就放下？她只是把这份喜欢埋藏到了心底最深处。

许时沅不想把它挖出来，她逃避着自己的真实感觉，并且试图说服自己，告诉自己那只是尊重和欣赏。

可花了这么久的时间，她非但没能说服自己，反而重新深陷其中。她表面上镇定自若，内心却比以前更别扭了。

可能是由于喝了酒，许时沅把一直以来憋在心里的话全都说了出来。她感觉畅快了许多，面前的酒瓶不知何时也见了底。

许时沅的脑袋又沉了几分，道："你说，人怎么这么奇怪，总是会……反反复复喜欢同一个人？"

"你就是太死脑筋了，但这也不是什么坏事。不过，按照你的性格，估计也不懂得怎么追人。"闻沁说。这么多年来，她的观念也早就改变了。

"我现在觉得吧，越是喜欢一个人，就越不能追他，你得反客为主，让他喜欢上你，让他追你，知道吗？”

闻沁说完，发现半晌没人回应，她转头一看，许时沅面前的酒已经空了两瓶。

许时沅一只手撑着脸颊，睡过去了。

闻沁酒量好，差点儿忘了许时沅的酒量很差。闻沁叹了一口气，道：“算了算了，我改天再跟你说，我先送你回去。起来了，沅沅。”

闻沁摇了摇许时沅的肩膀，刚想帮她把手机装进包里，屏幕却突然亮了，来电人是聂洲泽。

聂洲泽给许时沅发了几条微信消息，但那头始终没有动静。已经快十一点了，他又看了一眼聊天框，十点时发的消息依然没有收到回复。

他给她打了个电话，那边很快接了，他道：“喂，沅沅。”

“喂，你是谁啊？”许时沅现在的脑子像团糨糊，她皱着眉问闻沁，“他是不是打错了……”

闻沁把她的手机拿过来，连忙道：“喂，聂师兄，你现在有空吗？能不能过来接一下许时沅？她喝醉了……对，我们在‘绿野仙踪’。”

“谁啊？”许时沅问。

“你日思夜想的那个人。等会儿，他会过来带你回去。”闻沁伸手捏了捏许时沅的脸颊，“好好把握机会，我只能帮你到这儿了。”

“知道了。”许时沅迷迷糊糊地点点头，下一秒，她靠着闻沁的肩膀睡着了。

闻沁叹了一口气，道：“别睡了，你确定要错过这个机会？”

……

酒吧里进来了一个男人，他的发丝随意地垂在额角侧边，遮着左侧眉眼，有几分与周围格格不入的冷清。不少人朝他看过来，也有来搭讪的，他并未做丝毫停留，与那些人错身而过。

到卡座边时，聂洲泽看见许时沅死死地圈着闻沁的脖子，安静地闭着眼，似乎是睡着了。

聂洲泽问：“怎么回事，怎么喝了这么多？”

闻沁赶紧道：“没有，就喝了几杯，她的酒量不太好。”

闻沁凑近许时沅的耳畔道：“沅沅，我们该走了，你快醒醒。”

可能是周围太嘈杂，许时沅松开了抱着闻沁的手，喃喃道：“你好吵，我要睡觉。”

闻沁叹了一口气，偏过头对聂洲泽道：“要不，我们在这儿坐会儿？等她清醒清醒。”

聂洲泽垂着眼，有些无奈。闻沁却莫名觉得这眼神有点儿宠溺。

聂洲泽对闻沁说：“你待会儿帮我开一下车门，我带她出去。”

“好。”闻沁站起身，说道，“咱们一左一右，扶着她出去？”

“用不着这么麻烦。”

下一秒，男人弯下腰，手从许时沅的腿弯穿过，抱起她便往酒吧门口走。

腾空的瞬间，许时沅有一种不踏实感，下意识地抬手揽住了他修长的脖颈。

之后，闻沁没再和他们一起。

聂洲泽怕许时沅在后座磕到碰到，便把她放在了副驾驶座上。倾身帮她系安全带时，他的目光不可避免地落在她的锁骨处，而后又移开了。

许时沅缓缓睁开眼，便看到男人近在咫尺的鼻梁骨，他离开时带起一阵风。

“清醒了？”

“嗯。”

这阵风太让人安心，她嗯了一声后又闭上了眼睛。

“为什么喝了这么多？遇上什么事了？”

“嗯。”

聂洲泽没再问她，将车驶进了小区车库。下车后，他绕到她那一侧拉开车门，解开了她身上的安全带。

“我自己能走。”许时沅睁开眼睛，推开身前的手，自顾自地下车往外走去，脚步却不太利索。

聂洲泽松了口气，关上车门，追上了她的脚步。

眼前的几栋楼长得都差不多，许时沅一时辨不清方向，自觉退回到他的身边，挽上他的胳膊。

聂洲泽身形一顿。

她的手指是沁凉的，贴着他的手，他的眼尾无声地扬了起来。

许时沅自然而然靠上他，问：“爸，我们家往哪儿走？”

聂洲泽沉默片刻，语气沉沉地道：“跟着我走，但我不是你爸。”

许时沅一下子不乐意了，尽管眼前人的大半张脸都笼在夜色中，她还是笃定道：“你是我爸，我不会认错的。”

她这一喝醉就乱认爸的毛病也不知是跟谁学的，聂洲泽气极反笑道：“我还真不是。”

“爸爸，你是不是不想要我了？”许时沅甩开他的胳膊，一双眼睛亮晶晶的，泛着水光。

聂洲泽无奈地抬手，道：“要的，你过来。”

于是，聂洲泽不得不顶着“爸爸”这个名号带着她进了公寓楼，坐上了电梯。

整个过程中，许时沅紧紧地搂着他的胳膊不松手，嘴里还念念有词：“爸爸，你是不是长高了？”

聂洲泽不知怎么回答她，嗯了一声。

许时沅更来劲了，疑问一个接一个：“你不是老人家吗？”

“其实是中年人。”

“那……中年人也不会再长高了吧？不应该长胖吗？”

如果不是她脸颊酡红，听她的语调，甚至会误以为她现在是清醒状态。

“为什么会这样啊？”

她一反在车上时的安静模样，化身人形模式的《十万个为什么》。

“穿了增高鞋垫。”聂洲泽回应她。

“原来如此。”

这样的状态持续到她家门口为止，好在，她还记得大门密码。

嘀的一声之后，门开了，她还抱着他的胳膊。

他之前来过她家一次，但那时的布置很简陋，没想到现在家里变得如此温馨，窗帘是淡粉色的，正随着夜风缓缓摆动。

“我给你倒杯水。”聂洲泽扶她在沙发上坐下。

许时沅恍若未闻，疑惑道：“你是不是变瘦了，手臂怎么硬邦邦的？”说完，她伸出自己的手臂和他“一较高下”。

聂洲泽没忍住，抬手捏了捏她的脸颊，道：“你怎么这么可爱？”

“我记得我爸是有啤酒肚的，你怎么没有？”许时沅皱着眉，终于发现了不对劲，问道，“你该不会不是我爸吧？”

“你现在才发现？”

聂洲泽松了一口气，以为她清醒过来了，这才放松地靠向椅背，不料，她忽然伸手掀起了他的T恤下摆。

太阳穴突然一跳，随后，他捉住她的手，问：“干什么？”

他这一声唤醒了许时沅脑袋里的某根神经，她眯了眯眼，看清了眼前人的长相，道：“你是聂洲泽？”

“是我。”

他把她的手放到一旁，扯了扯自己的T恤下摆，看着她的眼睛，认真地说道：“所以，别乱动，乖一点儿。”

但下一秒，许时沅从沙发上坐起来，跨坐在他身上，搂住了他的脖颈。

她的动作太快，让他猝不及防，身体变得僵硬的同时也变得敏感了。

“你不是聂洲泽。”

聂洲泽的手滞留在半空中，进退维艰，脑中刚冒出的猜想又重新消退。

“那你觉得我是谁？”

在许时沅迷糊的认知里，有一点是很明确的——聂洲泽绝对不可能会出现在她家。唯一的可能性便是她在做梦，既然是在梦中，那就是她可以随意支配的世界。

“你是……假人。”

是她在梦里见过无数次，但醒来之后无一例外会消失的幻象。

但即使如此，她的本能反应还是不让他走，是幻象她也认了。

“假人？”他哭笑不得。

“起来，我带你回房间睡觉，嗯？”聂洲泽叫了她几声。

她搂着他脖颈的手没有半分松动，就在他以为她睡着了时，低低的抽泣声传到他的耳朵里。

“怎么了？”聂洲泽低声问她，有些手足无措。

许时沅不肯把头抬起来，像在做什么噩梦，紧紧地搂着他的脖颈，一个劲儿地往他怀里钻。

聂洲泽托着她的脑袋，任由她的泪水渗入他单薄的T恤。

只是，她这样紧紧地贴着他，他的体温不免上升，折磨着他的神经。

他没怎么哄过人，只能轻轻拍着她的后背。

随后，他起身准备把她抱进房间去睡觉，她却突然大声道：“你不许动！”

他不得不靠回沙发上，道：“行，我不动。”

也不知过了多久，许时沅的呼吸慢慢平静了下来，而后她推开他的身体，自顾自地躺下，只有食指还钩着什么，不肯放开。

许时沅的房间不大，有一股淡淡的馨香，抚平了他心里的躁动。

聂洲泽垂眸一看，她的食指紧紧地钩着他的腕表表带，没有要松开的意思，他想走却没法走，只能坐在她的身侧。等了片刻，聂洲泽拨开她脸颊上的长发，又抹去了她眼角的泪痕。

闻沁到家后打电话给许时沅，想确认她是不是安全到家了，电话却一直没人接，直到她又打了一次过去，才终于被人接通。

“喂，你好。”这声音明显是聂洲泽。

闻沁的思想有点儿跑偏了。

“沅沅怎么样了？”

聂洲泽偏开头，清了清嗓子，道：“没什么事，已经睡着了。”

“那行，那我先替她谢谢你了。”

闻沁想挂电话，却听到他说了一声“等等”，她不由得紧张起来，不知道是不是许时沅说了醉话，暴露了什么，只能问道：“怎么了吗？”

聂洲泽问：“我有件事想问你，她最近是不是遇到不顺心的事了？”

许时沅做了个非常荒唐的梦。

梦里，她好像喝醉了，看上去像个神志不清的傻子，还叫聂洲泽“爸爸”，想想都觉得可怕。

梦里，他送她回到家后，她把人按在沙发上，抱着他不肯撒手。

那些曾经意难平的往事争先恐后地涌上心头，她想到他和别人打电话时温柔又宠溺的语气，越想越伤心，眼泪便不由自主地落下。

还好只是个梦。

想到这儿，许时沅欣慰地笑了笑。

她还记得，昨天晚上，她不小心喝多了，搂着闻沁的胳膊，闻沁喊她起来，说要送她回去。

她应该是和闻沁一起回来的，之后闻沁便先离开了。

想到这儿，许时沅给闻沁发去微信消息。

许时沅：“沁沁，你安全到家了吧？”

闻沁：“非常安全，不用担心。”

许时沅：“想不到你这么细心，还帮我卸妆。哈哈哈，辛苦了！”

闻沁：“我帮你卸妆？什么时候的事？”

许时沅：“昨天晚上，你送我回来之后啊，不是吗？”

闻沁：“其实吧，送你回去的不是我，而是另有其人……”

许时沅觉得后脑勺疼，她完全想不起来有这么一回事。

许时沅：“可我怎么记得是你带我回来的，不是你，那是谁？”

她准备从床上起来，小腿却突然碰到了一个冰冷的物体，她吓得差点儿弹起来。随后，她掀开被子一看，是手表，便舒了一口气。

可拿起手表一看，她的心又猛地一跳，这……好像是聂洲泽的那块腕表，好端端的，怎么跑到她的床上来了？

许时沅：“难不成是……聂洲泽？但我记得，昨晚上只有你和我啊。”

闻沁发了一张图片给她，虽然有点儿模糊，但照片中男人的背影依旧很好辨认，他的怀里抱着一个人，那人只露出了小腿和鞋子，但许时沅不会认不出来……他怀里的那个人就是她。

闻沁：“宝贝，你想起来了吗？当时，你一直抱着我的胳膊，我叫你你也不动，然后，如你所见，‘男友力’爆棚的聂师兄出现了……”

许时沅：“你让我缓缓，是你叫他过来的？”

闻沁：“不是，他打电话找你，问你在哪儿。你喝得不省人事，我就帮你接了。你先缓缓吧，我还得上班。”

许时沅捂着脸，倒在了床上。

昨天到底发生了什么？

她只隐约记得那个梦，其他便一无所知，包括腕表离奇地出现在她床上的原因。

她相信聂洲泽不会对她做什么，她只怕自己发酒疯，做出了什么事……但看到闻沁发的那张照片里自己睡着了，她想，大概也不会有什么事发生。

许时沅恢复了些元气，知恩图报的她给聂洲泽发去消息：“洲泽哥，谢谢你昨晚上送我回家，没给你添什么麻烦吧……”

刚打完这行字，许时沅又删掉了。

这块腕表时刻提醒着她，事情没她想的那么简单，还是等晚上再说好了。

她把腕表放在床头柜上，随后进洗手间洗漱。

沙发上有点儿乱，两个抱枕都掉在地上。

许时沅弯腰捡起抱枕，将其重新放好。

电光石火之间，她的脑海里浮现出了不同寻常的画面。

聂洲泽支着长腿，深陷在沙发里，而她竟然压着他，双手死死地圈着他的脖子。

应该……是梦吧？毕竟，在现实生活中，这个场景是绝不可能发生的，除非他真的是她的男朋友。

但很显然，这个假设并不成立。

这一整天，许时沅都沉着气没给聂洲泽发消息，直到晚上，时间差不多了，她才出了门。

站在聂洲泽家门口，她拿着他那块腕表，正准备按门铃，手却停在了半空中。

等会儿，她该不该问？该怎么问？

一想到昨晚会发生的事情，丝丝热度便蹿上了她的耳根。她深吸了一口气，还没按到门铃，门便开了，清冷的气息随之扑面而来。

许时沅的手在半空悬了两秒，随即装作自然地打起招呼："嗨，洲泽哥。"

聂洲泽正要去找她，看到她时，他的眼底便自然而然地漾起了笑意，他道："先进来吧。"

他的神情很自然，这让许时沅紧绷的神经立刻放松了。

此刻，贝贝从沙发上跳了下来，经过她身前。

"贝贝，晚上好啊。"许时沅蹲下身，还没摸到它的脑袋，它便一下子跑走了。

一如既往的高冷，很好，一切如常。

许时沅抬起眼，蓦地对上聂洲泽似笑非笑的视线。他问道："头疼不疼？"

"没什么感觉。"她镇定自若地把腕表递给他，"但是……你的表怎么跑到我那里了？"

"你不记得了？"

许时沅诚实地摇头道："没什么印象。"

聂洲泽的语气云淡风轻："当时，你一直扯着我的表，睡着了也不松手，我只能先给你拿着了。"

许时沅是个想象力极其丰富的人，但她实在不敢想那个画面，她觉得有点儿丢人："其实……昨晚只是意外，我平常基本上不喝酒。"

"嗯，看出来了。"他点头道。

"除了这个，昨晚发生的事，我完全不记得了。"

"不记得了啊。"聂洲泽半敛着眼，强压着笑意，再抬眼时，他的神色正经了许多，"没事，昨晚没发生什么特别的事。"

他越是说没事，许时沅就越觉得有事。

她走过去坐在他身侧的单人沙发上，如同打听别人的事情一般随意道："要不，你跟我说说呗？"

聂洲泽本来不打算再提昨晚的事情了，他怕她脸皮薄会不好意思，但她看起来很想知道，他一时不知该从何说起，于是他道："你再好好想想？"

"我都想了一天了。"许时沅恳切地说道，"要是想得起来，我就不用问你了。所以，我应该……没做什么特别的事吧？"

"没有。"他的眼尾微微扬着，漫不经心道，"只是一直喊我爸爸。"

许时沅以前也喝醉过两三次，但都是在闻沁家里。昨天那种情况少之又少，闻沁说她喝醉了就乱认爸，她之前还不信。

现在，聂洲泽说得认真，让她觉得这件事的可信度大幅度提升了。

她听到聂洲泽继续道："你还问了我很多问题，怎么长高了，变瘦了……是不是不要你了。"

他用男人特有的低沉嗓音模仿着她当时的幼稚语气，这让她脸上的热意更甚了。

许时沅越发觉得这和她昨天做的梦一模一样，梦里的她确实有一堆问题，关键是，他都认真答了。

许时沅仍然悬着一颗心，问："没别的了吧？"

比如说……坐在他身上抱着他哭这种荒唐事，应该不会真实存在过吧？

"没别的了。"聂洲泽仿佛想起了什么，神色有些不自然，但也转瞬即逝。

这天中午，李安安突然给她发来微信消息："时沅，你认识李然吗？"

许时沅："认识啊，怎么了？"

李安安："我这两天放假，临时被人拉去做了两天的口译。原来，那个被诬陷的许小姐是你啊？今天的课程开始之前，李然当着所有学员的面帮你澄清了那件事。"

许时沅："还有这种操作？态度转变得太突然了……"

李安安："而且，你知道谁是把丽丝工艺品照片泄露出去的罪魁祸首吗？"

许时沅："谁啊？"

李安安："就是李然！她给她朋友分享了照片，她朋友又把她发的那张照片转发到了微信群里，是她自己承认的，我把她的话翻译给了丽丝。"

许时沅有些无语，竟然是贼喊捉贼。

但她比较好奇，几天前李然还想让她背黑锅，今天就这么坦荡地承认了，这举动确实令人迷惑，或许只能用"良心发现"四个字才能解释了。

她正疑惑着，手机响了起来，是陌生号码的来电。

她犹疑片刻才接："你好。"

"你好，是许时沅许小姐吗？我是创艺艺术培训公司的贺涵，对于之前让您觉得不愉快的事情，我很抱歉。"

"上次什么不愉快的事？"

"就是上次，我们公司的员工李然诬陷您泄露未完成的工艺品图片这件事。"对方说，"不过，您放心，李然现在已经不是公司员工了。上次，她扣下的您三分之一的酬劳，我会让财务打到您的账上。"

许时沅不知道他们的态度为何转变得这么突然，但听到对方道歉，许时沅也没那么生气了。

桌上放着几沓资料，再过一阵子，凌泽将要举办一个新产品发布会，届时许时沅会担任发布会上的同声传译。

她很早就开始做准备了，聂洲泽给了她一堆资料，省了不少事。

之前，她不小心喝醉，给聂洲泽留下了不太好的印象，这一"污点"只能靠以后慢慢洗刷了。

许时沅决心用她的工作能力来说服他——她平时绝对不会掉链子。

第十一章 迟早

很快便到了发布会的前一天。

这天晚上，许时沅在地图软件上搜索去目的地的路线，她有过坐地铁坐过站的“前科”，所以在这方面非常小心。

很快，聂洲泽的消息弹出来了：“明天，我带你去会场？”

许时沅开心地回复：“好啊。”

第二天，聂洲泽的车到了会场的地下车库。现场已经有很多人了，聂洲泽一路往会场走去，有不少人和他打招呼。

路凌也到了，隔着一段距离，他便看到了聂洲泽，他快步赶上去，道：“老聂，看我穿得怎么样？”

“还可以。”聂洲泽点评道。说完，他对许时沅道，“往这边走。”

注意到许时沅是个新面孔，路凌自然而然地问起她：“这位是……”

许时沅看到他疑惑的表情，自我介绍道：“路总，你好，我是此次发布会的同声传译译员，许时沅。”

“你好，你好。”路凌点了点头，又意识到什么，略微诧异道，“你是坐他的车来的？”

许时沅坦然地点头道：“对，我们住得近。”

聂洲泽嗯了一声。

路凌突然联想到什么，一脸恍然大悟的表情，道：“原来你是……”

许时沅等着他的下文。

路凌却收敛了惊讶的表情，笑着道：“原来你是老聂的邻居啊。我记得上次我们公司参加展会时，展会的口译员也是你。”

“对，我当时没有见过您，您都记得我？”

“许小姐这么年轻漂亮，谁会不记得？对吧，老聂？”

怎么扯上聂洲泽了？

许时沅脸上的笑容灿烂，眼底却有些许紧张。其实她一直很想知道，自己在他眼里到底是什么样的形象。

许时沅到现在都记得以前和他同框时，自己毫不起眼的模样。

这么多年过去了，她变成了另一副模样，人也自信了，但当年觉得自己和他天差地别的自卑感，她还深深地记得。

“嗯。”聂洲泽语气淡淡地补充道，“她一向如此。”

一向如此——这个词更让路凌肯定了自己内心的猜想，他以前也这么问过聂洲泽，但是得到的回答是“你喜欢就好”。

阳光正好，和许时沅此刻的心情一样。

路凌比聂洲泽矮半个头，戴着一副半框眼镜，头发梳得发亮，乍一看，像个不苟言笑的商业精英，但许时沅发现他的话特别多，一路上都停不下来。看得出来，他和聂洲泽的关系特别好。

这次的发布会并不是由聂洲泽主讲，而是由凌泽的另一位创始人路凌作为主讲，聂洲泽在台下听。

一众背影中，许时沅很快辨认出肩颈线分外优美的那个人是他。

发布会即将开始，许时沅进了同传箱。

她戴上耳机等专业设备，纸和笔都在手边，随后，她将所有的注意力都集中到了发言人路凌身上。

这次，凌泽的新产品叫“VR 星空镜”，主要是为解决焦虑症问题而研发的。现代人普遍焦虑，夜晚时失眠症和焦虑症发作的人更是不在少数，但是药物作用终究有限，不如借助科技的力量进行自我治愈。

聂洲泽戴着耳机，耳机里，许时沅正在进行同步的英文翻译。

他戴上耳机的举动让身侧的助理刘一页疑惑不已——这翻译明明是给台下的外国人准备的，聂总怎么也戴上耳机了……可能是想锻炼英文听力？

发布会结束，会场里的人慢慢地往外走，许时沅安静地待在同传箱里，想等人少一点儿再出去。

闲着没事，她和搭档聊起了天。

搭档感叹道："我听说凌泽的创始人长得很好看，今天见到，好是好，但没有同事们吹得那么厉害。"

搭档话音刚落，便看见一个穿着银灰色西装的男人从同传箱前走过，眼眸中含着淡淡的笑意，高挺的鼻梁旁还有一粒痣，看一眼便令人过目难忘。

"你看，这个男人更帅。"

许时沅向外看了一眼，道："这位就是凌泽的另一位创始人，聂洲泽。"

聂洲泽抬眼看过来，和她的视线碰撞在一起，朝她摆了摆手。许时沅也朝他摆了摆手，一转头，搭档道："他好像很不错，还跟我们打招呼。"

许时沅想，原来他不是在和她一个人打招呼。

许时沅的手刚放下，便看见他的肩膀被人拍了一下，来人是一名穿着职业装的女人，衣着恰好也是银灰色，不知在和聂洲泽说些什么。他神色认真，不时地点点头。

许时沅很熟悉他这副模样，即使知道他的性格本身就是如此，她现在也有点儿不爽。

望着他们并肩走出会场的背影，许时沅的嘴角慢慢拉下。

"那应该是他的女朋友吧？"搭档朝许时沅抬了抬下巴，扔下一颗惊雷。

"为什么这么说？我看不太像。"

"两个人都穿着银灰色的西装，我觉得挺像情侣装的。"

"刚才从这儿经过的人中，我粗略算了一下，穿银灰色西装的女士有三……五个吧。"许时沅算了算，说道，"难不成全都是情侣装？"

傍晚的晚霞很美，铺展在城市的空中。

许时沅刚和负责人交接完，正想打道回府，一个男人匆匆地追上她道："许小姐，许小姐，抱歉，打扰一下。"

许时沅回头看向他，眼前的男人很瘦，有点儿眼熟，但许时沅不认识他。

"不好意思，你是……"

"我是聂总的助理刘一页，我们在三楼有个晚会，您也一起来吃晚餐吧。"

说完，刘一页想起刚刚聂洲泽嘱咐他时的情形。

当时，聂总身边围着好几个人，他招手叫自己过去，道："一页，麻烦把沅沅带上来。"

当时，刘一页愣了两秒，才问："抱歉，聂总，沅沅是哪一位？"

三楼宴客厅的人很多，许时沅一时有些眼花缭乱，没看到聂洲泽的身影。

刘一页介绍道："这里的都是凌泽的内部员工，晚会是为了庆祝我们的新项目发布会圆满结束，今晚公司也会组织大家团建聚会。"

"但我好像不是你们公司内部的人吧，也可以一起？"许时沅有些诧异。

"这个我不清楚，是聂总吩咐我带您过来的，您是聂总的朋友吧。"

"朋友"这个身份，她很喜欢。

"许时沅，这儿！"

许时沅循声望去，看到了几张略微熟悉的面孔，是上次凌泽参加科技展时的几个负责人，他们似乎都认识她。

她朝他们扬了扬手，便听到身后传来一个熟悉的男声。

"许小姐，你来这儿。一页，你先去忙吧。"路凌穿着一身西装，走近她，招呼道，"来，你和我们一起坐吧。"

"我随便坐就行了。"

"没事，我们那桌还有很多座位。"

盛情难却，许时沅便大方地跟着他过去了，她想着应该能看到聂洲泽，却还是没看到人。

这一桌人的身份看起来比其他桌的都要重要，这是许时沅的直觉，但他们都比较年轻。

见到许时沅，虽然不太认得她，但他们纷纷热情地和她打了招呼。

其中一个人道："路哥，这就是你说的开发部的新同事吧？还是个大美女，看来我们开发部的春天要来了，哈哈哈。"

许时沅想，她什么时候成了开发部的新同事？

"不是新同事，新同事明天才办入职手续呢，她是……"路凌顿了一下，接着道，"咱们发布会的传译人员。开发部的春天过去了，冬天已经来临。"

许时沅道："没事，你们可以先假装我是新同事，不然我一个外人，不好意思跟你们同坐一桌。"

一顿饭结束，许时沅也没见到聂洲泽的踪影，她问路凌："你们聂总呢？"

"你认识陈业吧？就是我们凌泽的大股东。他今天也过来了，但他这个人有个爱好，非常喜欢唱歌，聂总陪着他去 KTV 了。"

"是这样啊。"许时沅内心有些失落，"那谢谢你们的款待，我先走了。"

路凌道："别急啊，我们待会儿也会去，今晚组织团建嘛，你没事的话，也可以跟我们一起去。”

……

包厢内的灯光有些暗，沙发上坐着一个男人，五官在幽暗的灯光下显得更为禁欲。聂洲泽喝了不少酒，头有点儿晕，所以怀疑自己眼花了。

“看看谁来了？”路凌在他旁边坐下，说道，“你别告诉我陈业把你喝倒了。”

聂洲泽直起身，因为喝了酒，嗓音显得有些沙哑：“谁来了？”

他望向门口，一眼便看到和人谈笑风生的许时沅，心里瞬间生出几分烦躁。

和许时沅说话的是刘明亮。

许时沅听他讲了许多开发部的趣事，其中不免提到了聂洲泽，许时沅听得津津有味，没注意自己已经到了包厢门口。

她笑着转过头，便对上了一双幽深的眼。

刘明亮嗓音响亮，道：“聂总，我给你介绍一下，这是我们开发部今天新来的同事，许时沅。时沅，这是我们开发部的老大。”

“聂总，你好啊。”许时沅很配合地伸出手。

聂洲泽轻轻笑了一声，温热的手掌握上她的手，道：“别闹。”

许时沅只得坐在了他所在的沙发上。

这一声“别闹”，让嬉皮笑脸的刘明亮感受到了一丝不对劲。

“原来你和我们老大认识啊！刚才，我还给你讲开发部的故事来着。”

“是啊，我之前还觉得搞开发挺枯燥的，没想到你们能找到这么多乐趣。”许时沅笑着道。

刘明亮很快被人叫走了，聂洲泽让他们先去玩，他两手交叠，放在脑后，偏头看着许时沅道：“你要听我们的故事，怎么不来问我？”

怎么这语气听起来有点儿酸?

“我一晚上都没见到你，只能听别人讲喽。”

“你每天去我家都是跟在贝贝后边，也没见你问过我。”聂洲泽的眼底隐隐带着不满，却被昏暗的灯光完美掩盖了。

很快，包厢里的人更多了。凌泽各个部门的人都在附近，有不少人过来串门。

许时沅又见到了那位穿银灰色西装的女人，她的头发绾着，显得温婉知性，又不失干练。

听到女人称呼他“洲泽”，许时沅下意识地竖起了耳朵。

“洲泽，陈总那边没问题了，投资款会在下周六前打到你们公司的账户上。”

“好，这次麻烦你了。”

女人举起酒杯，和他碰了碰，道：“自己人，哪有什么麻烦不麻烦的。”

许时沅心中一震，他们已经好到“自己人”的程度了？

她呼出一口气，往自己的杯里倒了一杯酒，还没来得及喝，便被一只骨节分明的手拦下了。

“许时沅，别喝酒。”他给她倒了杯果汁，说道，“喝这个。”

许时沅也不知道自己在较什么劲，只对他道：“但我不想喝果汁……”

“你还想醉酒？”聂洲泽把一整瓶酒递给她。

闻言，许时沅乖乖地拿起果汁杯，抿了一口，道：“还是果汁比较合我的胃口，谢谢洲泽哥。”

没过多久，对唱歌失去了兴趣的众人便想玩点儿不一样的。

“时沅，聂总，过来一起呀。”有个女同事热情洋溢地喊道。

许时沅倒是无所谓，比起和一群人狂欢，她更希望和他单独在一起。

“洲泽哥，你去不去？”

“你去吧。”聂洲泽按了按太阳穴，之前的应酬已经消耗了他不少精力，他说道，“我休息休息。”

聂洲泽的头有点儿晕，他的手肘撑在膝盖上，远远地看着许时沅。

她的眼形像猫眼，很大，眼尾却是微微扬起，笑起来很能感染人，却又给人一种没心没肺的感觉。

那天晚上，她喝醉了，趴在他的颈窝里哭，他的T恤湿了一大片，可他怎么问都问不出原因。

所以，他只能问她最好的朋友闻沁。闻沁说，她在工作上被人质疑了职业操守。于是，他花了点儿时间解决这个问题，但他依然觉得，这并不是真实答案。

许时沅心里藏了很多他不曾知晓的秘密，而他对她的了解还不够，始终徘徊在她的世界之外。

这个认知让他感到烦躁与失落。

“老聂，过来和我们一起玩啊。”路凌挤眉弄眼的，“真心话大冒险。”

“无聊不无聊。”聂洲泽淡淡道，并不打算参与。

“不无聊，这是经典游戏。”路凌凑到他耳旁道，“你要看也得坐近一点儿看，这么远，你看得清什么？”

聂洲泽慢悠悠地起身，眼眸微抬，隔着一张茶几与许时沅对上了视线。

见他一副被硬拖过来的样子，许时沅很不厚道地笑了。但她的笑容才持续了几秒钟，身侧有人坐了下来，她转眼一看，是那个穿着银灰色西装外套的女人。

“时沅？”她笑着问。

她的语气过于温柔，许时沅的态度冷不起来，只好笑笑道：“对，请问你怎么称呼？”

“看来洲泽还没来得及跟你介绍，我是贺婉，婉转的婉。”

没来得及介绍……这是不是侧面说明了他们的关系不一般？许时沅笑得有些勉强。

周围的人都在笑着闹着，许时沅却莫名感觉有些吵闹。

“好，就你了！”

许时沅的思绪被硬生生地扯回，茶几上的酒瓶口赫然对着她的方向。

“我吗？行吧。”

“真心话还是大冒险？”

“真心话吧。”许时沅有点儿蒙，但还是十分配合，还悄悄看了一眼聂洲泽。

“行。”路凌也看了一眼聂洲泽的方向，问道，“谁来出题？”

“你和你现任男朋友是怎么在一起的？”这个问题来自刘明亮。

太简单了。

许时沅庆幸了半秒钟，道：“我没有男朋友。”

“收到，继续。”刘明亮松了一口气。

刚才，他便看见许时沅和聂总一直在一起，看上去像对情侣，他没好意思多问，正好借着这个机会问了。

现场的人很多，许时沅当了两次幸运儿，第一次是真心话，第二次，她选了大冒险。

题目是路凌出的：“给你喜欢的男人打电话，大声说出‘我爱你’。”

这意思是让她告白？

路凌朝聂洲泽挑了挑眉。如果他们两情相悦，那就皆大欢喜，如果她的电话不是打给他的，就算帮兄弟探路了。

几乎是下意识，许时沅看向了对面的那个人。

聂洲泽神色清冷，原本靠着沙发的姿势改为将两个手肘撑在膝盖上。

路凌适时出声道：“不打电话就喝酒，不多不少，罚三杯。”众人纷纷附和。

说完，路凌收到了来自聂洲泽刀子般的眼神，路凌只得冲聂洲泽打了个“少安毋躁”的手势。

“行，等会儿，我拿一下手机。”许时沅笑了一下，蹙起的眉头松开了。

在众人炯炯的视线中，许时沅从包里拿出手机，拨打了一个电话。

“要外放。”

铃声响了。

聂洲泽的手机就在桌上放着，那一刻，手机屏幕突然亮起，他眼皮一跳，原本有些晕乎乎的脑袋仿佛被凉水冲过，瞬间清醒。

他眯了眯眼，却发现手机只是收到了一条不合时宜的短信，仅此而已。

电话被接通了，许时沅的眼睛随之弯起来。

包厢内的其他人安静得如同雕像，耳朵竖得直直的，直到洪亮的男声从许时沅的手机里传出：“沅沅，吃晚饭没有啊？”

这声音……似乎不太对？

“爸，你睡了没？”许时沅开口道。

随后，她从容地对许源说出那句“我爱你”。

电话那头的许源原本瘫在沙发上看电视，此刻差点儿蹦起来，应道：“沅沅，爸爸也爱你，哈哈哈。”

围观的人也都跟着笑了，唯独某个人默默地删掉了刚刚收到的那条短信。

许时沅挂了电话后，路凌笑着道：“你这是钻了空子，其他人不准效仿啊。”

许时沅神色不变，将手机放回包中，道：“我这叫合理利用规则。”

“学到了，学到了。”

聂洲泽挑了挑眉，虽然期待落了空，但他无所谓地笑了笑。她出人意料的举动在他的意料之内，意料之外的是那条不合时宜的短信。

游戏还在继续。

许时沅期待着酒瓶口转向聂洲泽，但他的运气实在太好，他左右两边的人都被罚了一遍，唯独他没有。

“最后一轮，这一轮的幸运儿必须回答三个问题，来，开始——”

终于，所有视线都集中到了聂洲泽身上。聂洲泽没料到自己会是幸运儿，因为喝了酒，他的嗓音有些慵懒：“真心话。”

一时之间，许时沅等着众人向他发难，可大家都意外地安静。男人对男人的兴趣不大，女人们既要保持自己的矜持，又要顾及聂洲泽的身份，都不敢说话。

“你有什么想问的？”聂洲泽抬了抬下巴。

许时沅这才反应过来他是在问自己，于是道："那我就随便说一个吧……"

说是"随便"，其实是她很早之前就想知道的事情。

"你和前任女朋友为什么分手？"

前任女朋友？其他人纷纷露出"我也想知道"的神情。

聂洲泽笑道："没有为什么，我没有前任女朋友。"

许时沅只能想到一个可能性——他和前任藕断丝连，之后破镜重圆了，因此，"前任"这个说法也不复存在。

一瞬间，她觉得自己身处珠穆朗玛峰峰顶，空气稀薄得让她喘不过气。

"那聂总现在有没有想追的人？"就在这时，贺婉问了第二个问题。

许时沅喝了一口橙汁，望向聂洲泽。

"有。"他坦然道。

这个字瞬间带动了现场的气氛，众人纷纷露出惊异又好奇的眼神。

有人问了最后一个一个问题："请问那个人是谁？"

聂洲泽顿了一下，他不动声色地看了一眼许时沅的方向，她却没看他，脸上是一副漠不关心的表情。

屏息凝神的众人没等到答案，只见聂洲泽端起桌上的酒杯喝了两杯酒，随后道："结束了。"

游戏结束。

许时沅起身去了洗手间，冰冷的水在手上缓缓地流淌着，她慢慢冷静下来，尝试着理清脑子里乱七八糟的思绪。

他有要追的人，她想，无论是谁，肯定不会是她，此刻，她的内心就像当年听到他说"哄女朋友"一样难受。但这么多年过去了，她早已不会像以前一样表现出来。

她对着镜中的自己，露出了一抹自认为满意的笑容。

重新回到包厢时，时间已经过去了许久。

许时沅想回家了，犹豫片刻，她准备跟聂洲泽道个别就走。

推开包厢门后，许时沅一眼便看见了坐在角落里的男人，他远离了喧嚣，看起来有些许疲倦，闭着眼睛。

她径直朝着聂洲泽所在的方向走去。

然而，她才走到一半，整个包厢突然黑了。

什么情况？他们又在玩什么游戏？

许时沅距离聂洲泽只有几步之遥，隐约能看到他鼻梁的轮廓。

电光石火之间，她做了一个大胆的决定。

她的脚步没停，心脏却在发紧。

走到他所在的沙发后，许时沅俯下身，轻轻地在他的脸颊上落下一吻，她柔软的头发随之从他的颈间滑过。

她的心狂跳，手心也渗出了汗。

在她关上包厢门的前一刻，灯亮了，而她已经神不知鬼不觉地离开了。

这是她第一次做坏事，她并不熟练，走出包厢时，她的脚底都是轻飘飘的。

她年少时的惊艳，成了年少时的遗憾。

她弥补遗憾的方法如此见不得人，但紧张感过去之后，她心中有一种释怀后的轻松。

上出租车后，她给聂洲泽发消息："师兄，我先走了，你们玩得开心点儿。"

回到家，许时沅把长发盘起来，扎成了松松的丸子头，却发现她左耳的耳垂处空空如也。

那只流苏款的耳坠不见了。

……

"这只耳坠是你的，对不对？"聂洲泽手里拿着的正是她丢失的耳坠，流苏在她眼前摇晃。

许时沅喉咙发紧，道："是我的，你在哪里捡到的？"

"你强吻我的时候，掉在我的手心里了。"他轻描淡写道。

"我……这根本不算强吻。"

"没有经过我的同意，不是强吻是什么？"他慢条斯理道。

这话逻辑上似乎没问题。

没等她说话，他接着道："觊觎我多久了？"

许时沅双脚一蹬，彻底醒了。

她的脑袋还是混沌的，仔细想想，她今晚确实强……不对，是偷偷亲了他，并且这件事做得天衣无缝。

但她突然想起一件事……她的耳坠丢了。

许时沅按亮手机，发现此刻是夜里一点半。

十一点左右，聂洲泽给她发过消息。

聂洲泽："就回去了？怎么都不等等我？"

聂洲泽："也行，到了跟我说一声。"

许时沅的内心顿时生出愧疚感——她怎么这么没良心？吃他公司的晚餐，参加他公司的聚会，结果玩尽兴了就拍拍屁股走人了。最关键的是，她还在临走前占了人家的便宜。

于是，夜里一点半，她很有良心地回复："师兄，我到家了，当时刚好有急事，就先走了……抱歉抱歉。"

清晨的阳光穿过窗帘缝隙，洒在光洁明亮的地板上，温和却并不刺眼。

聂洲泽眯了眯眼，感觉头有点儿疼。

他平时不怎么喝酒，除非在某些不得不喝的应酬上，比如昨天聚会前，他已经和陈董喝了一轮，本来想直接回公寓睡觉，刘一页却发来消息说，许时沅也要一起过来，他便留在了包厢。

只是没想到，许时沅没和他当面打个招呼就离开了。

她去洗手间时，他正在沙发上睡觉。

被嘈杂的笑闹声吵醒后，他习惯性寻找着她的身影，却没发现她。他问贺婉："表姐，时沅去哪儿了？"

贺婉左右看了看，道："应该是先走了吧？好半天没见到她了。"

他找到手机，才发现她半个小时前发来的消息，说她先回去了，而且，她对他的称呼不知何时又变成了"师兄"，莫名有一种要和他划清界限的意思。

他无奈地哂笑，真够没心没肺的。

夜里一点半。

"喵。"贝贝挠了挠聂洲泽的小腿，提醒他该做正事了。

聂洲泽放下手机，抓了抓头发。喂完猫，他走进浴室，准备冲凉水澡。

脱下的衬衫不小心掉在了浴室地板上，他弯腰拾起时，却有东西从衬衫口袋中掉了出来。

耳坠？谁的？

他凝神思考了片刻，后脑勺隐隐作痛，没有得出答案。

随后，他将它放在了洗手池边。

许时沅昨晚睡得并不安稳，她很早就去附近的超市买了菜，回到公寓后熬了一锅热气腾腾的鸡肉粥，盛了一碗放在茶几上。

今天是周日，聂洲泽应该在家休息。昨晚，他喝了那么多酒，也不知道起床了没有。

许时沅吹了吹粥，慢吞吞地喝了一口。

昨晚就那么抛下他走了，想来确实有点儿不厚道。

要不，问问他要不要喝粥？或者喝点儿醒酒汤什么的……

“那聂总现在有没有想追的人？”

“有。”

——怎么不让你要追的那人给你煲粥？

想到这儿，许时沅心安理得地喝完了一碗粥。

手机突然振动起来，她心头一跳。

聂洲泽：“嗯，知道了。吃早餐了没？没吃的话，一起吃？”

霎时间，许时沅有些心虚——人家这么关心你，你竟然吃独食？

内心挣扎了片刻，许时沅回复：“我熬了粥，正准备喝来着。师兄，你要不要一起？”

聂洲泽：“好，等我五分钟。”

五分钟足够她做很多事了，比如打扮打扮，整理客厅。

就在她想着要不要换一件好看的小裙子时，门铃响了。

打开门，一阵清新的气息扑面而来。他应该刚洗完澡，额角的发丝微湿，比起往日干练冷清的穿搭，整个人看起来慵懒而温柔。

“早。”聂洲泽轻扬嘴角。

“早啊，师兄。”许时沅侧过身，听到身后的门被关上了。

“昨晚有什么急事？”他在她身后淡淡地问。

“昨晚我……朋友找我，我着急走，就没和你打招呼。”

她的餐桌不大，桌面上有无数个向日葵摆件。她给他盛了碗粥，坐在他对面的座位上。

他低头喝粥时，许时沅瞥了一眼他的嘴角，那是她昨天偷亲的位置，并没留下半点儿痕迹。

此刻，他似乎什么都没察觉。

她轻轻舒了一口气，却听到他问：“你昨晚走之前，是不是回来过包厢？”

“回来过，拿了东西立刻就走了。”她无意间强调了“立刻”这两个字。

“哦。”聂洲泽应了一声，眼底有些说不明道不清的情绪，连他自己都未觉察，他又道，“你和朋友待到凌晨才回家？什么朋友？跟我说说。”

一大堆解释的话堵在喉咙口，即将脱口而出时，许时沅又想到，她似乎没有必要澄清什么。

再抬头时，她的表情中带着一丝狡黠，道："普通朋友啊。很久没见，聊得比较久。谢谢师兄关心。"

她语气轻快，聂洲泽的心里刺刺的，面上却笑了，道："师兄不关心你，还能关心谁？"

"也是。"许时沅的笑意坦荡明媚，心底却泛酸。

此时，许时沅手机铃声响了起来，解救她于水火之中。

"喂，安安。"

聂洲泽抬眼看向她，她披着蓬松的长发，耳垂上缀着一粒珍珠。

"好啊，我之前也想叫你出来吃饭来着，只是没时间。"

"行，那不见不散。"

"还是咱们学校对面那条街对吧？好，认得路，这才多久啊……"

许时沅挂了电话，才发现聂洲泽的视线正落在她的身上，她慌了神，指了指他的碗，道："鸡肉粥好吃吗？"

"好吃，难得吃到。"聂洲泽敛眸道，"今晚出去吃晚饭？"

"对，我室友约我吃饭。她说她不太习惯一个人住，我得去慰问慰问她。"

"我也一个人住。"聂洲泽说。

许时沅愣了一秒，这意思是，她也得慰问慰问他？

许时沅开口道："我记得昨晚玩游戏时，你说有想追的人，进展怎么样？"

"不怎么样，没进展。"

"哦，情路坎坷啊。"许时沅垂眸感叹了一句。

"沅沅？"

"嗯？"许时沅才意识到，最近他似乎一直这么叫她，每一次都让她有一种他们关系亲密的错觉。

"你追过人吗？"

听到他这样问，许时沅眨了眨眼睛，道："没有追过。"

"这样啊，本来还想着让你出个主意，那就算了。"

"没追过人不代表我不会追啊。"

聂洲泽挑了挑眉，等着她的下文，问道："所以，你有什么见解？"

"你得自己去摸索，"许时沅摸了摸鼻尖，她不会承认她没经验的事实，她说道，"才能像我一样，知道怎么追人。"

他似笑非笑道："行。"

这一整天，许时沅都感觉有点儿压抑。

他说"行"，难不成是今天就要行动了？她一直在想，究竟是什么样的女人，竟然需要聂洲泽追？

虽然不明白原因，但她对这个人的敌意已经慢慢涌上心头。

她想到了贺婉，那个气质温婉的漂亮女人，说话时，她还会把手搭在他的肩膀上，直接称呼他"洲泽"。除了她，许时沅想不到其他人了。

她在"三个仙女兼富婆聊天室"群里问："朋友们，有什么好笑或者尴尬的视频推荐吗？"

闻沁："怎么了？"

陈傅怡："我看看……"

闻沁："您下单的视频正在派送中，请注意查收！"

许时沅看了几个视频，笑点不高的她笑得前仰后合。可笑完之后，现实世界里的糟心情绪又争先恐后地涌上心头。

她给自己找了点儿事做，拿出几年前买的高阶词典背起单词。

很快到了中午，许时沅出门前往与李安安约定好的餐厅。

上了出租车，她侧头看向车窗外，恰好有一辆车从她身侧驶过，是很熟悉的车型，从一掠而过的侧脸看，车里的人分明是聂洲泽。

他去找谁，她不知道，也不想去猜。

但没想到，她和李安安才见面没多久，竟然碰到了宋竹。

这段时间，宋竹不止一次在微信上给许时沅发出过邀请，有时候是约她看电影，有时候是约她吃饭，她通通以太忙为理由回绝了。

餐厅里，宋竹问能不能和她们一起，李安安不知情，热情地招呼他坐下，许时沅便也没说什么。

三人有一搭没一搭地聊着天，宋竹仿佛已经完全忘了追过她这件事，主动说起了最近的话题。

吃到一半时，李安安突然接到一个电话，便跟两人道了别，匆匆地离开了餐厅。餐桌上仅剩许时沅与宋竹面面相觑。

进入社会后，宋竹身上的书生气少了许多，发型也变了，仔细一看……这发型和聂洲泽的发型还挺像，但聂洲泽的五官更好看，眼睛狭长，鼻梁侧边那粒痣更是点睛之笔。

“时沅？时沅？”宋竹见她一直望着自己，似乎在走神。

“不好意思。”许时沅收回思绪，凝神看向宋竹，笑了笑，“你刚刚问我什么来着？”

“我问你最近还忙不忙？”

“还好。”许时沅说，“今天没那么忙。”

宋竹叹了一口气，道：“你说，早知道会变成这样，我是不是从一开始就不应该跟你告白？”

“做人不都得向前看嘛，过去的事情就不要再去想了。世界这么大，什么样的人没有，是不是？”

与其说这句话是对宋竹说的，不如说是她对自己说的。

“对，人都得向前看。”

宋竹豁然开朗道：“既然这样，那我就彻底忘掉那天被你拒绝的尴尬了。”

“嗯，忘掉吧。”

“然后，我打算重新追求你。”

许时沅讶异了片刻，她本以为这件事该翻篇了，没想到他又来了这一出，她忽然觉得李安安临时有事是预先安排好的。

“你现在也别着急拒绝我，先听我说。”宋竹深吸了一口气，继续道，“上次是我太唐突了，没有付出任何努力就想让你做我的女朋友。我听李安安说了，你住在洋梧小区，我最近也准备搬到那儿去，我会对你好，反正你现在还没有男朋友。我图的不是一时的甜头，而是一辈子。”

许时沅越听越惊讶，于是找准时机打断他：“宋竹，我有男朋友了。”

“真的假的……”宋竹显然不信，随后笑道，“你可别乱说，我明天打算去洋梧小区看房，你住在哪栋？”

他的话音刚落，许时沅的手机忽然振动起来，看到屏幕上显示的“洲泽哥”三个字，她面不改色地对宋竹道：“不好意思，他给我打电话了。”

许时沅接起电话，语气轻柔地说道：“喂，宝贝。”

聂洲泽拿着手机，手指微动，忽然低声笑了，问道：“嗯，怎么了？”

许时沅心中暗想，不是你给我打的电话吗？

但箭在弦上，不得不发，她硬着头皮继续道：“你不是说要来接我吗？怎么还没看到你？”

宋竹的笑容渐渐消失。听得出来，许时沅的语气是他从未见识过的亲昵，他觉得她是真的有男朋友了。

“这就来。”聂洲泽的心情格外好，“你回头看看。”

许时沅抬起头看过去。

宋竹也循着她转身的动作往后看去。

男人正朝着这边走来，眼眸里含着笑，薄唇翘起，道：“抱歉，我来晚了。”

说完，他自然而然地朝许时沅伸出手。

尽管知道这是临时做戏，许时沅的心跳声依然怦怦作响，她将手放在他的掌心，道：“下次再迟到，我就不等你了。”

这一幕让宋竹目瞪口呆。

许时沅吃饭时，聂洲泽就在餐厅对面。今天是周日，他本想约她出门，却听见她说中午要和朋友吃饭，便只能作罢。

他在餐厅对面坐了许久，视线不时越过玻璃门，落在对面餐厅里。

过了许久，她室友出来了，他却迟迟未见许时沅的身影，又过了片刻，他已经坐不下去，起身准备去餐厅。

绿灯亮起，他穿过马路，同时给她打了个电话，但还未走到餐厅门口，电话已经被接通了。

“喂，宝贝。”

他愣了半秒，心想，她应该是遇到什么事了。

这时，他转头看了一眼，许时沅正和某个有些眼熟的男生坐在一起，他不由得蹙起了眉。

“你不是说要来接我吗？怎么还没看到你？”聂洲泽第一次听她用这种语气说话，更加坚定了内心的猜测。

“这就来。”他推开餐厅玻璃门，朝着两人走去，“你回头看看。”

宋竹的记忆一时之间有些混乱，问道：“你们不是……”

——命运究竟在和他开什么玩笑？

“不是。”一看他的眼神，许时沅便猜到他想歪了，她提醒道，“我上次跟你提过的，他不姓许。而且，他现在是——”

她将目光转向聂洲泽。

聂洲泽默契地垂眸看着她，道：“她的男朋友。”

“认识一下。”许时沅对宋竹笑了笑。

“你没什么事的话，我先带沅沅走了。”聂洲泽看向他，笑容温和，却气场十足，说道，“我们等会儿还有安排。”

“约会，你懂的。”许时沅补充道。

宋竹仿佛成了雕像，他清俊的脸已然通红，道：“你们有事情就先走吧，我再坐会儿。”

“那我们先走了。”说完，聂洲泽牵起许时沅的手。

许时沅一只手拿着包，跟在他身后。

两人看起来格外登对，周围有人忍不住回头张望着。

看着两人交握的手，宋竹强迫自己移开视线。

他本来已经做好了接下来一年每天都在她面前出现的准备，但现在看来，似乎没有这个必要了。

中介恰好发来了消息，问他打算何时看房，他已经没有心情回复。

万念俱灰时，他想起这顿饭还没付钱，叹了一口气，正想结账，服务生却笑意盈盈道：“先生，刚才和您一起的那位女士的男朋友已经付过钱了。”

聂洲泽掌心温暖，贴着许时沅的手背。

许时沅一时不愿去想他只是她临时请来的救兵。

盛夏的热风拂过，两人慢悠悠地往前走着。

她可不是占他的便宜，而是现实所迫，看宋竹这架势，恐怕是要死缠烂打，这也是没有办法的办法。

这么一想，许时沅心安理得多了，随后，她打算缓解一下气氛，道：“师兄，你也来这儿吃饭啊，太巧了。”

“师兄？”他转头看向她，挑了挑眉，“刚刚不是你的宝贝吗？”

许时沅一时语塞。

“怎么一出来就翻脸不认人了？”聂洲泽脸上笑意明朗，语气里却带着些许玩味。

许时沅正想说什么，侧过头看到宋竹还站在餐厅门口，一动不动地望着两人的方向。为了让宋竹彻底断了念想，她只能继续演下去了。

“我等会儿再跟你说，你的胳膊先借我用用。”于是，许时沅顺势挽住了聂洲泽的胳膊。

她如此自然的亲昵令他脚步一顿，他仔细地观察着她的表情，希望能从中发现蛛丝马迹。

过了转角之后，许时沅松开了他的胳膊。

他语气沉沉地说道：“借完了？”

“借完了，谢谢。”许时沅想抽出手，却发现抽不动。下一秒，她的手腕反被他一扯，靠近了他的身侧，她不明所以地对上他的眼睛。

“我没说可以借你。”

她这才感觉他的手劲消失了，随后，她轻而易举地收回了自己的手。

“你不至于这么吝啬吧……”许时沅想到了什么，露出幸灾乐祸的笑容，“哦，我知道了，是不是你喜欢的那个女人没给你好脸色，你心情不好？”

聂洲泽有些语塞，原来她误会了。

在她的认知中，他似乎喜欢另一个女人，这对她而言是一件无关紧要的事情，却让他心慌，压抑已久的情绪一下子如同开了闸的洪水。

“是啊，上一秒还叫我宝贝，”聂洲泽敛起笑意，视线落在她身上，“下一秒，利用完我就翻脸不认人了。你说，我的心情好得起来吗？”

如果说今天的坏心情都集中在了上午，那么好心情就集中在了下午。

许时沅觉得，她今天的心情如同坐过山车一般大起大落。

回想起他说的那些话，她还是觉得不太真实，像做了个梦。

那天玩游戏时，聂洲泽说他有想追的人，她胡思乱想了很久，但刚刚，他的意思是，那个人就是她。

像是在天上悬挂许久的星星突然掉进了她怀里，她手忙脚乱地去接，生怕它掉在地上，心跳快得如同海浪拍打礁石。

“所以，那天玩游戏时，你说要追的那个人是我？”

“是你。”聂洲泽说。

他以为他能掩藏得很好，和她相处一段时间后再见机行事。但他没想到，他也会有如此沉不住气的时候，从牵起她的手的那一刻，到刚刚看到她笑得无所谓的时候。

那天的游戏，他原本可以选择在他们问出最后一个问题时直接说是她，周围的人肯定会起哄，但他不愿意她因此为难和尴尬，也不希望他对她的心意是通过游戏才被她知晓。

因此，他把已经到嘴边的三个字又咽下了。

此刻，他笑得温柔，问道：“不然，你觉得还能有谁？”

“我其实……只把你当师兄，我没有想过这个问题。”

许时沅耸耸肩，她太敢承认自己的隐秘心思，怕他知道她对他早有企图，虽然她确实心怀不轨。只不过，她胆子小，没有表现得太明显。

然而，笑着笑着，许时沅又觉得一切过于虚幻。

“洲泽哥，你不会是在逗我玩吧？”

“不会。”他说。

“但是刚才，我说借你的手用用，你说不借。”许时沅煞有介事道。

“是吗？”聂洲泽无奈道，“我的话还没说完，谁让你中途打断我？”

“那你本来要怎么说？”

“我没说可以借你，”他笑了一下，“但是可以给你用，随便用。”

许时沅抿了抿唇，又听他道：“所以，现在还用吗？”

许时沅垂下眼眸，看到他骨节分明的手。

她蓦地想起初见他时，在公交车上，他提着她落在公交车上的行李包，那时，她看到的也是这双漂亮的手。

“我刚才用完了，下次要用再找你。”

聂洲泽收回手，揉了揉她的发顶，道：“那走吧。”

“去哪儿？”她毫不掩饰眼底的期待。

“约会。”聂洲泽扬唇道，“你说的，忘记了？”

“其实，严格来说，我们现在还不能算是去约会。”许时沅顿了一下，道，“而且，我没有想好去哪儿，不如我们先散散步？”

太阳的热度穿透伞面，她的头顶发烫，脸也发烫，但想想，和拿捏着自己心跳的人待在一起，散散步也挺有趣的。

“你不用想，我已经想好去哪儿了。”

许时沅眼睛一亮，她总感觉他是有备而来，仿佛今天的行程都被他安排妥当了，这正合她心意。

“聂总，下午好。”

“泽哥，来了！”

这里是凌泽公司旗下的VR体验馆，一进来，许时沅便觉得仿佛进入了截然不同的世界。

工作人员和聂洲泽打着招呼，他笑着点头，让人觉得如沐春风。但同时，工作人员关注的焦点自然而然地落在了和聂总一同进入体验馆的女人身上。

少见，不，应该是第一次见。

许时沅穿了一件白色法式裙，露出好看的锁骨，眼尾微翘，漂亮且灵动，友善地朝他们招手。

“你想玩什么项目？”他垂眸问她。

“你推荐玩什么，我就玩什么。”许时沅说，“或者，你跟我讲讲？”

聂洲泽给她介绍着体验馆的构造，许时沅觉得一切都那么新鲜。

末了，他道：“想玩刺激一点儿的，还是放松一点儿的？”

“刺激的有多刺激？”许时沅好奇地问，“我还挺喜欢刺激的。”

这时候，两人正好经过过山车 VR 体验室。聂洲泽推开门给她看，尖叫声立即钻进她的耳膜，他问：“这个够不够刺激？”

“这个还是算了。”

“不喜欢刺激了？”

“喜欢是喜欢，但考虑到你年纪比我大，受不了刺激，而且刚吃完饭……”许时沅抬了一下眉，说道，“你懂的。”

“我懂，你还挺为我着想。”聂洲泽没拆穿她，“那我们体验轻松点儿的。”

说着，两人上了三楼。

许时沅一眼就注意到两个格外熟悉的人影——是平常在公寓电梯里会撞见的长刘海男孩和寸头男孩。此刻，他们都穿着工作服，站在某个体验室旁。

长刘海男孩扯了扯寸头男孩的衣袖：“喂，泽哥带他女朋友过来了。”

“什么？好像……还真是。”

之前，寸头男孩一直对长刘海男孩的说法存疑，但此刻，他格外懂事地打招呼道：“泽哥，您带嫂子过来了。”

许时沅愣了半秒，转头便看到聂洲泽嘴角明晃晃的笑意，她耳朵一热，道：“我没说我是。”

“现在还不是。”聂洲泽道。

许时沅刚点头，又听到了他的下半句：“但迟早会是。”

第十二章
礼物

星空漫游体验室。

许时沅坐在倾斜的椅子上，聂洲泽站在她身侧。

身为工作人员，寸头男孩应该给客人戴上 VR 设备，可聂洲泽对他说："给我。"

"我看看。"许时沅兴奋地说道。

许时沅接过设备，戴到了头上，却听到聂洲泽的声音里带着笑："戴反了。"

许时沅又将设备摘下来递给聂洲泽，道："你帮我。"

"嗯，你先抬头。"

许时沅半抬起头，聂洲泽弯腰靠近，拨开她散在脸颊上的几缕长发。

许时沅却注意到他越发靠近的下巴和微抿的薄唇，等等，这个姿势……怎么有点儿像接吻？

凉凉的设备贴在她眼睛上，把她的思绪拉了回去。

听到一声"坐稳了"之后，许时沅身下的椅子和眼前的视觉同时发生了变化。

一望无际的星际占据了她所有的视野，身体也变得轻飘飘的，她穿梭其间，仿佛一伸手就能抓住其中的一颗星球。

寸头男孩低声问聂洲泽要不要体验，聂洲泽抬手说了句"不用"，随后寸头男孩便出去了。聂洲泽站在许时沅身侧，他能看到她原本绷直的嘴角慢慢地扬了起来。

他胸口的某个位置忽然有些痒。

许时沅看到一颗水蓝色的星球从她身边飘过，她伸手去碰，便碰到了凹凸不平的表面。

她在星际空间里穿梭着，尽头处有个白色的光点，直觉告诉她，这是宇宙的尽头。到达尽头的那一刻，许时沅的VR眼睛被摘下，第一眼看到的人是聂洲泽。

“哇，刚才的感觉也太真实了吧？我看到……”

他的视线垂下，只见她润泽的红唇一张一合，随后，他缓缓地低下头。

许时沅一愣，说话的声音停了下来。

眼见他越来越近，她仿佛被定在原地，一动不动。

等等，这时候是不是应该闭眼……

就在这时，长刘海男孩推门而入，问道：“泽哥，你们体验完了吧？有什么需要我……”在看到两人靠得极近时，他的话语突然转了个弯，“不好意思，打扰了，你们继续。”

聂洲泽忽然清醒了，看着许时沅微微颤动的睫毛，他意识到自己在做不合时宜的事，他道：“抱歉，我不该这么着急。”

许时沅整理了一下自己的衣摆，牵着他的手臂，借着他的力起了身，笑道：“没事，我不介意。”

聂洲泽有些意外，他笑了笑，牵起她的手，吻上她的手背。

可能是刚才体验了轻松的项目，这时，许时沅觉得自己浑身充满了动力，可以体验刺激的项目了。

见她来了兴致，聂洲泽问：“你想不想滑雪？”

“夏天滑雪，可以！”许时沅又想起什么，补充道，“但是我不会滑雪。”

“VR滑雪是在平地上，不会也可以滑。”聂洲泽一边说，一边带她来到滑雪体验区，“不过，没怎么滑过的人需要有人扶着。”

作为南方人，从小到大，许时沅只在电视上见过雪。来沁州读大学时，她第一次看到下雪，甚至以为要撑伞……滑雪这种运动，她基本没接触过。

她唯一一次滑雪是某年冬天，陈傅怡来沁州市，闻沁拖着她们去了一次滑雪场。在教练的指导下，许时沅还是摔了无数次。

这在她心里留下了阴影。

所以，听到他说需要有人扶着时，她想都没想便看向身侧的人，道：“那你得扶着我。”话音刚落，她便发觉自己的嘴太快了，于是补充了一句，“如果你不愿意，我可以找别人。”

“我很乐意。”他说。

在滑雪体验区，许时沅看到了几个东倒西歪却依然顽强站立着的人，顿时犹豫了：“其实，我一个人应该也能像他们一样保持平衡，毕竟这里不是真正的滑雪场。”

“也行，你试试。”聂洲泽点头，随即把她带进了其中一个独立的小空间。

许时沅又一次戴上了VR眼镜，她的手上拿着两个充当滑雪杖的手柄设备，眼前很快出现了一片开阔的滑雪场。

比起那次在真实的滑雪场，这次她信心满满，跃跃欲试。听到耳边传来一声“开始”，她挥动手中的“滑雪杖”。

速度慢慢加快，许时沅觉得自己即将撞树，她闭上眼睛就往旁边躲，叫道：“啊！”

她高估自己了，也低估这种真实感了。说是虚拟，但其实，体验者如同身临其境。她又想到了在滑雪场时不停摔跤的场景。

许时沅接二连三地偏离轨道，时不时躲避栅栏和岩石块，冲下坡时，她的身体失去了平衡。

“啊！太快了——撞了撞了……”

好在，有一股无比神奇的力量总是带着她往前滑。某次急转弯时，她直接撞入了某个怀抱，冷杉清淡的香味钻入鼻尖。这一瞬间，许时沅忽地意识到这力量并非凭空而来，而是来自在她身后站定的那个人。

这个认知是在一瞬间产生的，她忽然安心了不少。

他在身后，这让她有种无畏的底气。

终于结束了。

许时沅感觉自己活过来了，胸口不停地起伏着，头也有点儿晕。

她不由自主地往后靠过去。

“累不累？”头顶传来低沉的嗓音，眼前的设备被摘下，许时沅重见光明。

她这才发现，她靠着的是他的胸膛，有点儿烫。

隔着一层薄薄的布料，热度从后背直达到耳后。

在他面前，她的形象荡然无存。

“其实还好，主要是……”许时沅有点儿站不稳，再次栽倒在他的怀里。

聂洲泽抬起手，就着她倒过来的动作抱住她，道：“靠一会儿吧，刚体验完会有点儿晕。”

听到这句话，许时沅全身的力气仿佛都被抽走了。

片刻后，聂洲泽凝神听了听，自己的心跳声一声比一声清晰。

出了体验室，许时沅忽然想起什么，问他："洲泽哥，你不玩吗？"

许时沅才意识到，他一直在陪她，什么项目都没玩。

聂洲泽语气淡淡地说道："我就是来陪玩的。"

"那我多不好意思。你是这儿的老板，却没有玩，有点儿说不过去。"

"只有一个办法。"

"什么办法？"许时沅狡黠地眨眨眼，"收费吗？"

"不收费。"他嘴角带笑，倾身靠近她道，"但是收人。你当这儿未来的老板娘，就不会觉得不好意思了，考虑考虑？"

他的眼神温柔，似乎随时准备给她一个拥抱。

许时沅低头看了看自己的脚尖，嘴角忍不住上扬，道："我……正在考虑。"

他笑了笑，道："不急，什么时候考虑好了，跟我说一声。"

今天一整天，许时沅都觉得像在做梦，但这个梦比以往任何时候都真实，每个细节，每一句话，甚至是他身上的男性气息，她都能轻而易举地回想起来。

现在是晚上最安静的时刻，适合胡思乱想。

他说要追的人是她，意思是……他喜欢她。

许时沅突然从沙发上站起身，在原地蹦了两下。

手机铃声忽然响起，将她拉回了现实世界。

是李安安的来电。

"时沅，你今天……和宋竹怎么样？"李安安的语气里带着几分歉意。

静默片刻，许时沅道："没怎么样，所以，那餐饭是你们提前串通好的？"

"抱歉时沅，我也不知道你已经有男朋友了，你都没跟我说过。宋竹一直拜托我帮他约你，我觉得他挺真心实意的，所以就……就帮他约了你出来。"

"好了，我知道了。下次你再掺和，我可不会再和你一起吃饭了。"

"绝对没有下次了，我保证。还有，你男朋友是谁啊？有没有照片？"

许时沅不想说聂洲泽还不是她的男朋友，她怕宋竹知道后又要搬来小区，到时候更麻烦。她只得含糊道："就是上次帮我修电脑的，还有毕业典礼也来了的……那位。"

"我的天哪，你当时不是还说……"

"肥水不流外人田。"许时沅用一句话堵掉了她所有的疑问。

挂了电话，许时沅重新躺回沙发上。

过了许久，她又打了个电话给闻沁，她觉得这件事无法简单地用文字描述。

闻沁听到她欢快的语气，欣慰地说道："我们的视频是不是特别好笑？你的心情恢复得不错啊。"

"不是。"许时沅简单地说了一遍今天发生的事。

闻沁的声音平静得没有丝毫波澜，她问道："你刚睡醒？"

"去你的。"电话那头沉默了许久，许时沅默默地挪开了手机听筒，那头终于传来了闻沁的尖叫声。

"我的小可怜终于有出息了！啊——现在是不是特别激动，特别高兴？"闻沁紧紧捂住了她的心脏，仿佛是她追了多年的虐文终于甜起来了，她问道，"宝贝，你不会立刻答应他了吧？"

"没有。"许时沅迟疑道，"我……当时反应不过来，整个人都是蒙的，就像做梦一样。"

如同期待了许久的宝贝突然落在手上，她却不太敢用力去抓，生怕这宝贝会一下子消失得无影无踪。

"没事，你做的是对的。你就先让你聂师兄追着呗，太快在一起也不好，先看看他是真心还是临时起意，反正……你逃不过他的手掌心。"

挂了电话，许时沅打开手机上的日历，发现已经九月中旬了。

这个夏天即将接近尾声。

许时沅往下翻了翻，十月的日历上有个日期被红圈标记着，分外明显。

那是某个人的生日，也是她在心里默默记了几年，却从未有所表示的日子。

第二天，许时沅起得非常晚，原因是她昨晚过于激动睡不着。

起来的时候，她发现聂洲泽给她发了好几条消息，想邀请她一起去吃早餐，然而这已经是几个小时之前收到的消息了。

许时沅："我刚起床。"

许时沅："昨晚睡得晚，今天早上起得也比较晚，都快吃午饭了……"

她想起下午还得参加一场重要的会议，赶紧起床洗漱，准备整理资料。

从洗手间出来后，许时沅准备煮碗面，就在这时，手机铃声响起了。

"你的外卖到了，麻烦出来拿一下。"

"谢谢，你先放在门口吧，我等会儿去拿。"许时沅打了个哈欠，忽然想起她没有点过外卖。

外卖纸盒里装的是蒸饺和皮蛋瘦肉粥，还有一些小糕点。

她打开微信看了看，果不其然，有来自聂洲泽的新消息。

聂洲泽："起了就行，我还以为你是不想回我的消息。"

聂洲泽："先吃早饭。"

所以，这些都是他买的。她原本没什么食欲，此刻，肚子却咕咕叫了起来。

傍晚，许时沅刚结束一个工作会议，准备离开，天空却忽然下起雨来。她沿着房檐往前走，随后进了一家咖啡厅。

没过一会儿，天色渐渐变得昏暗。

聂洲泽发来了一条消息："我刚下班，你在家还是在外边？"

许时沅给他发了个定位。

聂洲泽："等我一会儿。"

很快，撑着伞的高大男人如约而至，他推开门，身上仿佛带着湿气。

刚走到他的身侧，许时沅就发现聂洲泽的脸色不太对，但很快，他的眼里便漾开了笑意，掩去了先前的神色。

他的伞特别大，雨点密密麻麻地打在伞面上，像她此刻的心跳声。

许时沅抓住他的手腕，钻进了他的伞下。

"今天下午还顺利吗？"

"挺顺利的。我本来想早点儿回去的，没想到出来没多久就下起了这么大的雨。"许时沅问他，"你吃饭了吗？"

"还没。"

许时沅看了一眼时间，已经快七点了。她抬眼看他，问道："都这么晚了，你还没吃饭，难不成是特意等我陪你去吃饭？"

许时沅第一次发现，她竟然可以说出这样没脸没皮的话。

"那你陪不陪我去吃饭？"

许时沅摇头道："不陪你去。"

聂洲泽挑眉笑了笑，道："那我先送你回去，再去楼下餐厅吃饭。"

许时沅哦了一声，听起来有些遗憾，道："这样啊，我本来还想回去给你做饭来着，现在看来……还是算了。"

"不能算了。"

"那行。"她刚应声，却忽然想起一个严峻的问题，"不过，我家好像没什么食材了，现在去买，可能得花不少时间。"

身旁的人弯唇一笑，道：“我那儿有。”

停车区就在对面，可路边积了一摊水，许时沅今天穿的是低跟单鞋，刚踩上去就有没入水里的风险。她试探性地伸了伸脚，又缩回来了。

就在这时，有对情侣快步冲过来，男人扯着女人的胳膊，突然在他们面前停了下来。

“这怎么过去啊，这水也太脏了吧。”

“就这么点儿水，别这么矫情，不然赶不上公交车了！”男人扯着女友朝斜对面的公交车站跑去。

女人一脚踩进水中，米白色裤脚处沾染了不少污渍。

许时沅道：“这水好像有点儿深，我可能得跨过去。”

“腿够不够长？”

许时沅低头看了看，道：“似乎不太够。”

聂洲泽：“不够的话，我带你过去？”

“怎么带？”她的眼里露出一丝希望。

下一秒，聂洲泽把手里的伞递给她，道：“你先拿着。”

似曾相识的对话，让许时沅突然预感到什么，她的手已经不由自主地接过了他递来的伞。

就在这时，她突然想到刚刚那个男人过马路时抛下的那句“别这么矫情”，随后，她及时按住聂洲泽的肩膀，道：“算了，好像有点儿矫情……”

话说到一半，她脚下一空，心跳也开始不受控了。

聂洲泽微微弓身，单手抱起她，嗓音混在沙沙的雨声中，道：“那是别人的想法，不是我的。”

许时沅被他高高抱起，她靠在他的肩膀上，一只手扶着他宽阔的肩膀，另一只手撑着伞。

下雨天似乎总热衷于给她制造惊喜。

尴尬的是，这个姿势真的像……在抱小孩。

公交车站，女人还在用纸巾擦自己的裤脚，一抬头便看见不远处的情形，她推了推旁边的男友，道：“看那边。”

“有什么好看的？”

“别人的男朋友都是抱女朋友过来的，你好意思吗？我的裤脚都湿了。”

男人瞥了她一眼，道：“以你的体重，两个我都不一定能抱得起你……”

女人气得把纸巾扔进他的怀里，道：“那是你太弱了！”

……

嘀的一声，屋内的灯亮了。

贝贝从猫窝中探出头，许时沅慢慢靠近它，对它招了招手。

它面无表情地喵了一声，勉强算是打招呼了。

有进步，以前见她的时候，它都是直接转身跑掉的，许时沅欣慰地想。

许时沅打开冰箱门，发现聂洲泽家冰箱里的东西也不多了，倒是几罐养乐多整整齐齐地排列着。

她原本想小露一手，但这现实情况似乎不太允许。

最终，她只拿了两个鸡蛋和几根小葱。

“需不需要我帮忙？”

“不用，煮面很简单的。”许时沅看到他湿透的裤脚，道，“你先去洗个澡吧，都湿了。”

柳如月来的那次，她基本弄清了他家厨房的构造，她轻车熟路地打开柜门，找到了那箱面。

聂洲泽出来时，客厅一片安静，只有厨房里传来些许动静，提醒着他还有另一个人在家。

许时沅背对着他，双腿笔直匀称，腰身处微凹。

聂洲泽没出声，只安静地望着她的背影。

她的耳垂处有一副摇曳的耳坠，和他捡到的流苏耳坠的款式有所不同，他的心中有种难以言喻的情绪，胸腔里有一股暗流涌动。

原本，他并不清楚这耳坠是如何落在他口袋里的，也不知道它的主人是谁。

今天出门时，他把耳坠带去了公司，直到下班的时候才想起它。

刘一页在整理文件，他便让刘一页拿去公司的失物招领处，以便主人认领。

可刘一页说：“聂总，这应该是许小姐的。”

“你怎么知道？”

“发布会那天，您让我接她时，我无意中看到的。”刘一页特意强调了“无意中”三个字，“而且，这应该是当时……”刘一页欲言又止，他不确定自己此刻的推测准确不准确，但当时的画面确实是他亲眼所见。

“当时什么？”

“这应该是许时沅小姐亲您的时候掉的。”说完，刘一页抿了抿唇。

“什么时候？”聂洲泽眼皮一跳。

“亲……亲您的时候。”

聂洲泽脑海中不禁闪过那天的场景，他半倚在沙发上，某一个瞬间，他感觉到一阵羽毛划过的触感，很快便消失不见了，如梦似幻。

但现在，刘一页说，是许时沅亲了他。某个答案在心中呼之欲出，他的心像被人紧紧地捏了一下，但又渐渐被喜悦填满。

“聂总，还要拿去失物招领处吗？”

他回过神，攥紧了手中的耳坠，像握住了珍贵的宝贝，重新将其装进口袋里，道：“不用了。”

碗底和桌面碰撞的声音把聂洲泽的思绪拉回到眼前这一幕，此刻，他的眼神十分缱绻。

许时沅用平底锅煎了两个鸡蛋，形状和颜色都不错，她把煎蛋放进煮面的小锅中，依次加入调味料。放下酱油瓶后，她忽然瞥见厨房门口处，他斜倚着门框在看她。

许时沅在心里吐槽自己没长进。这么多年过去了，她还是会被他的眼神击中内心，他一看她，她就没来由地紧张，条件反射似的。

“洲泽哥，你不饿吗？”

“饿啊。”他笑着答。

“那你还站着，不来拿碗筷吗？”许时沅道，“一个大碗，一个小碗。”

“好。”

他停在她身后，洗完澡后清爽的气息无声无息地笼罩而来。

碗柜就在她头顶上，聂洲泽伸手打开柜门，拿了两个碗和两双筷子，随后打开水龙头冲洗了一下。许时沅用筷子夹面进碗里，之后便端起小锅，将浓郁的面汤倒进去。

许时沅只吃了一小碗面，很快就吃完了。

随后，她走近了猫爬架，步伐很慢。

“贝贝，我刚给你爸爸做了饭，你就这么绝情，到现在都不打算让我抱一抱吗？”见贝贝不情不愿地将头扭到另一侧，许时沅又笑盈盈地说道，“不给你爸吃面了。”

“贝贝。”聂洲泽适时出声。

听到熟悉的声音，贝贝立刻转过头。

如果不是聂洲泽说它是公猫，许时沅差点儿以为它不喜欢自己是因为同性相斥。许时沅趁机在它的头上揉了一把，下一秒，贝贝逃似的跑进了它的小窝。

许时沅心满意足地回到餐桌上。

聂洲泽问她："你吃饱了吗？"

许时沅朝他一笑，道："我不想再吃太多，主要是给你做的。而且，晚上吃太多不利于我保持……"

"身材"二字还没说出口，许时沅赶紧住口了。

她的脸皮还没有厚到能公然和他讨论身材这个严峻的问题。

"保持什么？"聂洲泽饶有兴致地看过来。

许时沅继续说："保持体重。"

自从毕业后，各种繁杂的事情多了，许时沅的运动频率也大大降低了。最近，她的体重隐隐有上升的趋势。

"你不是很重。"

"你怎么知道我不重？"

聂洲泽笑了一下，抬起左手手臂晃了晃，道："我的这只手跟我说的，它说你太轻了。"

许时沅的脑海中不由自主地浮现出雨中的画面，她摇摇头道："一只手能感觉出什么啊。"她可是一百斤左右的人。

"那我用两只手试试？"

进了办公室，路凌的脸色看起来不太好，他把手里的文件重重地放在茶几上，道："这帮家伙，真是难搞。"

过了十几分钟，聂洲泽推门进入，语气淡淡地说道："你那边是什么情况？"

"情况不是很好。"路凌叹了口气道，"刘教授太故步自封了，临床研究结果摆在面前了，他还是不信，一点儿都不愿意尝试新事物。"

凌泽的VR体验应用的其中一个方向是代替药物减轻患者治疗时的疼痛感，但是现在大部分医院在使用镇痛药和阿片类药物。

即使研究表明他们研发的VR应用可以取代这些药物，真正愿意合作并推广的医院和诊所也并不多。

一方面是因为VR设备属于陌生领域，另一方面是因为不相信光靠科技设备就能替代药物作用，很多医生认为这是天方夜谭，使得VR医疗产品在临床应用方面面临不少障碍。

这些天，聂洲泽和路凌都在为这件事情奔波。

“别着急。”聂洲泽说，“我和李院长聊过了，他倒是挺感兴趣的。”

“你和他签合同了？”路凌面上一喜，“他在业界是权威人士，如果拿下他，应该可以提供更多的临床案例。”

“还没有签合同。”聂洲泽说。

“那感兴趣有什么用？”

“他有个患者是他的朋友，打算明天先试验一下VR应用，看看具体效果和数据。”聂洲泽拍拍路凌的肩膀，“稳住，下班吧。”

路凌点点头，突然想起什么，道：“你也稳住。”

“我稳住什么？”

“你不是在追人？稳住啊！”路凌看到了聂洲泽办公桌侧的小黑盒，问道，“这是什么好东西？”

路凌打开看了看，发现是一只耳环。

“没什么。”聂洲泽伸手拿过来，拉开办公室的抽屉，把盒子放了进去，说道，“我走了。”

许时沅后天要去面试口译讲师，她刚刚去附近的打印店打印了简历和一些文件资料，此时正沿着街道往回走，影子被路灯拖得很长。

百无聊赖之际，手机给她推送了几条新闻。

许时沅正想关掉，便看见一个熟悉的名字“凌泽科技”，她打开看了看，果然不失她所望，其中一张照片是聂洲泽的，虽然只是个背影。

屏幕顶上弹出了一条新消息。

聂洲泽：“我在外街买东西，有什么东西需要我帮你带吗？”

外街？许时沅看了一眼身旁的店铺，她现在所在的地方正是外街。

就在她正想回复“我也在这儿”时，前边商店里走出一个高大挺拔的男人。许时沅立即朝他招了招手。

聂洲泽却径直转身，背对着她往前走去。他没往她这边看，也没看到路灯下她的身影。

许时沅放下手，顿了片刻，才慢慢地从身后靠近聂洲泽。

在和他的距离只剩一两米时，许时沅低着头给前边的人发了一条微信。

“洲泽哥，我也刚好在外街，我看到你了。”

手机振动了一下，聂洲泽看了眼消息，回头看去，身后没有熟悉的面庞。他转回头去，身前也没人。聂洲泽神情淡淡地垂眸，看到脚下两个重叠的影子，蓦地笑了笑，身体虚晃了一下。

许时沅见他动了，以为他准备转头，立即绕到他的身前。随后，两人四目相对，他好整以暇地望着她，道："嗯，我也看到你了。"

原来他是假装的。

许时沅道："这都被你发现了。"

聂洲泽眼神温柔，又有些无奈，他抬手轻轻揉了揉她的发顶，道："没事，下次把你的影子藏好，我就发现不了了。"

许时沅低头一看，路灯下，她的影子落在他的脚边。

"我还以为你和我有心电感应呢，原来是影子。"

"你还没答应我，哪里来的心电感应？"

许时沅不置可否，聂洲泽也没继续围绕着这个话题聊天。他垂眸看了看她手里的东西，问道："出去买什么？"

"去打印了简历和资料。"许时沅扬了扬手里的文件，说道，"明天去面试口译讲师，在阳明教育机构。"

聂洲泽点点头，问她："打算结束你的自由职业者生涯了？"

"没有，只是周末两天去授课。"

"周末？"

"对，不过都是上午的课，下午不用去。"

聂洲泽的眉头松了松，道："所以，周日那天，你还是有时间的？"

"你是要带我去哪儿吗？"

"讲课得耗费不少精力，我陪你在家休息，让你使唤。"他扬起嘴唇笑了笑。

"哦。"许时沅移开视线，一抹红色悄悄爬上她的耳根。

两人出了电梯，各自开门回家。

许时沅瞥了一眼他手里的购物袋，进了自家家门才想起，他拿的应该是附近药店的购物袋，于是，她赶紧探出身子道："等等。"

"嗯？"聂洲泽停住了正要关门的手，问道，"怎么了？"

许时沅望向他的手边，问道："你去药店买了什么吗？"

"眼药水。"聂洲泽轻描淡写道。

听他这么一说，许时沅走过去，望向他的眼睛，问道："眼睛不舒服吗？"

“有点儿干涩。”他的神情温柔而专注。

他逆着光，她看不真切，踮起脚，却在他黑色的瞳孔里看到了自己的影子。

许时沅收回思绪，道：“那你今晚得早点儿睡，你的眼睛有点儿红。”

许时沅洗了个澡，换上宽松的吊带睡裙，躺在沙发上敷面膜，耳边流淌着一首舒缓的情歌，她正跟着哼唱。

闭上眼，她突然想到他说的那句“我陪你在家休息，让你随便使唤”。

怎么个陪法？

许时沅忽然联想到什么，用双手捂住脸，却摸到了脸上冰凉的面膜纸。

手机振动了两声，她立即打开，发现是来自中国移动的扣费短信。

她想去看贝贝……顺便看看它的主人。

想到这儿，许时沅迅速拿掉脸上的面膜，洗了个脸。

她微信上收到了新消息，是来自聂洲泽的语音消息。

聂洲泽：“沅沅，有时间帮我滴一下眼药水好吗？我自己对不准。”

许时沅：“好，洲泽哥，你等会儿，我马上就过去，正好去看看贝贝。”

他回复得很快：“就看猫？不打算看我？”

他的语气听起来略带无奈和不满，许时沅却笑出了声，她回：“猫可以让我摸，你不可以。”

许时沅的手机铃声忽然响起，是父亲许源打的电话，她拿着电话在沙发上坐了下来：“喂，爸，家里下雨了吗？”

“没有啊，最近每天都是艳阳天。”许源道，“你那儿下雨了？”

“对啊，前几天下雨了，不过今天没有下，可能是快到秋天了吧，都可以穿大衣了。”许时沅放眼望向窗外，外面是开阔的江潮。

“那你得多穿点儿衣服，别像上一次那样冻到发烧感冒了。”许源叮嘱道。

这时，许时沅听到门铃声响了，她一边和许源讲电话，一边去开门。

聂洲泽单手抱着猫，站在她家门口，扬着眼尾。

许时沅有些意外，她眼睛一弯，伸手摸了摸贝贝的脑袋，同时指了一下自己的手机，轻声道：“进来进来。”

聂洲泽了然，用口型说了个“好”字。

与此同时，许时沅听到许源问：“沅沅，你最近是不是谈恋爱了？”

许时沅一顿，看着刚进去的人的背影，答道：“没有啊。”

“没有？”许源的声音里带着不可置信的意味，“你还没有找男朋友？”

许时沅啊了一声，压低声音问：“爸，你该不会是……想给我介绍相亲对象吧？”

“不是不是，你想哪儿去了。”许源赶紧给身旁的沈时递了个少安毋躁的眼神，“我是看你最近都不常给我打电话了，想看看你是不是忙着谈恋爱去了。”

许时沅拍了拍心口，内疚道：“最近比较忙，忘记了，刚刚本来想打的，洗了个澡又忘了……”

聂洲泽坐在沙发上，眼神落在许时沅的身上，直到贝贝从茶几下找出一个毛球。

“你从哪儿翻出来的？”聂洲泽打算去捡地上的毛球。

他的声音不大，但还是被许源听见了。

“沅沅，我怎么听到你那边有男人的声音？”

“是聂师兄，他来跟我借点儿东西。”许时沅顿了一下，说道，“好了，我得先去把东西拿给他，拜拜啦。”

许源半信半疑地挂了电话。

许时沅松了一口气，将手机放在茶几上，下一秒，铃声大作，这次是聂洲泽的手机响了。

许时沅忐忑地看了他一眼，沙发上的聂洲泽也抬眼看向她，眼底带笑，他接起电话，应道：“我来……借点儿东西。没事，这边挺安全的……我会经常过来看她的，你放心。”

电话终于挂了。

聂洲泽问：“你那个球还有没有用？”

“给它玩吧，是我靴子上掉下来的，没什么用。”许时沅伸出手。

这一次，贝贝吃人嘴软，拿人手短，许时沅在它软乎乎的身上揉了两下，它才不情不愿地跑掉，追着毛球满屋子跑起来。

许时沅又问聂洲泽：“对了，我爸没跟你说什么吧？”

“没说什么，就让我们多互相关照之类的。”他倚靠在沙发上，说道，“你要看的猫，我已经带来了，现在可以给我滴眼药水了吗？”

“可以呀，眼药水呢？”

他指了指她桌上还没开封的眼药水。

许时沅拧开眼药水的瓶盖，看向聂洲泽，道：“来吧，你坐直一点儿，头抬高，不然我不好滴。”

聂洲泽按照她所说坐直身子，头微微仰起，问道："这样？"

许时沅轻轻嗯了一声，弯腰靠近他。他目不转睛地望着她，眼神深邃又温柔。

这么近的距离，她很难不觉得别扭，何况两人的姿势还有些暧昧。

许时沅屏息，对准他的瞳孔挤了挤眼药水，谁知就在这时他眨了一下眼睛。

眼药水从他的眼皮处滑过，聂洲泽道："抱歉，没忍住。"

许时沅嗞了一声，低声道："你是不是以前没有用过眼药水啊？"

"没有。"

聂洲泽确实没用过眼药水，这段时间，他的眼睛负荷有些重，总是干涩，所以才买了一瓶眼药水。

"那肯定是紧张了，放松一点儿，这个不会痛的。"

"好。"他没说他紧张并非因为眼药水，而是他的目光不由自主地下移，看着她微翘的唇一张一合，分了神。

"好了，你闭一下眼，然后转动一下眼珠。"许时沅滴完眼药水后，有种大功告成的满足感。

"怎么样？"片刻后，她问，"不会不舒服吧？"

很快，聂洲泽睁开了眼，眼睛如同一片湖泊，湖面平静，底下却藏有暗流，他道："不会。"

"你这样看起来好像在哭。"许时沅注意到他眼角的水滴，鬼使神差般抬手擦了擦他的眼角。

她刚放下手，手腕便猝不及防地被他牵住了，抬起眸，两人的目光相撞。

"这么久了，你考虑好了吗？"他嗓音低沉。

"差不多了，还需要……"她还没说完，便看见他的喉结滚动了一下，随后他低低地笑了一声，将她往前一带。

许时沅无处可进，她被迫抬起一条腿的膝盖，抵在他两腿之间的空位上，她放轻了呼吸，心跳却奔向了另一个极端。

许时沅咬字很轻，问道："干吗？"

就在这时，贝贝不知从哪儿跑了出来，迅速跳到聂洲泽身上，不合时宜地喵了两声，旖旎的氛围瞬间烟消云散。

它却毫无愧疚之感，伸出爪子碰了碰许时沅睡裙上的向日葵。许时沅也趁机在它的头上轻轻挠了挠，它没跑开，反而闭了闭眼睛。

"猫可以让我摸，但是你不可以。"聂洲泽的脑海中有句话一晃而过。

许时沅还沉浸在贝贝没有反抗的喜悦中，下一秒，她的手便被他抬起，搭在他的肩上。

聂洲泽问：“谁说只有猫可以让你摸？”

男人坐在沙发上微仰着头看她，道：“我也可以。”

她的手搭着他的肩膀，隔着单薄的衣服。她挑了一下眉，借以掩饰此刻的慌张：“你说的。”

“嗯，是我说的。”聂洲泽分外坦荡地点头。

既然他这么说了，她觉得不好好利用这个机会实在说不过去。

于是，她伸手捏了下他的肩膀，而后清晰地感受到了他衣服底下硬朗有力的骨骼肌肉。

她体会到了乐趣，抬手想摸他的头发，但触及他的眼神后，她的手停在半空，转而用指尖摸了摸他的耳垂，却如同碰到禁区，他嗞了一声。

“你可真会找地方。”他的嗓音有点儿哑。

许时沅愣了片刻，很快回过神，一边说着“我口渴，去喝杯水，你要不要来一杯”，一边朝客厅另一边的饮水机走去。

……

手机收到了新短信，脑海里的画面和声音如同被关掉的电影，消失得一干二净。

许时沅弯腰捡起沙发上的毛球，放进茶几底下的收纳盒中，她用手背贴了贴脸颊，有点儿烫——明明今天的天气还算凉爽。

近几天，聂洲泽都很忙，新项目正在试验阶段，不允许有任何差错。

每次他回来都已经是深夜了，但他睡前都会和她道一声“晚安”，第二天醒来时，还能收到一条新的语音消息，这句让她立刻元气满满的“早上好”，也是新一天开始的信号。

面试和试课顺利结束了。许时沅花了不少时间备课，自制了课件，在家里时，她还自导自演地演练了一番。

到了周六上午，台下十几双眼睛齐刷刷地望着她，其中还有不少年纪比她大许多的人，这让她感到由衷的佩服。

周六的课程刚结束，许时沅就开始盼望周日下午的来临，只因为前些天聂洲泽说的那句“我陪你在家休息，让你随便使唤”。

可惜，聂洲泽这几天格外忙碌。

周日本来是他的休息日，但他要去B市出几天差，周日早晨就得出发。

周日这天，许时沅比往常起得都早，她先给他发了句“早上好”，刚洗漱完，便听到了门铃声。

许时沅解开丸子头，迅速梳了梳头发，长发如波浪般披在肩上，而后才去开门。

“早啊，洲泽哥。”

“早，刚起床？”聂洲泽的短发利落干净，露出了好看的额角，衬衫和西裤的简约打扮也让他显得格外挺拔。

“我起床十分钟了。”许时沅笑着说，“你这么早就得出发了？”

“嗯。”聂洲泽手边推着一个行李箱，说道，“机场离这儿有点儿远，我得早点儿出发，这是我家的备用钥匙，密码是××××。”

许时沅接过，道：“我记住了，会照顾好贝贝的，你就放心地去吧。”

这台词颇有生离死别的意味，聂洲泽无奈地笑了：“是不是巴不得我走？”

许时沅无辜极了：“哪有，我巴不得你不……”

“不什么？”他促狭地笑了一声。

许时沅只得继续说：“不要走，才可以使唤洲泽哥。”

“行。”聂洲泽抬手将她贴在脸颊处的几缕长发别到耳后，说道，“这次是临时有事，等我回来再给你使唤，嗯？”

……

“贝贝，你爸爸出远门了，接下来几天，姐姐来照顾你，你是不是很开心？”

“喵。”它给了她一个眼神。

“好的，你很开心。”这是她对它这个眼神的解读。

于是，许时沅伸手想再摸它几下，但它灵活地躲开了。

许时沅给它的碗里倒入猫粮，而后站在不远处。贝贝发现后马上跑过来吃饭了，但其间它不止一次抬头看她，似乎是怕她抢食。

“你放心，我不会抢你的食物，毕竟，这猫粮不太合我的胃口。”许时沅耐心道。

“所以，你为什么叫贝贝？为什么不叫宝宝？贝贝，我跟你说个事啊，你现在就得提前接受我了，因为以后我很有可能会成为你的妈妈，你知道吗？”

虽然它对许时沅爱搭不理，许时沅却乐此不疲，她觉得自己像个后妈，趁着孩子爸不在家，对孩子进行“威逼利诱”。

不，她应该是亲妈，许时沅在脑中严肃地纠正自己的想法，毕竟她还特意把它喜爱的小毛球都带过来了。

过了一会儿，她在聂洲泽的书架前抽了一本书，坐在他的沙发上翻看起来。

……

聂洲泽敲了敲病房门，听到里面传来一声中气十足的“请进”，觉得这声音似乎有些熟悉，而后他踱步进入。

一个中年男人背对着他，黑白短发交杂，背有些佝偻。

“您好。”聂洲泽把果篮放在柜子上。

中年人缓缓地转身。对方并不是慈眉善目的长相，笑起来还有年轻人的朝气，他笑着道：“洲泽，好久不见。”

“钟老师。”聂洲泽怔了片刻，随即笑道，“真的是您啊，刚刚听声音就觉得熟悉。”

“我还以为你小子认不出我来了。”钟爱国放下手上的保温杯，随即拍了拍手边的椅子，“来，坐。”

病床上坐着的人是聂洲泽在西城中学读书时的班主任钟爱国，聂洲泽当了钟爱国两年的数学课代表，他一直很感谢钟爱国给予过他的帮助。

毕业后的这些年，聂洲泽偶尔会给他发发短信，但一直没时间去探望。

这次，聂洲泽不是代表个人，而是代表凌泽信息科技公司前来探望即将在手术中使用公司 VR 痛感减轻应用的首位体验者，同时也是来和对方签合同的。

只是，他没想到这位体验者会是他的老师，这令他的心情有些复杂。

两人叙了会儿旧，聂洲泽问起钟爱国的病情，钟爱国看上去很乐观：“我这病听起来可怕，癌症嘛，但才中期呢，好好治疗还是能多活个几年的。”

聂洲泽点头道：“那是肯定的，等您病好了，我再回西城中学看您。”

“行，到时候，你还得给我们班同学分享经验。”

话音刚落，病房门突然被人推开，一个中年妇女急匆匆地走过来，道：“我不同意你签什么合同，好好用药就好了，用什么高科技，万一出了事怎么办……”

“等等。”钟爱国说，“犯不着，我先给你介绍一下吧……”

“介绍什么？你就是那个什么公司的吧！”李丽玲瞪向聂洲泽，“我们不用你们的设备。”

见她这样，钟爱国只能硬生生地插嘴：“老婆，这是我以前经常跟你说起的，我的学生聂洲泽。”

李丽玲想了一会儿，表情总算有所缓和：“哦……是你啊。”

“师母，您好。”

“但是你那个公司是不是打算用我们老钟做实验啊？我从来没听过做手术还能不用麻醉药的……我告诉你，我是不可能同意的。”

聂洲泽耐心听她说完，随后，他用通俗易懂的方式把VR痛感减轻体验应用向钟爱国夫妇解释了一遍，李丽玲脸上的表情也从“你们公司要害我老公”慢慢变成了“好像还真不错”。

李丽玲的态度和蔼了不少，道：“也是，麻醉药对身体的副作用特别大。你们继续聊，刚才不好意思啊，小聂。”

“没事，我们肯定不会用老师的生命开玩笑。”

钟爱国忽然想起什么，问：“洲泽，你结婚了吗？”

聂洲泽坦然道：“还没。”

钟爱国丝毫不觉得惊讶，他拍了拍聂洲泽的肩膀，道：“男儿志在四方，没结婚很正常，先把事业发展好，再说这些也不迟。”

聂洲泽清楚地记得，钟爱国也是许时沅的高中班主任，他向钟爱国提起许时沅的名字，钟爱国想了两秒，而后猛地一拍大腿道：“记得，时沅也是我的课代表嘛。她高三那会儿，数学只有八九十分，后来高考考了一百三十分，我印象特别深，我还多送了她两个笔记本。”

“对，我们俩都有你给的天安门笔记本。”

“那你们可得好好保管，这笔记本现在已经绝版了。上个月教师节，我还收到了许时沅的祝福短信，她好像是在做……做翻译，对不对？”

钟爱国看到聂洲泽脸上的笑意，问道：“我记得，你和时沅之前就认识？”

……

三天后，聂洲泽出差回来，他先回了趟公司。

这个时间，公司里已经没人了，他在办公室工作完，刚进停车场，手机便开始振动，是柳如月的来电。

他一边往回走，一边接电话，柳如月问他过生日有没有和朋友聚聚。

聂洲泽在这头笑了笑，道：“没有，今天刚出差回来，准备回家睡觉。”

“过生日都不放过自己，我儿子这工作狂的标签什么时候才能去掉，你哪怕是去看个电影都好啊。”

“多大的人了，过不过生日也无所谓。”

挂了电话后，聂洲泽给许时沅回了消息，告诉她他到沁州市内了，差不多再过一个小时就能到家。

许时沅：“这么晚啊，不行……我今晚比较困，可能会早睡。”

聂洲泽侧头看了看副驾驶座上的礼物，发了条语音消息：“好，你困了就先睡，不用等我，我这儿有点儿堵车。”

退出聊天框，聂洲泽才注意到他收到了几个朋友发的生日祝福消息。

她应该不知道今天是他的生日。他这些年很忙，以前他还会去和朋友聚聚餐，找地方玩玩，但现在已经没有这种闲情逸致了。

城市的夜晚灯火通明，车水马龙交织着霓虹光亮，热闹又繁华，却藏着不近人情的冷清。

车子以缓慢的速度往前移动着，当聂洲泽到家时，已经接近十点了。

许时沅的公寓大门紧闭着。

他在她门口驻足了片刻，拿出手机，才发现她五分钟前给他发了个“晚安”的表情图，应该是已经睡了。

聂洲泽叹了一口气，虽然有些失落，但还是在微信上回复她：“晚安，我刚到家门口。”随后，他按了密码，门应声而开。

灯光立刻流泻出来，聂洲泽的脚步在门口顿了一下。

是忘了关灯，还是……

聂洲泽刚进门，便让人抱了个满怀，馨香扑面而来，他蓦地弯了唇，搂紧了怀中的人，道：“不是睡了吗？”

“没睡啊，我等你很久了。”许时沅狡黠一笑，和他拉开一些距离，深情地望着他，“生日快乐啊，聂洲泽。”

失落像放了气的气球，尽数消失在空中，取而代之的是满满的惊喜，聂洲泽扬起嘴唇应道：“嗯，谢谢沅沅。”

“还有……”她示意他靠近一点儿。

聂洲泽弯了弯腰，下一秒就听到她在他耳畔说道：“我喜欢你。”在他回应前，她飞快地踮起脚，在他的唇上轻啄了一下，道，“还想和你在一起。”

许时沅一直没睡，她在聂洲泽家里等他，她本以为他今天可以早点儿到家，至少可以一起吃顿晚饭，但他说晚上才能到。

她等着等着，便冒出了一个想法。

她知道今天是他的生日。

说起来，那是很久很久以前，在她高中那会儿向聂河川旁敲侧击打探到的。但她从未有所表示，因为他一直是游离于她的生活之外的，两人只是偶尔才会有些交集，并且少得可怜，连说一句生日祝福都显得过于突兀。

从他向她表明心意的第一天起，不可置信的感觉消散之后，她就想立即告诉他——她也喜欢他，这是从来都不需要犹豫便会脱口而出的。

但她总觉得这样有些草率。

她还没有来得及认真地和他说一句“我喜欢你”，这是她从少女时代起就藏在心底的话，她需要一个契机说出口。

于是，许时沅有了个小打算——在他生日这天坦荡地说出她的心意。

不是因为其他的，只是因为这是他生命中非常重要的一天，对她而言亦是如此。

所以，在这段时间里，她好几次忍住了要答应他的冲动，她的男人也需要仪式感，需要有个人认真地告诉他——我也钟情于你，不是因为临时起意和头脑发热，而是认真的。

她坐在沙发上紧张不已，又站起来走了一会儿，直到手机振动，他给她发了消息。

……

她的唇瓣轻如羽毛，扫过他的唇。

“好。”聂洲泽推了一下门，身后的门砰的一声关上了。他一只手搂着她的腰身，另一只手握住她的后脑勺，眸色缱绻，道，“那就和我在一起。”

聂洲泽捧起她的脸，俯身吻上她的眼睛：“我也很喜欢你。”

她所说的那几句话不停地在他的脑海中重复，百听不厌。

许时沅不由得屏住呼吸。

这就是……接吻的感觉吗？

比她以往想象中的更温柔，更让她心动，脸庞发烫，心也快要冲破胸腔。

她有些无措，睫毛轻颤，忽然有些站不住，她揽着他脖颈的手下意识地收紧。

墙根处，贝贝从猫窝里探出脑袋，喵了一声，但那两个交缠在一起的人都没有看向它所在的方向，它自讨没趣地挪开了眼睛。

窗外霓虹依然闪烁，此时的每一秒都比往常漫长。

两人分开后，聂洲泽垂眸看向许时沅，她的唇珠微微翘着，带着光泽，比窗外的霓虹还要艳丽几分。

许时沅一时不知道该说些什么。

聂洲泽的指腹滑过她的嘴角，声音低沉地说道："和我想的一样。"

许时沅一顿，问道："你……想过？"

"嗯。"他坦率地承认，"想过好几次。"

餐桌上摆着一个小蛋糕，和他的拳头差不多大，上面插着一根蜡烛。

这生日过得还挺像模像样的，聂洲泽望着她的嘴角，听到她问："洲泽哥，你会不会觉得这蛋糕太小了？"

"够了，这样就挺好的。"聂洲泽看向她，"而且，重要的不是这个，而是谁陪我过的生日。"

"那你去关灯。"她说。

聂洲泽将客厅的灯关了，许时沅用打火机点燃了中间的蜡烛，道："我先给你放一首生日歌。"

"放？"

"是我在手机上找的《生日快乐歌》，给我……男朋友助兴。"许时沅在手机上按着，暖色的烛光勾勒出她的侧脸，剪影温柔。

"等等。"聂洲泽捏住她的手腕，说道，"你男朋友比较想听你唱的。"

"我唱？"

"嗯，你唱。"

既然他强烈要求了，许时沅勉为其难地清了清嗓子，在他的注视下唱了一首《生日快乐歌》："祝你生日快乐……"

聂洲泽很久没体验过这样的仪式感了，但他并不觉得烦琐，反而体会到了别样的乐趣。

小蛋糕一人分了一半，许时沅道："我这半个蛋糕先放在冰箱里，我明天早上再吃，我晚上不吃甜的。"

"你不怕我偷偷吃掉？"聂洲泽笑着问。

"你不会吃的。"许时沅笃定道，"你吃了就没有生日礼物拿了。"

聂洲泽挑眉问："还有生日礼物？"

"还？我好像还没把礼物给你吧。"

"有啊。"他垂眸笑了一下，"你不是把自己当生日礼物送给我了？"

虽然感觉怪怪的，但确实有几分道理。

他补充了一句："味道很好。"

热意顿时传到耳根，许时沅又想起了两人在门口时那个绵长温柔的吻，一时不知道他说的是蛋糕还是……她收回思绪，笑道："对啊，这蛋糕是酸奶味的，你肯定觉得不错。"

"你说的是蛋糕，我说的是你。"

"哦。"许时沅不自然地挪开眼神，靠上他的肩，故意道，"谢谢师兄。"

空气中安静了几秒。

他捏捏她脸颊，道："嗯，不客气。"

第二天清晨，太阳还未升起，天际泛着暗蓝色，城市已经苏醒了。

昨晚，聂洲泽没怎么睡着，但他依然起得很早。

站在那面书架前，他的视线从左到右掠过，最后停在最上面的《白日梦患者》上，他不记得自己在哪里买过这本书，应该是她送给他的礼物。

昨天他问许时沅礼物在哪儿，她是这么说的："其实我送的礼物很普通，就是一本书。"

当时，她还指了指他身后的书架，补充道："就放在那儿，你明天再找吧。"

他抽出这本书，看了一眼简介，是一本日本悬疑小说，他又扫了一眼封面上标明作者的位置，才捕捉到熟悉的字眼——"许时沅译"。

原来这本书是许时沅翻译的。

他在沙发上坐下，书里忽然掉出一张便笺。

他捡起便笺，上边有几行小字："洲泽哥，首先，恭喜你找到了你的生日礼物。以后，你的生日就是许时沅和聂洲泽在一起的纪念日了。"

一大清早，聂洲泽的心情就很好，他把便笺夹回小说中。

他想起一个问题，许时沅是如何知道他的生日的？他不记得她什么时候问过他。

但无论如何，昨天过的那个生日确实是他人生中印象最深刻的一个生日。

聂洲泽："沅沅，醒了吗？"

过了两三分钟，许时沅回复："醒了醒了，你等我一会儿，我很快就来。"

昨晚，许时沅还是吃掉了那半块蛋糕。原本，她的意志很坚定，但聂洲泽又拿起那半块蛋糕问她："你确定不吃？"

"我也有点儿想吃——如果有人喂我的话。"当时，她纯粹是嘴快。

没想到聂洲泽拿起手边的叉子，坐到她身侧的凳子上，道："愿意效劳。"

于是，许时沅在他的“协助”下，不知不觉地消灭了那块蛋糕。

吃完后，她甚至有些懊恼——这蛋糕这么小？这么快就吃完了。

虽然只有小小一块，但吃了一定会发胖。所以，许时沅决定今天早晨和男朋友去小区附近晨跑，把心中的罪恶感消灭掉。

这时，许时沅扎起长发，换上了一套宽松的运动服。拉开家门，聂洲泽已经在门口了，他的刘海散在额前，穿着运动T恤和灰色运动裤，看起来很清爽，他笑着喊她：“沅沅。”

他朝她伸出手，指节修长好看。

许时沅自然而然地将手放在他的掌心，握紧他的手的那一刻，她的心也充盈了，她高兴地说道：“我们走吧。”

一开始，许时沅还保持着和他一样的跑步频率，慢慢地，她觉得有些吃力，速度也慢下来了。

聂洲泽也慢了下来，和她保持着相同的步调，时不时告诉她如何保持呼吸。

记忆中，有个画面一晃而过。

高三的某次体育课上，穿着西城中学校服的学生排成列队，准备体测。聂洲泽混在人群中，体育老师说“开始”时，他看到了一抹熟悉的身影。

少女穿着白色的校服上衣，跑步姿势笨拙得可爱，她回头对他道：“洲泽哥，我超过你了。”

他的思绪被拉了回来。

脑海中的背影慢慢和眼前的人重合，他恍然惊觉时光如白驹过隙，和她重逢成了他生命中仅有一次的幸运。

聂洲泽笑了笑，迎着初升的太阳追上她，道：“来了。”

太阳拨开云雾，晨光洒在脚下，两个影子并肩往前奔跑着。

晨跑结束后，许时沅出了一身汗。

“你下次什么时候再跑，能不能也叫上我一起？”

“跟男朋友还这么客气？”

“行。”她思考片刻，换了一种说法，“那你下次晨跑的时候记得叫上你的……宝贝女朋友？”

说出后面那五个字时，许时沅自己都觉得肉麻。

“没问题。”他拂开因出汗紧贴在她脸颊侧的碎发，说道，“如果没有特殊情况，星期三、星期五和星期日，我都会出来晨跑，到时候我叫你，别赖床。”

许时沅刚想点头，又疑惑地问：“我起得比你早吧？”

聂洲泽没否认，顺着她的话说道：“行，如果我赖床，你叫我。”

快到各自公寓门口时，许时沅忽然想起一件事。

“对了，洲泽哥，你要不要……记一下我家的大门密码？”

毕竟现在，他是她的男朋友了。而且，她也知道他家的密码。

“1725。”聂洲泽说。

许时沅有些惊讶：“你是怎么知道的？”

聂洲泽道：“上次你喝醉了，一边念这串数字，一边按密码，我听见了。”

提起黑历史，许时沅不由得有些尴尬，道：“还好你那时候对我没有企图，不然我就危险了。”

聂洲泽敛起嘴角的笑意，道：“也别把我想得太好。”

许时沅问：“那你对我有什么企图？”

他无奈地揉揉她的发顶，道：“可多了。”

“比如说？”

他抬起她的下巴，在她的唇上啄了一下，道：“到时候，你自然知道。”

晨跑过后，许时沅与聂洲泽手牵手去吃了早餐，她这才后知后觉，自己是真的有男朋友了，而且这个人还是她肖想了许久的人。

聂洲泽去上班后，许时沅待在公寓里开始做她的工作，但她的心始终平静不下来，有一种想向全世界宣告她谈恋爱了的冲动。

于是，许时沅在闺密群里发了消息。

许时沅：“我谈恋爱了！”

陈傅怡：“真的？！是那个聂洲泽师兄吗？！”

许时沅：“是的！”

闻沁：“除了这个师兄，估计也不会有其他人了。”

远在西城的陈傅怡在替许时沅感到开心的同时，也觉得如果是她自己，她实在做不到像许时沅那样，在不可能的情况下，依然像月亮绕着地球一样绕着一个人转，明明是如此天方夜谭的故事。

如果她也可以像许时沅这样，那她和聂河川会不会有不同的故事？

陈傅怡止住这些乱七八糟的想法，在群里问许时沅：“那他知道你以前喜欢他的事情吗？你跟他说过吗？”

许时沅：“不知道吧……说不说也无所谓了，反正我们现在在一起就行。”

虽然，这一场她自导自演的独角戏终于有了另一个人的加入，但是，记忆中以前的她并不美好，就让狼狈又黯淡的青春时光留在过去也挺好的。

闻沁：“你们亲了吗？”

许时沅：“你说呢？宝贝……”

闻沁：“来，话筒给你，说说初吻的感觉。”

许时沅的脸颊不由自主地开始发烫。

许时沅：“原来接吻真的要侧着脸，不然鼻梁就会戳到对方。”

闻沁：“我是问你腿软不软！爽不爽！”

陈傅怡：“我也很想知道。”

虽然脸还发烫，但许时沅分外实诚地回道：“爽啊。”

闻沁：“放心，以后还会有更爽的……”

没过几天，聂洲泽变得更忙了，连和许时沅见面都没时间。

这天下午六点，许时沅回到公寓，跟在她身后的还有一条小尾巴——来蹭吃蹭喝的闻沁。

“每次来我就只有一个想法，就是想和沅沅一起住。”闻沁说，“你这儿比我那儿温馨多了。”

“让你男朋友搬来和你一起住？”

“不行。”闻沁叹了一口气，坐在沙发上说道，“林超琦这个人太好强了，他说住在我房子里让他觉得自己在吃软饭，而且他也不想辞职来沁州，他还想让我去他那儿和他一起住呢。”

“那就只有一个解决办法了，结婚吧。”

“结婚也得等他求婚啊，总不能让我主动吧。我先去上个厕所。”

倒水时，许时沅突然留意到茶几底下多了个东西，似乎是个盒子，黑色的。

它什么时候出现的？会不会是闻沁悄悄放在这儿的？

许时沅饶有兴致地打开，从里边拿出一副黑色VR眼镜。

她按照说明书戴上了这副VR眼镜，而后，它自动启动了。

“沅沅。”

听到熟悉的声音，许时沅一下子从沙发上弹起来，下意识地看向门口，便看到聂洲泽慢慢地走近她，在她身侧找了把椅子坐下，专注地望着她。

“你继续做你的事，我就在这儿陪着你。”耳边响起他独有的嗓音。

许时沅伸手想碰他，她的手却直接穿过了他的身体，霎时间，她才反应过来这是虚拟的他，他的声音也是从这设备中传出来的。

她摘下眼镜，眼前的景象也随之消失。

盒子里还有一副手套，她戴上手套和眼镜，这次再伸手，她的手并未从他的身体里穿过，而是能实实在在地摸到他了。

上完厕所的闻沁出来以后，便看见许时沅的头上戴着副奇怪的眼镜，在半空中握着什么，晃来晃去的，嘴角还露出了奇怪的笑，大有走火入魔之状。

她走过去拍了拍许时沅的肩膀，问："许时沅，你在作法吗？"

"你让开点儿，你碰到他了。"

闻沁看了看自己所站的位置——空荡荡的，她不由得毛骨悚然："你……在干什么？怎么这么诡异？"

许时沅摘下 VR 眼镜，道："我在看我的男朋友啊。"

闻沁不信，她好奇地戴上 VR 眼镜，便立刻看到了坐在旁边椅子上的聂洲泽。

由于画面过于逼真，闻沁吓得一屁股坐在沙发上，她打招呼道："聂师兄，你好啊。我就是借来看看，您别见怪……"

话没说完，她就听到许时沅的笑声，道："这是虚拟的，你好傻啊。"

"假的？"闻沁摘下设备，果不其然，聂洲泽消失了，她说道，"我还以为你们在用什么高科技视频通话呢。"

"这就是副 VR 眼镜，我也不知道是什么原理。"

闻沁饶有兴致地左看右看，道："这东西不错啊，我也去买一副给林超琦，让他天天看着我，哈哈哈，这个哪里有卖啊？"

"这……我也不知道啊，我是在这里突然发现的，回头我帮你问问。"

吃完饭，两人靠在沙发上看电影。中途，许时沅抛弃她，跑去了对面的房子，原因是她住在对面的男朋友回来了。

"你这个见色忘友的女人！"闻沁对着她跑得飞快的背影控诉道。

过了许久，电影都快播放到结尾了，许时沅才慢悠悠地开门回来。同时，她的两颊处染着可疑的红晕，红唇泛着光泽。

闻沁盯了她许久，啧啧道："这口红不错，亲了这么久都没掉色。"

许时沅扯了扯嘴角，道："我根本没有涂口红，你哪只眼睛看到口红了？"

"那就更不得了了。"闻沁凑近她耳畔笑道，"嘴巴都亲红了，战况肯定特别激烈吧？"

闻沁刚和林超琦谈恋爱时，许时沅没少这样调侃她，现在，闻沁终于等到了这个宝贵的机会，她怎么可能不好好利用起来？

“我在你这儿，不会影响你们晚上干点儿什么吧……”

许时沅捂住她的嘴巴，道：“嘘——朋友，让我们安安分分地看完这部电影，可以吗？”

“电影都快播放完了，你还好意思说。”闻沁假装生气地捏了捏许时沅的脸颊，说道，“你问他了吗，这个设备哪里有卖？”

许时沅遗憾地摇头，道：“没有，仅此一个。”

“那你这个是哪儿来的？”

“这是他们公司试验阶段的项目产品，他上次出差时去分公司带回来的，只是给我玩玩，而且这个只能用十次，十次之后，里面的数据会自动清除，以后就不能用了。”

“好吧，那什么时候研发成功上市了，记得通知我一声，谢谢老板娘了。”

“没问题。”

“对了，你们为什么不干脆住在一起啊？”

“时候还没到吧……”许时沅捂着脸，有点儿害羞，“再说，现在这样就挺好的啊，我有自己的空间，他也有自己的空间，来往于不同的住所，多么美妙。”

“听你这么说，确实挺美妙的，而且……”闻沁忽然凑近她的耳畔，低声道，“做某些事情时，也能多个场地来回变换，对不对？”

“……”

第十三章
签名

这天傍晚，天还没完全暗下来，薄薄一层云霞铺展在天际处。

聂洲泽回来得比较早，六点半左右便到了公寓。

许时沅正坐在客厅里，听到门铃的声响，她一跃而起，开门道：“回来啦。”

“回来了。”聂洲泽的西装外套搭在臂弯里，眼里有温柔的光。

这样的他，许时沅百看不厌。

以前，她只能悄悄藏着自己爱慕的眼神，现在，她可以光明正大地看着他，便不由得多打量了他几遍，越看越喜欢。

聂洲泽将外套挂在衣架上，一转头就对上了她的眼神，他问：“怎么了？”

“你是不是忘了一件事？”

聂洲泽认真思考了片刻，疑惑地问道：“什么事？”

“一般来说，下班回家看到女朋友在家等你，是不是应该……”许时沅单手攀上他的肩膀，在他的脸颊边轻轻吻了一下，“表示表示？”

聂洲泽低低地笑了一声，道：“你的经验很丰富啊。”

许时沅的心里咯噔一下，她转身便往客厅内走，嘴里嘟囔着：“我看电视剧里都是那样的，原来都是假的，现实生活里根本不……”

话没说完，男人伸手揽住她的腰身，在她猝不及防地回过头时，俯身在她饱满的唇上落下一个吻，笑着问：“谁说现实生活里不一样？”

许时沅喜形于色，道：“现在才一样。”

聂洲泽哦了一声，似乎想起什么，又道：“看的什么电视剧？我也去学习学习。”

“别了，肯定不是你喜欢的类型。”许时沅转移话题，“对了，下次你进门可以不按门铃，输密码进来就行。”

“突然进来不会吓到你吗？”

“你是我男朋友，怎么会吓到我？”许时沅露出“请你记住自己的身份”的表情，忽又慌慌张张道，“糟了，厨房里还煮着汤，我差点儿忘了。”

许时沅小跑进厨房，果不其然，汤已经溢出来了，她赶紧把火关了。

聂洲泽望着她急匆匆的背影，一转头，看到玻璃窗上的自己不知何时扬起了嘴角。和她待在一块儿总是让人心情愉悦，紧绷了一天的神经也不由自主地放松了。

空气中弥漫着饭菜的热气，吃饭前，许时沅先盛了两碗汤放在桌上。

“对了，你今天怎么这么早就回来了？”

“事情比较少，准点儿下班了。”聂洲泽顿了一下，又道，“主要是想和你一起吃顿晚饭，平时一起吃饭的次数也不多。”

“你要是每天都能这么早下班，次数不就多了？”许时沅说道，“可惜你公司太忙，只能我自己享受了。”

“我尽量争取早点儿下班。”说完，他忽然道，“晚上过去我那边？”

许时沅心中一慌，一时间忘了她每天都要和贝贝培养感情，脑海中浮现的都是闻沁在她耳边说的话，她问：“晚上……过来干什么？”

聂洲泽瞥到她脸颊上的那抹红，笑道：“你想干什么都可以。”

晚上，许时沅洗了个澡，没在微信里提前通知他，便开门过去了。

他家客厅里没人，茶几边卧着一只猫。

令她欣慰的是，贝贝看到她时竟然径直朝她走了过来。这是知道她的身份改变了，所以它的态度也变了？

“小贝贝。”

她蹲下身，贝贝踏着猫步慢慢地靠近了她，她还没摸到它，它便拍了两下她裙子上边的向日葵，转身跑开了。

“哦。”许时沅望着它的背影道，“不跟你玩了，我找你爸去。”

起身时，许时沅的耳边传来了他房间浴室门把手被转动的声音，而后是他的脚步声，许时沅轻手轻脚地接近了他的房间。

两秒后，他突然推开房门。

看到他的那一秒，本想给他一个惊喜的许时沅顿时手足无措地站在原地，道：“我来……”

眼前的人只穿了一条短裤，发尾滴着水，水滴落在光着的上半身上，顺着紧实的肌肉线条隐没于裤腰处……

聂洲泽伸手拿起床上的T恤，应了一声。

许时沅自认为不是扭扭捏捏的人，每次看到电视剧里女主角看到男主角光着上半身便夸张地捂住双眼的剧情，她都在想：要不要这样？

但真的轮到她时……她居然目不转睛地望着他，一时之间竟忘了害羞为何物，只知道脸上不知不觉变得灼热。

“特意挑时间过来的？”聂洲泽抬眸问她。

这一问便把她的七魂六魄给扯回来了，“矜持”二字姗姗来迟，她的视线往上，撞上了他满是笑意的眼眸。

“没有啊。”许时沅抬起手，象征性地捂住脸，哼哼唧唧道，“你这人怎么这样？不穿好衣服就出来了。”

“我都穿好衣服了你才捂脸，不觉得有掩耳盗铃的嫌疑吗？”

不好，被发现了。

许时沅尽量让自己的语气听起来自然一些，道：“我以前只练过马甲线，不知道腹肌长什么样子，所以多看了几眼。”

聂洲泽意味深长地哦了一声，拿起一条干毛巾，问：“现在知道了？”

“也……没有，就看了这么几秒钟，能看出什么？”许时沅理直气壮起来，走到他身侧，微微仰着头看他，丝毫不掩饰眼里的爱意。

“洲泽哥，你坐下。”她拍了拍床边。

“怎么了？”聂洲泽停下擦头发的动作，笑着坐在床边。

这下，仰头的人由她变成了他，她靠近了他，他身上好闻的气息也同时飘了过来。

聂洲泽的视线往下移了移，随后不偏不倚地对上了她的睡裙领口，她的锁骨诱人，方领处露出一片肌肤，上面有一颗若隐若现的小痣，引人遐想。

“给你提供服务。”许时沅垂眸道。

那一刻，他眼睫一动，下意识地浮想联翩，说了句：“别闹。”

与此同时，他手里的毛巾被人抽走了……下一秒，许时沅一本正经给他擦起头发，问道：“我这哪里是闹你？”

“没，你继续。”

许时沅专注地擦着他的头发，没注意到他凝视着她的深情目光。

“好羡慕你们短头发的人，擦两下就干了……”一抬头，许时沅便和门口“天真无邪”的视线相交了，说道，“贝贝进来了。”

“喵——”贝贝慢悠悠地走过来。

许时沅突然就想逗逗它，她抱住身侧的聂洲泽，想看看它是什么反应，她调皮地说道：“你爸爸是我的了。”

聂洲泽没反应过来，鼻梁触到她领口处的那片肌肤，一股燥热感蹿了上来。

“贝贝，出去玩儿。”

于是，贝贝格外乖巧地停住了脚步，带走了墙角那个玩偶。

“太听你的话了，果然是你儿子。”许时沅放开搂着他的手，继续擦头发的动作，又道，“就是不知道什么时候才肯承认我这个母亲，你平时得多多教育它……”

她只顾着说话，没注意到他的嗓音有些不对劲，直到他问：“好了吗？”

她摸了摸他的头发，已经差不多干了，道：“应该可以了吧。”

话音还未落下，一只强劲有力的手托起她的腰，等反应过来时，她已经坐在聂洲泽的大腿上了，刚刚还镇定的她心跳立刻不受控地开始加速，可能是由于他的身后就是床。

“那该干点儿别的了。”

聂洲泽的目光看起来依然温柔，直到他吻下来，她才意识到都是假象。

床头柜上的手机不合时宜地响起，拉回了她的思绪。

“你的手机响……响了。”

聂洲泽没理会，将下巴放在她的肩膀上，闭着眼睛平顺呼吸。就在这时，久久维持着同一个姿势的许时沅动了动，随后便听到他来自胸腔处的一声闷哼，她身体一僵。

“别乱动。”

“那……你先接电话。”说完，她从他腿上站起来，溜之大吉，也不管原本挂在手腕上的发圈掉落在了他的床上。

秋天临近尾声，冷空气不知何时笼罩在了沁州的城市上空。窗外的阳光并不强烈，天色灰蒙蒙的。

许时沅拉开窗帘，被扑面而来的冷风刺激得打了个喷嚏。她把窗户紧紧地关上，去房间里加了一件衣服，刚出来便听到了门铃声。

她看了看时间，才下午五点多一点儿，他今天这么早就回来了？！

正好，最近有一部老电影重映，这部电影是她童年时的宝贵回忆，她特别想去看看。

他今天这么早下班，应该可以和她一起去看这场电影了。

许时沅满心欢喜地开了门，道："我上次不是说你可以……"

在要拥抱来人的前一秒，许时沅猛地住了手。

门口站着的并不是她所期盼的人，而是身高体型和聂洲泽相近，长相和气质却截然不同的聂河川。

"是你啊，好久不见。"

"嘿，许时沅。"聂河川一只手搭在拉杆箱上，俊秀的脸庞上有朝气蓬勃的笑意，"这么久不见，都不欢迎我吗？"

"怎么不欢迎？特别欢迎。"许时沅机械地拍了拍手，"特意为你鼓掌。"

"都说有朋自远方来，不亦乐乎，怎么到你这儿就行不通了？"

"你看我的笑脸，不是挺乐的？"

许时沅这才想起，前天晚上，聂洲泽和她说过，聂河川因为工作要来沁州几天，她一时把这事给忘在脑后了。

"我听说你住在这儿，特意过来拜访拜访您老。"

"我不老。"许时沅看了看他手边的行李箱，说道，"你这是来拜访我？是没联络上洲……聂师兄吧？还提着行李箱。"

许时沅想过平静的生活，要是太早让家里人知道她和聂洲泽相恋的事情，免不了面临各种盘问，而聂河川是个"危险分子"，值得重点注意。

"这都被你看出来了，我联系他了，他的助理说他还在开会。"聂河川笑着说，"所以来你这里落一下脚。"

许时沅直接越过他，上前输入了聂洲泽公寓门的密码，门应声而开。

"你可以进去落脚。"

"你怎么会知道我叔叔家的大门密码？"聂河川讶异地望着她，一脸"你们已经熟到这种程度了吗"的表情。

许时沅语气淡淡地说道："师兄偶尔会出差嘛，不知道的话，他家里的猫谁照顾，难道要它生活自理？"

进去之后，许时沅自然要和贝贝打个招呼，贝贝虽然不常搭理她，但已经没以前那么高冷了。

聂河川放下行李箱后走过来，弯腰道：“咪咪，咪咪……”

贝贝警惕地瞪了他一眼，随后逃似的跑走了。

许时沅摸到它的脑袋不过两秒钟，白了聂河川一眼，道：“人家有名字的，不叫咪咪。”

久未见面，聂洲泽又还没回来，作为聂河川未来的婶婶，许时沅责无旁贷地担起了招待大侄子的任务，和他聊起了天。

“聂河川，你现在有女朋友吗？”

如果他有的话，他们青梅竹马的关系就可以顺理成章地解绑了。

“你猜猜？”

许时沅仔细打量了他几眼，语气认真地说道：“我猜……有吧？”

“你的判断我很喜欢，虽然我的确……”聂河川忽然一顿，接着道，“没有女朋友。”

许时沅扯了扯嘴角，随即开始嘲笑他。

另一边，聂洲泽回来后先去了许时沅家，打开门却发现客厅没开灯，他轻轻蹙了一下眉，随后回了自己家。

一打开门，他家里倒是亮堂。

进门后，他看到的第一幕是聂河川不知跟许时沅说了些什么，许时沅突然大笑起来，两人似乎都没注意到他的靠近。

“对了，你和我叔住得也挺近的，有没有见过他的女朋友？”

聂河川没问聂洲泽有没有女朋友，而是直接问她有没有见过他的女朋友，这让她疑惑不已：“你怎么这么肯定他有女朋友？”

“上次我奶奶催我找女朋友，我说叔叔都还没找女朋友，怎么催上我了，结果我奶奶说，我叔叔已经有女朋友了。我太好奇了，你见过那人吗？”

“好像见过，又好像没见过……”许时沅模棱两可道。

“怎么样？”

见聂河川一副好奇的模样，本想转移话题的许时沅道：“瞧你这问题问得，虽然我也不清楚，但是他能看上的人，能差到哪里去？”

沙发后面忽然传来一阵响动，许时沅意识到什么，笑容僵在嘴角。

两人循声回头，聂洲泽不知何时进来了，此时正似笑非笑地望着许时沅。

自卖自夸的现场被撞破，许时沅莫名有些心虚，片刻后才问：“聂师兄，你吃饭了吗？”

“吃了。”听到久违的“师兄”二字，聂洲泽笑了。

“叔叔，你可算回来了。”聂河川没发现两人的眼神交流，说道，“我忘了你家大门的密码，还是许时沅带我进来的。”

“嗯，记性不太好。”聂洲泽点了点头，在对面的沙发上坐下，说道，“讨论什么讨论得这么投入？”

“奶奶说你有女朋友了，我挺好奇的，正在跟许时沅打探情况。”聂河川饶有兴致地问，“你真的有女朋友了？”

说实话，他不太信，他怀疑这只是奶奶为了催自己找女朋友乱编的话。

聂洲泽看了一眼他正对面的人，她的手放在沙发扶手上，跟个局外人似的气定神闲地朝他扬了扬眉，暗示他暂时保密。

“有啊。”他笑了笑，“时沅不是跟你说了吗？”

“她的话不太靠谱，什么好像见过又好像没见过，我得亲自求证一下。”

“她说的话很靠谱。”

闻言，许时沅立即底气十足地瞪了身侧的聂河川一眼，问：“听见了吗？”

“行行行。”聂河川拍拍她的肩膀，宽慰道，“别这样瞪我，我们都是单身，不要互相伤害。”

许时沅先是愣了一秒，而后笑容满面道：“谢谢啊，不过，我好像没说过我是单身吧？”

“你不是？”聂河川打量了她两秒。

许时沅对他笑了笑，眼里仿佛有星星，她笑道：“我看起来像没人要的？”

细看之下，许时沅还挺符合他的审美标准的，聂河川莫名揶揄不起来了。

“河川。”聂洲泽见他盯着许时沅一动不动，忍不住出声叫他。

聂河川回过神来，问道：“怎么了？”

“你要在这儿待几天？”

“三天吧，慢的话得一个星期，能尽快谈妥当然最好了。”聂河川忽然意识到什么，神情振奋起来，“如果小婶婶要来，你正好可以介绍我们认识。”

小婶婶……

聂洲泽揉了揉眉心，他觉得现在说出来也无妨，但考虑到辈分问题和许时沅暂时不愿公开的想法，他不动声色道：“到时候再说吧。”

此刻坐在他身旁的“小婶婶”已经收不住嘴角的笑意了。

聂河川接了个电话，比了个手势后走到沙发后的落地窗前。

他没注意到，就在他起身没多久，许时沅坐到了聂洲泽身边。

许时沅早就想坐过去了，但为了避免暴露，她忍住了，这时，她终于找到了来之不易的机会。

聂洲泽眼神温柔地望着她，道：“坐过来点儿。”

许时沅嗅了嗅他怀里独特的气息，他抬手轻轻捏了捏她的脸颊，垂眸说道：“去你家没看到你，你来这儿了也不跟我说一声。”

“我想说的，但是手机落在我那边客厅里了……然后忙着聊天，又忘了。”许时沅拉了拉他的手，五指张开，放在他的手掌心里，两人十指紧扣着。

“你在我家和聂河川闲聊了一晚上？”聂洲泽低声问。

“你别想太多，我和他的关系特别单纯。”许时沅连忙转移了话题，“工作一天了，是不是特别累？”

“有点儿。”聂洲泽扬起嘴唇笑了笑，“不过现在还好。”

许时沅坐直了身子，道：“那要不要我帮你放松放松？”

“怎么放松？”

许时沅回头看了一眼聂河川的方向，随后绕到聂洲泽背后，将手搭在他的肩膀上给他按摩，她说：“以前我在家时，我爸一直想让我帮他按摩，但我特别懒，就不怎么搭理他。”

她有将功补过的意思，聂洲泽顺着她的话说道：“那你怎么愿意给我按摩？”

“当然是因为……”她凑近他的耳畔道，“喜欢你呀。”

他的眼神顿时温柔了许多，像窗外朦胧的月色。

聂河川打完电话回来时，便看到聂洲泽在玩手机，许时沅津津有味地看着网络电视。

他叹了口气，看来没有他活跃气氛，这两人实在无趣。

他不由得摇了摇头，走过去问：“怎么不继续聊天了？”

过了许久，聂河川终于回客卧洗澡去了。

许时沅这才问：“洲泽哥，你是不是已经跟你妈说了你谈恋爱的事了？”

之前他们约好了，如果要跟家里人说，会找一个合适的时间，比如说即将来临的新年。

“我一开始没说，她先猜到了。”

“她怎么猜到的？”

那天，许时沅在他房间里，柳如月给聂洲泽打了个视频电话，他没有第一时间接听，而是洗了个澡之后才回拨过去。

柳如月眼睛尖，在他的镜头一晃而过时，她看见他的床上有女人的东西——是许时沅掉在他床上的紫色缎带发圈。

“儿子，有女朋友了吧？”聂洲泽没立即回答，怔了片刻，又听到柳如月说，“姑娘的东西都落在床上了，你就别藏着掖着了。”

他才坦然笑道：“您真是火眼金睛。”

柳如月追问了许多问题，但并没有得到她想要的答案。

她知道，现在的年轻人有自己的安排，聂洲泽能铁树开花已经让她很满意了，她便没继续问下去。

听聂洲泽说完，许时沅松了口气，道：“所以，她现在还不知道你的女朋友是我，对吧？”

“对，等你想说了，我再跟她说。到时候，可就要改口了。”

“伯母？阿姨？好不习惯……”许时沅摇摇头，忽然想到一个严肃的问题，“她看到我的发圈在你的床上，会不会产生什么误会？”

“什么误会？”

她迟疑了片刻，脸颊仿佛烧了起来，道：“就是……好好的，怎么掉在了床上？她总不可能觉得你女朋友无缘无故地把这东西扔在床上吧……”

“你一天天都在想些什么？”聂洲泽眸色幽深，“你还小。”

聂河川来了之后，聂洲泽下班回家，许时沅便再也不能像以前那样肆无忌惮地串门了。但幸好，还有可爱的贝贝。许时沅以此为借口，可以顺理成章地进出聂洲泽家。

令人开心的是，贝贝对聂河川十分冷漠，一听到他那“咪咪”的称呼就跑走了，相比之下，它对她还挺友好的。

许时沅对它说：“不要理那个怪叔叔，他老是叫错你的名字。”

贝贝：“喵。”

许时沅：“行，我也不搭理他，过来，姐姐抱抱。”

抱着侥幸的心理，许时沅试着去抱它，没想到它竟然真的顺着她的手臂跳进了她的怀里，她开心得想抱着它转圈。

“你怎么和我叔叔一样？养猫就像养儿子一样，搂搂抱抱的。”聂河川感叹。

“它就是我儿子啊。”许时沅理所当然道，“我当然得抱着了。”

聂河川顿时乐了，挑眉道：“连男朋友都没有的人也敢说这话。”

许时沅不置可否，道：“你先看看自己吧，连夜生活都没有的人。”

“你这种自由职业者当然不懂我们的生活，光是和那些人精周旋就够累了，没精力过夜生活。”聂河川摆摆手，一副看破红尘的模样。

话虽如此，但听到许时沅说要去看电影时，聂河川叫着他也要一起去。

“刚才你不是还说没精力？”

“看个电影还是没什么问题的，再说，你一个人多寂寞？”

这时，聂洲泽从房间里走出来了，聂河川扬声道：“叔叔，我和许时沅打算周末去看电影，你要不要一起？”

聂洲泽挑了一下眉，道：“一起？”

“对，你周日不是也放假吗？正好，我公司的合同今天下午搞定了，咱们一起去放松放松。”

回答前，聂洲泽看了许时沅一眼，许时沅道：“也行，那就一起吧。”

“买票了吧？”聂河川问。

许时沅说：“我只买了两张，剩下的一张，谁看谁买。”

“叔叔，许时沅让你买自己的票。”聂河川想也没想便道。

许时沅无语道：“我说的是你，聂河川，你再买一张你自己的票，我的另一张票是给聂师兄买的。”

“你这人怎么这样啊？”

许时沅面不改色道：“自己动手，丰衣足食。”

于是，许时沅和聂洲泽的看电影之行凭空多出了一个大侄子，虽然这侄子暂时不知道未来的婶婶就在眼前。

路上，聂河川和聂洲泽一左一右地走在许时沅身边，由于聂河川的身高比她高许多，她并没有体会到带侄子的乐趣，反而有种想把侄子送人的冲动。

路人频频回头张望着，两个帅哥和一个美女同框的美好画面并不常见。

走着走着，许时沅忽然觉得右手手背一热，聂洲泽修长的手指绕过来，牵住了她的手，肆无忌惮。

到了电影院，许时沅取了票，聂河川买得晚，和他们俩不在同一排，孤零零地坐在前面。

进场前，许时沅特意给聂河川买了一份爆米花，让他看电影时有美食相伴，不至于那么孤单。聂河川感动道：“谢谢啊，你第一次这么想着我。”

“不用谢，我和你叔叔买给你的。”

当时，聂河川并不知道她为什么要强调后面半句话，后来他才知道，许时沅的意思是把他当成了她要照顾的侄子。不过，那都是后话了。

聂河川离开前的那晚，还有一个未解之谜。

“我都住了两三天了，你女朋友怎么还没出现过？”聂河川原本是特别期待未来婶婶出现的，但这几天，他根本没看到他未来婶婶的身影。

这不符合常理，他明明在鞋柜里看到了女士拖鞋，屋内的装饰品也明显是女人挑选的。

“出现过。”聂洲泽道，“只是你不知道。”

聂河川点点头，自动理解为聂洲泽的女朋友过来时，他刚好在外边工作，错过了。他接着道：“那你女朋友是不是奶奶给你介绍的？相亲对象果然感情淡薄，其实你还年轻，用不着这么将就。”

许时沅的拳头有些痒，但她只能不动声色地假装什么都不知道。

“不是相亲对象。”聂洲泽看了许时沅一眼，“是我自己追的，将就什么？疼她都还来不及。”

“叔叔……”聂河川消化了几秒，说道，“追人的话，被追的那一方一般没那么喜欢追人的那一方，对吧，许时沅？”

“我并不觉得。”许时沅借聂河川的问题隔空回应了聂洲泽的话，“被追的那一方也会疼追的那一方啊，不然，她为什么要答应？而且，聂师兄长得既好看，说话又好听，谁不喜欢？”

“那我呢？”聂河川问。

“你是个好人。”

“……”

聂河川走了之后，许时沅的生活终于回归了往日的平静。

说起来，聂河川的年纪比她大一些，但可能是和聂洲泽谈了恋爱，她有一种“终于送走了亲戚家的熊孩子”的错觉。

那边，还在感叹许时沅怎么还是单身的聂河川并不知道，他走的那天晚上，许时沅和聂洲泽特意选了一家餐厅，好好享受了一回二人世界。

晚上，聂河川看了一眼朋友圈，发现从不发朋友圈的聂洲泽突然发了一条动态，配图是路灯下一双拉长的影子。

这是谁啊？聂河川总觉得这影子有点儿熟悉。

他这婶婶神出鬼没，看来那几天是他和许时沅当了电灯泡，他应该拉着许时沅出去逛逛的，好让有情人相会。

另一边，钟爱国的手术很成功。从聂洲泽那儿得知老师的身体状况后，许时沅想去医院看看。作为当年帮她把数学成绩提高到一百三十分的老师，许时沅还是挺敬重钟爱国的。

钟爱国不在沁州，而是在和沁州挨着的城市接受治疗。聂洲泽本打算过段时间再和几位高中同学一起过去的，听许时沅说她想去看钟爱国后，他便腾出时间开车带她一起去了。

在许时沅的想象中，钟爱国身体虚弱地躺在病床上，叮嘱她继续努力。

但现实中，许时沅和聂洲泽进去时，钟爱国正在看一部搞笑影片，时不时爆发出一阵洪亮的笑声，这让许时沅原本紧张的情绪立即烟消云散。

然而，钟爱国看到她后没认出她，反而好奇地问聂洲泽："洲泽，这位是你女朋友吗？"

"对，这是我女朋友，您应该也认识的。"

钟爱国拿起手边的眼镜，戴上后眯起眼睛仔细地辨认了半天，道："我没什么印象啊，但是又有点儿像……"

许时沅开口道："钟老师，我家里有四个您给的天安门笔记本，有两个是高三毕业晚会上您给我的。"

"哦——"钟爱国茫然的眼神立刻变得清明，不由得激动起来，"是时沅吗？谢谢你还记得老师！"

不知为何，听到后面那句话，许时沅有些鼻酸。

毕业时，她好像还说过"以后每年都回母校看老师"这种豪言壮语，刚毕业那两年，她确实回去过，也常常念起那群人，可后来，随着时间的推移，那种感觉慢慢淡了，她也只是偶尔在教师节时给钟爱国发条短信。

"老师，您什么时候能出院？"

"大概还要再住两个星期吧。其实我觉得自己没问题了，医生非说要再观察观察，我就只能先住着了。"

"等会儿。"钟爱国突然想起一件事，他看向旁边的聂洲泽，问道，"洲泽是你男朋友？”

“对呀。”许时沅笑着挽住聂洲泽的胳膊道，“我们看起来不般配吗？”

聂洲泽修长的眼眸上扬，道：“般配。”

钟爱国如同石雕般顿了两秒，随后对两人竖起大拇指，道：“可以，很有夫妻相的……我的两个数学课代表，不错。”

钟爱国笑得合不拢嘴，只差说一句“我同意这门婚事了”，他甚至问他们打算什么时候结婚，许时沅不知该如何回答。她一直觉得“结婚”两个字离她非常遥远，在和聂洲泽在一起之前。

“还不确定。”聂洲泽道。

许时沅心中暗想，他的意思是说不确定会不会结婚？

他又道：“但到时候肯定会给您发喜帖。”语气坚定而温柔。

好像这件事……也没有想象的那样遥远。

回家时天色已晚，暮色缠绕着乌色的云与金黄色的霞光，城市的灯陆续亮起来了。这个时间，超市里还算热闹，货架上整齐地陈列着商品，人们推着购物车穿梭其中。

聂洲泽一只手推着购物车，一只手牵着身侧的许时沅，两人挑选着商品。

见许时沅拿了袋子想装鸡翅，却又把袋子放下了，聂洲泽问：“怎么又不买了？”

“本来想买回去做可乐鸡翅，但是想想，我上次做的味道特别奇怪，还是算了，下次再买点儿回去练练手。”许时沅说。

聂洲泽拿过她手里的袋子，装了些鸡翅，道：“我可以试试。”

服装区，路过一面全身镜时，许时沅的脚步顿住，下意识地看向这面镜子。

聂洲泽穿着黑色薄毛衣和浅色长裤，许时沅和他穿了同款毛衣，温柔的浅紫色，下面是半身裙和棕色英伦短靴，海藻似的长发披在肩上。

两人十指紧扣。

很久以前，她也曾和他一起逛过超市，也曾从一面全身镜前经过，那时她穿着一件宽松却依然显腿粗的牛仔裤，与俊朗挺拔的少年有着云泥之别。

而今，少年成长为一个成熟的男人，与她十指紧扣，这在她的意料之外。

“洲泽哥，你还记不记得，我们第一次见面时，你带我去哪儿了？”

聂洲泽思考片刻，眼底浮现笑意，道：“超市。带你去买生活用品了，是不是？”

记忆久远，他想不起细节，只记得和她去了趟超市，买了生活用品。

“对。”许时沅的视线落入他的眼中，他说道，“是聂爷爷让你带我去的。”

他说道：“幸好，现在带你来超市买东西的人还是我。”他握着她的手又攥紧了几分，掌心温热。

“但是那时候，我们并不是像现在这样手牵手的。”

“那时候，你就想和我牵手了？”

他无心的一问令她心跳加速。

“没有啊，我那时可尊敬你了，还有点儿怕你。”

“怕我？”

“对啊，你不笑的时候看起来有点儿冷漠。”许时沅说，“而且，身份摆在那儿，我当然会很尊重你。”

“那现在呢？”他无奈道，“还有这种感觉吗？”

“现在没有了。”许时沅摇头道，“你都是我的男朋友了，我可以光明正大地对你为所欲为，哪里还怕。”

听完她所说，聂洲泽爽朗地笑了，他俯身吻了吻她的脸庞，动作自然而亲昵，道：“那就行。”

许时沅的眼角眉梢填满了笑意，胸腔中翻涌起的心酸和不甘瞬间烟消云散。

“我想先去买点儿零食。你知道我要买什么吗？”

他笑了笑，伸手拿了几盒不同口味的奥利奥饼干，道：“这个。”

“猜对了。”

“这么久了，你还是爱吃这个。”

这些年，为了保持体重，许时沅戒掉了许多零食，唯独保留着对奥利奥饼干的热爱，这是她最后的倔强。

路过酸奶区，许时沅拿了两排养乐多放进去，道：“这是给你的。”

“谢谢沅沅。”

他低头看着身前的冰柜，就在这时，一个小男孩推着购物车从两人身后过来，嘴里喊着：“冲啊，怪兽给我让开！”

许时沅一回头，便发现小男孩直直地冲两人而来，而且，“怪兽”是指的她？

许时沅伸出手拦住了这熊孩子的购物车，笑里藏刀道：“小朋友，在超市里跑来跑去会被警察叔叔抓起来的。”

“你骗人，怪兽说的话，我才不相信。”

许时沅纳闷了，她一个妙龄女子怎么就成怪兽了？现在的小孩被奥特曼荼毒得不浅啊。

“李星越。”聂洲泽眼睛一瞪，“又调皮了？”

“表……表叔？”小男孩嚣张的气焰减弱了不少。

许时沅有些诧异。

这时，聂洲泽蹲下身跟小男孩说了几句话，小男孩立刻变得乖巧了起来，还跟许时沅说了一声“姐姐，对不起”。

“没事没事，你家里人呢？”

“越越，你怎么跑到这儿来了？”贺婉穿着高跟鞋，快步朝着男孩而来，声音听起来着急又温柔。

许时沅嘴角的笑容一顿。

“表姐。”聂洲泽喊道。

“表姐……”许时沅有些蒙。

直到贺婉笑着和她打招呼，许时沅的思绪才回笼，笑道：“好巧。

贺婉先教育了一番小朋友，随后才看向两人，问：“你们是一起来的？”

“对。”聂洲泽揽过许时沅的肩膀，自然而然地介绍道，“时沅是我的女朋友。”

贺婉带走儿子之后，许时沅才恍然记起，那次在KTV，贺婉似乎说过一句“都是自家人”。

当时的她还因为这句话气了一阵子，没想到竟然是真的。

她笑了一下，随即问聂洲泽：“贺总是你的表姐，你之前怎么没跟我说？”

“没跟你说？可能是那天我喝多了，头晕，我印象中是介绍过的。”

许时沅又想起来了。

那天在包厢里，贺婉来找他时，她心中不悦，干脆和身边的人搭起话来。包厢内人多，吵闹，她没留意他凑近后低声说的“表姐”二字。

“你好像是说过，是我忘了。”许时沅笑着摇头，“算了，这不重要。”

从超市满载而归，聂洲泽把做晚饭需要的食材提进了厨房，许时沅便把其他杂七杂八的东西放好，而后去厨房帮忙。

男人站在厨台前切菜，看上去专注又温柔。许时沅站了一会儿，随后慢悠悠地靠近他，灵活地钻进了他的身体与厨台之间。

聂洲泽的动作一顿，两只手却自动配合着她张开，任由她搂住他的腰，笑问：“来捣乱的？”

“没，你继续做你的事。”许时沅仰头在他的下巴处亲了一口，她想确认他是属于她的，她的男人正在给她做饭。

等他切完菜，许时沅才松手，她正想帮忙，又被他叫停了：“你先出去等着，我做好后你再来拿碗筷。”

话虽如此，但许时沅还是时不时过来打扰他。

没多久，餐桌上陆续摆上了几盘菜，其中包括她想吃却不会做的可乐鸡翅。

开吃前，她拍了好几张照片。不知道是不是因为她为这顿饭加上了男友滤镜，她觉得面前的食物简直是人间美味。

“我本来只想吃一碗饭的，现在，我想再吃一碗。”

“我帮你盛？”他伸手道。

“不了吧，晚上吃两碗饭太多了，我怕胖。”

他笑道：“不用怕，明天带你晨跑，我们多跑两公里。”这句话总算让许时沅多添了一碗米饭，并且吃得毫无负罪感。

然而，吃完饭，许时沅的肚子以肉眼可见的速度微微鼓了起来，她深深吸了一口气，小腹又恢复了原来的样子。

但这未免太累了，她只保持了两秒钟。

她好奇地问道：“如果我长胖了，你会怎么办？”

“该怎么办就怎么办。”

“这是什么意思？”

“意思就是，你怎么舒服就怎么来，你的样子，怎么样我都很喜欢。”他把她拉到自己腿上坐下，眉眼间有笑意，“你就是你，对我而言，独一无二。”

许时沅忍不住笑了，低下了头。

下一秒，许时沅感觉小腹上一热，她低头看去，只见聂洲泽的手正搭在她微微鼓起的小腹处，她嗔道：“你干吗呀？”

他的话里混着笑意，道：“也喜欢这儿，圆圆的。”

“哪里圆了？”她不满道。

“比我的圆。”

许时沅自告奋勇要洗碗，聂洲泽不让，最后，许时沅还是出来了。

她的手机突然振动了两下，是闻沁在姐妹群中哀号她今天加班了，到现在连饭都还没吃。

于是，为了安慰她，许时沅把刚刚拍的照片发到了群里："把今天的满汉全席发给你，过过眼瘾。"

闻沁："你这个魔鬼，等我，我马上打车去你家，破坏你们的二人世界！"

许时沅："你可能赶不及了，因为它们现在已经在我肚子里了。"

陈傅怡："这是你自己做的吗？"

许时沅："不是我，是我家里那位。"

闻沁："了解了，我这就让林超琦报名厨师培训班。"

闻沁："下次有这样的好事记得叫我，让我来鉴定一下聂师兄的厨艺。"

陈傅怡："虽然我也想去，但是我离你们太远了，沅沅，你寄过来给我尝尝可好？"

许时沅："算了吧，要不，我现在给你们点外卖？"

聂洲泽从厨房里出来时，许时沅正抱着手机坐在那里，不知道在笑什么，他不由得跟着她扬起唇，问道："什么事情这么好笑？"

许时沅把手机屏幕竖起来给他看："给你看看。"

聂洲泽看了看手机屏幕，而后笑出声，道："原来你朋友是这么觉得的。"

"是啊，好好笑。"

"你也是这么觉得的？"

"对啊。"许时沅应了声。

视线转回屏幕上时，她却愣住了，聊天框里不知何时多出了几条消息。

闻沁："师兄今天给你做晚饭，肯定不只是表面上那么简单。"

陈傅怡："请赐教。"

闻沁："他肯定是馋你的身子！"

闻沁："姐妹，别被男人的表象蒙蔽了！"

许时沅的脸颊本能地发烫起来，不知现在补救是否还来得及。

身侧的沙发陷了下去，聂洲泽挨着她坐下，问道："馋你的身子？"

刚刚都肯定过了，现在再着急否认就没意思了。

许时沅黑白分明的瞳仁中带着理所当然的底气，顺着他的话道："难道不是吗？"她的"身子"不至于连一点儿吸引力都没有吧？

"嗯，我是。"聂洲泽坦坦荡荡道，"这么说来，你以前给我做晚饭也是这么个想法？"

是，但许时沅是不会承认的。她心虚道："没有。"

她起身想去倒杯水，没想到刚站起来，就被他牵住了手腕，她被他拉着跨坐在他膝头，两只手搭在他肩膀上。

“没有吗？”聂洲泽的视线上移，她通红的耳朵出卖了她。

“有一点点吧。”

她话音刚落下，他的吻落在她的耳垂处，呼吸也跟着急促起来。她忍不住侧了侧头，贴上他薄唇。

虽然是他追的她，但他不难察觉到，她对他的感情一直是炽烈的，眼底的爱意从来不加掩饰，青涩却纯粹，毫无保留。

他本应该感到惊喜，却莫名有种难以言说的心疼。

窗外不知何时开始下雨，雨滴拍打着窗户。

许时沅闭上眼睛，埋头在他怀中，房门声响起时，她的心脏几乎快要从胸腔中跳出来了，紧张又期待。

睁开眼睛，许时沅却发现聂洲泽抱着她进了她的房间，她有些疑惑。

“沅沅，你去洗澡吧。”聂洲泽放下她，帮她理了理歪了的衣领。

“然后呢？”

“早点儿休息，我先回去了。”他的神色有几分不自然，“明天早点儿起来晨跑。”

许时沅一夜无梦。

她这一觉睡得格外好，昨夜的雨已经停了。

和聂洲泽一起跑了几公里，回家洗了个澡后，许时沅感觉神清气爽。

她按照自己的计划表开始工作，很快，大学老师给她推了师弟的微信。

后天，有个电影节需要她为外籍导演当陪同翻译。老师吩咐她带带这位直系师弟，随后，她搜集了很多相关的资料做准备。

中途，她看了一眼微信消息。

闻沁：“昨晚情况如何？”

许时沅：“没有情况，一切安好。”

闻沁：“没道理啊。”

许时沅：“正常吧，我们本来就约好要一起晨跑，他怕我早上起不来。”

闻沁：“沅沅小朋友，男人分为两种，一种男人的表面和本质都是泥石流，一种男人表面是清流，内心却是泥石流，这两种男人的区别只在于会不会隐藏。”

许时沅着实佩服闻沁，时刻都能把一件简单的事情说出一堆“理论性”，听起来头头是道，但这不妨碍许时沅左耳进右耳出。

许时沅："不要用你肮脏的思想玷污我们纯洁的感情，我先去工作了。"

已经十二月底了，转眼一年又快结束了。

昨晚，寒流经过沁州，气温急转直下。

天气预报显示明天可能会下雪，这也是沁州市今年的第一场雪。

许时沅莫名有些期待，然而，等了两天，说好的雪迟迟不来，果然，天气预报并不那么准确。

电影节这天，许时沅穿上了厚实的毛呢大衣和浅色羊绒长开衫，连打底衣都穿了加绒的。然而出门时，冷风吹来，她连着打了两个喷嚏。

现场来了不少明星，穿着光鲜亮丽却单薄的衣衫，在寒风中保持着微笑。

许时沅着实佩服他们的敬业。

电影节的翻译工作结束后，许时沅有些疲倦，只想早点儿回去休息。

然而，一起来的师弟一直追着她请教问题，作为校友兼师姐，许时沅自然得认认真真回答。口译时用的笔记给他观摩学习，上面的符号却并不是一般人可以辨认出来的。

师弟有些困惑："许师姐，你的笔记好简洁，我看不懂。"

她详细讲了这些奇形怪状的符号所指代的内容，最后道："其实，有很多符号都是我自创的，你可能看不明白，我自己翻译的时候容易看懂就行了。"

"对了，师姐，我问你个事。刚才给史密斯导演做口译时，他突然说了个笑话，我觉得挺好笑的，但是我把这个笑话翻译成中文之后，底下的听众都没笑，特别尴尬，我不知道这个美式笑话怎样才能对应上我们中国人的笑点……"

许时沅说："其实有个歪门邪道。"

"什么歪门邪道？"

"有些笑话没办法强行翻译，你可以这么对听众说：'他讲了个笑话，请大家配合他笑一笑'。"

"这样真的行吗？"

"上次我当一个外国专家的随行翻译，他也讲了一个中国人不太能理解的笑话，当时我就说了那句话，大家都很配合地笑了。"许时沅想起那场面也觉得好笑，"外国专家听不懂我那句中文，但他看到大家都笑了，也挺开心的。"

和师弟聊完，正想走，她又想起闻沁给她发的消息。

“李千易弟弟来了吗？帮我要个签名！实在不行，你就拍几张照片给我！”

想起闻沁的叮嘱，许时沅茫然地在台下众多明星中搜寻着，许久之后，她终于找到了李千易。

李千易年仅二十岁，阳光开朗，童星出身，是少有的越长越帅气的童星代表。许时沅虽然不是他的狂热粉丝，但是对他的观感也很不错。

最后，许时沅没要成签名，人太多了，她的笔记本都被挤到了地上，她怕了。于是，她远远地拍了几张李千易的照片，想回去后再发给闻沁。

今天实在太冷，许时沅的两只手暴露在冷空气中，有些冻僵了。

聂洲泽一分钟前发来了消息：“我在电影节现场出口处等你。”

许时沅：“我正在往外走。”

她笑了一下，不由自主地加快了脚步。

路灯纷纷亮起来，漫天的雪花慢悠悠地往下飘落。许时沅忍不住伸出手，一片雪花落在手心，而后瞬间融化。

这时，熟悉的气息从身后飘过来。许时沅回过头，轻轻踮脚想要亲他，他却往后仰了一下，许时沅没够着。

“你这人是怎么回事？”许时沅虽然皱着眉，嘴角却上扬着。

“这两天没刮胡子。”

“我不介意，你低下头。”她任性地在他的下巴处飞快地亲了一下，隐约感觉到刺刺的触感，但她也很喜欢。

“手怎么这么冷？”聂洲泽摸到了她冰凉的手指。

“一边听导演讲话，一边做笔记，好冷。”许时沅说，“但是你给我暖一暖就不冷了。”

聂洲泽捧起她的双手搓了搓，哈了口热气。有细碎的雪花落在他的睫毛上，又在他眨了一下眼后消失不见了。

“走了，回家。”

“我还想再走走。”

“好，那就在这里走走。”聂洲泽把她的手塞进自己的口袋中，搂着她慢悠悠地往前走，静静地听她讲她的所见所闻，耐心又温柔。

上车后，她问道：“你要不要看我刚才拍的照片？”

“嗯，给我看看。”聂洲泽饶有兴致地凑近她，同时帮她系上了安全带。

“这是我和导演拍的合照，这个是那个影后……”许时沅一边说，一边翻着相册，最后翻到的是李千易的照片，“这个是李千易，他真人比电视上好看，特别有少年感。”

她正兴致勃勃地给他介绍，一抬眸，却忽然发现聂洲泽的目光有些不对劲。

他哦了一声，道：“喜欢这个类型的？”

听到“少年感”三个字，他想起自己上次无意中听她说的那句喜欢有少年感的，这话让他冥思苦想了好些日子。

“还好吧，没有很喜欢。”

“他真人比电视上好看，特别有少年感。”他侧头看了看她，用低沉的嗓音重复了一遍她说的那句话，语气没有任何起伏。

“那是客观评价，这张照片是我帮闻沁拍的，她特别喜欢这个明星。”许时沅忍不住笑了，眼睛明亮如星，“我没要到他的签名，只好拍了几张照片。”

“不是你喜欢的？”他问。

“不是啊，所以……你现在是在生气？”

“我生气你反而开心？”

“没，没有这回事。”她一直以为只有她才会吃醋，只有她不喜欢他和别的女人接触，今天她才发现，原来不是这样。

“你知道的，我男朋友在我心中一直都是排第一的，对吧？”

“是吗？”聂洲泽扬起嘴唇，开玩笑般道，“那怎么没见你要过我的签名？”

“你的签名，我其实也会写。”

“你写给我看看。”

许时沅拿出笔记本，在纸上勾勒出他的名字，问道：“写得怎么样？”

聂洲泽看了一眼，意外地发现这签名的字体很熟悉，是他学生时代常用的。

“是挺好看的。”

许时沅收起笔记本，举起手机，对着他的方向拍了几张照片，道：“来，给你拍几张好看的照片，用来当我的手机屏保。”

他侧脸的线条很好看，鼻梁又直又挺，漆黑的眼眸专注地望着正前方。

“我设置好了，你的是不是也该换一换了？”

“手机在我的口袋里。”他说。

许时沅自觉地伸手拿出来，按亮了手机，而后一愣。他的锁屏壁纸是她参加毕业典礼时拍的照片，她的手里捧着他送的那束鲜花。

连着好几天，沁州都笼罩在冷空气中，小雪停了，街道上铺了一层薄薄的雪，在暖阳初升时融化成雪水，缓缓地流淌着。

清早，许时沅给远在西城的许源打了个电话。

一年已经快接近尾声，明天就是新一年的开始。

“沅沅，快过年了，打算什么时候回家啊？”

“今年过年好早，在一月份。”许时沅翻了翻日历，说道，“可能再过半个月吧，快了快了。”

“行，到时候我煲点汤给你补补。你要吃什么现在就可以跟我说了，我好提前给你准备。”许源乐呵呵的，隔着电话，许时沅都能感受到他内心的喜悦。

“好，过会儿跟你说，我得好好想想。”

“对了，洲泽是不是谈恋爱了？”

“爸，你怎么知道的？”

许源啧了一声，道：“我怎么不知道？聂老跟我说的，听说对方是个挺害羞的小姑娘，人很不错。”

“啊？”许时沅忍着笑意追问，“这你又是怎么知道的？”

“上次聂河川不是去洲泽家了，连那姑娘的面都没见到，不是挺害羞吗？”

许时沅有种劫后余生的庆幸。幸好他们没跟聂河川坦白，不然现在，她和聂洲泽已经成为话题中心，接受来自全方位的盘问和审视了。

“那人很不错？”

“你又不是不知道洲泽，他做什么事心里都有谱，谈恋爱的对象肯定也很不错。”

“还好还好。”许时沅有点儿哭笑不得，“其实……”

“你平时也可以多问候一下，大家关系这么好，早点儿认识也可以拉近一下距离。”许源说，“你刚刚要说什么来着？”

她打住了想揭晓答案的念头，道：“我说啊，这几天好冷，你多穿点儿衣服。”

“你才要多穿点儿，不要光想着好看……”

……

许时沅给学生上完课回到家时还是中午。

贝贝正窝在她的蓝色双人小沙发上闭目养神。

这两天，聂洲泽出差了，许时沅把贝贝接到自己家里来住，它可能觉得环境新鲜，特别安静，也没闹。

许时沅新买了个玩具，是一只圆圆胖胖的小鸭子，她将玩具放在贝贝的身侧，道："来，贝贝，妈妈给你买了个好玩的。"

它转头瞄了一眼，嫌弃地看着鸭子玩偶喵了一声，仿佛在说"呵呵"。

只是，它没料到这怪鸭子也发出了一声喵，语气和它完全相同。它一下子瞪圆了眼睛，似乎被惊到了，又叫了几声，鸭子又重复了它的声音。

它站起身，伸出爪子，作势要拍这鸭子，样子很凶。

许时沅笑得前仰后合，道："你怎么还动起手来了？"

……

她上了一上午的课，有点儿累，干脆在冰箱里拿了个鸡蛋和西红柿，煮了一碗西红柿鸡蛋面。面碗里蒸腾着热气，她拍了一张照片发给聂洲泽，配上文字：看我营养健康的午餐。

他应该在忙，并没有立即回复她。

这时，许时沅一转头，惊讶地发现贝贝趴在了那只复读机鸭子圆鼓鼓的肚子上，闭着眼睛，两只爪子搭在它的身上，看上去分外享受。

态度突然大转弯了？

"你刚刚不是不喜欢这鸭子吗？"她按了按它的小脑袋，它没怎么搭理她，反而把脑袋钻进鸭子的胳肢窝里。

笑完它，许时沅猛地打了个喷嚏，道："是不是你在心里骂我？"

但很快，她发现她冤枉贝贝了，因为她感冒了。

午后三点，窗外的阳光淡淡的。许时沅吃了两颗感冒药，而后半躺在沙发上看书，时不时摸一摸手边的贝贝。

可能是中午太忙，没来得及睡午觉的缘故，再加上感冒药的副作用，她看着看着书，困倦感无声地袭来……

等许时沅醒来时，她也不知自己睡了多久。窗外的天色昏暗，因为是冬天，天黑得很早，她的脑子昏昏沉沉的。

她忽然有种怅然若失的感觉，按理来说，今晚是跨年夜，虽然有人邀请她一起出去聚一聚，但她真的太想聂洲泽了，她想和他待在一起，就算哪里都不去，窝在沙发里也不错。

许时沅长长地叹了口气……

等等，她记得她是在沙发上睡着的，为什么现在会在床上？并且，身上还盖着被子。

她转了个身，呼吸忽然一滞，她的身边有个人侧躺着。

睡美男——她的脑海里突然蹦出这三个字。

聂洲泽没提前和许时沅说要回来。

他先去洗了个澡，而后准备给她个惊喜，然而，进了她家后，先一步朝他奔来的是贝贝。他抱起它进了客厅，扫了一眼，却没看到人影。

他走到沙发边，一低头，才发现躺在沙发上的许时沅。

双人沙发容不下她那么高的身形，她缩成了一团，膝盖弯曲，身上还放了个鸭子玩偶，浓密的长发披散在脸颊和肩上，睫毛在眼下投下淡淡的阴影。

聂洲泽弯了弯唇，下一秒又瞥见桌上放了盒感冒药，他轻轻蹙起了眉头。

这样睡肯定不会舒服，想了想，聂洲泽将她抱去了房间。

房间布置得很温馨，被子是缎面裸粉色的，聂洲泽掀开一角，轻轻地把人放下，她呼吸平稳，没有一点儿要醒来的迹象。

他有些无奈，又松了一口气。

她和父母的合照立在床头柜上，他拿起相框认真端详了一会儿，笑了笑。

这是她高中时候的照片。

照片里的人与他记忆中那个若隐若现的身影重合。

人无法想起许多连贯性的久远的回忆，大多数时候只能想起某些重要的记忆碎片。

想起高中时代遇见的她，聂洲泽脑海里最先浮现出的画面是少女的手里拿着扫帚，站在人来人往的高三校道旁，笑眼弯弯道：“早啊，聂师兄。”

他本来是想出去的，却不由自主地侧躺下，不动声色地端详起她的模样。

她的唇色偏淡，睫毛如鸦羽浓密卷翘，有着巴掌大小的脸。相比以前，她的变化很大，但她笑起来时带给他的感觉没有变过，明朗又可爱。

他的两只手撑在她的身侧，俯身在她的唇上轻轻落下一个吻。

聂洲泽连轴转了几天，非常疲惫，不知不觉也睡着了。

这时，醒来的许时沅一转身，便看到了聂洲泽美好的睡颜，之前怅然若失的感觉瞬间烟消云散。

有什么比亲爱的人就睡在身侧更令人开心的事呢？尽管许时沅幻想过几次这样的情景，但真正发生时，她依然心动不已。

许时沅努力屏住呼吸，缓慢地挪动着上身，直到挪到聂洲泽的身侧。看到他眼下有一片淡淡的青色，她想，他这些天肯定因为太忙没休息好。

许时沅有些心疼，她皱了皱眉，目光落在他鼻梁侧边的小痣上——长方形的？为了观察清楚，她不动声色地越挪越近。

聂洲泽的睫毛颤了一下，他缓缓睁开眼，许时沅的视线猝不及防地与他相撞。他的嗓音低沉，带着倦意："想做什么坏事？"

"只是想看看你。"许时沅慌张了一秒，随后镇静下来，顺理成章地靠过去，说道，"我才要问你，你一声不响地跑到我房间……的床上躺着，是要做什么坏事？"

闻言，聂洲泽意识到了什么，坐起身看了一眼周围的布置，睡着之前的记忆也缓缓回笼了。

他的本意是想看看她，没想到竟然睡着了。

"没做什么坏事。"他扬唇笑笑，轻轻捏了一下她的脸颊，触感细腻，他说道，"我抱你进来之后，想休息一会儿，结果不知不觉就睡着了。"

床上裸粉色的被子提醒着他这是她的床，于是，他准备起身，手腕却被许时沅钩住了："你先别走，躺下。"

他愣了一下才看向她，随后任由她按着他的肩膀将他的头重新放在她的枕头上，他问："怎么了？"

"给你放松放松。"她坐在他的身侧，两只手在他的太阳穴处轻轻地按着。

他迟迟没有闭上眼睛，而是目不转睛地凝视着她，专注又温柔，仿佛眨了眼，她便会消失似的。

"洲泽哥，其实，你可以闭眼。"

"不想闭，想看看你。"他忽然想起什么，又问，"是不是感冒了？"

"睡了一觉已经好多了。"

"下次别在沙发上睡午觉，回房间睡，知道吗？"

"知道知道。"

她乖巧地应声，俯身吻在他鼻梁那颗痣的位置，她的唇瓣蹭到了他的眼睫，他才终于闭上了眼睛。

第十四章
企图

今晚是跨年夜，原本，许时沅和闻沁约好了一起吃饭，两人的男朋友都不在家，她们决定抱团取暖，一起跨年。

可现在，聂洲泽回来了，许时沅不得不改变计划。

许时沅正打算给闻沁发消息，闻沁的语音消息却先发过来了："沅沅，你介不介意多一个男人，在旁边打酱油的那种？"

"林超琦吗？"

"对啊，不过你放心，今晚的主角依然是咱们，他就负责提东西。"

"太巧了，我这边可能也要多个男人，一起啊。"

在许时沅发消息的间隙，聂洲泽无意中瞧见她家客厅角落的书柜上有让他觉得熟悉的书，他仔细一看，发现是《白夜行》。

他将这本书抽出来，一个旧信封掉了出来。

他刚捡起信封，还没来得及细看，就听到身后传来了许时沅轻快的声音："洲泽哥，我们和闻沁还有她男朋友一起吃晚饭吧。"

他的注意力被转移了，随即把信封夹回书中，将书放回去："去哪儿？"

于是，两个男人就这样被安排得明明白白。

冬天的晚饭当然首选热气腾腾的火锅。

许时沅早已提前订好了座位，这样才不至于在跨年夜排队。

出门前，怕冷的许时沅穿得比聂洲泽多两层，聂洲泽帮她系围巾时遮住了她大半张脸。

随后，聂洲泽给她戴上手套，又变戏法似的拿出一个毛茸茸的耳罩，将其罩在她的两只耳朵上。他上下打量了她一番，道：“这样应该不会冷了。”

闻沁对许时沅的穿着毫不意外，调侃道：“我以为一个球朝我滚过来了。”

许时沅搓了搓她的脸颊，道：“你也差不多。”

彼此打过招呼后，四人便沿着街道往前走。许时沅和闻沁手挽着手，两人的男朋友分别走在她们的身侧，听着两人聊天。

以前，闻沁和林超琦去吃饭时也会叫上许时沅一起。虽然闻沁从未冷落过她，但看着闻沁和林超琦紧扣的十指，她难免会有些羡慕。

想到这儿，她握紧了聂洲泽的手，聂洲泽仿佛有所感觉，立即将她的手握得更紧了。

外面天寒地冻，冷风呼呼地刮着光秃秃的树枝，店里气氛火热，充满人间烟火气，笑语声喧闹。

四人进了火锅店，很快，汤底翻滚起来，空气中飘荡着香气，菜碟摆了满满一桌。

许时沅没扎头发，她从包里拿出皮筋，碍于手上有油没法扎。

“给我。”聂洲泽自然而然地拿过她手里的皮筋，拢住她的长发，他的动作虽然生疏，但很温柔，“可以了，继续吃吧。”

他话音刚落，许时沅立即给他烫了几片毛肚。

坐她对面的闻沁挤眉弄眼道：“沅沅，我也想要。”

林超琦露出一脸“你当我不存在吗”的表情，拉回了她的注意力，道：“你吃不吃？”

“我吃。”闻沁这才转过头，一口吃掉了他烫好的毛肚。

许时沅捞起几片肥牛，想放进聂洲泽的碗里，她在自己的酱料里蘸了蘸，伸出手后又突然撤了回去，道：“不行，我的酱料里放了很多辣椒，那……只能由我自己享用了。”

许时沅遗憾地摇头，但她很快便被辣得直吸气，嘴唇上如同涂上了天然的口红。

聂洲泽不由得想起之前两人去吃火锅时的情景，那时她的唇也像现在一样，甚至热到脸颊发红，想到这儿，他笑了笑，给她递了杯水。

吃完火锅后，女士们还要逛一逛。

商场里张灯结彩，门口立着个男明星的人形立牌，正是前些天许时沅挤破脑袋都没拿到签名的李千易的形象。

闻沁感叹道："弟弟也太帅了，可惜我没你幸运，没见到他。"

"他真人比照片好看……"说着，许时沅觉得身后似乎有一道灼热的目光，她的音量不由自主地变小了，"特别是笑起来的时候。"

"我推荐给你的由他主演的新剧，你看了没有？"

"暂时还没有，有时间我再看。"

许时沅说完，便听到身后传来一个冷淡的声音："看什么？"

"看……"许时沅顿了一下，抬手指着正前方道，"看对面那家店。进去逛逛？"

这个跨年夜，许时沅的心情非常好。

陪着她从旧年跨进新年的不仅有她最好的朋友，还有她最喜欢的人，这是她以前从不敢想的。

以前的她只会想，她又有一年没和聂洲泽见面了。

他这一天会和谁一起度过？在干些什么？会不会想起她？

但现在，这个人就在她身边，触手可及。

她终于不用再想那些问题了。

闻沁给她发了几张照片，有的是四人合照，有的是她和聂洲泽的合照。

其中一张照片里，许时沅和聂洲泽站在江边，远处的江面上空烟火绚烂，而他一只手托着她的腰，一只手捧着她的脸颊，与她亲吻着，画面十分美好。

第二天是元旦，聂洲泽休假，他问许时沅想去哪里玩，许时沅哪儿都不想去，只想和他在一起。

于是，两人去了附近的早茶馆，不料又遇到了寸头男孩和长刘海男孩。

看着两人十指紧扣的手，寸头男孩和长刘海男孩异口同声地叫她"嫂子"，这次，她总算名正言顺了。

路过照相馆时，聂洲泽停住了脚步。昨天，他说要把那张合照打印出来，许时沅这时才反应过来，他并非只是说说而已。合照被加上了相框，后来摆在了聂洲泽房间里最显眼的位置。

下午，两人去附近的影院看了一场电影，选的是最新上映的悬疑片。

比起两人初次去看电影时的小心翼翼，现在，两人座位之间的扶手已经被扳了上去，许时沅就靠在他的身上。看到可怕之处，许时沅便直接掀开身侧人的外套，将脸藏进去。

聂洲泽搂着她的腰，在她耳畔呢喃：“以前看这个类型的电影时，也没见你这么怕过。”

“那时候，你又不是我的男朋友，就算怕，我也不能表现出来。”许时沅如实回答，“我怕你觉得我矫情。”

聂洲泽轻轻啄了一下她的耳朵。

不久，窗外又飘起了小雪，雪花慢悠悠地落在小区里的树梢上。许时沅站在窗边，她喜欢看雪花无声地落下来。聂洲泽走近，从身后环抱住她，许时沅的后背牢牢地靠着他结实的胸膛，她仰起头对他笑了一下，道：“又下雪了。”

“你很喜欢下雪？”

“对啊，以前在西城的时候没见过雪，特别羡慕会下雪的城市的人，总觉得下雪的城市特别好看，你不觉得吗？”

“好看。”聂洲泽笑了一下，道，“但我觉得，还有比下雪的城市更好看的。”

许时沅饶有兴致道：“什么？”

他敛眸道：“是你。”

她在看雪，他在看她。

“以前我在A市，冬天时的雪很大，从宿舍走去教学楼上课，每次都是深一脚浅一脚的。有一次，我们宿舍楼中间的空处堆了很多雪，我还被朋友拖出来打雪仗。”聂洲泽的脸上带着笑意，“如果你想去，过完年，我带你去一趟。”

“好啊，我想去。”许时沅回头看他，“去你的母校看看。”

她想看看她曾经想去，最后没去成的大学，看看他生活过的地方。

今天他们过得很简单，除了电影院几乎没去其他地方，许时沅只是窝在他的怀里，听他讲一些她从未参与过的往事，觉得别有趣味。

“聂洲泽。”

许时沅有时候喜欢直接叫他的名字，觉得比其他称呼都更显得亲近。

“嗯？”

“聂洲泽。”

他笑了一声，道：“我听见你叫我了，你说。”

许时沅试探着在他的耳边小声道：“就是……我今晚可以和你一起睡吗？”

聂洲泽的太阳穴一跳，他敛去眼底的不自然：“怎么突然这么问？”

“我就是想和你待在同一个地方，毕竟今天是今年的第一天。”许时沅抿了抿唇，说道，“所以，你不要想太多。”

“我确实想太多了。”他若有所思地点头，“那你过来吧。”

于是，两人一起去了许时沅的房间，把她厚厚的粉色棉被和枕头全部拿进了客卧。

在许时沅的想象中，她应该睡在他的房间，把他当成人形抱枕，在温暖的被窝中待到天亮。

许时沅没想到她会被安排在客卧。

客卧很干净，聂洲泽拿了盏小夜灯放在床头柜上，说：“有什么事就叫我，或者过来找我。”

“嗯，知道了。”

在房间里规规矩矩地待了一会儿后，许时沅开始不安分地辗转反侧，直到许源打来了一个视频电话。

许源催促她过年早点儿回家，许时沅应了声“好”。

然而，许源不知道看到了什么，突然问她：“这里不太像你的房间啊，是不是和朋友一起去外面玩了？”

一瞬间，许时沅有点儿慌。

“这就是我的房间啊。”许时沅的声音听起来很镇定，她晃了晃手机，道，“你看这被子、枕头，还有这个熊，都是我房间里的，怎么可能是别的地方？”

“哦——”许源点点头。

这时，许时沅打了个哈欠，泪眼汪汪道：“好困。”

“行，那你先睡，买好车票跟我说一声。”

奇怪的是，挂了电话后，许时沅又精神了。

聂洲泽躺在床上，将两只手枕在脑袋下。

过了许久，床边的墙壁传来两声咚咚声，来自隔壁许时沅的房间。

他很快坐起身，在手机上问她：“还没睡？”

许时沅本是想看看他有没有睡，收到他的消息后，她很快回复道：“没睡，睡不着，你刚刚说有事可以找你，我现在有事了。”

“什么事？”

“我有点儿冷……你的被子应该比我的厚很多，而且，这个房间太大了，我有点儿不习惯。”说完，许时沅自己都不由得唾弃起自己，事真多。

但很快，聂洲泽回复了四个字——“你过来吧。”

她能想象到此刻他无奈又宠溺的表情。

许时沅深深地吸了一口气，从被窝里起身。四周的冷意毫不留情地袭来，许时沅穿上外套，带着枕头，打开了聂洲泽的房门。

咔嚓一声，门开了。

“过来吧。”聂洲泽微微抬起身子，脸上带着笑看向她。他把她的枕头放到他枕头边上，随后，温软清香的身体钻进了他的被窝。

许时沅一进去就被温热包裹，混着她熟悉的冷淡杉木香，她仿佛活过来了。

“你的被窝果然比我的暖和。”

“那就行。”他笑了一声，把她的外套放在床边的椅子上，随后躺下了。

“你难道不想抱着女朋友一起睡吗？”

聂洲泽偏头看了她一眼，没说话。许时沅越凑越近：“不想吗？不想吗？”

“好好睡觉，沅沅。”他把被子拉上来，将她脖子以下的部分盖得严严实实，“还冷不冷？”

“不冷”二字刚到嘴边，许时沅却突然换成了“有一点儿”。

刚说完，聂洲泽伸手搂过她的腰，把她紧箍在怀中。许时沅愣了片刻，很快便感受到了男人身上散发出的热气。

许时沅在他的怀中转了个身，调整了一个比较舒服的姿势，没感受到聂洲泽身体僵硬。

“聂洲泽，晚安。”

窗外的小雪渐渐停了，北风渐渐变得柔和，万籁俱寂的深夜，有人睡不着，有人不能睡。

新年临近，许时沅已经回到了西城。

小城市有小城市的味道，没有高耸入云的高楼大厦，有的是朴实无华却熟悉的街道，生活节奏也慢很多，路上行人的脚步都慢悠悠的。

今年，他们没回爷爷家，打算春节再去看望老人家。

聂洲泽则是回了杭城。三年前，他家搬家之后就很少再回西城过年，今年也不例外。

他回家那天，柳如月见他独自一人进门，显然有些遗憾。她满脸期盼地问他：“我未来的儿媳妇没来？”

听到“未来的儿媳妇”这几个字，就连原本坐在沙发上正聚精会神地看报纸的聂清海都忍不住看向大门口。

"没来。"聂洲泽说，"她也要回家过年啊。"

此刻，早被托运回来的贝贝从房间里跑出来，快活地奔向聂洲泽。

聂洲泽弯下腰，贝贝立即顺着他的手臂跳到他的怀中，喵了一声。

柳如月叹了一口气，道："也是。"

聂洲泽拿出外套口袋里的手机，道："有我和她的合照，你要看吗？"

"看，让我看看那姑娘。"

柳如月接过他的手机，第一眼便看到了和他站在一起的女孩，格外眼熟。她又看了第二眼，才确认没看错，她立即喜上眉梢："哦——"

聂清海在沙发上咳了一声，问："什么合照？"

"你儿子的女朋友，你知道是谁吗？"

"我怎么知道？是谁？"

"你猜一猜，老许家的孩子。"

聂清海道："老许家？老许就一个女儿，二十年前就出嫁了。"

"是老许的小孙女，许时沅。"柳如月说。

聂清海顿时更惊讶了，道："你是不是看错了，咱们以前不是和老许家商量过，让老许的孙女和河川定了娃娃亲吗？"

"什么娃娃亲？"聂洲泽笑了笑，"不算数。"

柳如月分外满意。

上次，她去聂洲泽家里时旁敲侧击地打探了许时沅喜欢的类型，也觉得两人可以试试。对于她而言，这次有意料之外的喜悦。

聂清海倒没那么轻松，只说："时沅不是和河川有娃娃亲吗？"

聂洲泽抱着猫坐下，语气淡淡道："爸，那种东西，我们都默认不作数。"

忽然，贝贝跳到了他的肩膀上，冲着聂清海的方向喵了一声。

聂清海微微皱眉，一时不知作何感想。他既高兴，又震惊，毕竟，老许在他面前没少提聂洲泽关照许时沅的事。

柳如月在聂清海的身侧坐下，道："两个孩子没感觉也没办法，总不能硬凑合吧？况且，时沅和咱们洲泽就差三岁，我和你可都有五岁的年龄差。"

聂清海沉默片刻，也笑了一下，又问："在一起多久了？"

"有一段时间了。"

"那你们就先接触着吧，别仗着年纪和辈分欺负人家小姑娘，对人家好点儿。"

“这个你就别操心了。”想到许时沅，聂洲泽的眼睛弯起好看的弧度。

他在家也常笑，但和现在的笑有所不同。

比起得知他的女朋友是许时沅这件事，柳如月对此更觉得惊讶，连忙和聂清海说：“你看看你儿子多久没这么笑了。”

聂清海仔细打量了聂洲泽几眼，道：“他平常不就是这么笑的？”

“是啊，我平时在家也没怎么冷着脸吧。”

“是没有，但你以前笑里少了种名为‘甜蜜’的东西，你知道吗？”

“话说……小姑娘不是不喜欢你这个类型吗？”

“暂时不喜欢不代表永远不喜欢，感情可以培养，我也可以等。”他顿了一下，又道，“幸运的是，我等到了。”

这天晚上吃饭时，许源和沈时对视了一眼，过了一会儿，许源问她：“沅沅，你最近是不是……谈恋爱了？”

许时沅夹菜的筷子顿了一下，她总感觉哪里有些别扭。

“对啊，你们……是怎么猜到的？”

“看你的面相猜到的。”许源看起来不太开心，甚至有些忧虑。

“我不信你这么厉害，除非你能猜到我的男朋友是谁。”

“你回来后每天都在房间里讲电话，能聊这么久，除了男朋友还会有谁？”

“这倒是真冤枉我了。”许时沅说，“有时候是闻沁。”

许源清了清嗓子，道：“那你男朋友叫什么，家住哪儿，是做什么工作的，有没有照片给我和你妈看看？”

这一连串问题把许时沅问蒙了。她很想向所有人宣告，聂洲泽就是她的男朋友，但真正要说的时候，又觉得不是那么好开口。

“其实你们都……

许源紧张地等待着她的下文：“我们都什么？”

“过不了多久你们就知道了。”

沈时拍了拍许源的肩膀，说道：“你急什么？以前，你不是经常嚷嚷着沅沅看人的眼光随了你？还说放一百个心……”

许源顿时有些语塞，道：“那也是，沅沅看人的眼光，我自然信得过，但是我最近看网上经常有那种……渣男……”

许时沅没忍住打断了他：“这词不可能跟他沾边。”

……

“我好想你，想见你。”每天晚上，许时沅都会和聂洲泽打视频电话，比如此时，她趴在被窝里，看着镜头中那张好看的脸，怎么看都觉得看不够。

“你呢？”

“特别想你。”他有些不习惯说这样的话，但他确实想她，“我过一阵子会回西城。”

“真的吗？”

“真的，不是只有你想见我，我也想见你。”聂洲泽在手机那边笑道，“我这边已经介绍过你，刚回去的那天，我就跟我爸妈谈了这件事。”

“那他们怎么说？”许时沅的心里有些忐忑，声音不由自主轻了一些，“有没有觉得……我们两个不般配？”

“没有这回事，他们都挺支持的，还担心我欺负你。”

这让许时沅心底的那块石头落了地，她问：“那你打算什么时候回西城？”

“还没想好，到时候我跟你说。”

“你也可以不告诉我。”

“不告诉你？”聂洲泽挑了挑眉。

“就是给我一个惊喜。我就不会天天期盼着你什么时候过来，而是直接等你从天而降了。”许时沅说，“你懂吧？”

“从天而降。”聂洲泽重复了一下这个词，笑了一下，“懂了。”

……

“沅沅，怎么还不起床？”许源站在她房间门口，敲了敲门，“都快十一点了，要吃午饭了。”

许源有些无奈，站在门口碎碎念：“昨晚让你早点儿睡，你就不睡，现在起不来了吧……”

见没人应声，许源无奈地朝客厅里的人说：“沅沅还在睡，昨晚可能睡得太晚了。”

沙发上，男人穿着浅色毛衣，面容干净，淡淡地笑着，道：“没事，让她继续睡吧。”

许时沅昨晚不小心打开了某部剧，本来想随便看看就睡，没想到这部剧非常好看，不知不觉就看到了深夜。

明明十一点多时，她就和聂洲泽打完视频电话了，也互相道过“晚安”了……她还特意叮嘱他早点儿睡。

想到这儿，许时沅有些心虚。

又过了好一会儿，她才从床上起身，换了衣服，下半身依然穿着毛绒睡裤，接着，她又看了看眼睛，没什么明显的黑眼圈。

窗外阳光明媚，温和却不刺目，西城的冬天向来如此。

洗漱后，许时沅在餐桌上拿了个面包，一边吃一边往客厅走："爸，今天的天气比昨天好……"

话说到一半，她愣住了，客厅里并不是只有她的父亲，还有她明明远在杭城的男朋友聂洲泽。

她手里的面包差点儿掉到地上。

昨晚打电话的内容还在她的耳畔回荡着："就是给我一个惊喜。我就不会天天期盼着你什么时候过来，而是直接等你从天而降了。"

"从天而降，懂了。"

许时沅现在才确认，他是真的懂了，并且隔了一晚上就直接降临到了她家。

她不合时宜地想起小学时突然到她家里家访的班主任，不同的是，她那时候非常害怕，而不是像现在这样想要扑进突然造访的人怀中。

"早啊，时沅。"聂洲泽出声，拉回了她神游的思绪。

"不早了，不早了。"许源见她愣着，赶紧道，"还站着干什么，人都不会叫了？"

"早上好，聂师兄。"许时沅恢复了镇定，眉眼间露出笑意。

看见聂洲泽的视线往下挪了挪，许时沅低下头看了看自己的睡裤，上面有五彩斑斓的圣诞树和戴着红色帽子的圣诞老人。

"昨晚很晚才睡？"聂洲泽问。

"也……没有很晚，十一点多吧。"

许源立即反应过来，道："胡说，我一点多起夜还看到你房间里的灯亮着。"

许时沅心虚不已，分辩道："哪有，也许是你老花眼，看错了。"

聂洲泽脸上的笑意更深了，眼尾挑着好看的弧度，片刻后，他道："我其实这次过来，还有另一件更重要的事。"

桌上放着大包小包的东西，许时沅翻了翻，便看到了她熟悉的奥利奥包装。

听到聂洲泽的这句话，她又默默地把手缩回来了，一本正经地说道："对。"

"什么事啊？"许源回头看了她一眼，眼里明晃晃地写着"大人说话，小孩子不要插嘴"。

许时沅清了清嗓子，道：“爸，正式给你介绍一下，这就是我的男朋友，聂洲泽。”

听到这句话，许源的眼睛都瞪圆了，瞬间呆若木鸡。两秒钟后，他大笑起来，甚至拍了两下大腿，道：“你们在跟我开玩笑吧？”

聂洲泽等他笑完，才不卑不亢道：“不是开玩笑，我们是认真的。今天过来，主要是为了这件事。”

许源机械地点了点头，转头看向许时沅，道：“这样啊……”

许时沅道：“爸，真没开玩笑，我们俩真在一起了。”

事实上，许源并不觉得他们是在开玩笑，他只是需要一点儿缓冲的时间。

他对聂洲泽的印象是很不错的，这些年，他没少夸奖他，但他此前从未往这方面想过。

原本一直询问的那些问题现在通通得到了解答，虽然是以如此怪异的方式。这时候，他看向聂洲泽的目光里多了几分……审视与郑重。

聂洲泽从容地扬起唇，清风霁月般，让人挑不出任何毛病。

许源倒不是想挑他的毛病，这只是一个父亲的本能反应。

他让许时沅坐到了自己身侧。

“其实，我对沅沅的男朋友没什么要求，主要是她喜欢就好，但也得对她好，包容她的小毛病和坏脾气……”

许时沅撇嘴道：“我没有什么小毛病和坏脾气。”

“看看，爱插嘴、爱抖小机灵就是你的小毛病。”

许时沅看了他一眼，视线重新回到聂洲泽的身上。

聂洲泽笑了一下，道：“她这样就挺可爱的。”

“可爱确实是可爱，我女儿嘛。”

许时沅身上的鸡皮疙瘩都起来了，但唯一可以确定的是，许源对聂洲泽应该没有意见，只是事出突然有些出乎意料。

这时，许源道：“咱们两家其实不用见外，你中午留下来一起吃饭，我们再好好聊聊。”

许源去上厕所的间隙，客厅里只剩下他们两个人。

许时沅问：“你来都不提前跟我说一声？”

聂洲泽揉了揉她的发顶，道：“昨晚是谁让我不要提前说来着？”

好像是她。

“但我也没想到你这么快就来了，我以为至少还得等上三五天。你昨天就在西城了？”

“昨天下午三点的飞机，想你好久了，等不到过完年再来。”

许时沅忍不住笑了，又听到聂洲泽问：“你昨晚熬夜了？”

许时沅用指尖比出“一点点”的手势，道：“看了会儿电视剧，谁让我想你想得睡不着？”

“这个理由的说服力不够，和我打电话的时候，你还打了个哈欠。”

许时沅没想到他连这样的细节都能关注到。

她从沙发上站起身，走到他身前，道：“我刚接通电话的时候打了哈欠，之后就越来越精神了……”

“行。”聂洲泽仰着头看她，许时沅微微弯下腰，他的视线也慢慢地移到了她的唇上。

她没化妆，脸上干干净净的，清透中带着淡淡的红色。

这时，聂洲泽往后靠了一下，牵住她的手腕，把她按回了原来的位置，道：“先坐好，你爸回来了，克制克制。”

许时沅理了理头发，回头看了一眼，没看见许源的身影，她笑着对聂洲泽说：“他还没回来，你怕什么呀。”

“怕被轰出女朋友家。”

另一边，沈时也有些惊讶，但很快，她就欣然接受了。

她向来是欣赏聂洲泽的，尤其是以前，她没少听许源夸奖他，她也曾经生出过撮合这两人的想法，但想了想，又觉得许时沅还年轻，不用着急。

没想到，他们还真在一起了。

吃饭时，沈时和聂洲泽聊了许多工作上的事情，聂洲泽侃侃而谈，了解之后，她对聂洲泽在事业方面的成就格外满意。

许源则化身“名侦探柯南”，悄无声息地观察起聂洲泽的表现，成功地捕捉到了许时沅和聂洲泽的数次眼神交流。

原本，许源以为在男朋友面前，许时沅会比较收敛，但他发现，许时沅吃东西时还是他熟悉的样子，没有在男朋友面前故作矜持。

这一点让许源很满意。她以最真实的面貌出现在聂洲泽的面前，说明聂洲泽接受并喜欢她最自然的状态，这样相处起来的两个人才会轻松。

“你们看我干什么？”

许时沅抬起头，忽然发现聂洲泽和许源的目光都落在她的脸上，她对着两人笑了笑，道："不吃饭吗？"

沈时朝她望过来，道："你脸上的饭粒打算留着晚上做夜宵？"

好几年没听到这句话了，许时沅瞬间有些窘，她抬手摸了摸脸，没摸到，只好说："掉了吧。"

她话音刚落，聂洲泽无奈地伸出手，碰了碰她鼻尖的位置。那饭粒被他拿走了，他的话里带着笑意，道："你是怎么吃到鼻子上的？"

"我也不知道。"许时沅耸了耸肩。

此时，沈时和许源对视了一眼，许源适时地咳嗽了一声，道："还有汤，等会儿吃完再去盛两碗啊。"

饭后，几个人又在餐厅里坐了一会儿，许时沅后知后觉，聂洲泽以"师兄"的身份和以"她男朋友"的身份来她家时，氛围有些不一样。

"沅沅，怎么不给你聂师兄倒茶？"

"你得多向你师兄讨教，看看他能不能帮到你，但态度得好点儿。"

——这些都是许源教导过她的话，但现在，她自由多了，因为聂洲泽是她的男朋友，得包容她的小毛病和小脾气。

于是，她拿出桌子底下的包装袋，撕开其中一包奥利奥，慢悠悠地吃了起来。

许源向聂洲泽，道："你看看她，吃了十几年这饼干了，怎么就吃不腻呢？"

"这说明我专情。"她不忘借题发挥，"喜欢一样东西，从不会变。"

许源身上的鸡皮疙瘩都快起来了，他看了看墙上的挂钟，说道："洲泽，和我一起去外面散散步吧？"

聂洲泽点头道："行，走吧。"

许时沅也和他们一起起身了，道："我去换件衣服，和你们一起去。"

许源："你在家里好好睡午觉，我们两个人就够了。"

但她想听他们聊些什么，万一出现什么情况，她还能控制一下局面。

然而，许源说什么都要让她待在家里。

"你不是最怕大太阳吗？你看看这外面的太阳多毒。"

"冬天的太阳很暖和啊，我刚好想出去散散步。"

"待会儿我回来后和你出去散步。"聂洲泽笑着说，意思是让她安心。

"行吧，那你们去吧。"许时沅看向许源，"我睡午觉去了。"

说是睡午觉，许时沅却压根睡不着。

她好几次拉开窗户，想看看许源和聂洲泽回来没有，她想问问许源和他说了什么。

然而，快一个小时过去了，还不见两人的身影。

她想到了一个可能性——许源明面上假装同意他们交往，背地里却不情愿，所以把人叫出去……许时沅脑补出了一出大戏，然后笑出了声。

应该不会这样。

刚刚中午吃饭时，气氛还挺融洽的。

……

说是散步，但两个男人间的气氛并不那么轻松。两人有一搭没一搭地聊着，许源看似漫无目的的每句询问都是在旁敲侧击地打探他们能不能长久发展。

“洲泽啊，我听聂伯说，你是想留在A市发展的，后来由于公司的原因才去了沁州，这么说来，你之后打算一直留在沁州吗？”

“嗯，在公司上市之前，我会一直留在沁州发展，还需要筹备比较久。”

听他这么说，许源顿时有些担心了，道：“上市之后，你就打算走了？”

“上市之后，可以回A市，也可以留在沁州，时沅如果想生活在沁州的话，我也会一直在。”

如果幸运的话，他会和她有个家。

“其实我也没有别的意思，就是想跟你说说沅沅。你别看她每天嘻嘻哈哈的，特别乐观，其实她的心思特别多，想得也多，挺敏感的。”

“嗯，能感觉到。”

他忽然回想起那次，许时沅喝了酒抱着他哭的情形。

他一开始以为像闻沁说的那样，她是因为职场上的挫折而难过，但后来，他觉得不对劲，却也猜不出来她究竟为何而哭。

她有很多面，偶尔露出不为人知的那一面时，他总是心疼不已。

那次，许时沅清醒后完全不记得那回事，他自然也没追问太多。

聂洲泽趁机问许源：“在你的印象中，她最难过的一次是什么时候？”

许源半晌才道：“这个说来话长，等会儿我再跟你讲，进去坐坐。”

聂洲泽一抬眼，眼前是一座小公园，这里的围墙斑驳陈旧，明显有些年头了。

前边有个篮球场，他少年时期经常和朋友在这里打球。

“以前来过这儿吗？”

“经过了很多次，但从没进去过。”

公园最里面，有一张隐秘的长椅，附近树上长长的枝条垂坠下来，在长椅后飘飘荡荡。

……

去聂家前，许时沅在路上想着该如何称呼聂洲泽的父母。

“你想跟着我叫爸妈？”聂洲泽笑道，“如果你想，也不是不可以。”

许时沅轻轻拍了他一下：“不行，我害羞。”

聂家的铁门没关，两人从绿意盎然的小庭院穿过，聂洲泽牵着许时沅的手往前走，转头便看见她深吸了两口气，他问：“很紧张？”

她确实很忐忑，虽说以前来过这里很多次，环境也是她熟悉的，但今天，她毕竟身份特殊，只好道：“是有点儿紧张。”

“别担心，我爸妈和我一样，都很喜欢你，你们像以前那样相处就行。况且，有我在。”听他说完，许时沅安心了不少。

事实上，和聂洲泽所说的一模一样，柳如月对她的态度和往常差不多，见她一进门就喊了一句“沅沅来啦”，笑得格外亲切。

客厅里，聂清海正在喝茶，模样儒雅，听到许时沅叫他，他笑着嗯了一声，道：“来了，来喝杯茶。”

柳如月没有多问两人感情上的细枝末节，反而说了些生活里的日常，和那天聂洲泽去她家时的情况截然不同。

许时沅一开始的忐忑不安被他们的亲切态度化解，在这样的家庭气氛中，她感觉很自在。

中午，柳如月和聂洲泽都进了厨房，许时沅想进去打打下手，聂洲泽把她牵了出去，道：“没事，你等着吃就行了。”

聂清海见她出来，对她笑道：“他们能搞得定，我们去外面晒太阳。”

冬日的暖阳下，许时沅和聂清海给花浇起了水。聂清海站在她的身侧，时不时向她介绍着植物们的名字。

这一顿饭吃得温馨舒适，有好几道都是她爱吃的菜。

午后，坐了没多久，柳如月便和聂清海上楼午睡去了，如同往常一般。

许时沅竟有一种她平时也住在这里的错觉。

许时沅没着急回去，她拿着电视遥控器调来调去，也没找到想看的内容。

聂洲泽问：“还要看吗？”

她摇头道：“不想看了，没什么好看的。”

于是，她跟着聂洲泽上楼进了他的房间。

一进去，还没来得及打量房间，她便被人吻住了。

他目光沉沉的，她的后背贴在门板上，前边是他硬邦邦的胸膛。

许久后，两人才拉开距离。聂洲泽摸了摸她泛着水光的红唇，语气淡淡地问：“今天感觉怎么样？”

许时沅懒懒地靠着他，道：“不太好。”

“怎么了？”他皱眉道。

“因为你刚刚让我快喘不过气来了。”

聂洲泽松了一口气，哄了她几句，许时沅才如实招来：“我觉得挺好的，真的，比那天在我家都要自在，就像我平时就住在你这里一样。”

毕竟她是和聂河川有过娃娃亲的人，她以为长辈们至少会有些惊讶，但一切都很自然。

听她这么说，聂洲泽也放心不少，说：“你要是真住在这儿，我求之不得。”

“那我爸会打断我的腿。”许时沅说，“不过，我和聂河川的娃娃亲……应该没什么吧？”

“你不说我都忘了这回事了，那个不作数的，别放在心上。”

许时沅走到窗边，拉开窗帘，冬日的暖阳顿时照亮了整个房间。

许时沅的风衣外套里搭着碎花裙，与这日光同样明媚。

她转身打量了一下房间，坐在他暗红色的书桌前，道：“你的房间比以前空了好多啊。”

聂洲泽有些讶异，道：“我房间以前的样子你都还记得？”

“可能……我的记忆力比较好吧。”

那时的她只有借书时能进他的房间，晚上，她还会反复回想那个场景，自然而然地记住了他房间里的各种布置。

眼前的景象和记忆中的画面重合起来，书桌、海报、书架，只是书架上略显得有些空，只有几本老旧的杂志，许时沅问：“我以前找你借过好多书，它们都上哪儿去了？”

“很多书都被搬去杭城了，过完年，我先带你去杭城看看，有没有兴趣？”

“有啊，那我们过完年有两个地方要去，一个是你杭城那边的家，还有一个是 A 市，去看雪。”年还没过，她已经开始期待过年之后的事了。

接下来这几天，许时沅除了和闻沁、陈傅怡聚会，就是和聂洲泽在一起，许源除了在她出门前叮嘱她早点儿回来，也只能睁一只眼闭一只眼。

聂河川也回来了，许时沅和他碰上了面，打招呼道："聂河川，好久不见。"

见聂河川的眼神有点儿奇怪，许时沅便问："你怎么了？"

"许时沅，你出息了，我现在是不是应该叫你一声小婶婶？"

"如果你愿意，也不是不可以。"

说到这事，聂河川就来气。

柳如月和他说这事时，他还认真地想了想这是不是愚人节的玩笑，转念一想，现在才一月份。

他半信半疑地向聂洲泽求证，却得到了肯定的回答。尽管聂洲泽说当时没有告诉他是因为时机没到，并非故意隐瞒，但他还是无法忘记上次他去聂洲泽家里时，两人的种种表现和说话相处时不经意的亲密模样。

聂河川懊悔不已，如此明显的迹象，他竟然完全没发觉，现在想想简直傻透了。

聂河川道："在一起就好好在一起呗，过年的时候记得给我包红包就行。"

"可以啊。"许时沅爽快地答应，"只要你到时候叫我一声婶婶，红包肯定没问题。"

聂河川沉默了片刻，虽然他接受了这个事实，但还是没法将"婶婶"叫出口，他问道："是我叔叔追的你？"

"是啊。"她睨了他一眼，"怎么，你对此表示怀疑？"

"有那么一点儿。"

许时沅作势要揍他，正在这时，聂洲泽过来了。

聂河川眼睁睁地看着那只原本要揍他的手自然而然地钩住了他叔叔的胳膊，而许时沅的表情也从刚才炸毛的模样变得甜美可人。

啧，女人真善变。

聂洲泽的眼神落在许时沅身上，片刻后才转向聂河川，笑着问："你们在讨论什么，还动起手来了？"

许时沅正想说话，聂河川抢先开口道："没有，就随便聊聊。"

许时沅也道："就是随便聊一聊，我这么温柔，不是喜欢动手的人。"

听到这撒娇一般的话，聂河川手里浇水的工具差点儿掉在地上，抬头一看……许时沅的模样说不上温柔，但确实挺好看的。

聂洲泽笑了一下，道："也是，真要动手的话，可以让我来。"

聂河川悲愤地转过身继续浇他的花。

事后，闻沁在微信中“采访”聂河川：“青梅和自己的叔叔在一起了是什么感受？”

“别问，问就是六个字。”

“啥？”

“魔幻现实主义。”

聂河川再怎么不能接受也还是接受了。

青梅摇身一变，竟成了他叔叔的女朋友。

本想好好过个年的聂河川收到了来自爷爷奶奶对他终身大事的殷切关心，原本的借口“许时沅都还没有男朋友，我也不着急”顿时不再管用了。

很快，许时沅真的给他发了个红包，美其名曰“别人家侄子有的，我们家侄子也要有”……聂河川便开始在微信中叫她“婶婶”。

许时沅以为他是向她二十块钱的红包屈服了，殊不知聂河川只是看在聂洲泽给他的千元红包的分上。

“你的高中毕业相册还留着吗？”聂洲泽问他。

“留着啊，怎么了？”

“给我看看。”

闲着没事，聂洲泽在手机里翻看和许时沅的合照，这些照片都是这两年的，他想看看以前的许时沅。

他翻开相册，翻到了许时沅班级的那一页，照片上的她面庞青涩，一只手在脸颊旁比了个剪刀手，像素不是很清晰，但能看到她脸上笑容明媚。

以前，许时沅的样貌也不差，只是脸上的婴儿肥比较明显，身材不太纤细。

聂河川突然想起什么，用开玩笑似的口吻道：“我怀疑许时沅从以前就对你有所企图了，要不怎么天天跟你借悬疑小说，天天问我你周末回不回家？”

聂洲泽顿了片刻，才道：“别乱猜。”

第十五章 珍贵

新年很快到来。

西城的冬天寒风凛冽，极易感冒。许源正准备回家换件衣服，再去附近药店买点药备在家中，没想到刚到家便看到桌上放着一个小箱子，里面装的是口罩和各种感冒药。

吃饭时，许时沅说："这是你未来的女婿刚刚给我们的。"

"我未来的女婿……"许源重复这句话时突然反应过来，有些哭笑不得，"许时沅，你说，你一个女孩子家家的，怎么就不能矜持点儿？女婿这词都用上了！"

"反正以后肯定……爸，你懂的。"许时沅笃定道。

"我不懂，我还没同意呢。"

"好好好，知道了。"

今年的春节非常冷清。往年，西城会在中心广场举行小型烟花秀，但由于前一年差点造成踩踏事故，今年的烟花秀便取消了，广场上的人稀稀落落的。

只有大年三十晚上的春节联欢晚会永恒不变，许时沅的手里抓着一把瓜子，一边嗑瓜子，一边看节目。

电视里，穿得格外喜庆的主持人正在向观众拜年，许源想让许时沅拿点儿水果，一转身却发现她不见了。许源四下张望着，问："沅沅又去哪儿了？"

"小两口打电话去了呗。"沈时笑着说，"你就别瞎掺和了。"

深夜，许源抬头一看，许时沅屋里的灯还亮着，他甚至隐隐听见了许时沅的笑声。

许源不由得提醒了一句："早点儿睡觉啊，沅沅。"

"知道啦，知道啦。"许时沅大声回了一句后，又对着电话那头道，"我爸让我睡觉了。"

"你困不困？"

"其实我还不是很困。"

那头的聂洲泽笑了一下，道："那我们声音小点儿。"

贝贝和两位长辈也回了西城，此时，它凑到镜头前，见另一边的人是许时沅，便在屏幕上挠来挠去。

"贝贝，你是不是想把我从屏幕里抓出来啊？"

听到她的声音，贝贝忽然定住了，愣愣地看着屏幕中的人。许时沅又叫了它一声，朝它招了招手，道："是不是想我了啊？"

她的话音刚落，贝贝就被吓走了。

许时沅只好继续和聂洲泽聊天："今年我原本的设想是，我们出去走一走，看看广场上的烟花，但是现在看来基本上不可能了。"

"明年再去，今年情况特殊。你有没有什么新年愿望？"聂洲泽安慰她。

"我原本有很多愿望，但现在，我只希望我身边的人都平安健康，还有……我能和聂洲泽一直在一起。"

聂洲泽思忖片刻，道："你的愿望全都可以成真——这就是我的愿望。"

大年初五晚上，许时沅忽然发现她被聂洲泽邀请进了聂家的家庭群。

聂洲泽："这是我的女朋友。"

紧接着，群里出现了若干个"欢迎"表情图，有聂家小辈的搞怪可爱表情图，还有中老年专用的花开富贵系列表情图。

其实，许时沅还不算他们家的家庭成员，他们还没结婚，但提前进了他们的家庭群，已经足够证明她被聂洲泽认定了，将来，她亦会是他的妻子。

晚上，群里源源不断地弹出红包，然而，晚睡的许时沅完全没有留意到，醒来时再看，红包都被抢没了，她感觉自己错过了几个亿。

聂河川还在群里喊过她两次。

许时沅："我错过了什么？现在还来得及吗……"

很快，群里立刻弹出三四个红包，许时沅飞速地点开了。

而后，活跃的小辈立刻发消息“感谢时沅姐”“沅姐太棒了”。

这红包都不是她发的，为什么谢她？

随后，她看了看发红包的人，瞬间懂了——这几个红包都是聂洲泽发的。

许时沅：“不用谢不用谢，应该的。”

迟迟才起床的聂河川：“我好像也错过了，叔叔，我的呢？”

见许久没人搭理他，聂河川在群里发了一个“痛哭”表情图，许时沅看到后给他发了个红包：“来来来，别哭，婶婶给你发红包。”

刚发完这句话，她就立刻意识到不对，赶紧撤回了消息。她习惯了和聂河川开玩笑，差点儿忘了这是微信群，群里还有不少聂家的长辈。

聂河川看热闹不嫌事大道：“婶婶，我看见了，别撤回啊。”

活跃的小辈们也发来各种表情图，说着“我也看见了”“我截图了”等，但许时沅只假装什么都没看见。

聂洲泽：“你们婶婶比较害羞。”

新年没过多久，聂洲泽回到了沁州。

他原本没打算这么快回去，但公司有一堆问题等着处理，不得不提早回去。

聂洲泽回去之后，许时沅还留在西城，一方面是想多陪陪父母，另一方面是因为她是自由职业者，不用朝九晚五，暂时不回沁州也没问题。

许时沅不得不拿出了聂洲泽送给她的虚拟设备，设备启动，他立刻坐在了她身边。

许源看到戴着奇怪的设备坐在沙发上傻笑的许时沅时，显然吓得不轻，许时沅也给他戴上试了试，他才打消了怀疑她思念成疾的想法。

在家住了半个月后，许时沅有些坐不住了，她把VR虚拟眼镜剩下的几次见面机会都用完了。

想到聂洲泽一个人在沁州，许时沅心里一阵发慌。

她开始着手收拾行李，打算这两天就回沁州，但许源不同意，既舍不得女儿，又嫌女儿平日太黏聂洲泽。

许时沅只得作罢。

晚上和聂洲泽打电话时，许时沅说了她想回去的事情。

那边，聂洲泽才刚进公寓，口罩挡住了他的大半张脸，只剩下一双清冷的眼睛和俊朗的额角。

聂洲泽摘下口罩，说：“你爸爸说得没错，在家多陪陪他们也好。”

“你不想见我吗？”她叹了一口气，问道。

“我很想见你。”镜头停止摇晃，聂洲泽定定地看着她的眼睛，顿了片刻后说道，“但我得先听岳父的话，把他哄好。”

“也是。”她点头，“我妈每天都说我懒，这么大了，待在家里像个啃老族。”

“你可以啃我，我不介意给你啃。”

“行，我啃我男朋友。”说完，她的脸庞自顾自地开始发热，喃喃地补充，“但是你太远了，好像也啃不到啊。”

但没想到挂了电话，她很快就收到了微信转账，备注“给你啃”。

无论人间如何变幻莫测，时间都不为任何人停驻。

冬去春来，细雨绵绵。

三月，学生们都开始上课了，许时沅在西城参加了几场线上会议，除了口译，还接了不少笔译工作。

这段时间，唯一一件值得开心的事情是闻沁接受了林超琦的求婚。看着闻沁在求婚现场哭得稀里哗啦，许时沅很替她开心。

闻沁的婚礼打算在六月举行，许时沅是她的御用伴娘。

另一边，聂洲泽的工作进入了连轴转的状态，连着好几天，两个人都只在微信里聊了聊，聂洲泽好几次开会开到半夜，早上六点多又出发去公司。

三月中旬，他正在进行的项目进入了收尾阶段。

许时沅在西城也坐不住了，她订了一张明天上午从西城到沁州的飞机票。

临出发之前，许源在超市里买了一堆零食让她带上，又给她塞了许多家里做的菜，千叮咛万嘱咐让她去沁州后在家好好吃饭。

许时沅竟有种回到高中时候的错觉。

到达沁州后，从地铁站回小区的路上，路上的行人寥寥无几，在寒风中行色匆匆。

许时沅在便利店买了个面包。

公寓里依然是她熟悉的模样，她本以为会蒙上灰尘的家里干净整洁，窗台上的盆栽绿油油的，非但没有枯萎，反而开了两三朵红色的花。

许时沅用指尖捏了捏花盆里的泥土，湿湿的，肯定是聂洲泽每天按时来给她的盆栽浇水，所以盆栽才会如此绿意盎然。

这样一想，被闲置了许久的屋子霎时间变得温馨了许多。

聂洲泽刚下班，他从小区停车场出来，经过她的公寓时，眼神不由自主地落在那扇紧闭的门上，随即失落地垂下了眼睛。

洗完澡后，聂洲泽拉开窗帘。

城市霓虹闪烁，他拿出手机，想打个电话给许时沅，这时，手机恰好振动了两下，许时沅发来了两条微信新消息。

许时沅：“是哪个宝贝每天给我的小盆栽浇水啊？”

许时沅：“开的花好好看。”

底下还附上了一张小盆栽的照片。

几个月没见，思念像藤蔓一样缠绕着聂洲泽，只有全神贯注地工作才能让他暂时抛开这些念想。

周末，他有时间便会去打扫她的小房子。许时沅发的这张照片中的盆栽是他今天出门前搬到阳台上的，所以，她现在……

想到这儿，他的心猛地跳了一下。

聂洲泽站起身，没管身后倒下的椅子，迅速出门输入她家大门密码，公寓门应声而开。

许时沅站在里面，穿着淡紫色的毛衣，长发已经齐腰。她转过头，手里拿着一个被咬了一口的水蜜桃，笑着对他道：“我回来了。”

一瞬间，聂洲泽的脑子空白了两秒，他随即快步走过去，用力地将她拥入怀中，长长地舒了一口气，道：“回来就好。”

男人微微弓着腰，将头深埋在她的颈间，嗅着她身上好闻的气息。

“早就想回来了。你有没有想过我？”

隔着薄薄的衣服，他的心跳声清晰可闻。

聂洲泽低头在她的额头上轻轻落下一吻，道：“每天从你家门前经过时，我都会想你在家里干什么，睡觉，吃饭，还是看电视剧？”

许时沅忽然有些哭笑不得，仰头看着他道：“其实，我在家也有工作，不只是在吃饭和睡觉。”

“我知道。”他的眉眼间晕开笑意，“你应该提前跟我说一声，我可以去机场接你。”

“我怕你一看到我，当场给我买张机票把我给赶回老家。”她开玩笑道。

实际上，许时沅是舍不得让聂洲泽这么辛苦。

片刻后，他道：“搬过来和我一起住吧。”

“好。”

他们挑了个休息日，让搬家公司把许时沅家的东西全部搬到他的房子里。

聂洲泽那里有四个房间，许时沅有些犹豫——她想睡他那间房。

就在她犹豫之际，聂洲泽问她：“你愿不愿意和我住一个房间？”

她假装为难地想了片刻，让自己看起来有几分矜持，随后才道：“好吧，那我和你睡一间房。”

很快，许时沅的衣服占据了他衣柜的半壁江山，和他黑白灰系列的衣服放在一起，再拿出来穿时，也沾染上了他身上的冷杉香。

许时沅在客厅沙发上坐下，开着红色小花的盆栽被放在阳台上。聂洲泽从房间里出来，看着她道：“你先去洗澡吧。”

许时沅朝他伸出两只手，他便将人从沙发上拉起。

浴室的洗漱台上多了许多瓶瓶罐罐，全是她的洗漱用品和护肤品。

洗完澡后，许时沅拉开浴室门，嘴里的小调戛然而止。

聂洲泽坐在房间里的小沙发上，手里拿着一本书，侧头朝她看过来。

这是聂洲泽的房间。

许时沅花了两秒钟才反应过来她现在的处境。

“我……洗完了。”许时沅有些不习惯，脸颊发烫，她睡裙下的小腿白皙，脚上踩着一双人字拖。

“嗯。”聂洲泽淡淡地应了声，“我看会儿书，累了一天了，你先睡。”

“嗯。”许时沅在床边坐下，说道，“我其实不太困，这一整天都挺开心的，完全没有干活的感觉。”

聂洲泽笑了一下，将视线转回手中的书上，但他很快便发现他的注意力似乎不太能集中，总是不自觉地看向她。

她的手里拿着一个小罐子，在脸上涂涂抹抹，时不时还轻轻地拍一拍。

留意到他的视线，许时沅问他：“你还不洗澡吗？”

“等下就去。”

“我想等你一起睡。”许时沅说这话之前没觉得它会产生歧义，幸好聂洲泽并没有在这句话上花费心思，而是收拾衣物进了浴室。

聂洲泽洗澡的速度比她快多了，他很快走出来了。

许时沅侧躺着，一眼便看见他穿着米白色的居家长裤，长袖衫下的腰线若隐若现，她闭上眼睛开始装睡。

聂洲泽看了她一眼，轻轻地靠近她，她的一只脚还压着被子。

“睡着了，宝贝？”

听到他那声极为轻柔的“宝贝”，许时沅没忍住，扬起了嘴角。

但许时沅依然闭着眼睛，说了句：“嗯，我睡着了。”

许时沅听到他笑了一声，枕边传来一阵动静，下一秒，她的唇被什么覆盖了。

没过多久，聂洲泽把贝贝从杭城接了回来，它不知经历了什么，比之前更胖了，于是收获了新名字“胖贝”，聂洲泽和许时沅的二人世界里多了只小胖猫。

五月，天气渐渐热了起来。

这天晚上，许时沅忽然想吃小云吞，聂洲泽便开车带她去了那家店，到那儿才发现这家店大门紧闭，门口贴着“招租”的告示。

“怎么关门了啊。”许时沅遗憾道。

聂洲泽揉揉她的脑袋，说：“这段时间隔壁学校管理严格，学生不能出门吃饭，店里也就没有客源了。”

“那我们走吧，可能过段时间老板就回来了。”

“我带你去别家看看？”

“去吃别的吧，别家的云吞，我总觉得不正宗。”

许时沅刚说完，便接到了闻沁的电话。

“明天吗？可以啊。”

聂洲泽伸手帮她系好安全带。

挂了电话，许时沅的眼里绽放出光彩，道：“闻沁明天去试婚纱，我得陪她去看看。”

第二天是周日，也是聂洲泽的休息日。

许时沅去了闻沁那儿，帮助她准备婚礼相关的东西。

聂洲泽则是去附近的超市买了东西，回来后着手收拾起屋子里的废弃物品，却突然留意到杂物间墙角处有一箱东西。

他打开一看，里面是一整箱书，应该是之前从许时沅家搬过来的，只是两人都没留意，把它当成杂物了。

聂洲泽把这箱书搬到书架旁，一本一本放上书架。

随即，他看到那本《白夜行》，动作一顿。

他有印象，去年在许时沅家，他抽出过这本书，书里还掉出一个信封，他当时没来得及细看。

此刻，他翻开扉页，发现上头有他的名字，还有购买日期。

他认出来了，这是他高中时写的字，这本书应该也是他的书。

但是，怎么会……

他凝眉抽出夹在其中的信封，信封有些年头了，四周有褶子，隐约能看出褪色前是粉色的。

聂洲泽端详了片刻，翻过来一看，发现信封上写着几个小字：TO 聂洲泽。

很青涩的字，却一笔一画地刻进纸页中。

这是一封信。

是给他的，很久之前的信。

一个猜测忽然冒了出来，聂洲泽的心跳毫无征兆地加速，动作也迟疑了一些，他缓缓地从信封中抽出了那张折叠成了方块的信纸，薄薄的，却仿佛有千斤重。

心底的猜测呼之欲出，待他打开这封信，仿佛已经过了一个世纪。

TO 聂洲泽：

聂洲泽师兄，有些话，我早就想对你说了，但我不敢当面和你说。

从高一的时候开始，我就默默地关注你了！

看到这儿，你是不是很惊讶？我竟然会有这种想法。但是我绝对不是在和你开玩笑。

我知道，现在的我还不够好，长得一般般，成绩也不怎么样，没有一技之长。但是我会改变的，我保证，我会很努力，努力变得越来越优秀。

所以，你可不可以当我的男朋友啊？

我知道有很多人喜欢你，但我的喜欢会比其他任何人都要久。

——许时沅，2013 年 7 月 29 日。

师兄，两年已经过去了，我没有食言。现在，我的分数足够上 A 大了，我也还是喜欢着你。上一次，你不在家，我没来得及把信交给你，这一次，我想重新跟你说一次——我喜欢你，很喜欢你。

——许时沅，2015 年 7 月 29 日。

窗帘随风轻轻摇摆着，男人如雕塑般纹丝不动，他定定地看着手中的信纸，眼睛却慢慢红了。

他有过这种猜测，她的喜欢远比他想象的早，但他不希望那是真的，他侥幸地想着，他不会成为她的遗憾。

他的眼前蓦地浮现出几年前的场景，许时沅笑眼弯弯，手里握着扫帚，在人来人往的校道上朝他招手，道："师兄，早啊。"

"好像每次都在这个地方看到这个小学妹，怎么这么巧？"他的同桌问。

"不知道，缘分吧。"他当时随口答道，却没有想过会有其他可能性。

她心中有一块他一直以来未涉足的领域，这个秘密被她藏了很久。

她可以清楚地说出他不曾记住的过往细节，模仿他高中时的签名简直一模一样，还有那个无意中落在他口袋里的耳坠。

这些从来都不是偶然，也并非巧合。

他没有去想这样的巧合还有多少，年少的他未曾留意过这些细枝末节，也未曾觉察到她的心意。

她的喜欢从不是毫无依据，而是从多年前的盛夏开始，最后归于沉寂。

聂洲泽把信翻了一面，才发现后面还有文字，但文字杂乱无章，内心看起来也很混乱。

"为什么，为什么，为什么你要这样……算了，我早就该想到的，我本来就不是优秀漂亮的女生，这有什么大不了的……为什么你喜欢的人不能是我……我不去 A 大了，我要离你远远的……算了，我喜欢你的这件事，好像从来都和你无关……对不起，我好像真的不能再喜欢你了。"

他不会看不出来，写下这堆字时，她的内心很痛苦。

因为他。

但他猜不出来。

他没来由地想起过年那次，他问许源她最难过时是什么时候。

许源带他进了附近的公园，两人坐在最里边，在被树影遮蔽的老旧长椅上，许源和他讲了许时沅高中毕业时的往事。

“她那天就坐在这儿，从中午哭到晚上，问我她是不是很差劲，至今，我也不知道是为什么，但我猜啊，可能是失恋了，还是单方面的那种。人家不喜欢她，她就觉得自己不好，本来之前她还嚷嚷着要去A市读大学的，在那天之后，她再也没提去A市的事情，最后还把志愿改成了沁州的大学。”

“当然，这件事也过去好几年了，我就是想跟你说说，她看上去是挺开朗的，但她也不是那么没心没肺，你帮我多留意留意她。”

——他默默记住了这些话，却不打算去追问。

揭人伤疤是二次伤害。

但他怎么也不会想到，这件事和他有关。

许时沅陪闻沁去试了婚纱，回家的路上，她还在想着那一袭白色的婚纱礼服。

夕阳西下，客厅里染了一层淡淡的霞光。

许时沅在厨房里找到了聂洲泽，她笑起来，慢悠悠地走近他，问：“你在煮什么啊？”

“今晚没做饭，我煮了云吞。”

“云吞？”许时沅的眼睛亮了，“是鲜虾小云吞吗？”

聂洲泽打开电磁炉上的玻璃盖，热气升腾。

“是啊，第一次做，味道可能和你喜欢的不太一样，不像店里那么好吃。”

滚烫的热水里，白色的云吞上下翻滚着，翠绿的葱花点缀在其间，光是看着就已经食指大动。

“没事，我这人又不挑，而且，你做的肯定更好吃。”

聂洲泽目光深邃，望着她欣喜的侧颜笑了。

晚饭过后，许时沅在阳台上吹了一会儿风，出来后却发现聂洲泽的手里拿着一本书，封面有些熟悉。

“这本书，是不是我放在箱子里的？”许时沅的嗓子发紧。

“是啊，我今天收拾时才发现有一箱书放在角落里忘了拿，我今天下午把它们都放到客厅的书架上了。”

“你不说我都忘了，所以，你手上的那本是什么？”

他举起书，是《白夜行》，没记错的话，里面可能还夹着……

想到这儿，许时沅更慌了，但她没表露出来，只问：“好好的，你怎么想起看这本书啊？”

“太久了，不记得这本书的情节了，回顾一下。”聂洲泽看着她说道，“一起看？”

许时沅很快从他的手里拿过书，说道：“要不，换一本吧？”

她的话音刚落，就被人搂进怀中，随后，她被他抱着坐在沙发上，整个人被困在他的怀中，后背贴着他的胸膛。

那就看这本吧，她小心点翻就是了。

“其实这是你的书，那时候，我以为我把它弄丢了，就买了一本新的还给你，没想到后来它又出现了。”许时沅觉得有必要解释一下，她翻到书的扉页，指了指他的名字。

“嗯。”聂洲泽笑了一下，目光温柔，“你有没有什么想问我的？”

“有什么想问你的……”许时沅不知道他为什么会突然这么问，说道，“一时想不到。”

“想到了再问，看书。”

“等会儿。”她想先看看那封信还在不在书里。

她暗暗祈祷着它悄无声息地消失了，然而她刚拿起书，里头的信封便不受控制地掉落在地。

许时沅呼吸一滞，迟缓地弯下腰，一只骨节分明的手先她一步捡起信封。

“这是……”

“以前不懂事，写给别人的信，没什么好看的……”许时沅拉住他的手，拿走他手里的信封，将其藏在身后。

“追了你这么久，都不能让我看看？”

“别看了。”许时沅侧过身子，圈住他的脖颈，说道，“很丢人，而且……我怕你吃醋。”

年少时，她字字斟酌，冥思苦想写的信，现在再看，只会显得幼稚又矫情，那段狼狈又酸涩的青春时光，她本能地不想示人。

耳朵处传来一片冰凉的触感，她侧过头便发现她那只消失不见的耳坠躺在他的手心里。

他慢条斯理地为她戴上，问：“偷亲的时候怎么没见你怕？”

“我……”不知为何，许时沅的鼻子陡然发酸，她只想到了一个可能性，迟疑着问他，“你是不是已经看过这封信了？”

“嗯，我看过了。”空气静默了几秒，他说道，“高考结束的那个暑假，你在公园里哭了一下午，是不是……因为我？”

许时沅抿了抿唇，欲言又止，仿佛又回到了那个内心五味杂陈的午后。

那些藏了许久的回忆毫不费力地钻了出来，随之而来的还有那时候的心酸与难过。

许时沅不想说，却在看到他诚挚的眼神时开了口。

——她踌躇地站在房间门口，无意中听到他正在和人打电话，那人说要把电话给他的女朋友：“你才回去几天，你的女朋友就不开心了。”

而后，她听见他说了一句：“把手机给她。”

她本以为她都忘了，不在意了，但现在讲起来，她才发现，她清楚地记得每一个细节，包括指甲陷进手心的痛感。偷听别人讲电话不好，她甚至差点儿在他有女朋友的时候擅自向他告白……

她之所以不想让他看见这封信，不只是因为文字幼稚矫情，还觉得当年的自己不自量力。

“就是这样，所以我只还了书就走了。”

“这件事，我必须和你说清楚。”聂洲泽语气艰涩地说道，“除你之外，我没有过女朋友。”

“那我当时听见的是什么？”

“你听到的那个‘女朋友’，是我的猫。贝贝从不搭理我的室友，我也没谈过恋爱，他们便戏称它是我的女朋友。”

许时沅仿佛回到了多年以前，她一个人孤零零地坐在公园的长椅上，藏在伞下哭泣。

直到太阳西沉，她把所有的心酸和失望都咽下，擦干了眼泪，像没事人一样继续生活，修改了自己的志愿。

两人再次相逢，她也只敢小心翼翼地将藏了许久的喜欢露出一角冰山。

“好想把贝贝拖出来揍一顿。”

许时沅还在开玩笑，只是笑着笑着，眼泪便不受控制地落下，心酸与难过争相涌出，她像当年一样大哭起来。

聂洲泽的声音渐渐低沉下去，眼眸泛了红，低声道：“对不起。”

她扬起唇，亲吻着他湿润的眼角，道：“有什么好对不起的，我们现在在一起了，这就够了。”

“但我有个问题。”

“什么问题？”聂洲泽轻声问。

“你会不会也觉得那时候的我很差劲啊。”

“听着，沅沅，”聂洲泽温热的掌心贴向她的后颈，他抵着她的额头道，“喜欢别人和不被别人喜欢都不是一件丢脸的事。即使那时候我错过了你，没有及时回应你，也别把原因归咎为你不够好、不够优秀。许时沅从来都不差劲，你在你的世界里闪闪发光，只是我恰好没有朝着你的方向走过去，仅此而已。”

他的语气坚定，字字句句都敲在她的心上。

聂洲泽说：“不是你不好，我的宝贝很好，对我来说很珍贵。”

这些年来，许时沅反复在想一个问题，如果她能够再漂亮一点儿，再优秀一点儿，是不是就不会和他错过，他喜欢的人是不是就可能是她。

这让她对年少时的自己更喜欢不起来，她觉得那时候的自己狼狈、自卑、敏感，很差劲。

这些年，她一直在改变自己，却让十七岁的她留在原地，留在了那年的公园长椅上。

直到他说：“对我来说很珍贵。”

许时沅回到了那个下午，给了十七岁的自己一个拥抱，对她道：“别怪自己，你做得已经够好了，你很棒。”

她走进自己的身体，与自己重合，成为现在被聂洲泽拥入怀中的她。

时隔多年，许时沅拆开这封信，打开信纸，在“可不可以当我的男朋友”这行字下又写了一行字：“很愿意，也很荣幸能被你喜欢。”

许时沅眼眶通红，笑着望向他，亲吻着他的薄唇。

下一秒，她的无名指上被套上一个冰凉的物件，她低下头一看，是一枚钻戒。

“沅沅，我会用余生来爱你，你愿意嫁给我吗？”

她点头道：“我愿意。”

后来，聂洲泽的公司上市，接受某家媒体的采访时，许时沅也去了现场。

记者趁机问了她几个私人问题。

“能不能说说您最大的遗憾？”

许时沅弯唇道:“我十五岁时喜欢上一个男孩,但那时,我没能和他在一起。”

“那再说说您最幸运的事。”

她看向身侧的男人，他予以她深情的回视。

“我嫁给了我十五岁时喜欢的男孩。”

番外
岁岁年年

订婚后不久，聂洲泽和许时沅一起去看了房。

许时沅选定了市中心的一套，那房子有个很大的阳台，内部是落地窗设计，光线特别充足，是套三室一厅房。

没过多久，许时沅便拿到了房产证。

聂洲泽道：“跟我在一起，我不希望你有后顾之忧，我的就是你的。”

很快，房子的装修也提上了日程。

很久之前，许时沅便关注了好几位家居博主，也收藏了许多有关装修风格的视频。

她拿着视频给聂洲泽看，道：“你看这个博主的视频，她家主打复古法式装修风格。”

聂洲泽看了看，道：“挺温馨的，你喜欢吗？喜欢的话，我们也装修成这种风格。”

“我当然喜欢呀，不过，你喜欢哪种？”

“你喜欢哪种，我就喜欢哪种，我在乎的不是把房子装修成什么样，而是这房子里有没有你在。”

不久后，聂洲泽请了一家有名的装修公司，并按照许时沅想要的风格对新房进行了装修。

历时大半年，房子装修终于完工了。

许时沅在网上买了许多软装，聂洲泽负责把她买的东西组装后摆放好，两人相互配合，终于在这座城市有了一个小家。

婚后，两人搬进了新房。

房子是法式复古风格装修，内部是奶油色，客厅中央挂着宫廷风的水晶吊灯，墙壁上挂着珍珠挂画和婚纱照，从客厅通往卧室的路上设计的是半椭圆形的拱门。

这是他们真正意义上的家。

在和许时沅重逢前，聂洲泽已经习惯了一个人，习惯了回到家时只有猫朝他走来，习惯了洗完澡继续用笔记本电脑办公，习惯了在这个快节奏的都市里忙碌。

对他而言，家更像是工作之后用来休息的住所。

沁州这座城市很繁华，充满了机遇和挑战，但唯独没有他的归属。

但现在，对他来说，家有了新的定义，他对回家这件事充满了热忱，也有了期待。

家是他心底最柔软的地方。

现在正是冬季，他下班晚，回到家时，许时沅已经在客厅里了，她给了他一个温暖的拥抱。

“你回来啦。”

聂洲泽拥着她，闻到她发丝的清香，仿佛补充完了这一天消耗的能量。

许时沅道：“今天吃火锅。”

聂洲泽回应：“好，我去洗个手，然后把菜端出来。”

餐厅里设计了吧台，吧台中央放了一口热气腾腾的锅，聂洲泽把许时沅准备好的食材一一端到桌上。

许时沅知道聂洲泽不吃辣，便根据他的口味调制了独家蘸料，聂洲泽用虾仁蘸了蘸酱料，吃了一口后夸赞道：“嗯，很不错。”

许时沅心满意足地笑了：“你永远可以相信许大师的厨艺。”

晚饭后，聂洲泽自然而然地包揽了洗碗的任务，又将餐厅收拾得干干净净。两人找了一部老电影《罗马假日》，舒舒服服地躺在法兰绒地毯上看起来。

客厅的灯关了，电影投放在幕布上，许时沅和聂洲泽靠在一起，他搂着她的肩膀，看着光影在她的脸颊上交错，心底柔软幸福。

这窗外寒冷的风雪似乎都与他无关。

这是他们最普通不过的日常，但也是最令他乐在其中的事，在他心里，工作只能退居第二位了。

她是第一位的。

他每次回家的时候，许时沅都已经煮好了饭。哪天他回来得早，便会给她做一道她喜欢吃的菜。

聂洲泽怕她累，总和她说："不想做饭也可以不做，我们去外面吃，我让你嫁给我，不是让你来帮我做饭的。"

"没有很累啦，是我自己喜欢做菜。"许时沅摇着头说，"做美食给自己爱的人吃，对我来说也是一种享受。"

许时沅喜欢吃，也喜欢做菜。

她手机上收藏了许多美食视频，只要一闲下来，她就会学习如何做好吃的。

她在大学食堂里吃了几年饭，一直想着，等以后自己单独住了，就天天给自己做各种好吃的饭菜。现在，有聂洲泽在，她的动力更足了，即使偶尔有失败品，他也从来不会说她半句，而是耐心地和她一起把厨房收拾得干干净净。

但对于每天的早餐，许时沅并不上心，因为她经常睡懒觉，尤其是在周末。

这天周末，两人说好要一起爬山。

聂洲泽睡到自然醒，醒来时，怀中人的一条腿搭在他的身上。他轻轻地把她的腿放好，正想起身，她哼唧了一声，皱了皱眉。他看着如此可爱的她，轻轻地笑了笑，在她的脸上吻了一下。随后，他穿好衣服，煎了两个鸡蛋，面条下锅后，他盖上了盖子。

他回到房间时，许时沅还睡得很香，她侧着身子，脸庞白皙。

他走到她的身边，温柔地喊道："起床了，老婆。"

许时沅睡得迷迷糊糊，睁开眼睛，映入眼帘的便是一张英俊的脸庞。她不自觉地扬起嘴角，声音里带着撒娇的意味，道："老公，你再让我睡会儿嘛，我好困。"

"你忘记我们说好今天要去干什么了吗？"

"干什么？我们有说要去干什么吗？"

"你再好好想想。"他温声道。

许时沅被他抬起后背，慢慢地直起了身。

她浓密的长发蓬松地披在肩头，看起来乱糟糟的，随后，她感觉到一件毛衣套在了她身上。

等她完全清醒的时候，她已经穿好了衣服。

聂洲泽穿着居家毛衣和灰色休闲裤，他找出床下的毛拖鞋给她穿上，不厌其烦地哄道："乖，起来了。"

许时沅搂住他的腰，道："感谢老公帮我穿衣服。"

他摸摸她的脑袋，道："去刷牙洗脸，等会儿出来吃早饭。"

许时沅乖乖地去卫生间洗漱，发现牙膏已经挤好了。洗漱台上干干净净的，聂洲泽每天洗漱时都会顺手将她昨晚护肤后弄乱的洗漱台收拾好。

此时，她一边梳头，一边刷牙。

刚结婚那时，许时沅还是比较注重形象的，她怕早上醒来时的自己面部浮肿，头发又乱，样子不好看，但无奈的是，聂洲泽总是比她起得早，她早起化妆的计划随之破灭。

然而，每天清晨，他看向她的眼神都充满了爱意，没有一丝一毫的嫌弃，这让她不由自主地放松了下来。

有一天，她问聂洲泽："老公，你会不会觉得我婚前婚后的变化太大？"

聂洲泽无奈地笑道："有什么不同？都是你啊。婚姻就是把我们最真实的样子展现给彼此看。我爱你，所以我接受你的全部，爱你的所有一切。"

许时沅笑了，又听他道："傻瓜，你什么样子我没见过？"

刷完牙，许时沅来到餐厅，聂洲泽已经做好了早餐——香气扑鼻、撒着葱花的瘦肉鸡蛋面，还有一块三明治。

吃完早餐，聂洲泽说："休息一下，等会儿出发去爬山。"

"好。"

客厅和阳台的连接处是白色的蕾丝窗纱，冬日的暖阳透过纱窗，让整个室内明亮和煦起来，阳台上的盆栽叶片嫩绿，猫咪懒洋洋地在毛毯上卧着，享受着阳光。

许时沅看着猫咪，聂洲泽看着她，心底像被什么填满了，柔软一片。

"走吧，该出发去爬山了。"

半个小时后，聂洲泽开车带她来到山脚下，停好了车。

周末人并不多，此时是冬天，许时沅穿着灰色的运动卫衣和有弹力的紧身运动裤，脚下是一双白色球鞋。聂洲泽穿的是跟她情侣款的黑色卫衣，看上去十分有朝气。

山脚下，许时沅像只小兔子一样弹跳了几下，有模有样地热着身。

聂洲泽牵着她的手，配合着她的节奏慢慢往上爬。

许时沅平常也锻炼，也曾经和聂洲泽一起晨跑过一段时间，因此，爬山对她来说并不是很累的一项活动。

半山腰处，风景很不错，放眼望去，一边是城市鳞次栉比的建筑，一边是起伏绵延的山峦，美不胜收。

暗恋一人，如同攀一座山。

曾经，她以为他已经攀登至山顶，永远可望而不可即。

即便如此，她仍然做出了勇敢的尝试，想看看他领略过的风景。

却不想，攀登至半山腰处时，他笑着朝她走来，道："别怕，接下来的路程，我和你一起走。"

想到这儿，许时沅回过头看他。

此刻，他的眉眼温柔至极，举着手机对着她，她问："你在拍我吗？"

"嗯。"

许时沅对着镜头露出一抹灿烂的笑容，比了个万年不变的剪刀手。

聂洲泽也跟着笑了，拍完后，他发了一条朋友圈动态，并配上文字：最美的风景。

自从认识许时沅之后，聂洲泽的朋友圈内容几乎都与她有关。

他并非在特意展示什么，而是与她在一起的每分每秒，都宝贵得让他想要记录下来。

她过去二十几年的人生，他没来得及参与，但今后的人生，他都希望与她岁岁年年常相伴，不论风霜雨雪。